d

Jessica Durlacher

Der Sohn

Roman

Aus dem Niederländischen
von Hanni Ehlers

19.IV.2012

Diogenes

Titel der 2010 im Verlag
De Bezige Bij, Amsterdam,
erschienenen Originalausgabe: ›De held‹

Umschlagillustration:
Alexej von Jawlensky, ›Landschaft‹,
ca. 1910

Für meine Familie

www.diogenes.ch
150/12/8/1
ISBN 978 3 257 06811 5

(…)
Aber,
aber er bäumt sich, der Baum. Er,
auch er
steht gegen
die Pest.

Paul Celan
(aus ›Eine Gauner- und Ganovenweise
gesungen zu Paris Emprès Pontoise
von Paul Celan aus Czernowitz bei
Sadagora‹ in ›Die Niemandsrose‹)

Wenn ich an meine Familie denke, sehe ich auch heute noch immer diesen einen Abend vor mir. Wir waren alle zusammenkommen, weil Mitchs Abreise nach Berkeley bevorstand. Nicht, dass wir so viele gewesen wären. Zu siebt waren wir vollzählig – Tote und nie Geborene nicht mitgerechnet. Unser Sohn ging für ein Jahr nach Amerika, um Filmwissenschaft zu studieren und Fußball zu spielen. Und mein Vater machte Kohlrouladen mit Kümmel.

Das ist kein Gericht, über das man die Nase rümpfen sollte. Mein Vater bereitete Kohlrouladen mit Kümmel nur bei ganz besonderen Anlässen zu.

Im Haus meiner Eltern riecht es nach einer Zeit lange vor unserer Geburt, einem früheren Leben, denke ich, als wir hereinkommen. Wenn mein Vater das Essen zubereitet, wird das Kochen zu einer höchst bedeutsamen Angelegenheit. Dann ist niemand willkommen im Operationssaal, der normalerweise Küche heißt. Nicht einmal Jacob, mein Mann, der große Film- und Fernsehproduzent, an dessen starken Geschichten mein Vater sonst so viel Freude hat. Vielleicht gerade Jacob nicht. Mein Vater wetteifert zwar gern mit ihm und versucht, seine Berichte aus der Welt zu überbieten, aber jetzt würde ihn das nur ablenken. Mein Vater nimmt keine Aufgabe im Leben auf die leichte Schulter, die

Zubereitung von Kohlrouladen schon gar nicht. Kohlrouladen sind heilig. Er bereitet sie nach dem Rezept seiner Mutter zu, die sie wiederum nach dem Rezept ihrer Mutter machte, und die hatte sich ganz nach den Anweisungen ihrer Mutter gerichtet. Das sind keine unverbindlichen Empfehlungen, das sind Gebete, Psalmen, Fleisch gewordene Worte – beziehungsweise in Kohl gewickelte.

Meiner Mutter, Iezebel, geht der ganze Aufstand immer etwas auf die Nerven. Dass die Küchentür geschlossen bleibt, damit der Schöpfer da drinnen nicht in seiner Inspiration gestört wird, ist für eine, die nicht immer aus freien Stücken so viel Zeit ebendort zubringt, kaum zu ertragen. Nicht, dass sie sich beklagen wolle, aber ohne sie in der Küche würden wir alle verhungern, murrt sie. Anfälle von Kohlrouladenfieber sind selten, und die Rollenverteilung in unserer Familie ist einigermaßen traditionell. Wir wissen alle, wer das wüst zugerichtete, verschmierte Atelier des Teilzeitkünstlers hinterher wieder in einen nutzbaren Raum zurückverwandeln wird.

Meine Mutter war früher Französischlehrerin. Sie hat ein spitzes Gesicht und lange, jetzt graue, früher braune Haare, die sie seit dreißig Jahren zum immergleichen Knoten windet. Meine Mutter ist eine hochgewachsene Frau, auch heute noch, und früher galt sie als streng. Als strenge Lehrerin. Nur meine Schwester Tara und ich wussten, dass das gar nicht stimmte. Ihre Schüler sollten sie ruhig für streng halten, bei uns war sie immer locker und nachgiebig, und nicht selten verschworen wir drei uns gegen den Einzigen in der Familie, der wirklich streng war, vor lauter besessener Sorge um uns: meinen Vater.

Mein Vater ist nicht so groß, aber breitschultrig, hat ein feingeschnittenes, markantes Gesicht mit dunkelbraunen Augen und schmaler Nase, dichtes weißes Haar und eine Stimme, mit der er laut brüllen kann, meistens aber sanft und leise Geschichten erzählt.

Meine Schwester Tara ist auch da. Tara ist drei Jahre älter als ich. Sie hat dunkles Haar und eine sehr helle Haut – schön, auf eine etwas biestige Art. Tara ist noch auf der Suche nach dem richtigen Mann, denn wenn sie mal einen gefunden hat, der ihren hohen Ansprüchen genügt, serviert sie ihn meist schon nach wenigen Monaten wieder ab. Dass mal einer länger bleibt, ist die Ausnahme. Sie beneide mich um Jacob, hat sie schon mal gesagt, dann aber gleich hinzugefügt, dass sie niemals mit jemandem zusammenbleiben könnte, den sie schon von klein auf kenne. Dafür habe sie schon zu viele Entwicklungsphasen durchlaufen.

Tara ist in der Küche genauso unwillkommen wie ich.

Wir sitzen alle im Wintergarten meiner Eltern, einem noch relativ neuen, modernen Anbau. Meine Mutter hat uns noch eine Flasche Weißwein aus dem Kühlschrank sichern können, bevor mein Vater die Küche in Beschlag nahm, aber die haben wir in Erwartung der Dinge, die da kommen mögen, inzwischen ausgetrunken.

Mitch, der drei Wochen lang sein bestandenes Abitur gefeiert hat, sieht blass aus. Er ist noch nicht lange wach und gar nicht richtig anwesend. Ich weiß, dass er sich auf das bevorstehende Abenteuer Berkeley freut, das ihm durch ein Soccer Scholarship ermöglicht wird.

Mich schreckt die Vorstellung, Mitch ein ganzes Jahr lang nicht zu sehen und nicht auf ihn achtgeben zu können. Er ist noch so jung. Er isst alles, was man ihm vorsetzt, aber setzt man ihm nichts vor, ernährt er sich notfalls von M&Ms. Ich habe ihm mehrfach gezeigt, wie man Spaghetti kocht und eine Soße dazu macht. Aber er war mit seinen Gedanken meistens woanders. Er ist mit seinen Gedanken immer woanders. Ich verkneife mir einen Kommentar dazu.

Als Tara Mitch gerade erzählt, dass es in den Wäldern um Berkeley eine Art Panther gebe, hören wir aus der Küche einen Knall. Er muss von einer Schüssel oder einem Teller herrühren, dem Klang nach zu urteilen, gefüllt. Jetzt erhebt sich ein Gebrüll, das nur aus der Kehle meines Vaters kommen kann. Wir sehen einander ratlos an. Jacob blickt zu mir, aufrichtig beunruhigt, Tara und ich sehen uns gegenseitig an, auch wir besorgt und schon darauf gefasst, dass wir uns mit einem verdorbenen Abend abfinden müssen, meine Mutter schaut panisch, mit vor Schreck geweiteten Augen in die Runde.

Meine Tochter Tess hört Musik auf ihrem iPod und hat gar nichts mitbekommen. Mitch legt, ohne eine Miene zu verziehen, seine Zeitung hin, steht auf und geht zur Küche. Noch bevor wir anderen uns übertrieben laut fragen können, ob wohl alles in Ordnung ist und nicht so schlimm, wie es sich anhörte, hat er die Küchentür schon wieder hinter sich geschlossen.

Jetzt wird alles gut. Denn Mitch ist der Einzige, der dort jetzt geduldet wird – das wissen wir alle. Nie werden wir erfahren, was runtergefallen ist. Jetzt, da Mitch zur Stelle ist, werden wir nicht vermissen, was dort jetzt aufgekehrt wird. Es wird ihr Geheimnis bleiben.

Mitch ist mit seinen achtzehn Jahren das jugendliche

Ebenbild meines Vaters. Und so gleichgültig und schnoddrig er normalerweise sein kann, so erwachsen, interessiert und vernünftig ist er im Beisein seines Großvaters.

Als meine Mutter, Tara und ich, inzwischen kichernd vor Erleichterung, das Ohr an die Küchentür drücken, hören wir zuerst Gebrumm und das Zusammenfegen von Scherben, dann wird das Radio angemacht, und zu guter Letzt ertönt sogar Gelächter.

Wir kommen uns ein kleines bisschen ausgebootet vor, aber in diesem Fall ist das kein so schlechtes Gefühl, weil Mitch es ist, der uns den Abend rettet.

Wir huschen in den Wintergarten zurück, wo Jacob und Tess unterdessen den Fernseher eingeschaltet haben. Meine Mutter findet Fernsehen ungemütlich. Wir sollten ein Gläschen trinken, findet sie, und stellt Knabbergebäck auf den Tisch. Den Wein müsst ihr euch dazudenken, sagt sie. Aus Solidarität mit meinem Vater und seinen Kohlrouladen lehne ich ab.

Als mein Vater eine halbe Stunde später auf einer gigantischen Platte seine dampfenden Kreationen hereinträgt, mit rot glänzendem Gesicht und besessenem Blick, ist alles vergeben und vergessen. Aus Liebe muckt keiner von uns auf, als er uns ganz ohne Humor anblafft, augenblicklich am Tisch Platz zu nehmen, da sonst alles kalt werde. Mitch trägt eine Schüssel mit Soße. Tess, die sonst nie zur Mithilfe zu bewegen ist, hat einen Soßenlöffel in der Hand und trällert aus unerfindlichem Grund lauthals das alberne Kinderlied, das Jacob ihr immer vorgesungen hat, als sie noch ganz klein war: »Drei Gäns im Haberstroh, saßen da und waren froh …«

Mein Vater tut uns auf, setzt sich, seufzt, puh! Unser erster Bissen wird zum feierlichen Moment. Die Rouladen sind köstlich, auch wenn wir das bei jedem Bissen beteuern müssen.

Es sollte das letzte Mal sein, dass wir sie von meinem Vater zubereitet aßen.

1

Nach allem, was passiert ist, weiß ich jetzt zumindest eines ganz sicher: dass die Besorgnis meines Vaters um uns nicht umsonst war. Wer so magisch denkt wie ich, könnte sogar behaupten, dass er uns mit dieser gigantischen Besorgnis beschützt hat. Unter seinem wachsamen Blick und seiner erbitterten Lenkung blieben uns Katastrophen, Unglücksfälle und Kriege erspart – und nach seinem Tod ging auffällig viel schief. Oder anders ausgedrückt: Bis zu seinem Tod war alles gutgegangen, aber dann war es damit vorbei. Vielleicht war das Schicksal ihm etwas schuldig gewesen, nach all dem, was es ihm angetan hatte, und als er nicht mehr war, gab es dann kein Halten mehr.

Oder ist Schicksal ein zu freundliches Wort für die Gewalt, der wir ausgesetzt wurden?

Ohne das »Gib acht!«, »Vorsicht!«, »Tu das lieber nicht!« meines Vaters kann ich jetzt nur hoffen (und beten und flehen), dass ich in Zukunft genauso wie er in der Lage sein werde, die, die mir nahestehen, zu beschützen. Kraft meiner Liebe.

So magisch möchte ich denken.

Die Besorgnis meines Vaters erstreckte sich auf uns alle. Meine Schwester, mich mitsamt Mann und Kindern, meine

Mutter natürlich, seine Frau Iezebel – wenn auch auf sie etwas weniger, weil sie dazu da war, stark zu sein und meinen Vater in allem, was er tat, zu unterstützen. Dass eben deshalb gerade Iezebel seine größte Besorgnis hätte gelten müssen – denn was wäre er ohne sie? –, diese logische Schlussfolgerung zog Herman Silverstein nie. Daran, dass er sich für eine Frau wie meine Mutter entschieden hatte, konnte man erkennen, dass er ein Überlebender war, ein Pragmatiker, der seinem Instinkt folgte, keinem Urinstinkt, sondern einem Instinkt, der ihm hart in die DNA eingebrannt worden war. Er hatte sich aus Liebe für sie entschieden, aber auch, und vielleicht lief das in seinem Fall auf dasselbe hinaus, weil sie ihm gewachsen war, stark war. Und wenn sie ihm gewachsen war, war sie allem gewachsen. Punkt. Um sie besorgt zu sein, würde alles nur noch schlimmer machen.

Das galt nicht für die »zarten Pflänzchen« – seine Bezeichnung für Tara und mich –, die er mit Iezebel in die Welt gesetzt hatte. (Und später die gleichermaßen zarten Pflänzchen, die ich in die Welt setzte.)

Uns zarte Pflänzchen hatte er gezeugt, nachdem die schlechte, böse, kalte Welt, in der schon seine Eltern ermordet worden waren, auch ihm für immer Tageslicht und Gras und Himmel und Sachertorte mit Sahne hatte nehmen wollen. Unsere Geburt forderte die Probleme doch geradezu heraus. Daher hätte Herman uns, wenn es nach ihm gegangen wäre, am liebsten gleich bei unserer Ankunft angekettet in seinem Schreibtisch aufbewahrt, ganz behutsam natürlich, in Lavendelkissen gebettet. Dann hätte er uns von Zeit zu Zeit hervorgeholt, uns etwas Gutes zu essen gegeben und uns dann wieder weggeborgen, wobei unsere Ketten fest in der Wand hinter dem Schreibtisch verankert gewesen wären.

Herman erblickte in allem, was Tara und ich machten, ob wir nun etwas außer Haus unternahmen oder einfach nur die Treppe hinauf- oder hinuntergingen, sofort die Gefahren, das drohende Unheil, und nur dank seiner Beschwörungen (und der Magie jenes Wortes »Vorsicht!« aus seinem besorgten Mund) blieben wir von allem verschont, was er schon bildhaft vor sich sah.

So jedenfalls habe ich es verinnerlicht, und dieser Glaube ist mir auch jetzt, Jahre später, da ich diese Geschichte erzähle, immer noch hoch und heilig.

Wer hat es an Besorgnis fehlen lassen, als Herman starb? Keine von uns jedenfalls, weder seine Töchter noch seine Frau. Tara und ich, die, von der Aufgeregtheit unseres Vaters um unser Wohlergehen behütet, eine ziemlich sorglose Kindheit hatten, kannten eigentlich nur eine wirkliche Sorge, und das war Hermans Gesundheit. Er tat zwar immer, als ob er über alles Menschliche und Irdische erhaben wäre, aber er hing wahnsinnig am Leben und hatte eine Heidenangst vor Krankheit und Tod.

Ob sich daran in seinen letzten Wochen etwas änderte, kann ich nicht sagen. Mir jedenfalls wurde in jenen Wochen erstmals bewusst, dass es Seiten im Leben meines Vaters gab, ja womöglich sogar in seiner Persönlichkeit, die mir völlig unbekannt waren. Hatte er uns wie immer vor diesen unbekannten Seiten behüten wollen? Oder spielten seine »zarten Pflänzchen« in diesem Zusammenhang einfach keine so große Rolle? Das Einzige, was ich wusste, war, dass die

Antwort etwas mit seiner Mutter Zewa, meiner unbekannten Oma, zu tun hatte. Und natürlich mit Wagner. Schon damals fasste ich den festen Vorsatz, ein Buch über Zewa zu schreiben, doch es bedurfte einiger Nackenschläge, bevor die Zeit dafür reif war. »Manifestationen des Bösen« könnte man sie auch nennen.

Was heute ist, verdanken wir nur dem Vorausgegangenen. Was daraus folgt, ist simpel: Wir leben weiter, wir sind noch da… Die Narben sind in unserem Kopf, und nur Worte können dem Ganzen im Nachhinein einen gewissen Sinn geben. Zusammenhang gleich Sinn gleich eine Form der Akzeptanz.

Dass die Angst nicht weg ist und wahrscheinlich nie weggehen wird, ist Fakt. Auch daran werden wir uns gewöhnen, auch das Schlimmste wird irgendwann normal.

Dies ist eine Geschichte mit verzweigten Wurzeln. Wie verzweigt und wie tief sie sind, davon erzählt dieses Buch.

2

Mein Vater hatte sich bei einem Unfall im Garten die Hüfte gebrochen und zwei Rippen angeknackst. Er habe einen kaputten Nistkasten vom Baum holen wollen, sagte er.

Mein Vater war recht rüstig, und so machten wir uns zunächst gar keine großen Sorgen, obwohl er ziemlich mitgenommen aussah, als er da auf dem Rasen lag. Meine Mutter hatte sich ja auch schon mal die Hüfte gebrochen. Mit einem Metallstift fixiert, würde das bald wieder verheilt sein. Schlimmer waren eigentlich die angeknacksten Rippen. Da konnte man nämlich nichts machen, die mussten von selbst heilen. Aber in einer Woche würde er bestimmt wieder aufstehen können, versicherte man uns.

Wer hätte vorhersehen können, dass er nach wenigen Tagen im Krankenhaus bösartigen, gefräßigen Bazillen zum Opfer fallen würde? Warum passierte so etwas? Ich wollte dieses Krankenhaus belangen, fertigmachen, die Schließung erwirken. Aber was hatte mein Vater noch davon? Mein Vater, der nun doch noch umgebracht worden war, von einer blöden Bazille. Ein schwaches Herz, sagte der Arzt. Er trug eine Brille, deren Gläser seine Augen irrsinnig vergrößerten. Das müssen Sie doch gewusst haben, dass er ein schwaches Herz hatte. Vom Krieg her wahrscheinlich. Vom Hunger. Es ist wirklich ein Wunder, dass er so alt geworden ist. Das ist natürlich kein Trost, aber daran sollten Sie denken. Achtzig, so ein Alter grenzt unter diesen Umständen an ein Wunder.

Mörder, dachte ich nur.

Wenn jemand jung denkt, ist achtzig jung. Mein Vater war mein Vater und kein Greis, kein Achtzigjähriger. Aber was kümmerte das einen Mörder wie den? Erbarmungslos wurde Herman Silverstein und mit ihm die Liebe und die Angst sowie die wertvolle Sammlung von Erinnerungen, Interessen, Gedanken und Witzen, die ihn ausmachten, den Launen einer hungrigen Bazille ausgesetzt, die gar nicht in seine Nähe hätte gelangen dürfen. Vom Erdboden weggefressen wurde er, als hätte es ihn und all das, was er war, was er gesagt, gesungen, gelacht und gehofft hatte, nie gegeben. Mein lieber, schnurriger Vater wurde im Kampf gegen das Fieber, mit dem sein alter Körper die Entzündung seiner

Lunge zu bekämpfen versuchte, immer magerer und kleiner und ausgehöhlter, bis am Ende scheinbar nichts mehr von ihm übrig war als ein fahlgelbes, hageres Gesicht und eine ganz leise Flüsterstimme. Dabei war mein Vater immer breitschultrig und robust gewesen.

Wie Mitch, sein Enkel, mein Sohn.

3

Aber weniger sein rapider Verfall war es, was mich nicht mehr loslassen sollte, sondern mir ging – und geht auch jetzt, da ich weiß, woher es kam und wohin es schließlich führen würde – Hermans ängstliches, weinerliches Gemurmel in jenen letzten Tagen nicht mehr aus dem Ohr. An der Schwelle zum Tod flüsterte Herman Dinge, die ich auch mit größter Mühe kaum verstand, zumal er eine Sprache benutzte, die er in unserem Beisein nur selten gesprochen hatte, ein sanft und freundlich klingendes, leicht veraltetes Deutsch. Es hatte etwas Befremdliches, allzu Intimes, ihn so sprechen zu hören, und bestürzt musste ich mit ansehen, wie mein Vater die Rolle ablegte, die er immer für uns alle gespielt hatte. Verschwunden war der sarkastische alte Witzeerzähler, der liebe, beruhigende Papa, das hysterisch besorgte Familienoberhaupt, der traumatisierte, fanatische Buchhalter der Vertriebenen seiner Stadt. Und da lag nun ein kleiner Junge, der gerade erst am Beginn des Alptraums stand, der sein Leben werden sollte, unschuldig, aber bang, sterbensbang. Ich hatte mich immer mit dem begnügen müssen, der den Panzer trug, dem Mann mit den Erinnerungen. Erst jetzt, da es zu spät war, erhielt ich einen kleinen Einblick in die Person, die sich unter dem Ballast verbarg.

»Mutti.«

Ich wusste so wenig.

Diese Mutti, die Mutter meines Vaters, hieß Zewa – Zewa Teubl, bis sie Izak Silverstein heiratete. Niemand weiß, wie sie starb, wer der Letzte war, mit dem sie sprach, was sie dachte, was sie sagte. Ihr Sohn schon gar nicht, und wenn es einen gab, der es gerne gewusst hätte, war er es. Seiner Erzählung nach hatte er sie an seinem fünfzehnten Geburtstag zum letzten Mal gesehen. Dem furchtbarsten Geburtstag seines Lebens. Wahrscheinlich erinnerte ihn von da an jeder Geburtstag und alles, was irgendwie gefeiert wurde, an diese Trennung, denn fröhlich war er bei solchen Anlässen nie. Ungefähr eine Stunde lang schaffte er es, ein Geburtstagsgesicht aufzusetzen und dabeizubleiben, wenn die Kerzen ausgepustet und die Geschenke ausgepackt wurden, oder beim Weihnachtsfest zu ertragen, dass Kerzen angezündet wurden und der Truthahn zerteilt wurde. Aber dann wollte er gern »in sein Zimmer«. Was er dort vorhatte, weiß ich nicht. Ich hörte ihn die Treppe hinaufpoltern und seine Zimmertür aufschließen. Sie war mit drei Schlössern versehen – einem Zylinderschloss oben, einem normalen Einsteckschloss in der Mitte und einem trickreichen sternförmigen Schloss unten, das mit einem kleinen Schlüsselchen geöffnet wurde – und immer verriegelt, wenn er nicht gerade drinnen war. Dann folgte das kurze Quietschen der Tür, die er anschließend resolut hinter sich zudrückte. Das hatte etwas Bedrohliches – als betrete er eine geheime Stadt, eine Welt, die ihn mit offenen Armen empfing und nicht so bald wieder gehen lassen würde. Eine für uns verbotene Welt, selbst für Iezebel, wenn auch weniger strikt.

In seinem Zimmer war alles Mögliche, was ihn völlig in Anspruch nahm, denn ich hörte immer sofort die Rollen von seinem Schreibtischstuhl, mit dem er rasante Fahrten durch seine Zimmerstadt machte. Er schien mit seinem Rennstuhl vom einen Ende zum anderen zu düsen, vom Tisch zum Bücherregal und wieder zurück, während er wie wild Informationen sammelte, Entdeckungen machte und mit wer weiß wem telefonierte. Gleich nach dem Rollendonner der ersten Kurve im Drehstuhlrennen folgte immer das laute, hohe Aufschnappen der Metallfeder, wenn er die Verriegelung von seinem Schreibtisch löste und damit die Schubladen voller Geheimnisse freigab. Offenbar musste er jedes Mal, wenn er in sein Zimmer kam, kurz kontrollieren, ob sie noch alle dort lagen, wo sie hingehörten.

Ich litt indes sehr wohl darunter, dass mein Vater an meinem Geburtstag nicht unten war, bei mir, denn es sollte schließlich schön sein und ein besonderer Tag. Es war nicht zum Aushalten, wie meine Mutter allein hilflose Versuche unternahm, etwas Festlich-Fröhliches aus dem Ganzen zu machen – wobei sie mir nicht nur leidtat, sondern mich mindestens genauso sehr ärgerte.

Mein Vater hatte auch seinen Vater an seinem fünfzehnten Geburtstag zum letzten Mal gesehen. Wie sich das genau abgespielt hatte, wusste ich nicht. Die Eltern meines Vaters wurden an Orte gebracht, wo sie nichts Gutes erwartete, und er musste bleiben, wo er war – eine Logik, die nur durch das Wort Krieg zu erklären ist, Umstände, unter denen menschliche Beziehungen für die, die die Fäden in der Hand halten, keinerlei Bedeutung haben.

Gebannt von den Geschehnissen, die er überlebt hatte, hat mein Vater als Hochschullehrer für neuere und neueste Geschichte lange an der Universität unterrichtet, aber er hat sich nie dazu veranlasst gesehen, sein Leben in einem Buch aufzuzeichnen.

Von seiner Mutter Zewa hatte er sehr wenig erzählt. Ich sah nur ein Foto vor mir, wenn ich an sie dachte. Ihr Charakter, ihre Angewohnheiten, wie und was sie redete, das alles kam in keiner Erzählung vor. Danach zu fragen war tabu. Die wenigen Male, da er überhaupt auf sie zu sprechen kam, verzog mein Vater das Gesicht zu einer starren Maske, die mir Angst machte. Ich vermutete, dass er sie gar nicht so gut gekannt hatte. Denn obwohl er mit erst fünfzehn schon sehr widrige Umstände zu meistern hatte, hatte er seine Mutter vielleicht doch noch zu sehr wie ein Kind geliebt, um sie von außen betrachten zu können. Dass ich so wenig wusste, bedauerte ich unendlich, als er krank wurde und immer wieder nach ihr rief.

Sehr schwer krank wurde er. Durch das Fieber und das Morphium, das man ihm gab, halluzinierte er und rief nach seiner Mutter, die seit mehr als fünfundsechzig Jahren tot war. Er hatte offensichtlich Angst in seinem Fieberwahn, große Angst. Ich verstand immer ungefähr dieselben Worte.

»Wagner«, verstand ich, »Vorsicht!« Und: »Meine Mutter«, »beschützen« (möglicherweise »soll euch beschützen«, ich konnte das nicht richtig verstehen). Dann: »Nicht vergessen!« Und: »... komme gerade!« Auch den Namen Federmann meinte ich zu hören.

Wovon redete er? Dieses plötzliche Deutsch war unheimlich. Auch, wie er es sprach, dieses altmodische Deutsch, mit gerolltem R und in einer Art Singsang. Dabei schien es ihm egal zu sein, ob ich zuhörte oder nicht. Das war seltsam. Als sei er in eine Zeit zurückgekehrt, in der ich nicht vorkam.

Seine Kriegserinnerungen kannte ich ein wenig. Davon hatte er erzählt, und dadurch hatte er sie in den Griff bekommen, eine Geschichte daraus gemacht. Es war eine furchtbar bittere, kaum zu ertragende Geschichte, aber dennoch: eine Geschichte. In eine Geschichte aufgenommene Erinnerungen bekommen eine feste Hülle und gerinnen allmählich, so dass sie bei jeder weiteren Berührung etwas weniger schmerzlich sind. Aber hier handelte es sich offenbar um Material, das er nicht mit eingebunden hatte. Weil er es nicht gekonnt hatte. Die Angst des Jungen, irgendetwas mit seiner Mutter und Wagner. Bruchstücke eines unverdauten Stoffs ganz anderer Art. Etwas Unbekanntes, mit dem er offenbar nicht länger leben konnte, oder vielleicht besser gesagt: mit dem er nicht sterben konnte.

Zufällig war ich immer mit ihm allein, wenn er so redete – was mir ein Gefühl großer Verantwortung vermittelte. Und es ließ auch den Gedanken bei mir aufkommen, dass er vielleicht Iezebel meinte, wenn er »Mutti« sagte, dass er wollte, ich solle meine Mutter beschützen.

Wagner hatten sie bei ihm zu Hause viel gehört. Das wusste ich. Die Tür wurde geschlossen, alle mussten den Mund halten und stillsitzen. Wagner im Radio. *Lohengrin, Die Meistersinger von Nürnberg, Der fliegende Holländer.*

Weihevolle Stille. Mein Vater mochte Wagner nicht, hatte ihn nie gemocht. Warum redete er jetzt von Wagner?

4

Nach dem Tod meines Vaters beschäftigte ich mich oft lange mit den wenigen Fotos, die es von Zewa gab. Wie bekannt sie doch irgendwie aussah, mit ihren dunklen Augen und Brauen, ihrem kleinen, feinen Mund, ihren hohen, breiten Wangenknochen und ihrem verletzlichen Blick. Als mein Vater noch lebte, hatte ich oft gedacht, dass es schön wäre, wenn ich sie beruhigen könnte. Ihr sagen könnte, dass wir für ihren Sohn sorgten, dass er bei uns ein gutes Leben habe. Jetzt, da er gestorben war, wünschte ich, Zewa möge wissen, dass er zu ihr unterwegs war, damit er nicht noch einmal nach ihr suchen musste. Wo bist du, Zewa, er kommt zu dir!

Wenn ich sie mir vorzustellen versuchte, ihre Stimme, wie sie gesprochen hatte, kam mir immer das Bild von einem schüchternen, zurückhaltenden, verhuschten Menschen. Ich weiß nicht, ob das daran lag, dass ich, weil ich so wenig von ihr wusste, automatisch das Bild von meiner anderen Oma auf sie übertrug, die ich als scheu und zurückhaltend gekannt hatte. Oder vielleicht daran, dass ich selbst ziemlich schüchtern sein konnte.

5

Was mit seinen Eltern geschehen war, hat mein Vater erst Jahre nach dem Krieg erfahren. Sein Vater ist verhungert, in Bergen-Belsen. Zewa, die schöne, schüchterne, dunkle Zewa ist in Stutthof ermordet worden. Ob vergast oder erschossen oder gehängt, ist nicht bekannt. Ihr Verbrechen? Dass es sie gab. Natürlich weiß auch niemand, wo ihre sterblichen Überreste geblieben sind. Was aus Federmann geworden war, sollte mein Vater nie erfahren.

Dass mein Vater von Natur aus optimistisch war, schallend lachen konnte und gerne Witze erzählte, war für mich, je älter ich wurde und je mehr Bücher ich über die Zeit las, in der er aufgewachsen war, ein immer größeres Wunder. Desto mehr tat es mir aber auch weh, wenn er fröhlich war, Späße machte oder mit großem Genuss Musik hörte. Dann liebte ich ihn zu sehr und hasste seine furchtbare Kindheit, dann wollte ich ihn rückwirkend beschützen und vor dem längst erlittenen Leid bewahren. Wie machtlos ich mir vorkam, dass ich nichts hatte verhindern können, und jetzt, im Nachhinein, auch nichts wiedergutmachen konnte! Überdies fürchtete ich immer, er könnte doch noch an irgendetwas erkranken und sterben, wogegen er nicht wie andere gefeit war.

6

Nicht lange nach dem Tod meines Vaters erhielten wir, als seine Familie, einen Brief von der Stadt Baden-Baden, seinem Geburtsort, aus dem er 1937 mit seinen Eltern hatte fliehen müssen.

Die Familie meines Vaters hatte dort gewohnt und gearbeitet, bis Mitbürger und Braunhemden sie wie alle anderen jüdischen Familien terrorisierten und vertrieben. Man beschmierte die Fassade ihres Ladens, warf die Schaufensterscheiben ein, und zum Schluss konfiszierten die Nazis das gesamte Möbelimperium der Familie. Erst Anfang der achtziger Jahre war Herman zum ersten Mal wieder dort gewesen.

Von einem Artikel Hermans in der *Süddeutschen Zeitung* tief ergriffen, hatte der inzwischen amtierende idealistische, junge Bürgermeister von Baden-Baden ihn eingeladen, von der Vertreibung und seinen eigenen bitteren Erfahrungen als kleiner Junge in dieser Stadt zu erzählen. Der Vortrag wurde zum Auftakt für Hermans großes Werk: das Gedenkbuch von Baden-Baden, die Geschichte seiner jüdischen Familien. Nach Erscheinen dieses Buches, viele Jahre später, wurde er zum Ehrenbürger ernannt.

»Jetzt stehe ich auf einer Liste mit Adolf Hitler!«, höhnte mein Vater damals. Das traf zu. Nur war Adolfs Name auf der Liste der Ehrenbürger durchgestrichen – gelöscht werden durfte er nicht.

Die Ehrenbürgerwürde war nicht schlecht für einen, der als jüdischer Junge sogar von den Lehrern seines Gymnasiums schikaniert und ausgegrenzt worden war. In dieser neuen Eigenschaft hielt Herman danach noch eine Reihe von Vorträgen, bei denen des Öfteren alte Schulkameraden auf ihn zukamen, die sich ganz groß fühlten, wenn sie unter den Augen des (inzwischen nicht mehr ganz so jungen)

Bürgermeisters, der Honoratioren und Reichen der Stadt ein Gespräch mit dem bedeutenden Redner anknüpften. Nicht ausgeschlossen, dass diese Männer in den fraglichen Jahren selbst zum Kreis der Jungen gehört hatten, die ihm nach der Schule mit Knüppeln und Lederriemen auflauerten und ihm das giftige *Heil Hitler* zubellten, bevor sie ihn alle zusammen schlimm zurichteten.

Wie vom Licht angezogene Motten konnten diese einstigen Schulkameraden nicht anders, als sich dem strahlenden Mittelpunkt zu nähern – auf die Gefahr hin, sich an seinem Sarkasmus zu verbrennen –, mit dem sie sich durch so etwas wie eine gemeinsame Vergangenheit – wie war das damals noch gleich? – verbunden fühlten.

»Was für eine interessante Geschichte! Und welche Ehre, Ihnen die Hand schütteln zu dürfen. Erinnern Sie sich an mich? Ich glaube, wir sind zusammen in dieselbe Klasse gegangen.« Damit führte sich so ein alter Herr im Jackett meist ein, Bauch leicht vorgeschoben, Beine scheinbar leger auseinander, eine Hand in der Hosentasche und ein Ich-bin-ein-Weltbürger-Lächeln auf dem Gesicht, mit dem sich jede Unsicherheit und jede Wissenslücke überspielen ließen. Dazu dann die Haltung des »Wir haben diese alte Geschichte zum Glück alle längst hinter uns gelassen«.

O wie angeregt man war, während man im Innersten danach fieberte – welche Chance! –, mit so einem warmen, vertraulichen Gespräch zugleich den Schmutz von der Geschichte zu waschen, als handelte es sich um einen kleinen Fleck. Als räumte man ein kleines Versehen aus. Der Inhalt von Hermans Vortrag ging an solchen Leuten offenbar gänzlich vorbei.

Mein Vater wusste nach kurzem Ausloten immer exakt, welchem Lager der Jeweilige früher angehört hatte.

»Ach, wirklich?«, erwiderte er dann. »Das ist ja ein hübscher Zufall! Sie waren also damals auf dem Gymnasium ...« So ein Gespräch endete nie elegant.

Dennoch wuchs Herman in seiner Ehrenbürgerrolle. Die Deutschen hätten es ganz gern, wenn man sie ein bisschen mit ihrer Vergangenheit quäle, sagte er oft. Für sie sei es schön, dort, wo es zwicke und wehtue, gereizt und provoziert und beleidigt zu werden, erklärte er uns. Das helfe bei der Vergangenheitsbewältigung.

»Ach komm, Herman, was soll denn der Unsinn!«, widersprach Iezebel dann. »Die Leute haben doch bis auf wenige Ausnahmen den Krieg gar nicht erlebt! Und der Bürgermeister ist durch und durch koscher, *a rechter mentsch.*« Obwohl meine Mutter keine Jüdin ist, liebt sie jiddische Ausdrücke.

Nur Iezebel zuliebe hatte mein Vater die Ehrenbürgerwürde überhaupt angenommen. Aber diese Ehre tat ihm auch ein bisschen gut. Das war nicht zu verhehlen. Das sah sogar ich.

Und jetzt, da er tot war, erwiesen sie sich in Baden-Baden wiederum als durch und durch koscher und luden zu einer schönen Gedenkfeier für Herman Silverstein ins Rathaus. Ich überredete meine Mutter, gemeinsam hinzufahren.

Ich war entzückt, dass ich auf diese Weise die Gelegenheit erhielt, die Geburtsstadt meines Vaters kennenzulernen. Zu sehen, wo er als kleiner Junge gelebt hatte. Und insgeheim hoffte ich auch, dort Informationen über meine

Großmutter Zewa zu finden. Nach dem ängstlichen Gemurmel meines Vaters träumte ich dauernd von ihr. Mir war schon fast, als würde ich sie dort treffen. Als wohnte sie noch dort.

7

Je weiter sich unser Hochgeschwindigkeitszug Baden-Baden näherte, desto näher rückten die üppig begrünten Hänge des Schwarzwalds. Das ließ mich von Ferien träumen, die ich nie erlebt hatte, und einer Zeit, in der ich noch nicht auf der Welt gewesen war. Aus Erzählungen wusste ich, wie sehr sich mein Vater früher während der Bahnreisen nach Deutschland an weiß gedeckten Tischen deftige deutsche Gerichte hatte schmecken lassen. Ihm lief das Wasser im Munde zusammen, wenn er mit glänzenden Augen deren Namen auflistete.

Ich malte mir lebhaft aus, wie er, eine Serviette um den Hals, geschlemmt hatte wie ein gieriges großes Kind, das unbeaufsichtigt seinem Heißhunger nachgeben konnte. Das Aroma von Knoblauch und Sahne passte auch in so eine fahrende Rakete. Die Erzählungen meines Vaters kamen aus längst vergangener Zeit, aber sie waren stark. Weiß gedeckte Tische und livrierte Kellner machten sich immer gut. Ich konnte mir unschwer das Gefühl der Genugtuung und die unterschwellige Wut vergegenwärtigen, die diese Mahlzeiten bei meinem Vater auslösten, wie er selbst gesagt hatte.

Ich hätte Iezebel gerne gefragt, ob sie mehr über Zewa

wusste, aber ich tat es lieber nicht, solange Tara dabei war. Zwischen Tara und mir schwelte nämlich ein latenter Streit in Bezug auf alles, was mit der Vergangenheit zu tun hatte – Überbleibsel eines kindischen alten Zwists.

Wir quartierten uns in einem Hotel ein, das von außen viel hermachte, im Innern aber nichts von dem für Baden-Baden typischen hochherrschaftlichen Stil besaß. Iezebel hatte Zimmer sechzehn, ich teilte mir mit Tara die Nummer vierzehn.

Wortlos schloss ich die Zimmertür auf. Während ich meinen Koffer auf dem Bett ablegte, in dem ich zu schlafen gedachte, gab Tara einen Stoßseufzer von sich.

»Großer Gott, ich weiß nicht, ob ich das alles verkrafte«, sagte sie.

Sie bot ein Bild des Jammers. Offensichtlich zermarterte sie sich das Hirn. Ich konnte förmlich den Geigerzähler knattern hören, mit dem sie ihre Empfindungen maß. Sie bereute, dass sie mitgefahren war, das war mir inzwischen nur allzu klar. Es hatte schon im Zug angefangen. Als der Zugkellner sich erkundigte, ob wir Tee, Kaffee oder ein Erfrischungsgetränk wollten. Er trug einen tadellosen schwarzen Anzug. Die Tische waren mit weißen Tischtüchern gedeckt.

»Widerlich«, knurrte Tara, als er weg war. »Dieses Deutsch ist einfach zum Kotzen.«

»Herrje, Tara, woher willst du denn schlechte Erinnerungen an die deutsche Sprache haben?«, wandte ich ein. »Der Einzige, den du ab und zu deutsch hast sprechen hören, war Papa. Und der hat nun wirklich nicht dauernd ›Heil Hitler‹ gebrüllt!«

Ich hatte Spätzle bestellt, nicht, weil ich sie so gern mag, sondern als Ehrerweisung an meinen Vater. Meine Mutter nahm Weißwurst. Tara wollte nur einen Salat mit Ei.

»Ach nee, das hast du dir ja hübsch zurechtgelegt«, pflaumte Tara mich an. »Aber vielleicht darf ich auch noch eine Meinung haben? Für mich ist Deutsch eine ekelhafte Sprache. Ekelhafte Leute, ekelhaftes Land. Das ist eben meine Meinung. Diese Sprache ist hart, dazu geschaffen, laut geschrien zu werden, um in Stadien jubelnde Idioten aufzuhetzen. Die haben meine Familie umgebracht. Ist doch so, oder? Soll ich das einfach mal eben vergessen, nur weil wir gerade so gemütlich in diesem Zug zusammensitzen? Verdammt scheinheilig ist das. Und insgeheim denkt ihr genauso, aber ihr habt zu viel Schiss, um das auch laut zu sagen. Stimmt's, oder hab ich recht?«

»Muss das jetzt wirklich sein, Tara?«, fragte ich daraufhin nur.

Wir waren doch Hermans Frauen, Hermans Witwen. Meine Mutter und ich sahen uns ganz kurz an, beinahe verschreckt.

Dann machte ich noch einen Versuch: »Aber Papa war doch auch ein Deutscher, Tara! Fast mehr Deutscher als Jude. Er liebte die Berge, die Wälder, die Seen in Deutschland. Er fand sogar die Sprache schön. Sein Deutsch war auch schön, schön und weich. Er mochte das Essen hier unheimlich gern, Tara, die knusprigen Brötchen, dick mit Quark und Marmelade bestrichen, den Aufschnitt, Spätzle und Nudeln mit Rahmsoße. Und er liebte die Konditoreien. Wer sind wir, dass wir uns anmaßen könnten, das zu hassen, was er liebte – allem zum Trotz, was ihm daran hätte zuwider sein können? Er hatte doch unendlich viel mehr Gründe, Deutschland zu hassen, als wir!«

Verwirrt starrte sie mich an.

»Was hat denn das mit mir zu tun?«, sagte sie dann störrisch und offenkundig tief davon überzeugt, dass sie mit der Stimme der Vernunft sprach und nicht ich. »Ich habe doch wohl genauso viel Recht, Deutschland zu hassen oder zu lieben wie Papa, oder etwa nicht? Jeder hat ja wohl das Recht auf seine eigenen Gefühle. Und ich fühle eben so! Deutschland hat meine Kindheit verpestet und mich traumatisiert! Ich darf Deutschland hassen. Und das tue ich auch. Ich hasse diesen Zug, und ich hasse das verdammte Baden-Baden. Ich werde nicht schleimen oder mich womöglich bedanken, das können die sich abschminken. Diese verdammten Moffen!«

Sie machte uns Vorwürfe. »Ihr wollt tatsächlich einen auf Friede, Freude, Eierkuchen machen, was? Wir haben nie richtig über Papa geredet. Wie er war, wie er sich aufführte ... Damit sollten wir uns vielleicht auch mal beschäftigen – ich lebe schließlich noch, wisst ihr, ich bin hier. Ich bin noch nicht tot.«

Die letzten Worte kamen stoßweise heraus, sie weinte.

Ich versuchte, ruhig weiterzuatmen.

»Mein Gott, Tara, es hat doch auch keiner behauptet, dass du tot bist.«

»Haha!«, schrie sie. »Sehr witzig!«

Brüsk stand sie auf und stieß dabei mit dem Knie gegen den Tisch, so dass eine Flasche Wasser ins Wanken geriet. Fluchtartig rannte sie aus dem Wagen.

Wir hatten uns halb erhoben, setzten uns aber wieder.

Iezebel sah ganz fertig aus. Sie umklammerte mit beiden Händen ihre Tasche und zitterte leicht.

»Ach nein, das musste doch jetzt nicht sein«, sagte sie.

»Glaub mir, Mam, das geht schon wieder vorbei«, hatte ich daraufhin gemurmelt.

Aber das war zu optimistisch gewesen.

Tara setzte sich aufs Bett und schloss die Augen. Ich zog meine Laufschuhe aus der Tasche. Bitte keine Probleme! Tochter zu sein, war manchmal leichter, als Schwester zu sein. Streitereien mit Tara machten mich kleinlich und armselig. Meine ganze Weisheit und die jahrelange Erfahrung, die ich dem Leben abgerungen hatte, schienen sich in der Konfrontation mit meiner Schwester manchmal zu verflüchtigen, so dass man meinen konnte, dass das, was aus mir geworden war, nur in meiner Einbildung bestand und ich in Wirklichkeit immer noch ein unselbständiges Kind war. Von meinem Vater dagegen hatte ich mich immer gewürdigt gefühlt, so schwierig und uneinsichtig er auch sein konnte. Nie war es ihm darum gegangen herauszukehren, was an Verlogenem in mir steckte, wie Tara es in unserem endlosen Geschwisterstreit tat. Und meine Mutter war nie sehr überzeugend in der Rolle des Königs Salomon. Wessen Stimme gab den Ausschlag: meine oder Taras? Wo sollte Herman beigesetzt werden, in Westerveld oder Muiderberg? Wenn meine Stimme gewann, schmollte Tara. Wenn Taras Stimme gewann, konnte ich vor Wut nächtelang nicht schlafen. Die Entscheidung war übrigens auf Westerveld gefallen, und ich triumphierte – was mich selbst anwiderte. Tara machte mich schlechter, niedriger.

Wenn Iezebel Tara recht gab, beging sie in meinen Augen Verrat an dem, was ich *die Vernunft* nannte. Und das empfand ich als Verrat an Herman, dem Muster an Vernunft. Doch ich musste jetzt ohne Hermans Vernunft auskommen und fühlte mich verwaist. Früher hatte ich mich immer in seiner Hut wähnen können, wenn ich mit meiner Schwester und meiner Mutter sprach, da hatte ich gewissermaßen in seinem Namen gesprochen – und dementsprechend wurde meine Stimme auch in Familienangelegenheiten akzeptiert. Jetzt, da mein Vater tot war, waren wir drei einzelne Frauen, und das Gleichgewicht war zerstört. Ich – immerhin Mutter eines neunzehnjährigen Sohnes und einer dreizehnjährigen Tochter – vermisste meinen Vater wie ein Kind, das plötzlich ohne Anleitung zurechtkommen muss. Und wir drei, meine Mutter, Tara und ich, hatten niemanden mehr, dessen allzu rigiden Standpunkt wir attackieren und an dessen strengen moralischen Grundsätzen wir rütteln konnten. Mit dem Wegfall dieser Widerstände gerieten wir in den freien Fall. Logisch, dass wir jetzt gegeneinander opponierten. Unser Mittelpunkt, unsere Richtschnur war weg.

8

Ich ging joggen. Es regnete leicht. Hauchfeine Tröpfchen, die mit bloßem Auge nicht zu sehen waren, aber die Lichtentaler Allee umso grüner machten und das Gesicht mit einem Wasserfilm benetzten. Zumal wenn man schnell lief. Und ich lief schnell, obwohl ich ganz gegen meine Gewohnheit schon längere Zeit nicht mehr gejoggt war.

Nach fünfhundert Metern glänzte ich vor Nässe und war völlig außer Atem. Meine Lunge schrie. Wie früher, wenn ich den ganzen Abend neurotisch geraucht hatte und dann rennen musste, um die letzte Straßenbahn zu kriegen.

Irre, dass mein Vater sich früher auch durch diese Allee bewegt hatte. Vor der großen Katastrophe, die über ihn und seine Familie hereinbrach, damals, als die Welt noch die Chance hatte, dieses Geschehen zu verhindern. Jetzt, fast fünfundsiebzig Jahre später, konnte man meinen, diese Katastrophe hätte nie stattgefunden. Wen kümmerte noch der Krieg der früheren Generationen?

Ich stellte mir vor, wie er durch diesen Park gegangen war, mit seiner Mutter und seinem Hund, ein Spaziergang, der bestimmt in eine Konditorei geführt hatte und zu einem festlichen Stück Torte. Diese Stadt hatte so großen Einfluss auf das Leben meines Vaters gehabt. Wie schön wäre es, wenn ich die Zeit aus ihr herausschöpfen, das ganze Elend herausbaggern und irgendwo abladen könnte, wo es keinen Schaden anrichtete! Und wenn seine Eltern, meine Großeltern, gerade erst auf die Welt kämen! Dass die Landschaft hier so lieblich war, erboste mich geradezu. Die grün gesäumten Wege, die sich am Fluss entlangschlängelten, Baden-Baden selbst mit seinen auf und ab führenden Gassen, den wunderschönen, imposanten Gebäuden, dem Casino, der Trinkhalle und den klassizistischen Hotels: All das kam mir irgendwie vertraut vor, obwohl ich nur ein einziges Mal hier gewesen war, und das als Vierjährige. Von hier aus wirkte die Geburtsstadt meines Vaters stolz und schön. Aber sie hatte meinen Vater und seine Familie nicht vor den aggressiven Kräften beschützt, die in ihr erwacht waren. Ich wusste, dass die Täter tot waren und die Strafen verhängt, dass die, die an der Macht waren, gewechselt hatten und dass tiefe Reue und Scham vorhanden waren, aber die prunkvollen Gebäude, die reizenden Gassen waren noch genauso schön und unzerstört wie damals.

Man kann eine Stadt nicht für schuldig erklären, schon gar nicht, wenn ihre Bewohner nicht mehr die von damals sind, doch ich fand trotzdem, dass auch die Stadt eine Persönlichkeit hat, über die man nicht einfach hinwegsehen kann.

9

Nachdem mein Vater gestürzt war, hatte ich wochenlang nicht joggen wollen. Und als er dann starb, schon gar nicht. Sport, laute Musik, Gewalt im Fernsehen, all das war nicht erlaubt. Bewegung, die mit Schweiß, Ächzen, Keuchen, Schnaufen und anschließender Ermüdung verbunden war, galt als unerhört animalisch, kaum anders als Blutdurst und Willkür. Sport zu treiben, war eine Beleidigung der Sanftheit meines Vaters, widersprach allem, was er war – so etwas musste es gewesen sein. Als Kind war Sport für mich nie in Frage gekommen, Sport erinnerte zu sehr an Faschismus, Nazideutschland, Riefenstahl-Stadien, blonde Herrenmenschen.

Und später hatte ich immer, wenn ich joggte oder mich in einem Fitnessstudio anstrengte, ja sogar beim Schwimmen, innerlich meinen Vater missbilligend mit der Zunge schnalzen hören und vor mir gesehen, wie er seine jiddische

Handbewegung zum *»oj oj woss far a gojisch nachess!«* machte, aus dem tiefste Ablehnung und Entgeisterung sprachen.

Erst sein großer Enkelsohn Mitch, dessen Physis und Ego durch viel Fußball und Hockey sichtlich gestärkt wurden, hatte meinen Vater ein bisschen von seinen alten Denkschablonen kuriert.

In jenen Wochen, da mein Vater im Krankenhaus lag, saß ich jeden Tag an seinem Bett. Das Joggen verbot ich mir. Zunächst aus Solidarität (und Aberglauben, denn ich hoffte, dass er dann schneller genesen würde), und als er starb, stellvertretend für das Schiwa-Sitzen, die siebentägige traditionelle jüdische Trauerzeit, für die sich anscheinend keiner aus meiner heidnischen Familie erwärmen konnte.

Doch er ließ mich zurück, in diesem versifften Krankenhaus, in diesem sogenannt effizienten anonymen Chaos. Oder besser gesagt: Er zwang mich, ihn gehen zu lassen. Sein Röcheln, zuvor noch durch die Sauerstoffapparate verstärkt, verstummte plötzlich – als wäre dieses Geräusch nie da gewesen. Es ist vorbei, flüsterte die dämliche Krankenschwester auch noch, während sie mit professioneller Zärtlichkeit die Hand meines Vaters streichelte.

Finger weg von der Hand meines Vaters, du blöde Tucke!

Aber ich sagte nichts. Tat nichts. Sah nur zu, wie dieses Weib ihn von den Maschinen abkoppelte. Dann nahm ich meine Mutter fest in die Arme. Die starrte noch auf meinen Vater, ohne zu begreifen. Als ich sagte, dass es geschehen sei, dass ihr Herman tot sei, weinte sie untröstlich. Als hätte sie auf ein Codewort gewartet – die Freigabe der Tränen. Unermessliche Trauer um alles, was jetzt verloren war. Die

Ordnung. Das Fest des Lebens. Tara blickte nur vor sich hin.

Als die Krankenschwester weg war, legten wir alle drei die Hand auf seine Hand. Als könnten wir ihn schnell zurückholen, wenn niemand guckte.

Diese ungeheure Stille, diese blöde, banale, leblose Scheißstille – bis auf unser Schluchzen. Früher war es immer gleich gemütlich gewesen, wenn mein Vater im Raum war. Jetzt hörten wir nur das leichte Summen der Kaffeemaschine draußen auf dem Flur und wie jemand im Vorbeigehen etwas über IKEA sagte.

10

Warum war er überhaupt gestürzt? Er war doch immer so vorsichtig gewesen, peinlichst vorsichtig.

»Mutti!«

Nach ihr hatte er gerufen. Nach seiner längst verstorbenen Mutter – das konnte fast nicht anders sein. Mein alter Vater, der wieder zum Sohn geworden war, wo war er jetzt?

Komm zurück, mach die Augen auf, komm zurück. Hilf mir mit deiner Stimme. Deiner Vaterstimme. Dann bin ich wieder deine Tochter. Wenn du redest, ist alles wieder gut. Sag mir, dass ich Talent habe, dass ich etwas Besonderes bin, dass ich noch jung bin, dass mich noch so viel erwartet. Sag mir, woher ich komme, wem ich ähnele. Sag mir, dass ich deiner Mutter ähnele, dass ich ihre Augen habe, ihre Stirn, sag mir mehr, sag mir, dass ich dich an dich selbst erinnere, sag mir zur Not, was du von mir hältst. Aber sag etwas.

11

Der Nieselregen hatte aufgehört. Je weiter ich mich von der Stadt entfernte, desto trockener wurde es und desto kälter die Luft. Wind kam auf. Ich erschrak, als ein Pferd an mir vorbeitrabte. Ein doofes großes Pferd – das lebte und im Licht vor sich hintrabte. Wie ich. So war die übriggebliebene Welt: doofe trabende Pferde, ein Park, in den mein Vater nie mehr zurückkehren würde, eine Landschaft wie von Caspar David Friedrich.

Es war kaum ein halbes Jahr her, dass er Tess von *Doktor Faustus* erzählt hatte. Vermeintlich locker, scherzhaft. Er hatte das Buch seit mindestens vierzig, wenn nicht sogar fünfzig Jahren nicht mehr gelesen.

»Aber du gibst immer gut auf dich acht, meine liebe Tess, ja? Bewahrst deine liebe Seele in einer guten, stabilen Tasche auf, so einer, die schön nach Leder riecht und die du mit einem Messingschloss verschließen kannst, ja? Tess, hörst du? Nie dich selbst verleugnen, ja! Nicht Model werden wollen oder etwas anderes Dummes, Innenarchitektin oder dergleichen, ja, Tess?«

»Mensch, Opa, neee…« Tess war gerade dreizehn geworden.

Als ich sechs wurde und in die Grundschule kam, hatte er ein Ledermäppchen für mich gekauft. Ich habe es heute noch. Ein Mäppchen aus rotem Leder, das man mit einem kleinen Messingschloss verriegelt. Er hatte die ganze Stadt danach abgeklappert, wie mir meine Mutter damals erzählte. Es sollte nämlich genauso ein Mäppchen sein wie das, das er selbst früher gehabt hatte. Und die Stifte, der

Radiergummi und der Füller darin waren von der allerbesten Qualität.

12

Mitch war nur für eine Woche aus Berkeley gekommen, als es meinem Vater so schlechtging. Länger war nicht möglich gewesen, weil er Prüfungen hatte. Er fehlte mir schrecklich. Neunzehn war er inzwischen und genau mein Vater, wie ich von den wenigen Jugendfotos wusste, die Iezebel noch von ihm hatte. Dichtes dunkles Haar – bei meinem Vater inzwischen weiß geworden – mit natürlich fallendem Seitenscheitel, breites Gesicht, buschige Brauen, fast schwarze Augen. Beide meistens gut aufgelegt, aber zu unerwarteten Wutausbrüchen neigend. Guter Dinge, wo andere erwartet hätten, dass sie fluchen würden (wenn sie früh aus dem Bett mussten, wenn ein Schaden zu reparieren war, wenn eine Packung Tomatensoße runterklatschte). Dann feixten sie, ließen sich die Laune nicht verderben, taten, was zu tun war.

Wie mein Vater konnte Mitch in aller Seelenruhe einen ganzen Kuchen oder ein ganzes Hähnchen verspeisen. Konnte sich völlig abkapseln und den ganzen Tag stumm und missmutig vor Fernseher oder Computer hocken, um dann abends plötzlich wieder munter irgendeine komische Geschichte zu erzählen. Mitch war genauso hypersensibel und genauso sentimental wie mein Vater, weil er die gleiche Angst hatte, dass einem von uns etwas passieren könnte.

Aber mein Vater war intellektueller. Während Mitch für

sein Leben gern Spiele spielte, war mein Vater ein Büchernarr und durchforstete das Internet, um sich Wissen anzueignen. Mitch war auf Sensationen aus (ich kam irgendwann nicht mehr mit, welche das gerade waren) und hatte Zukunftsträume, die für mein Empfinden wenig Konsistenz hatten. Er wollte eigentlich eine Weltreise machen, ging aber nach Berkeley, um Fußball zu spielen und zu lernen, wie man Drehbücher schreibt. Manchmal redete er plötzlich von der »großen Fahrt« oder dem Militär, dann wieder träumte er davon, auf eine Business School zu gehen (was immer er sich darunter vorstellte) und »stinkreich« zu werden, und es gab auch Momente, da er am liebsten Schauspieler oder Regisseur werden wollte.

Aber angesichts der Tatsache, dass er in jüngeren Jahren lange eine Karriere als Gangster angestrebt hatte, stellten seine diversen neueren Pläne keinerlei Problem für mich dar.

»Mitch? Mitch wird schon etwas finden. Solange er kein Krimineller wird, ist mir alles recht.«

Mein Vater hatte nie viel zu Mitchs Plänen gesagt, als hätte er gespürt, dass sie ohnehin nicht das Richtige für ihn waren. Er hatte sich nach Mitchs Geburt irrsinnig schwergetan, sich an die Existenz dieses Enkelsohns zu gewöhnen, der mein erstes Kind war und sein erster Konkurrent um meine Zuwendung, die zuvor ungeteilt ihm gegolten hatte. Erst als Mitch ein halbes Jahr alt war, hatte er großmütig das Handtuch geworfen und Mitch von nun an genauso geliebt wie wir.

Bei Tess war es anders. Zwischen ihr und meinem Vater war gleich alles gut. Tess war ein Kind, das nichts verlangte, nichts brauchte. Tess schuf sich ihr eigenes Universum und war unbeirrbar. Sie ähnele seiner Mutter, sagte mein Vater einmal. Ich könnte mich ohrfeigen, dass ich an der Stelle nicht nachgehakt habe, sondern noch halb eifersüchtig auf Tess war und beleidigt fragte: »Mehr als ich?«

13

Die Landschaft wurde noch anmutiger, offener, freier. Ich war jetzt wirklich draußen, hier standen auch keine Häuser mehr.

Es hätte mich nicht gewundert, wenn ich hier Dienstmädchen mit weißen Schürzen begegnet wäre, jung und fröhlich, die Arme voll mit Pilzen, die sie für ihre Herrschaften gesammelt hatten und ins Städtchen zurücktrugen. Pilze in Rahmsoße ...

Als Tara und ich junge Mädchen gewesen waren, hatte mein Vater uns mit seiner als Zorn getarnten Besorgnis zur Weißglut getrieben. Ich hatte es trotzdem immer hingenommen. Diese Besorgnis war ja nichts anderes als Liebe. Beides gehörte fest zusammen: Liebe plus Angst gleich wahre Liebe. (Das heißt, sehr große Angst – und damit auch sehr große Liebe, wie ich hoffte.) Tara aber litt darunter. Der Jähzorn meines Vaters, Begleiterscheinung seines Optimismus (abgesehen von seiner unausstehlichen Einmischerei), machte sie verrückt. Tara war oft böse auf ihn, und auf mich gleich mit. Sie wollte meinen Vater nicht verstehen und ärgerte sich schwarz, wenn ich ihn verteidigte. Vielleicht war ich auch feiger als sie. Ich traute mich ja nicht mal, böse auf meinen Vater zu sein. Meine Schwester beschimpfte ihn manchmal glattweg, schrie »Arschloch!« und haute ihm um die Ohren, wie sehr er ihr mit seiner Vergangenheit das Leben vermiese. Weil sie abends nicht wegdürfe, weil er gar kein Interesse an ihrem Leben habe. Weil gegen seinen Krieg alles andere unwichtig sei. »Du immer mit deinem Krieg! Ich hasse deinen Scheißkrieg!«, kreischte sie dann.

So etwas konnte ich nicht sagen, konnte ich nicht einmal denken. Es verschlug mir die Sprache und die Laune, wenn Tara es tat – ich wünschte, er würde ihr einfach eine Ohrfeige geben, damit sie mal einen Dämpfer bekam und in Zukunft den Mund hielt. Aber er schritt meistens nicht groß ein. »Aber, aber, Taartje!«, murmelte er höchstens schwach, und das war schon eine Menge.

Herman sollte seine Töchter nicht verlieren. Wir verloren ihn.

Und genaugenommen verloren wir ihn an seine Mutter. Denn zu ihr ging er letztlich zurück. Daran zu glauben, war ein schöner Gedanke.

14

Es war schon dunkel, als ich das Hotel wieder betrat. Schwere Essensgerüche empfingen mich. So roch es hier abends bestimmt seit Jahrzehnten, im endlosen Trott der obligatorischen althergebrachten Gerichte.

Tara war auf ihrem Bett eingenickt. Im Schlaf sah sie lieb aus. Sie schnarchte leicht.

Ich duschte so leise ich konnte, um Tara nicht zu stören.

Zog saubere Sachen an. Bestimmt war mein Hunger Auslöser dafür, aber ich hatte plötzlich Lust darauf, in das Dunkel einer mondänen Stadt hinauszuziehen, Lust auf Restaurants, gut gekleidete Menschen, Lust darauf, das andere Wasser hier zu kosten, Deutsches zu kosten. Nur weg hier, aus diesem kleinen Hotelzimmer.

»Tara, aufwachen«, flüsterte ich. »Kommst du mit?«

Tara brummte etwas: »Was?«

»Bist du jetzt etwas besser drauf, Taar? Wollen wir essen gehen? Mama wartet bestimmt schon unten … Ich bin eine Runde gejoggt.«

Tara sagte nichts.

Tara wollte nicht mit.

Sie fuhr am nächsten Morgen nach Hause zurück. Das war die Quintessenz ihrer Bedenken.

»Aber du wolltest doch so gerne mitkommen! Jetzt bist du umsonst so weit gefahren!«, rief ich bestürzt aus.

In dem Moment tat sie mir zum ersten Mal richtig leid. Um jemanden zu trauern, mit dem man sich ständig gestritten hatte, war bestimmt sehr kompliziert. Die Vergangenheit war Taras Gegner.

15

Kerzen brannten, und es wurde Mendelssohn gespielt. Im Sitzungssaal des Rathauses von Baden-Baden hatte man ein Porträtfoto von Herman aufgestellt, das ich schon lange nicht mehr gesehen hatte, und dazu ein Foto von dem Haus, in dem er mit seinen Eltern gewohnt hatte. *Versöh-*

nung findet man in der Erinnerung, hatte man darunter geschrieben.

Für Iezebel und mich wurde rührend gesorgt. Man hatte sogar an Petit Fours gedacht, und ich sah meinen Vater in Gedanken eine ganze Platte davon konfiszieren. Auch Käsekuchen und Linzertorte gab es – wie seine Mutter sie früher gebacken haben musste, ich erinnerte mich nur zu gut an seine Beschreibungen.

Es ging mir doch zu Herzen, dass Kuchen serviert wurde, den er immer so gern gegessen hatte. Von Mitch hörte ich später, dass Herman bei seinen vielen Besuchen in dieser Stadt (warum, warum nur war ich nie mitgefahren, wenn er hier einen Vortrag hielt?) mit dem Bürgermeister leidenschaftlich über Essen diskutiert hatte.

Des Lebens von Herman Silverstein wurde in einem kleinen Saal gedacht, in dem sich circa fünfzig Interessierte versammelt hatten, darunter einige Historiker, mit denen mein Vater zusammengearbeitet hatte, und ein Grüppchen älterer, offenbar sehr wohlhabender Damen, die auch Iezebel unbekannt waren.

Der geringe Zulauf enttäuschte mich, und ich überlegte unwillkürlich, was wohl Tara dazu gesagt hätte. Ich hatte mich zwar damit abgefunden, dass sie nicht dabei war, aber nun plagten mich die Gedanken, die sie für gewöhnlich in aggressivem Ton äußerte. Und die ich dann zu widerlegen versuchte.

So entfachte denn all die im Grunde so wohltuende Anerkennung des Schlimmen, das geschehen war, in meinem primitiven Herzen auch gleichermaßen Wut. Ich hasste die Schurken und Verräter, auch die toten, und weidete mich insgeheim an meinem Hass. Er war so etwas wie ein persönliches Kleinod, das ich bei mir trug.

Der Bürgermeister hielt eine reizende Ansprache auf meinen Vater. Ich kämpfte mit aller Macht gegen die Tränen an. Iezebel gab das praktisch sofort auf, und das Schniefen und Schluchzen neben mir gab mir die Kraft standzuhalten. All das, was über Herman gesagt wurde, ließ meinen Zorn schon ein bisschen verrauchen, doch auch nach der Rede vom Leiter des Stadtarchivs, dem Nachfolger desjenigen, mit dem Herman das Gedenkbuch geschrieben hatte, fand ich nicht, dass ich dankbar sein müsste. Das wäre unverhältnismäßig gewesen. Wiedergutmachung gönnte ich niemandem.

Ich bedankte mich trotzdem beim Redner. Sein Name war Dieter von Felsenrath. Er war seinerzeit ein ganz junger Angestellter gewesen, der meinem Vater bei der Aktensuche im Archiv geholfen hatte. Ein hünenhafter Mann, dieser Dieter von Felsenrath, schon fast ein bisschen unheimlich. Er hatte ein breites Gesicht mit einem merkwürdigen, etwas schiefen Mund. Ich bat ihn um seine Karte und sagte leise, um meine Mutter nicht mit einzubeziehen, dass ich dabei sei, Recherchen über meine Großmutter anzustellen.

»Ich bin so erschöpft«, flüsterte Iezebel mir kurz danach zu. »Lass uns bloß gehen!«

Wir machten noch einen kleinen Spaziergang durch die Stadt. Es kam selten vor, dass wir beide zusammen so weit von zu Hause weg waren. Für mich hatte das Ungewohnte der Situation etwas Beklemmendes, wie ein merkwürdiger Traum, in dem ich gefangen war. Iezebel meinte, unterhaltsam sein zu müssen, und das nervte mich. Als hätte ich plötzlich Hermans Seele dazubekommen, mit dem Auftrag, seine Witwe vor allzu weibischem Getue zu behüten. Und so pflaumte ich Iezebel an, obwohl ich nichts lieber wollte, als nett zu ihr zu sein. Nein, mir ist nicht kalt! Herrgott, jetzt sei doch nicht so nervös wegen dem Essen heute Abend!

Ich hätte gern über Tara geredet, aber dafür war jetzt wohl nicht der geeignete Moment.

16

Hier war auch Zewa gegangen. Hier hatte sie für Herman, ihren kleinen, dicken Vielfraß, Kuchen gekauft. Sie hatte in schimmernden Kleidern das Theater besucht, war bestimmt mehr als einmal im Auto durch diese imposante Straße gefahren. In dieser Stadt hatte sie später, von Braunhemden ausgebuht, auf die beschmierten Scheiben ihres Ladens gestarrt. Herman war in einer Seitengasse dieser verkehrsreichen, kalten Straße von Hitlerjungen verprügelt worden. Und was hatten sie gedacht, als sie in ihrem Adler die Stadt verließen, Zewa, ihr Mann Izak und Herman, und noch einmal zu ihrem Haus zurückschauten – hatten sie gedacht, dass sie es je wiedersehen würden? Hatten sie alle Höhepunkte ihres Lebens in dieser Stadt ein letztes Mal an sich vorüberziehen lassen, oder wollten sie da lieber nicht zu viel denken – damit der Abschied weniger endgültig war?

Vielleicht hatten sie auch für nichts von alledem Zeit gehabt.

17

Beim Abendessen hatte ich Dieter von Felsenrath zu meiner Rechten, den Bürgermeister schräg gegenüber, und meine Mutter saß ein gutes Stück entfernt neben einem soignierten Herrn im Smoking. Links von mir saß eine Buchhändlerin, die sich in lebhaftem Dialekt mit der Frau mir gegenüber unterhielt. Mir fiel der Geruch auf, den Felsenrath ausdünstete, süßlich und ziemlich penetrant. Alkohol, wie mir erst nach einigen Minuten aufging. Ich rückte unwillkürlich etwas von ihm ab.

Von Felsenrath hörte ich zum ersten Mal etwas über Zewas Briefe.

Er habe meinen Vater sehr gemocht, sagte er, und er lobte dessen Gründlichkeit. Mein Vater habe ihm viel beigebracht.

»Er war eigentlich immer Lehrer, auch wenn er sich einfach nur mit einem unterhielt. Er brachte mir bei, Fragen zu stellen«, sagte er. »Und wenn ich später las, wie er all die Fakten verwertet hatte, war ich immer wieder verblüfft. Er verstand es, Geschichten daraus zu machen, Leben daraus entstehen zu lassen. Er wollte jeden vor sich sehen können und starrte manchmal stundenlang auf Fotos.«

Es war schon wieder viele Jahre her, dass mein Vater an dem Gedenkbuch gearbeitet hatte. Ich konnte mich gar nicht mehr im Einzelnen daran erinnern. Zu der Zeit hatte ich Examen gemacht und war nur selten bei meinen Eltern zu Hause gewesen. Zumal ich gerade mit Jacob zusammengezogen war. Ich war so froh darüber gewesen, mich endlich von meinen Eltern abgenabelt zu haben, dass ich mich einige Jahre lang nicht mehr so sehr mit meinem Vater beschäftigte.

Dieter von Felsenrath erzählte, dass er meinem Vater nicht nur bei dem Gedenkbuch geholfen habe, sondern auch bei der privaten Suche nach Briefen, Dokumenten und sonstigen Unterlagen von seiner Familie. Geburtsurkunden, Beitrittserklärungen seiner Eltern zu Vereinen, Einwanderungspapiere von seinen Großeltern aus Rumänien, ein geschäftlicher Vertrag zwischen Hermans Vater und einem Cousin, eine Lizenz für den Export von Möbeln, all das hätten sie auftreiben können. Davon wusste ich nichts. Und wie Tara machte es auch mich mit einem Mal traurig, wie sehr mein Vater von dem, was hinter ihm lag, besessen gewesen war. Ich verstand das zwar, aber es war dennoch so, als sei die Vergangenheit viel wichtiger gewesen als wir, seine Kinder. Vielleicht wäre das anders gewesen, wenn er sich uns anvertraut hätte.

Felsenraths Erzählung wurde dadurch unterbrochen, dass jemand gegen sein Glas tickte. Der Bürgermeister erhob sich und sprach einige Begrüßungsworte. Ich wurde mir bewusst, dass ich in der kurzen Zeit drei Gläser Wein getrunken und meine Mutter ihrem Schicksal überlassen hatte. Iezebel sah ein bisschen verloren aus.

Nach den Worten des Bürgermeisters erwähnte Felsenrath die Briefe, die er zwischen den Papieren einer anderen Familie gefunden hatte, den Leeders. Das war ein Name, der mir vage bekannt vorkam. Es handelte sich um Briefe aus Westerbork, die meine Großmutter geschrieben hatte, wie er meinte.

Überrascht fragte ich, ob mein Vater davon gewusst habe,

und bekam nebenbei mit, dass Iezebel inzwischen in ein angeregtes Gespräch verwickelt war. Über die Wirtschaftslage wohlgemerkt.

Felsenrath wusste, dass Fietje Leeder und Zewa hier in Baden-Baden befreundet gewesen waren. Fietje sei auch Jüdin gewesen, aber mit einem nichtjüdischen Mann verheiratet. Die Leeders hätten daher länger in der Stadt bleiben können als die Familie meines Vaters, seien aber schließlich auch nach Apeldoorn gegangen, wahrscheinlich ihretwegen.

Zewa! Es war wie ein Schock, den Namen meiner schon fast mythischen Oma zu hören. Sie war plötzlich ganz nah.

»Und wo sind diese Briefe jetzt?«, fragte ich.

Felsenrath nahm seine Brille ab, putzte sie – und gestand. Er könne die Briefe nicht mehr finden. Vielleicht versehentlich falsch abgelegt. Er habe sie gesucht, weil er uns eine Kopie davon habe mitgeben wollen.

»Es waren besorgte Briefe«, sagte er. »Briefe, denen man anmerkte, wie groß die Angst damals war.« Er meine sich zu erinnern, dass sie aus dem Jahr 1942 oder 1943 gewesen seien. Von Westerbork sei die Rede gewesen, von Herman, von Paketen – Angst, Hoffnung, Furcht. Dass die Leeders sie so sorgfältig aufbewahrt hätten, besage einiges, fand er.

»Und diese Leeders, was ist mit denen passiert?«, fragte ich.

»Die sind auch deportiert worden, und das schon recht früh, Mischehe hin oder her. Sie waren Musiker. Sie hatten Menschen bei sich versteckt. Ein Teil der Familie kam nach Bergen-Belsen. Auch Fietje, aber sie überlebte den Krieg.«

Es war immer wieder der Kontrast, den ich so erschreckend fand. Der Kontrast zwischen dem prallen Leben voller Aktivitäten, Zukunftspläne, Reisen, Entscheidungen und der labilen, unbestimmten Leere voller dunkler Schatten, dem Tod.

Wenn ich ein Buch über Zewa schreiben wollte, brauchte ich diese Briefe. Ich beschwor Felsenrath, weiter danach zu suchen. Dabei sah ich im Geiste den Schreibtisch meines Vaters vor mir. Seine Festung. Seine Schatzkammer. Hatte er…?

Das Dessert bestand aus einem großen Stück Apfelstrudel mit Vanillesoße. Das verschlang ich gierig, denn vom übrigen Essen hatte ich kaum etwas angerührt. Der Apfelstrudel war locker und aromatisch und weder zu süß noch zu sauer. Die delikate Vanillesoße löffelte ich sorgfältig von meinem Teller. Ohne es zu wollen, fiel mein Blick danach sehnsüchtig auf Iezebels Teller, wo noch ein genauso großes Stück lag, völlig unangerührt, bevor ich meine Mutter ansah, die mit freundlichem, aber ziemlich abwesendem Lächeln vor sich hin starrte und nur noch höfliche Floskeln von sich gab, wenn sie angesprochen wurde. Wie eine Spieluhr, die gleich abgelaufen war. Ich ging zu ihr.

»Geht es, Mam?«, fragte ich leise.

»Ich dachte schon, du hörst gar nicht mehr auf zu reden«, entgegnete sie. »Worüber habt ihr denn bloß die ganze Zeit gesprochen?«

Aber ich blieb bei meinem Vorsatz. Was hatte Iezebel davon, wenn sie wusste, dass es Briefe gegeben hatte, die jetzt weg waren?

Am nächsten Tag ließen meine Mutter und ich uns im warmen Wasser des Friedrichsbads treiben.

»Ich fand es so schrecklich, dass er in den letzten Wochen nicht mehr sprechen konnte. Ausgerechnet Herman«, sagte meine Mutter.

»Er hat schon noch was gesagt«, erwiderte ich, »aber ich konnte mir keinen Reim darauf machen.«

»Der Liebe«, sagte Iezebel nur. »Komm, wir gehen ins kalte Wasser. Ich koche.«

Sie stakste mit ihren dünnen, langen Beinen wie ein Storch aus dem Becken.

»Nur noch einen Moment«, sagte ich. »Ich taue endlich ein bisschen auf.«

»Aber wir sind zum Glück noch einmal zusammen gewesen, stell dir vor!«, sagte Iezebel, jetzt etwas gerader aufgerichtet, die Arme hinter sich auf den Beckenrand gestützt. »Dein Vater war so körperlich, trotz seiner Krankheit. Im Krankenhaus …«

»Bitte?«, fragte ich entsetzt. »Körperlich?«

Meine Mutter lächelte nur leise, bevor sie mit dem Kopf unter Wasser tauchte.

18

Wenn ich gewusst hätte, was ich jetzt weiß, wäre ich diesen Briefen natürlich aktiver nachgegangen. Womöglich hätte ich etwas verhindern, hätte den Lauf der Dinge, Pläne, Entscheidungen, Taten verändern können, wenn ich die Suche danach dringlicher gemacht hätte, oder wenn ich meine

Mutter eingeweiht hätte und Mitch. Doch ich befand mich in einer Art Vakuum, einer Luftblase. Bei jeder Kleinigkeit spielte mein Herz verrückt, alles in meinem Körper fühlte sich schwach und verletzbar an, und alles tat weh. Der Tod meines Vaters hatte sich in jedem Winkel von mir eingenistet.

Trauer ist kein fruchtbarer Gefühlszustand. Bei meiner trauernden Mutter zu sein, fiel mir schwer. Ich konnte sie nicht trösten, und im tiefsten Innern irritierte mich ihr Kummer. Der hilflose Blick, den sie mir zuwarf, wenn sie wieder einmal weinte, verriet, dass sie sich bei mir geborgen wähnte, wie ein Kind. Sie brauchte mich, und das belastete mich mehr, als ich sagen konnte. Die Abhängigkeit meiner Mutter machte mir bewusst, dass ich jetzt inoffiziell Waise geworden war. Außer meinem Vater hatte ich auch meine Mutter verloren, das heißt, die Mutter, die ich gekannt hatte. Bei wem konnte ich mich ausweinen? Jacob hatte wie immer viel zu tun – das war der Preis, den wir für das Leben in unserem Haus, unserer Umgebung bezahlten.

Nicht, dass ich darauf aus gewesen wäre. Mir war das Haus von Anfang an viel zu groß gewesen. Und ich fand diesen Luxus naiv, diese unzähligen Zimmer, die Bilder an den Wänden, die niedrigen marokkanischen Tischchen, die ich mal aus Casablanca mitgebracht hatte, als ich Jacob zu einem Set dorthin begleitet hatte. Das war in ferner, ferner Vergangenheit gewesen, als mich das expansive neue Leben, das plötzlich einfach zu uns gehörte, noch benebelt und begeistert hatte. Nachdem vor fast sechzehn Jahren Jacobs Erfolg eingesetzt hatte, der schon fast ungehörig viel Geld hereinströmen ließ (und es strömte weiter, da Jacobs erster Film, den man inzwischen schon einen »Klassiker« nannte, immer noch viel abwarf), hatten wir uns jeder auf seine Weise einem Leben angepasst, das früher völlig undenkbar für mich gewesen und mir wahrscheinlich gar nicht erstrebenswert erschienen wäre. Wie kann das Unvorstellbare auch erstrebenswert sein? Mochte Reichtum für andere auch durchaus nicht unvorstellbar sein, für mich war er es, und für Jacob ebenso, dachte ich jedenfalls immer. Denn als wir uns kennenlernten – ich studierte noch, wir begegneten uns in einer Kneipe –, war er zwar schon ein erfolgreicher politikbegeisterter Journalist gewesen, aber einer, der es gern schlicht und einfach hatte und dem allem Anschein nach überhaupt nichts an Luxus, Geld und materiellen Gütern lag. Nie kaufte er sich etwas Neues. Nur an Essen und Trinken sparte er nicht, und weil er nicht gerne zeltete, wohnten wir im Urlaub immer in guten Hotels, auch als wir es uns eigentlich noch gar nicht wirklich leisten konnten. Als Journalist verstand er es irgendwie, solche Kosten abzusetzen – damit schien er keine Probleme zu haben.

Ein einfallsreicher kleiner Independentfilm über einen jugendlichen Mörder, der auf einer guten journalistischen Idee Jacobs basierte und mit nichts als starkem Willen produziert wurde, änderte alles. Im Zuge seines Erfolgs mit dem Film schulte Jacob zum Filmproduzenten um. Nach dem »Kleinen Mörder« bekam er ohne nennenswerte Mühe das Geld für einen großen Spielfilm über das Kabarett von Westerbork zusammen, ein Thema, das ihn beschäftigte, seit wir uns kannten. Es wurde ein schöner, wenn auch etwas sentimentaler, kommerzieller Film mit umwerfender

Musik. Jacob baute darin Details aus dem Leben meines Vaters ein. Ich musste weinen, als ich das Ergebnis sah, aber nicht nur vor Rührung oder wegen des Themas und dessen Umsetzung. Ich weinte vor Ohnmacht, weil der Film so viel leichter Emotionen auslöste, als es das Chaos und die Unerträglichkeit der Realität je gekonnt hatten. Und dass auch Herman die Fassung verlor, weil er ganz bestimmte Geschehnisse wiedererkannte, trug noch zusätzlich dazu bei, dass bei mir die Tränen flossen. Aber ich durfte mich nicht beschweren, denn diese Geschichte würdigte die tragische Vergangenheit meiner Familie weit mehr als das große Schweigen, das den meisten Toten (aber auch Überlebenden) zuteilwurde.

Jacob ist ein autoritärer Mensch, absolut in seinen Entscheidungen, frei von Zweifeln, wie sie mein Leben bestimmen. Er ist immer stark, aber mit mir zusammen kann er auch jungenhaft und sentimental sein. Seine Kraft kommt am besten zur Entfaltung, wenn er eine leitende Funktion ausübt. Das macht ihn zu einem guten Regisseur, einem Unternehmer mit sicherem Gespür. Weil der Krieg seine Eltern zu seelischen Wracks gemacht hatte, war er, als Einzelkind, schon früh zur Selbständigkeit gezwungen. Sein Vater, der auch schon wieder sechs Jahre tot ist, hat in seinem Leben vieles angefangen, was nach kurzer Blüte wieder einging, seine Mutter, ebenfalls seit Jahren tot, lebte ihr ganzes Leben nach dem Krieg in einer Welt von Wahnvorstellungen und irren Phantastereien weiter. Jacob steckte seinen Eltern hin und wieder etwas zu, wenn sein Vater sich wieder einmal verkalkuliert hatte und das Geld für die nötigsten Einkäufe fehlte. Der Krieg, der das Leben seiner Eltern genauso sehr bestimmte wie das der meinen (seine Mutter wurde auf dem Weg nach Westerbork von ihrer Mutter aus dem Zug geworfen, sein Vater wurde versteckt und von Pflegeeltern aufgezogen), hat Jacob trotzdem immer auf eher abstrakte Weise beschäftigt. Er ist für ihn vor allem eine Quelle von Geschichten. Selbst mit dem Krieg oder der bedauernswerten, tragischen Verrücktheit seiner Eltern, die er nach sich zog, assoziiert zu werden, lehnt er entschieden ab. Er betrachtet den Krieg lieber als ein Phänomen, das mit ihm persönlich nichts zu tun hat.

Deshalb nahm ich es Jacob bei dem Westerbork-Film übel, dass er dem Regisseur erlaubt hatte, sich großzügig aus meiner Familiengeschichte zu bedienen. Daran entzündete sich (unterschwellig) so mancher bittere Streit zwischen uns. Und wir begannen uns voneinander zu entfernen, als Jacob seinen Erfolg plötzlich als etwas betrachtete, was ihm zustand und was sich ganz selbstverständlich fortsetzen würde. Auf Kritik meinerseits hatte er von jeher allenfalls leicht befremdet reagiert – während ich nicht die erforderliche Großmut aufbrachte, ihm seinen Erfolg zu gönnen. Der Film, der fabelhafte Film habe unser Leben aber ganz schön verändert, warf Jacob mir an den Kopf. Dass diese Veränderung auch ein entscheidender Grund für meine Verwirrung war, wusste er zwar nur zu gut, aber er weigerte sich, Verständnis für »diese konservative Ängstlichkeit« aufzubringen. *Tolle Dienstagabende* war in den Niederlanden zur Ikone geworden, nachdem der Film schon am ersten Wochenende fast einhunderttausend Menschen in die Kinos gezogen hatte. Auch im Ausland blieb er nicht unbemerkt und wurde nach zahllosen Preisen (die belegten, wie sehr ich unrecht hatte) schließlich von der Academy in Hollywood zum besten ausländischen Spielfilm gekürt. Danach gab es kein Halten mehr. Jacob, der sich inzwischen in einem Selbstbewusstsein aalte, das uns beiden früher ziemlich lächerlich erschienen wäre, liebäugelte mit der Übersiedelung nach Los Angeles, gegen die ich mich zunächst sträubte. Aber ein neues Leben kauften wir uns mit dem vielen Geld, das Jacob verdiente, schon, angefangen bei einem Haus, einer riesigen Villa in Overveen, mit langer Auffahrt und solidem Zaun um das gesamte Grundstück. Ich hatte es zwar selbst mit ausgesucht aus den anderen ekelhaft kostspieligen Optionen, aber ich kam mir dort fremd und verloren vor. Noch nie war mir so bewusst geworden, wie sehr andere Lebensumstände die Persönlichkeit verändern können, ob man es will oder nicht. Jetzt verspürte ich doch tatsächlich von Zeit zu Zeit den unstillbaren Hunger, mir neue Sachen zu kaufen. Das war ganz ungewöhnlich für mich, und ich war davon überzeugt, dass ich dadurch immer weniger authentisch sein würde. Ich denke manchmal, dass ich in den Jahren von Jacobs erstem wirklich großen Erfolg die meiste Energie darauf verschwendete, krampfhaft an der Person festzuhalten, die ich vor diesem Erfolg gewesen war. Dieses Neureiche passte nun einmal nicht zu der Welt, aus der ich stammte, der Welt der Akademiker. Und ich gehörte nicht in die Welt von Reichtum und Komfort, fand ich. Erst als mir aufging, dass ich damit alle, in erster Linie aber mich selbst, einschränkte und behinderte, wurde ich endlich etwas lockerer.

Jacob kannte keine solchen Skrupel, ja, der Wohlstand schien ihn schon immer angezogen zu haben. Mit der gleichen Leichtigkeit, mit der er vom engagierten Journalisten zum großen Produzenten mutierte, passte er sich den neuen Freunden an, die ihm sein Erfolg bescherte – das Kräftemessen mit Kollegen war ganz nach seinem Geschmack. Er rauchte jetzt Zigarren, und sein Körper wurde breiter und massiger. Manchmal meinte ich sogar, er sei auch größer geworden. Vielleicht wurde man das ja, wenn man so expansiv dachte wie Jacob. Er blieb attraktiv, charmant und geistreich, doch seine frühere Sanftmut wich einer drängenden Ungeduld. Er hörte mir immer weniger zu, hatte immer weniger Nachsicht mit meinen Zweifeln und meinem mangelnden Wandlungsvermögen, und der Machismo, den er in der neuen Verantwortungsposition unweigerlich entwickelte, ließ mich von ihm abrücken, so aufregend die ersten Jahre des Erfolgs auch für unsere Beziehung sein mochten. Wir zogen dann schließlich doch für fast sechs Jahre in die USA. Tess wurde dort geboren und verbrachte die ersten sechs Lebensjahre dort. Mitch war auch schon in den USA zur Welt gekommen, während eines früheren einjährigen Aufenthalts.

Mittlerweile hatte ich mich an Wohlstand und Komfort gewöhnt. Unser Haus in Overveen bot viel Freiraum, und man konnte dort ungestört arbeiten. Ich schrieb freiberuflich für eine Abendzeitung und hatte ein Buch über einen berüchtigten Kunstbetrug verfasst, das sich ganz gut verkaufte. Da die Hausarbeit in so einem stattlichen Heim viel Zeit in Anspruch nahm und ich dafür viel zu unpraktisch und unordentlich veranlagt bin, kam vier Vormittage die Woche eine Hilfe, eine freundliche Ghanaerin namens

Monica Vandijck. Ihr Nachname hatte mich erstaunt, aber Monica erzählte, dass es viele Ghanaer gebe, die Namen früherer niederländischer Kolonisten trügen. Ich bemühte mich seit Jahren um eine Aufenthaltsgenehmigung für sie, was nicht so recht gelingen wollte, da sie nie einen Asylantrag gestellt hatte.

Für Mitch war es in den ersten Lebensjahren herrlich gewesen, im Haus herumtollen zu können und ein eigenes großes Zimmer zu haben. Tess liebte später, als wir aus den USA zurückkehrten und uns wieder im Haus einrichteten, vor allem auch die Schaukel, die unter dem Dach an einem der hohen Balken hing. Der Rasen hinter dem Haus wurde jetzt für Mitch und seine Freunde zum Fußballplatz.

Ich hatte mir das kleinste, aber hellste Zimmer ausgesucht. Dort spielte ich, dass ich nach wie vor mein eigenes Leben hätte. Ich hatte viel Mühe darauf verwandt, alles bequem und gemütlich einzurichten, dabei aber trotzdem dem Stil unserer so viel kleineren alten Wohnung im Amsterdamer Jordaan-Viertel treu zu bleiben, doch ich konnte nicht verhindern, dass nach und nach die Insignien von Wohlstand und Modernität den Weg in unser Haus fanden. Auch bei uns trat an die Stelle der althergebrachten Küche der offene Raum mit Kochinsel, wurden die alten Holzdielen herausgerissen und durch große graue Steinfliesen ersetzt, die schmutzabweisender waren, hielten Regendusche und Betonelemente Einzug ins Badezimmer und fanden alle anderen Formen modernen Designs ihren Platz in Diele, Wohnzimmer und Schlafzimmern – nur hier und da noch aufgelockert durch meinen fröhlich-bunten Blümchenkrimskrams von früher. Bin ich schon genauso geworden wie unser Haus?, fragte ich mich manchmal. Oder bin ich ein vergessenes Überbleibsel aus längst vergangenen Zeiten?

So richtig auskosten ließ sich der Luxus auch deswegen nur bedingt, weil Jacob, dessen ehrgeiziges Streben nach »Höherem« nicht recht anschlagen wollte, oft zu Hause herumbrütete, wenn er sich nicht im Büro um Dinge kümmern musste, die ihn immer weniger interessierten. Zehn Jahre nach dem Rausch des Überschwangs, in den ihn die Anfangserfolge versetzt hatten, suchte er vergeblich nach einem Projekt, das ihn intellektuell gleichermaßen befriedigen und ihm genauso viel Ruhm und Reichtum einbringen würde wie sein erster richtiger Knüller. Er besaß inzwischen eine eigene Firma, die sehr erfolgreiche und lukrative Fernsehfilme produzierte, aber der Traum, noch einmal einen Film zu machen, mit dem er sich in vergleichbarem Maße identifizieren konnte wie mit *Tolle Dienstagabende,* hatte sich nicht erfüllt.

Ich hatte Verständnis für diesen Traum, aber mir war seit Jahren so, als würde ich Jacob gar nicht mehr richtig kennen. Er nahm zwar wie früher regen Anteil an allem, was sich in der Welt abspielte, aber da er andererseits eine geradezu hysterische Angst davor entwickelt hatte, dass der Reichtum, der bis vor wenigen Jahren noch so irrelevant für ihn gewesen war (jedenfalls hatte er mich das früher glauben gemacht), womöglich von jetzt auf nachher vorbei sein könnte, ließ er sich jetzt immer wieder des Geldes wegen auf kommerzielle Projekte ein, die ihm eigentlich nichts sagten.

»Wir können nicht von der Luft leben, Saar, oder von deinen Artikelchen!«, polterte er dann.

Da hatte er natürlich recht, und es war ja auch ganz in Ordnung, dass Jacob dann eine Zeitlang nicht zu Hause hockte und brütete, aber ich wusste ganz genau, dass die Stimmung danach wieder auf den Tiefpunkt sinken würde und ich auszubaden hätte, dass er so eine dämliche Fernsehserie habe machen müssen, die er gar nicht vertreten könne. Jacob lebte immer auf, wenn er viel zu arbeiten und zu organisieren hatte – ich auch, weil er dann nicht zu Hause war.

19

Drei Wochen waren seit Baden-Baden vergangen, und weder meine Mutter noch ich hatten etwas von Tara gehört. Unmöglich fand ich das von ihr. Ich arbeitete inzwischen an einem Artikel über in Vergessenheit geratene Gemüsesorten, solche Themen halste man mir des Öfteren auf. Meine Spezialität bei der Zeitung war nämlich, dass ich keine Spezialität hatte. Ich war die richtige Adresse für alles Kuriose, nicht zu Politische, das einen seriösen Beitrag wert, aber leicht genug für die letzte Seite war. Das hatte ich mir nach Baden-Baden zunutze machen können und einen Artikel mit der Überschrift »Heilbäder – Mythos und Wahrheit« verfasst.

Die Briefe von meiner Großmutter hatte ich nicht vergessen, aber noch fehlte mir der Mut, in den Sachen meines Vaters zu schnüffeln. So weit war ich noch nicht. Und mit der Zeit kam es mir auch immer unwahrscheinlicher vor, dass sich die Briefe noch finden würden und ich sie je mit eigenen Augen zu sehen bekäme. Ja, ich fragte mich sogar, ob ich mir die Beichte des geknickten Dieter von Felsenrath nicht vielleicht eingebildet hatte. Ich hatte an dem Abend viel Wein getrunken, er auch. Und überhaupt, was war denn, wenn es die Briefe tatsächlich gab und sie je wieder auftauchten? Ungelesenes und dann auch noch Verlorengegangenes verhieß immer größere Offenbarungen, als es in Wirklichkeit zu bieten hatte. Worauf war ich eigentlich aus? So vieles war zerstört und im Chaos der Geschichte verschwunden, warum sollten ausgerechnet hier Antworten und neue Erkenntnisse zu finden sein?

Und dann kam der Tag, da deutlich wurde, dass es vorbei war mit dem vermeintlichen Einfluss meines Vaters auf das Schicksal.

Zu der Zeit nannte ich es noch so: Schicksal. Inzwischen weiß ich es besser.

Das Wetter war nass und herbstlich. Wehmütig hatte ich mit angesehen, wie der Wind immer unerbittlicher das verdorrte Laub von den Bäumen blies. Eine Weile waren die Straßen mit einer dicken Schicht raschelnder goldener Flocken bedeckt. Bis der richtige Novemberregen einsetzte, konnte man diese Laubhaufen noch mögen, darin herumwaten und sie hochwirbeln lassen und sich einbilden, es würde immer so bleiben, so traumhaft und erstaunlich mild und freundlich.

Ich hatte den Herbst immer schon gemocht, aber noch viel mehr, seit wir in Overveen am Rand von Wald und Dünen wohnten, wo sich Farben und Atmosphäre in dieser Jahreszeit so dramatisch veränderten. Ich mochte die Melancholie, das gedämpfte Sonnenlicht.

Aber in diesem Jahr unterstrichen all diese unschuldigen Herbstboten nur mein Gefühl, dass die Welt verging, die mir vertraut gewesen war und in der ich mich zu Hause gefühlt hatte – also kurz gesagt die Welt, in der mein Vater noch gelebt hatte. Und dazu noch Mitch, der von zu Hause weg war und in Berkeley studierte. In allem sah ich Verlassenheit und Niedergang. Die einsetzenden Regenfälle räumten dann auch mit den letzten Illusionen auf, die Bäume wurden kahl und trist, die Straßen schmutzig, das Laub schwarz und modrig.

20

Meine neuen Joggingschuhe sind binnen einer Minute nass und verdreckt. Ich versuche, nicht zu denken, aber das gelingt mir schlecht.

Mein Vater kommt nicht mehr zurück, pulst es in meinem Kopf, und mit ihm ist die Vergangenheit, die er repräsentierte, die er gelebt und uns nahegebracht hat, zu etwas geworden, was nur noch in staubigen Archiven voller zerfallender Briefe und Dokumente existiert. Ich kämpfe mit Schatten aus einer Vergangenheit, die keiner mehr für lebendig und von Belang hält, es sei denn als Material für ein spannendes Buch oder einen dramatischen Film. »Interessant« und »fesselnd«, aber kein Grund mehr für heiße Tränen der Wut oder des Kummers – wie bei meinem Vater oder, nur ein kleines bisschen weniger stark, bei mir. Für uns waren fünfundsechzig Jahre Zeit ein abstrakter Begriff. Die Vergangenheit war ein schlafendes Ungeheuer, das jederzeit wieder aufwachen konnte, um unverändert fest zuzubeißen.

Wenn man joggt, fängt man an zu sinnieren. Nachdenken wäre ein zu großes Wort, dafür macht der Körper mit seinem Keuchen und Stampfen zu viel Lärm.

Wer bin ich nur geworden?, sinniere ich. Nicht einmal mein Alter kann ich fassen – abgesehen davon, dass ich mit vierzig plötzlich feststellte, wie weit ich mich von meinem gefühlten Alter entfernt hatte (acht Jahre!). Das Bewusstsein hat sich aber gleich wieder verloren, denn obwohl das Älterwerden im Freundinnenkreis ein beliebtes Thema ist, bei dem man sich gemeinsam gruseln kann, habe ich eigentlich nie Angst davor gehabt. Ich habe Jahre gebraucht, bis ich gelernt hatte, wie man jung ist, eine junge Frau. Ich bin nie imstande gewesen, ein klares Bild von meiner Zukunft zu entwickeln (sieht man mal von einigen Traumvorstellungen ab: schreibend, an einem alten Schreibtisch in einem sonnendurchfluteten Zimmer mit hohen Fenstern; an einem Cocktail nippend, umringt von arrivierten Persönlichkeiten, die sich von wichtigen Posten her kennen; durch eine Großstadt joggend, New York, Paris, einem Taxi winkend, bewundert, lachend, erfolgsverwöhnt – Bilder aus Klischeefilmen). Ich habe etwas Starres an mir, sinniere ich, einen Konservatismus, ein Unvermögen, nachzugeben, mitzumachen, mich an die Veränderungen zu gewöhnen, die das Leben mit sich bringt. Die Welt wandelt sich so schnell. Die meisten Menschen, die ich kenne, wissen gar nicht mehr genau, wer sie vor zehn Jahren waren. Verwirrend. Alle surfen, spielen, kommunizieren per Computer. Nur dann existiert man, ist man ein funktionstüchtiges Rädchen im gigantischen virtuellen Getriebe, das sich hinter dem sichtbaren Alltagsleben verbirgt. Ich komme mir manchmal vor wie ein Relikt aus einem anderen Zeitalter. Als mein Vater noch lebte, hatte diese ziemlich beklagenswerte Haltung noch eine gewisse Berechtigung, weil sie etwas war, was uns verband, aber mit seinem Tod ist mein Alibi für fröhliche Weltfremdheit ein für alle Mal hinfällig geworden.

21

Ich schlage den Waldweg zur nächsten, circa sechs Kilometer entfernten Ortschaft ein. Er führt an einer wunderbar stillen Straße entlang, auf der nur selten ein Auto fährt. Je stiller, desto besser. Ich finde endlich einen guten Laufrhythmus. Die Vorstellung, dass das Früher nach wie vor irgendwo besteht, ist tröstlich, sinniere ich, wenn ich auch manchmal nicht genau weiß, welches Früher, welches »alte« Selbst ich gerne zurückhätte. Meine Kindheit wahrscheinlich? Ich weiß noch unsere erste Telefonnummer, und manchmal bin ich drauf und dran, sie zu wählen, um zu sehen, was passiert. Ob mein altes Leben abnimmt, ich selbst als Achtjährige, meine Mutter mit siebenunddreißig, im Sommerkleid, mit rotem Lippenstift und Wasserwelle im Haar.

Veränderungen habe ich von jeher schwer verschmerzen können. Sogar mein Vater musste darüber lachen. Als er und meine Mutter umzogen, war ich lange untröstlich. Genauso wie damals, als wir aus der Dreizimmerwohnung auszogen, in der wir gewohnt hatten, bis ich sieben war, eine

Wohnung mit Kohleöfen. In der neuen Wohnung hatten wir Zentralheizung, aber ich wartete nach wie vor auf das Geräusch der Kohlenschütte, die in den Ofen ausgeleert wird. Und seine Wärme – echte Wärme.

Ich muss oft an eine Gedichtzeile von Lodeizen denken: *All diese Dinge geschehen und sind / säuberlich geordnet.* Nicht für mich. Ich sehe nirgendwo Ordnung. Sogar die Zeit ist ein Chaos. Und die gesamte Geschichte dreht sich letztlich um Krieg. Ein bisschen Frieden, und dann der nächste Krieg. Wie Kriege entstehen und Menschen aufgrund von Absichten, Plänen, Ideologien sterben – das ist mir ein Rätsel. Dass meine Großeltern wirklich umgebracht wurden, dass sie aus ihrem gesicherten bürgerlichen Leben in den primitivsten, bedauernswertesten Zustand geworfen wurden, den man sich vorstellen konnte, aus dem goldverzierten Konzertsaal in das dreckigste, abscheulichste Loch der Welt, aus dem Leben mit Torte und Vergnügungen in den Tod durch Hunger und Krankheit und Mord und Folter – mein Geist verweigert mir seinen Dienst, wenn ich daran denke.

Den Wind im Gesicht, den Schweiß auf der Haut, der mein Shirt am Körper kleben lässt, begreife ich endlich, vielleicht zum ersten Mal, dass es kein Zurück mehr gibt.

22

Es ist still auf dem Weg, so still, dass ich mich keuchen höre. Seit ich hier eingebogen bin, ist mir noch niemand begegnet. Auch die Straße ist verlassen. Seit hundert Meter weiter, jenseits von einem breiten Wassergraben, eine neue Durchgangsstraße gebaut wurde, wird diese alte Straße kaum noch benutzt.

Die Stille hat etwas Geistesabwesendes, Undefiniertes, sie ist weder erwartungsvoll noch bedrohlich – Naturgemurmel vor dem Hintergrund weit entfernter Verkehrsgeräusche, eines Bahnübergangs, Vogelgezwitscher, das Tropfen des Regenwassers von den Bäumen, ein freundliches, sanftes Gewirr von Nicht-Lärm. Die Natur mutet friedlich an.

Ich soll nur zu bald erfahren, dass dieser Frieden vorübergehend ist. Dass die Stille der Natur zuweilen ihre Nachteile hat.

Das Geräusch manifestiert sich wie ein Schuss, so plötzlich ist es da. Mir ist, als würde mein Herz ein paar Takte aussetzen, als das Auto auf mich zugerast kommt. Ohne die Geschwindigkeit zu drosseln. Im Gegenteil, es scheint, als halte es auf mich zu, absichtlich, oder weil mich der Fahrer nicht sieht.

Ich mache einen Hechtsprung in die Böschung, während ich mir wütend mit der Hand vor die Stirn schlage.

Ich schreie: »Arschloch! Idiot!«

Eine halbe Sekunde lang blicke ich direkt in das Gesicht des Fahrers. Es ist ein Mann, und sein Gesichtsausdruck erscheint mir in dieser Momentaufnahme konzentriert, ja abgeklärt – oder ist das Lust, Vergnügen? Genauso gut könnte es Hass sein, denke ich gleichzeitig. Als er vorüber ist, stürze ich auf die Straße zurück und springe, dem davonfahrenden Wagen nachschauend, wütend auf und ab, wobei ich mir weiter demonstrativ vor die Stirn schlage. Das Kennzeichen des Wagens kann ich ohne Brille nicht erkennen, aber die Marke, es ist ein VW, schmutzig weiß. Er scheint jetzt nicht mehr so schnell zu fahren, denn ich habe ihn immer noch im Blick, während er sich doch vor kaum einer Minute wie aus dem Nichts materialisierte.

Mir schwant plötzlich Unheil, und ich drehe mich um und spurte los, schnell, schneller, so schnell, wie ich noch nie gerannt bin. Meine Beine geben ihr Bestes, eine Minute, zwei Minuten lang, dann ist es, als füllten sie sich mit einer zähflüssigen Substanz wie warmer Honig, die sie zu bremsen scheint. Bremsflüssigkeit. Noch singt das Auto in der Ferne. Mit schwereren Beinen als je zuvor renne ich, was das Zeug hält – und höre, was ich schon befürchtet hatte.

Welche Ironie: dass der kurze Moment der Stille, derselben Stille, die gerade eben noch so friedlich war, nun so unheilvoll ist. Ich sehe, was Menschen wie mein Vater, Menschen, die immer an das Schlimmste denken, sofort vor Augen haben. Schreckensszenarien, mit fotografischer Präzision ausgemalt.

In diesem Fall sind es die quietschenden Reifen eines Autos, eines Autos, das abrupt bremst und wendet.

Es war nicht genug. Es kommt noch mehr.

23

Noch schneller kann ich nicht rennen. Meine Beine sind bleiern, und ich kann tun, was ich will, ich bin zu langsam. Wie soll man auch den Vorsprung gegen ein Auto halten, das voll aufgedreht wird?

Es kommt hinter mir her, mit seinem Singsang aus surrenden Reifen, verbrennendem Benzin, Stahl. Blöd, diese beschwingte Melodie.

Irgendwer gießt etwas Schweres in mich hinein, ich fühle, wie es in meinen Magen läuft, ein Ballon, der mit Wasser gefüllt wird.

Wann wird man sich bewusst, dass etwas wirklich schlimm ist, wenn einem so eine Erfahrung bisher immer erspart geblieben ist? Der Motor des Wagens wird noch eine Oktave höher gedreht, klingt aggressiver, hysterischer, näher, und da erst wird mir bewusst, dass selbst meine schlimmsten Phantasien überstiegen werden.

Das passiert, wenn du schutzlos bist, wenn niemand mehr auf dich aufpasst. Ich renne nach links, möglichst weit zum Stacheldrahtzaun hin, der den Wald einfasst. Hier kommt er mit seinem Auto nicht hin, denke ich. Ich entsinne mich, dass hier irgendwo ein inoffizieller Reitweg abzweigt, vielleicht nur ein paar Meter weiter, aber ich sehe ihn nicht. Ich bin auf diesem Weg gefangen, es gibt keinen Ausweg.

Plötzlich eine Art Sonnenfinsternis, die Verdunkelung durch einen Schemen aus schmutzig weißem Lack.

Der Volkswagen.

Er wird wild nach links herumgerissen und verstellt mir den Weg. Sofort geht die Tür auf, und ein großer Kerl steht da, als wäre er vom Wagen ausgespuckt worden.

24

Ja, groß ist er, daran erinnere ich mich nur zu gut. Er dürfte Ende fünfzig sein, trägt Jeans, schwarze Sportschuhe, hellbraune Lederjacke. Mit seinem Hundegesicht und der schwarzen Sonnenbrille hat er was von Derrick, aus der deutschen Krimiserie. Strohiges weißgraues Haar, das unter einer Kappe hervorschaut, auf die er eine Sonnenbrille gesetzt hat (noch eine!). Er verschränkt die Arme vor der Brust, langsam, grinsend und bedrohlich, sehr bedrohlich – Bühne frei, hier komme ich!, wie im Theater, aber das hier ist kein Spiel. Ich bin gezwungen, stehen zu bleiben, will kehrtmachen, sage mir aber, dass er mir dann auch wieder nachjagen wird.

Ich komme mir vor wie ein verängstigtes Tier, ein kleines Tier im Stroboskoplicht, mit meinen ruckartigen Bewegungen, meinem hin- und herflackernden Blick, Schlupflöcher im Belagerungswall suchend, Fluchtwege, notfalls auch Anknüpfungspunkte für ein Gespräch. Das hier muss ein Missverständnis sein, ich muss mich beruhigen, das kann doch nicht wahr sein.

Schweißnass, das bin ich auch, der Beinansatz der kurzen Radlerhose feucht, mein ungeschminktes Gesicht glänzend, das verschwitzte Haar darum herum verklebt. Schutzlos, keinerlei Verkleidung.

Das Auto blockiert den Weg. Ich versuche erneut, das Kennzeichen zu entziffern, doch dafür steht der Wagen zu schräg.

Jetzt seufzt der Mann ganz tief und misst mich mit seinem Blick. Darin liegt eine kalte Zufriedenheit, die ich mir nicht erklären kann. Weil er mich gestellt hat? Auch den aggressiven Zug um seinen Mund kann ich nicht deuten – unverhältnismäßig. Dass er mich fast über den Haufen gefahren hat, ließe sich noch bestreiten, aber wie er mir jetzt den Weg abgeschnitten hat, nicht. Er weiß – das sehe ich, so blickt er, so steht er da –, dass er damit ein Statement abgegeben hat, an dem es nicht viel zu deuteln gibt.

Was will er? Ansätze zu einem möglichen Gespräch oder etwaigen Verhandlungen gibt es nicht. Was sieht er? Keine Frau. Ein Insekt vielleicht. Ein schwitzendes, verängstigtes Wesen, ein armseliges Opfer, das er sich aus unerfindlichen Gründen vorknöpfen muss, das ihn beleidigt hat und das kleingemacht und eingeschüchtert werden muss, das er kaputtmachen kann, wenn er will. Mir wird in diesem Moment auch bewusst, dass ich nicht mehr attraktiv genug bin. Ich kann zwar immer noch sehr gut aussehen, wenn ich geschminkt bin und etwas Hübsches anhabe, aber für einen wie den hier bin ich kein Geschenk. Ich trage nicht viel auf der Haut, und das Wenige liegt auch noch sehr eng am Körper an, aber für mich ist deutlich spürbar, dass ich diesen Mann nicht ablenken kann, dass er nichts sieht, was ihn milder stimmt, für mich einnimmt. Nicht, dass ich darauf aus wäre …

Wie hilflos mein Körper ist, ich bin. Und jetzt erst meldet sich die richtige Angst. Sie ist wie ein Sturm, der in mich hineinfährt, ein Orkan der Angst. Die Erkenntnis, dass ich unattraktiv für ihn bin, macht mich womöglich noch ängstlicher, als wenn er zu erkennen gegeben hätte, dass es ihm um mich als Frau geht. Es gibt für ihn nichts zu gewinnen, sondern nur etwas zu vernichten und zu zermalmen.

Und ich verfluche meine Eitelkeit.

25

»Was sollte das?«, fragt er betont langsam.

Er nimmt eine noch bequemere Haltung ein, reibt sich an seinem Wagen, als handle es sich um ein Tier, dessen Loyalität außer Frage steht. Ich antworte nicht, ja versuche sogar einen leicht spöttischen, ungläubigen Blick aufzusetzen, als könnte ich noch alles ins Lächerliche ziehen, wenn ich Zweifel am Ernst der Situation demonstriere. Hokuspokus fidibus!

Ein absurdes Universum, in das ich da geraten bin. Ich frage mich, ob ich den Mann schon einmal gesehen habe. Die Sonnenbrille, die Haltung, der Hass. Ein großer, hässlicher, aggressiver Mann, der keine Enttäuschungen wegstecken kann, den Misserfolge und Demütigungen fuchsen, der aus Faulheit oder weil er als Kind ADHS hatte, in seinem Leben gescheitert ist, der immer mit den Fäusten draufhaut, wenn ihm was in die Quere kommt.

»Was sollte das?«, wiederholt er.

»Sie haben mich beinahe angefahren«, sage ich so selbstbewusst ich kann.

Ich bekomme weiche Knie.

»Was sollte das?«, sagt er zum dritten Mal, als hätte er gar nicht gehört, was ich gesagt habe.

Jetzt bin ich mir sicher. Er lechzt nach Blut. Mit Vernunft ist ihm nicht gedient. Er löst sich von seinem Wagen. Ein paar Schritte, und er steht vor mir.

Ich rühre mich nicht, weiche nicht zurück, bin fest entschlossen, nicht durchblicken zu lassen, dass ich seine Überlegenheit spüre.

Er ist mir jetzt so nahe, dass ich seinen Atem rieche und den Geruch, den sein Körper ausströmt, ein muffiger Geruch, dem etwas von Azeton anhaftet. Ungewaschener Penis, denke ich. So werde ich ihn meinen Freundinnen beschreiben, im Universum unseres Humors, das jetzt so unendlich weit entfernt ist. Ein weißgrauer Wikinger, der nach ungewaschenem Penis riecht.

»Wollen Sie mir Angst machen, oder was?«, frage ich mit größtmöglicher Verachtung.

Meine Stimme zittert, wie ich verärgert feststellen muss. Meine Zunge ist so schwerfällig, als hätte ich statt ihrer ein Steak im Mund. Ich bin ungeheuer wütend, aber leider ist meine Angst größer.

»Hast du denn keine Angst?«, raunt er. »So ganz allein im Wald, wo nie einer hinkommt? Findest du es da nicht ein bisschen dumm, mitten auf der Straße rumzuhampeln und fremden Autos hinterherzuschreien?«

»Ach, lass mich doch in Ruhe, Mann«, piepst meine dünne, verlorene Stimme ums Steak herum. »Mitten auf der Straße war ich gar nicht.«

Er kommt noch näher, ich fühle seine Körperwärme und will einen Schritt nach hinten machen. Doch mit panischem Schrecken entdecke ich, dass das nicht geht, weil dort ein Baum ist.

»Das lass ich mir nicht bieten.« Er betrachtet mich eingehender. »Nein, das lass ich mir nicht bieten«, sagt er noch einmal, scheinbar gedankenverloren. Er hat die Augen hinter der Sonnenbrille halb zugekniffen, und es sieht so aus, als schiele er auf meinen Busen. »Sara joggt hier öfter, hm?«

»Wo- woher kennen Sie meinen Namen?«, frage ich.

»Sara«, murmelt er. »Einfach geraten. Da staunst du, was?« Und dann reißt er mir mit einem Ruck das Goldkettchen mit dem hebräischen Symbol Chai als kleiner goldener Anhänger ab, das ich vor neunzehn Jahren zu Mitchs Geburt geschenkt bekam. *Chai* bedeutet Leben. Ich falle beinahe um. Ich rieche den Atem des Mannes, säuerlich, chemisch, und muss würgen. In den Tiefen meines Körpers höre ich mein Herz schlagen, hart und laut wie ein geheimer Gong. Tränen brennen hinter meinen Augen. Ich habe es mir also nicht eingebildet. Er hat wirklich mit dem Wagen auf mich zugehalten. Auf mich, Sara. Vielleicht ist er sogar gezielt hierhergekommen, er wusste ja offenbar, dass ich hier jogge. Er kennt mich, er will mir etwas antun. Wenn ich mit diesem Gong doch jemanden alarmieren könnte! Unter der Bedrohung wird mein Körper zu einem Kind, das ich beschützen muss, einem hilflosen Kind, so muskulös und durchtrainiert er auch sein mag.

Der Mann ist so nahe, dass er mir die Gurgel zudrücken könnte, wenn ich eine falsche Bewegung mache. Aber er rührt mich nicht an. Formell verkehren wir noch in einer Phase des Taktierens und Abwartens. Wenn ich Ruhe bewahre und mich in den Griff bekomme, könnte noch alles gut ausgehen. Aber die Angst, die Wut, die Beschämung, die unglaubliche Tatsache, dass er meinen Namen kennt, mein Kettchen zerrissen hat – ich höre es mich schon erzählen. Jacob, wo bist du?

»Und jetzt will ich gerne mal wissen, was du mir denn sagen wolltest, mit deinem Händchen!«

»Das ist doch jetzt ganz egal«, flüstere ich zitternd. »Sie sind zu schnell gefahren. Ich habe mich erschrocken …«

Mit einer blitzschnellen Bewegung pflanzt er links und rechts von meinem Kopf seine Hände auf den Baumstamm. Ich versuche, unter seinem Arm hindurchzutauchen. Da drückt er die Unterarme gegen meinen Hals und sieht mich gespannt an. Ein Wolf, der seine Beute in Augenschein nimmt, um zu entscheiden, welches Stück er zuerst fressen wird.

»Was?«

»Bitte?«, flehe ich, und mir entwischt ein Schluchzer, für den ich mich hasse.

Ich probiere, mich nach unten rutschen zu lassen, aber er drückt mich mit seinem vollen Gewicht gegen den Baum, gibt nicht einen Zentimeter nach. Und trotzdem denke ich immer noch, dass er mich nur einschüchtern will. Ich habe so viel über das Böse gehört, und dennoch geht mir nicht auf, dass ich ihm jetzt ins Auge sehe.

»Was wollen Sie von mir?!«

»Bitte?«, äfft er mich nach. »Du machst mir Spaß. Dachtest wohl, du könntest hier Polizei spielen und mir einfach mal 'nen Vogel zeigen?! Aber du hast schon verstanden, hm? Dass ich mir das nicht bieten lasse. Dass du dir das bei mir nicht erlauben kannst. Wenn du mich verarschen willst, musst du schon ein bisschen schneller rennen können.«

Ich höre ein Pfeifen im Kopf, hoch und durchdringend. Ich denke an alltägliche Dinge: Die Verabredung nachher, muss ich die jetzt absagen? Was koche ich morgen, ich habe Leute eingeladen – Fleisch oder Fisch, grille ich die Spargel mit Balsamico? Wie mager eine Freundin durch eine reine Eiweißdiät geworden ist. Ich habe den Termin beim Zahnarzt gestern vergessen! Den Artikel, an dem ich zurzeit schreibe, ein Interview mit einem Biographen. Textpassagen, die ich zuletzt überarbeitet habe, ich sehe das Satzbild nahezu wortwörtlich vor mir. Meine Füße und Knöchel sind gefühllos.

Der Mann schlägt mit der flachen Hand auf den Baumstamm, dicht neben meinem Gesicht. Ich versuche die Gelegenheit dazu zu nutzen, seiner Umklammerung zu entkommen. Zu spät, er rammt mir sein Knie zwischen die Beine und drückt den Oberschenkel hart gegen mein Schambein.

Ich schreie unwillkürlich auf, vor Schmerz und Schreck, und er lacht. Ich setze alle Kraft, die noch in mir steckt, daran, mich ihm zu entwinden. Panisch merke ich, wie sehr mich sein Knie festnagelt, sein Brustkasten einzwängt. Er hält jetzt meine Arme fest. Ich versuche ihn zu beißen.

»Bitch«, schimpft er.

Er verpasst mir einen seitlichen Kopfstoß, trifft meinen Mund, seine Sonnenbrille verletzt mich, ich schmecke Blut, den intimen Erdgeschmack seines fettigen weißen Haars, seine Haut an meinem Zahnfleisch.

»Fühlst du das?«, keucht er.

Und ob ich fühle, wie er hart gegen meinen Unterleib pumpt, den Mund keuchend an meiner Stirn.

Das war es also. Ich sehe mich hilfesuchend um, die Natur ist unverändert, aber ihre Stille ist jetzt so grausam. Weit und breit kein Mensch. Genau das würde passieren, genau davor wird ein Mädchen gewarnt, sowie es laufen kann. Jetzt erst, denke ich. Jetzt noch. Ich versuche, mich ganz dünn zu machen und schlapp runterzurutschen, doch ehe ich mich ihm so entziehen könnte, hat er mich schon mitgezerrt, fest an sich gepresst, so dass ich gar nicht eigenständig laufe, eine Schraubzwinge ist er, seine Körperwärme schrecklich, bis wir bei der Öffnung im Stacheldraht sind, der Abzweigung des Reitwegs, die also doch da war, und er mich in den Wald zerrt und hinter einem Baum unsanft zu Boden drückt. Hier sind wir von der Straße her unsichtbar.

Mein Rücken schrammt über den Stamm eines gefällten Baums und eine hochragende Baumwurzel, und ein unmenschlicher Stich fährt in meinen Fuß. Ich höre mich schreien, so laut und hoch, dass ich meine eigene Stimme nicht wiedererkenne, und dann bohrt sich mir nichts, dir nichts ein Tannenzapfen in meinen Rachen, und ich schmecke Harz, verspüre Schmerzen an Gaumen und Zahnfleisch. Er hält mir die Arme fest, er ist stärker, viel stärker als ich, und er keucht. Ich denke an meine Kinder, die ich mit meinem Körper schützte und tröstete, als sie klein waren – ein Kuss zur Segnung, ein Streicheln zur Beschwichtigung des Bösen. Das Gegenteil von dem jetzt.

Ungeduldig fummelt er an meiner Radlerhose, und gleich darauf spüre ich seine dreckigen Finger in mir, zwei gleichzeitig. Eine Art Seufzen entfährt seinem Mund, während er mir den Tannenzapfen tiefer in den Mund drückt. Ich würge. Jetzt auch ein schneidender Schmerz in meinem Unterleib – seine Finger graben tief und besitzergreifend.

Sein Schwanz steht nackt und ledrig wie eine Schlange vor seinem Bauch, er muss sehr erregt sein, von Hass erregt, und ich ersticke fast, als er sich mit den Knien mehr Platz zwischen meinen Beinen verschafft, damit seine schändenden Hände, die sich nähernde Schlange freies Spiel haben. Ich trete, ich winde mich, ich schlage meinen Kopf gegen den seinen.

»Suter schreibt so lässig und elegant, wie Allmen lebt.«
Tages-Anzeiger, Zürich

Auch als Diogenes Hörbuch

detebe 24177, 208 Seiten
ca. € (D) 9.90 / sFr 15.90* / € (A) 10.20
April

Allmen, eleganter Lebemann und Feingeist, ist über die Jahre finanziell in die Bredouille geraten. Fünf zauberhafte Jugendstil-Schalen bringen ihn und sein Faktotum Carlos auf eine Geschäftsidee: eine Firma für die Wiederbeschaffung von schönen Dingen. Die Geburt eines ungewöhnlichen Ermittlerduos und der Start einer wunderbaren Krimiserie.

Auch als Diogenes Hörbuch

detebe 24169, 288 Seiten
ca. € (D) 10.90 / sFr 17.90* / € (A) 11.30
Mai

Lebensentwürfe, Liebeshoffnungen, Alterseinsichten – was ist Illusion, und was stimmt? Was bleibt, wenn eine Illusion zerplatzt? Sieben irritierend-bewegende Geschichten von Bernhard Schlink.

Foto: © Christian Kaufmann

»Neues vom Spezialisten für verzwickte Liebesfälle.«
Literaturen, Berlin

Foto: © Regine Mosimann / Diogenes Verlag

detebe 24173, 752 Seiten
ca. € (D) 11.90 / sFr 19.90* / € (A) 12.30
Mai

»*Mitgenommen* ist ein Roman und eine gewaltige Parabel, weise, böse, traurig und auf sanfte Weise unversöhnlich. Großartig. Arnon Grünberg ist einer der großen Autoren unserer Zeit.«
Der Westen, Essen

688 Seiten, Leinen
ca. € (D) 22.90 / sFr 38.90* / € (A) 23.60
März

Mit Haut und Haaren ist eine messerscharfe Satire über die ewige Kontaktsuche von Beziehungsflüchtlingen. Bravourös spitzt Arnon Grünberg innere Widersprüche zu aphoristischen Paradoxen zu.
»Arnon Grünberg gilt in den Niederlanden als der Spezialist für verzwickte Liebesfälle: eine verrückte Mischung aus Philip Roth und John Irving.«
Literaturen, Berlin

detebe 23657, 480 Seiten
ca. € (D) 11.90 / sFr 19.90* / € (A) 12.30
Mai

Eine Liebe in Zeiten des Terrors? Ein Roman über die Zerrissenheit des Nahen Ostens.
»In Hochspannung hält das Buch den Leser, spiegelt virtuos das komplexe Stück Zeitgeschehen – lesenswert.«
Neue Presse, Hannover

detebe 24097, 176 Seiten
ca. € (D) 8.90 / sFr 13.90* / € (A) 9.20
März

Eine berührende Geschichte aus der Schattenwelt von New Yorks Flüchtlingen. Voller Witz, voller Tragik – aber auch voller Hoffnung.
»Amüsant und erfrischend abwechslungsreich.«
Der Bund, Bern

416 Seiten, Leinen
ca. € (D) 22.90 / sFr 38.90* / € (A) 23.60
März

Schlagartig ist es vorbei, das sorglose Leben der Familie Silverstein. Da ist einer, der ihr Leben bedroht, denn er ist gefangen in einer Geschichte, die der Vergangenheit angehört und doch auf fatale Weise bis in die Gegenwart reicht. Eine Geschichte, die Großvater Silverstein immer verschwiegen hat. Und die sein Enkel Mitch zu Ende führt.
»Die ultimative Kombination von Thriller und Literatur.«
Erik Meijers / 8Weekly

»Was für ein Talent!«
Stern, Hamburg

Foto: © Jayne Wexler

detebe 24154, 208 Seiten
€ (D) 9.90/sFr 15.90*/€ (A) 10.20

208 Seiten, Leinen
ca. € (D) 18.90/sFr 31.90*/€ (A) 19.50
März

Der rote Faden dieser poetischen Geschichten, die alle mit seelischen Umbrüchen und Grenzsituationen zu tun haben: Manche Gewissheiten kann nur der Körper vermitteln, und er tut es heilsam und hellsichtig.

Die tiefe Gewissheit, dass man auf der Welt willkommen ist. Sie kann verlorengehen. Und wiedergefunden werden: Yumikos Vergangenheit birgt ein Geheimnis, und gemeinsam mit ihrem Cousin Shôichi möchte sie den Schlüssel dazu finden. *Ihre Nacht* beschreibt eine unheimliche Grenzerfahrung und deren Bewältigung. Die Geschichte einer Heilung – auch durch die Kraft der Liebe.

»Die Romane der Belgierin sind elegant und maliziös.«
Die Presse, Wien

Foto: © Catherine Cabrol

128 Seiten, Leinen
ca. € (D) 18.90/sFr 31.90*/€ (A) 19.50
Mai

detebe 24151, 176 Seiten
ca. € (D) 8.90/sFr 13.90*/€ (A) 9.20
März

Kein anderer geht so virtuos mit Karten um wie der junge Trickkünstler Joe Whip. Der große Magier Norman Terence erkennt das Talent des 15-Jährigen und nimmt ihn nicht nur unter seine Fittiche, sondern auch in sein Haus auf. Doch Undank ist auch der Ziehväter Lohn: Joe verliebt sich in Normans Frau, die Feuertänzerin Christina. In der Wüste von Nevada kommt es zur offenen Konfrontation – einer muss weichen.

Das Leben ist voller Überraschungen. Besonders, wenn man mit einem Menschen aus einer fremden Kultur zusammen ist. Die verrückte Liebesgeschichte zwischen einer Belgierin und einem Japaner.

detebe 24192, 368 Seiten
ca. € (D) 10.90/sFr 17.90*/€ (A) 11.30
April

»In diesen meisterhaften Erzählungen erfindet Patricia Highsmith die Horrorgeschichte neu.«
Publishers Weekly, New York

detebe 24161, 304 Seiten
€ (D) 9.90/sFr 15.90*/€ (A) 10.20

Das Ende jeder Geschichte in diesem Buch ist der Anfang einer großen Liebe. Weltbekannte Autoren sorgen dafür, dass trotz vorhersehbarem glücklichem Ende keine Langeweile aufkommt.

320 Seiten, Leinen
€ (D) 19.90/sFr 33.90*/€ (A) 20.50

Kann man seine Vergangenheit zurücklassen wie einen Bahnhof, aus dem man gerade hinausfährt? Kann man sich selbst neu entdecken wie ein fremdes Land? In der Transsibirischen Eisenbahn begegnet ein Schriftsteller einer jungen Stargeigerin – und gleichzeitig einer dunklen Seite seines früheren Lebens. Er gerät in ein Paralleluniversum, das *Aleph*. Und er erkennt seine Chance, eine alte Schuld zu bewältigen und sein Leben noch einmal neu zu beginnen.

Commissario Brunettis zwanzigster Fall

Auch als Diogenes Hörbuch

ca. 384 Seiten, Leinen
ca. € (D) 22.90 / sFr 38.90* / € (A) 23.60
Juni

Herzversagen – das diagnostiziert der penible Pathologe Rizzardi beim Tod von Signora Altavilla. Kein Fall für Brunetti mithin? Der Commissario traut dem Frieden nicht. Wer sucht, der findet… Mit ungewöhnlichen Mitteln macht Brunetti sich stark für die Alten und Schwachen. Commissario Brunettis 20. Fall ist gleichzeitig Donna Leons feinfühligster Roman.

ca. 432 Seiten, Leinen
ca. € (D) 22.90 / sFr 38.90* / € (A) 23.60
April

Captain Tom Forsyth kehrt schwerverletzt aus Afghanistan zurück. In England erwartet ihn jedoch ein nicht minder gefährliches Minenfeld: die Machenschaften um das große Geld aus dem Pferdebusiness.

»Kurkow ist ein gewiefter Epiker.« FAZ

detebe 24153, 208 Seiten
ca. € (D) 9.90 / sFr 15.90* / € (A) 10.20
Februar

Es gibt Dinge, die man nicht gerne teilt. Den eigenen Mann zum Beispiel. So sanft Vera auch ist, sie sieht nicht tatenlos zu. Doch in diesem Spiel sind sich Siege und Niederlagen oft zum Verwechseln ähnlich.

352 Seiten, Leinen
ca. € (D) 22.90 / sFr 38.90* / € (A) 23.60
März

Jedes Mal, wenn Igor in die alte Uniform samt Stiefeln und Mütze schlüpft, reist er durch die Zeit und landet in Otschakow am Schwarzen Meer, im Jahr 1957. Dort trifft er auf Weindiebe und andere Gauner, und auf eine schöne, rothaarige Marktfrau, bei deren Anblick Igor die Gegenwart beinahe vergessen möchte…

Auch als Diogenes Hörbuch

detebe 24095, 336 Seiten
€ (D) 10.90 / sFr 17.90* / € (A) 11.30

Eine bitterböse Komödie, wie nur Ingrid Noll sie zu erzählen weiß, über eine Familie, die das Altern anpackt – auf unkonventionelle Art.

Auch als Diogenes Hörbuch

detebe 24180, 352 Seiten
ca. € (D) 10.90 / sFr 17.90* / € (A) 11.30
Juni

»Dorfpolizist Bruno Courrèges ist ein wunderbarer Held – charmant, intelligent und ein klein bisschen verfressen. Ein herrlicher Krimi.« *Annabelle, Zürich*

Auch als Diogenes Hörbuch

ca. 416 Seiten, Leinen
ca. € (D) 22.90 / sFr 38.90* / € (A) 23.60
Mai

»Die Seiten seiner Krimis duften nach Foie gras und Trüffel.«
Kleine Zeitung, Graz
Archäologische Funde zeigen, dass man schon vor 30 000 Jahren im Périgord gut leben konnte. Aber der Tote, auf den man bei neuen Grabungen stößt, stammt eindeutig aus dem falschen Jahrhundert und weist alle Spuren eines Gewaltverbrechens auf.

Auch als Diogenes Hörbuch

detebe 24168, ca. 192 Seiten
ca. € (D) 9.90 / sFr 15.90* / € (A) 10.20
März

Marion Dönhoff, gesehen durch die Augen des 60 Jahre jüngeren Großneffen. Der Bestseller – überarbeitet und erweitert um Fotos und ein neues Nachwort.

10. Todestag von Marion Gräfin Dönhoff am 11. März 2012

ca. 400 Seiten, Leinen
ca. € (D) 24.90 / sFr 42.90* / € (A) 25.60
März

Ein Einblick in das facettenreiche Werk einer couragierten Frau: die wichtigsten Artikel und Reportagen, die Deutschlands prominenteste Journalistin im Lauf von 60 Jahren veröffentlichte. Anschaulich und klug vermittelt Marion Gräfin Dönhoff ihren Standpunkt zu Themen, die uns damals wie heute beschäftigen: Macht und Moral, die Auswüchse des Kapitalismus sowie die Verantwortung des Einzelnen gegenüber der Gesellschaft.

656 Seiten, Leinen
ca. € (D) 22.90 / sFr 38.90* / € (A) 23.60
März

Bei einem Autounfall begegnen sich Clare und Daniel zum ersten Mal – nicht unbedingt der ideale Rahmen. Andererseits:
Derart nüchtern beginnen nur die ganz großen Liebesgeschichten.

352 Seiten, Leinen
ca. € (D) 22.90 / sFr 38.90* / € (A) 23.60
März

Geächtet, verteufelt, gejagt – das ist das Schicksal des Räuberhauptmanns Hannikel und seiner Familie. Ein lebenspraller historischer Roman, der von den Zigeunerlagern in den Tiefen des Schwarzwalds bis in die Privatgemächer von Herzog Karl Eugen und seiner Franziska führt.

detebe 24099, 736 Seiten
€ (D) 13.90 / sFr 22.90* / € (A) 14.30
Februar

Die Odyssee eines Kochs und seines Sohns durch New Hampshire und halb Amerika, ausgelöst durch eine tragische Verwechslung. »Eine fulminante Saga von Verlust, Versagen, Sex und Liebe.« *News, Wien*

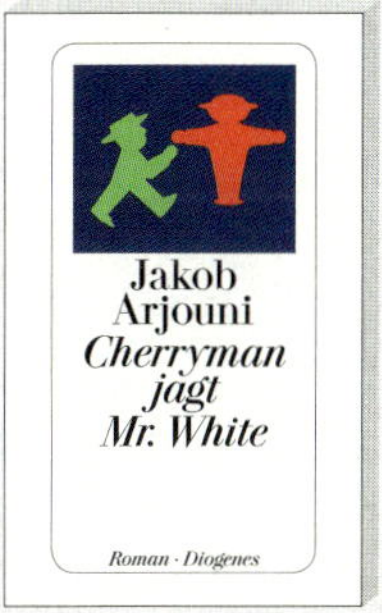

detebe 24167, 176 Seiten
ca. € (D) 8.90 / sFr 13.90* / € (A) 9.20
Juni

»Ein Lehrstück über Mitläufertum. Zurückhaltend und ohne erhobenen Zeigefinger beschreibt Arjouni, wie ein Mensch sich im Netz der Neonazis verfängt.« *Fuldaer Zeitung*

ca. 768 Seiten, Leinen
ca. € (D) 26.90 / sFr 45.90* / € (A) 27.70
März

Wer diesen Roman noch nicht gelesen hat, ist zu beneiden. Denn ihn erwartet eine Welt voller skurriler Ereignisse und liebenswert verschrobener Figuren in Neuengland und Wien. Garps Welt eben, in der alles passieren kann und meistens auch passiert.
Der Roman, der Irving über Nacht weltberühmt machte, jetzt für seine Fans in einer einmalig schönen Leinenausgabe.

Georges Simenon

Ausgewählte Romane in 50 Bänden in revidierten Übersetzungen

Ein Band pro Monat

detebe 24127, 224 S., Pappband
ca. € (D) 9.–/sFr 16.–*/€ (A) 9.30
Februar

Seit Wochen terrorisiert ein Mörder die Hafenstadt La Rochelle. Da schmiedet der Zufall den ruhigen, wohlhabenden Hutmacher Labbé mit dem kleinen, schäbigen Schneider Kachoudas zu bizarren Komplizen zusammen…

detebe 24128., 240 S., Pappband
ca. € (D) 9.–/sFr 16.–*/€ (A) 9.30
März

»Georges Simenon hat es wie kein anderer verstanden, in Worte zu fassen, wozu der Mensch fähig ist, in seinem Leben, mit seinem Lieben, mit seinen Lastern. Er war der Mann, der den Nobelpreis hätte erhalten sollen.« *Johannes Mario Simmel*

detebe 24129, ca. 208 S., Pappband
ca. € (D) 9.–/sFr 16.–*/€ (A) 9.30
April

Jeanne will zurück zu ihrem Bruder, von dem sie sich ein Plätzchen zum Ausruhen und einen ruhigen Lebensabend erhofft. Als sie jedoch die Haustür öffnet, erwartet sie erst mal eine Katastrophe.

detebe 24130, ca. 224 S., Pappband
ca. € (D) 9.–/sFr 16.–*/€ (A) 9.30
Mai

Auf der Polizeistation von Ingrannes meldet sich ein gewisser Albert Bauche und bezichtigt sich des Mordes an seinem Chef. Sein Bericht gibt der Polizei Rätsel auf…

detebe 24131, ca. 208 S., Pappband
ca. € (D) 9.–/sFr 16.–*/€ (A) 9.30
Juni

Spencer Ashby, Lehrer in einer amerikanischen Kleinstadt, führt mit seiner Frau Christine ein ruhiges, pflichtbewusstes Leben, bis eines Morgens die junge Bella, ihr Hausgast, ermordet aufgefunden wird.

detebe 24132, ca. 240 S., Pappband
ca. € (D) 9.–/sFr 16.–*/€ (A) 9.30
Juli

Antoine und Julie, beide nicht mehr die Jüngsten, führen eine Ehe als Zweckgemeinschaft, innerhalb derer sie sich überraschend liebgewonnen haben. Dabei könnte ihre Vergangenheit unterschiedlicher nicht sein.

Diogenes lässt die Tiere los!

Illustration: © Tomi Ungerer

detebe 24160, 288 Seiten
€ (D) 9.90 / sFr 15.90* / € (A) 10.20

Lasst die Tiere los! Dieses Buch traut sich – mit spannenden, humorvollen, Tiergeschichten von Donna Leon, Doris Dörrie, Haruki Murakami, Patrick Süskind und vielen anderen. Ein literarisches ›Bestiarium‹.

Originalausgaben

detebe 24159, 288 Seiten
€ (D) 9.90 / sFr 15.90* / € (A) 10.20

Die schönsten Katzengeschichten der Weltliteratur: Poetisch, wild, anmutig, anschmiegsam, geheimnisvoll oder kratzbürstig – wie die schnurrenden und fauchenden Helden, von denen sie erzählen.

detebe 24158, 336 Seiten
€ (D) 9.90 / sFr 15.90* / € (A) 10.20

Oblomow, Claudio, Krambambuli, der Baron, Brandy, Victor, Hendrikus, Kaschtanka – so heißen nur einige der vierbeinigen literarischen Helden, die hier um Aufmerksamkeit wedeln, bellen und hecheln.

detebe 24070, 288 Seiten
€ (D) 9.90 / sFr 15.90* / € (A) 10.20

Pegasus, das geflügelte Pferd, Sinnbild großer Dichtkunst hat Autoren wie Tolstoi, Anton Čechov, Patricia Highsmith, Dick Francis oder Ingrid Noll zu spannenden Geschichten über die Einhufer inspiriert.

ca. 208 Seiten, Pappband
ca. € (D) 16.90 / sFr 28.90* / € (A) 17.40
Juni

René Goscinny beschreibt augenzwinkernd die Vergeblichkeit der Alltagsfluchten auf einem »Traumschiff« und liefert Ratschläge, wie man eine Kreuzfahrt ohne bleibende Schäden übersteht.

ca. 288 Seiten, Leinen
ca. € (D) 16.90 / sFr 28.90* / € (A) 17.40
Juni

Wer eine Kreuzfahrt macht, der kann was erzählen. Wie es weitgereiste Schriftsteller in diesem Buch tun, von W. Somerset Maugham, F. Scott Fitzgerald, John Updike und David Foster Wallace bis Jonathan Franzen.

ca. 288 Seiten, Leinen
ca. € (D) 16.90 / sFr 28.90* / € (A) 17.40
April

Auch Schriftsteller haben zuweilen einen grünen Daumen, wie diese Anthologie mit Texten von Elizabeth von Arnim, Donna Leon, Eva Demski, Hermann Hesse, Wladimir Kaminer und vielen anderen zeigt.

Originalausgaben

detebe 24186, ca. 288 Seiten
ca. € (D) 11.90 / sFr 19.90* / € (A) 12.30
April

Das Lesebuch für jeden Rucksack: Geschichten über das Wandern in all seinen Facetten: als Naturerlebnis, als Pilgergang, aber auch als Spaziergang oder Flanieren in der Stadt.

detebe 24189, ca. 288 Seiten
ca. € (D) 9.90 / sFr 15.90* / € (A) 10.20
Juni

Man sollte sich nicht darauf verlassen, am Strand eine Flaschenpost zu finden, um etwas Spannendes zum Lesen zu haben. Das Strandlesebuch schafft auf unterhaltsame Weise Abhilfe.

detebe 24190, ca. 288 Seiten
ca. € (D) 9.90 / sFr 15.90* / € (A) 10.20
Juni

Endlich Ferien! enthält neben spannenden Erzählungen von Martin Suter, Doris Dörrie, John Updike, Bernhard Schlink oder Graham Greene ein praktisches Türschild: ›Bitte nicht stören. Ich lese.‹

»Ein talentierter und verantwortungsbewusster Erzähler« FAZ

Foto: © Bastian Schweitzer / Diogenes Verlag

224 Seiten, Leinen
ca. € (D) 21.90 / sFr 36.90* / € (A) 22.60
April

Vom Kopf über die Hand aufs Papier, das ist der direkte Weg: Das Tagebuch eines Schriftstellers, der sich die Fähigkeit zu staunen bewahrt hat: über den Weg, den er zurückgelegt hat, über die Schönheit der Natur und die Unzulänglichkeit der Menschen, über den neuen Tag und über die Nacht, in der er das erste Mal von Nilpferden träumte
»Ich beobachte mit Vergnügen, wie ein Autor Alltag in Literatur verwandelt. Schneider kann das meisterhaft.« *Dieter Forte*

128 Seiten, Leinen
ca. € (D) 19.90 / sFr 33.90* / € (A) 20.50
April

Nach dem Tod seiner Frau begann Hansjörg Schneider ein Tagebuch über seinen Schmerz und seine Verzweiflung, über ihr gemeinsames Leben zu schreiben. Ein bewegendes Dokument der Trauer.

detebe 24005, 240 Seiten
ca. € (D) 9.90 / sFr 15.90* / € (A) 10.20
Februar

Hunkelers achter Fall: ein havariertes Hausboot auf dem Rhein. Ein verschwundener Intendant. Ein handfester Theaterskandal. Eine unwahrscheinliche Liebe, und ein paar alte Rechnungen.

detebe 24092, 384 Seiten
ca. € (D) 10.90 / sFr 17.90* / € (A) 11.30
Februar

»Man muss sich die Dinge nur ordentlich in den Kopf setzen. Hörst du?«
Vom Gastarbeiterkind zum Bauunternehmer – der kometenhafte Aufstieg und Fall des Massimo Marini.

detebe 24093, 192 Seiten
ca. € (D) 9.90 / sFr 15.90* / € (A) 10.20
März

Die Geschichte der Familie Salzmann, die quer durch beide deutschen Staaten, durch Österreich, Frankreich, die Schweiz verläuft, über drei Generationen und ein Jahrhundert.

Diogenes Hörbücher

Eine Auswahl aus dem Hörbuch-Programm

Ungekürzt gelesen von Peter Fricke
6 CD, Spieldauer 446 Min.
€ 29.90 / sFr 53.90*

Ungekürzt gelesen von Friedrich Dönhoff
3 CD, Spieldauer ca. 216 Min.
ca. € 24.90 / sFr 42.90*

Ungekürzt gelesen von Jochen Striebeck
8 CD, Spieldauer ca. 612 Min.
ca. € 31.90 / sFr 53.90*

Ungekürzt gelesen von Gert Heidenreich
7 CD, Spieldauer ca. 483 Min.
ca. € 34.90 / sFr 59.90*

Ungekürzt gelesen von Sven Görtz
7 CD, Spieldauer ca. 511 Min.
€ 29.90 / sFr 51.90*

Auszüge gelesen von Burghart Klaußner
1 CD, Spieldauer 87 Min.
ca. € 17.90 / sFr 29.90*

Ungekürzt gelesen von Johannes Steck
8 CD, Spieldauer ca. 612 Min.
ca. € 31.90 / sFr 53.90*

Ungekürzt gelesen von Hans Korte
2 CD, Spieldauer 125 Min.
ca. € 21.90 / sFr 36.90*

Gelesen von Emil Steinberger
1 CD, Spieldauer 79 Min.
€ 17.90 / sFr 31.90*

Ungekürzte Autorenlesung
6 CD, Spieldauer 438 Min.
€ 32.90 / sFr 53.90*

Ungekürzt gelesen Sven Görtz
4 CD, Spieldauer 305 Min.
€ 26.90 / sFr 45.90*

Gelesen von Dietmar Mues
5 CD, Spieldauer 388 Min.
€ 24.90 / sFr 43.90*

Gelesen von Katharina Thalbach, Joachim Król, Bela B. Felsenheimer u. a.
1 CD, Spieldauer 68 Min.
€ 14.90 / sFr 26.90*

Gelesen von Rufus Beck
1 CD, Spieldauer 45 Min.
€ 10.– / sFr 17.–*

Gesungen von Heike Makatsch und arrangiert von derhundmarie
1 CD, Spieldauer 38 Min.
€ 15.90 / sFr 26.90*

Gelesen von Herbert Feuerstein
1 CD, Spieldauer 67 Min.
€ 14.90 / sFr 26.90*

»Loriot ist der Größte. Wenn nicht der Einzige.«
Die Zeit, Hamburg

Foto: © Isolde Ohlbaum

320 Seiten, Leinen
ca. € (D) 29.90 / sFr 51.90* / € (A) 30.80
April

Endlich wieder erhältlich: Loriots etwas andere Autobiographie.
»In der Tat, Loriot will komisch sein. Und im Gegensatz zu vielen anderen, die das auch wollen, gelingt es ihm ein ums andere Mal mit dem größten Erfolg.« *Patrick Süskind*

600 Seiten, Pappband
€ (D) 19.90 / sFr 33.90* / € (A) 20.50

Der infolge seines häufigen Auftretens im Fernsehen nun auch in Kreisen langjähriger Bücherfeinde als bedeutend geltende Autor gibt Antwort auf alle Lebensfragen, die oft unerörtert bleiben.

Auszüge auch als Diogenes Hörbuch

Auch als Diogenes Hörbuch

ca. 112 Seiten, Halbleinen
ca. € (D) 19.90 / sFr 33.90* / € (A) 20.50
Mai

Einen Klassiker der Weltliteratur neu entdecken: Kafkas *Die Verwandlung* atmosphärisch illustriert von Tatjana Hauptmann.

512 Seiten, Leinen
ca. € (D) 16.90 / sFr 28.90* / € (A) 17.40
April

»Die bemitleidenswerteste Klasse sind die Menschen, die Geld aufgehäuft haben und nichts Besseres damit anzufangen wissen, als neues Geld aufzuhäufen…«
H. D. Thoreau

160 Seiten, Leinen
ca. € (D) 14.90 / sFr 24.90* / € (A) 15.40
April

»Über die Pflicht zum Ungehorsam gegen den Staat, ein Meilenstein für viele Protestbewegungen.«
Buchmedia Magazin, Wien

* unverbindliche Preisempfehlung (gilt für den sFr-Preis bei Büchern und für Hörbücher generell)

MIRANDA JULY

»Vorsicht, diese Autorin könnte Ihr Leben verändern.« Die Zeit

Foto Vorderseite: © age fotostock / LOOK-foto / Foto Rückseite: © Todd Cole

Bestellnummer: © 978-3-257-95261[illegible]/50 Exemplare

224 Seiten, Broschur mit Klappen
ca. € (D) 22.90 / sFr 38.90* / € (A) 23.60
März

Schräg, komisch, herzzerreißend, entwaffnend ehrlich: zehn Begegnungen nach dem Zufallsprinzip. Zehn Interviews, in denen die Schriftstellerin, Künstlerin und Filmemacherin Miranda July ebenso viel über sich selbst verrät wie über die Menschen, mit denen sie spricht.

detebe 23938, 272 Seiten
€ (D) 8.90 / sFr 15.90* / € (A) 9.20
Auch als Diogenes Hörbuch

»Sie ist das Allround-Talent der amerikanischen Kulturszene: Ob Performance, Videokunst, Spielfilm oder jetzt auch Kurzgeschichten – Miranda July gelingt einfach alles.« *Brigitte, Hamburg*

Trotz Tannenzapfen probiere ich zu schreien, aber ich muss schlucken, ich ersticke fast an meinem Speichel, den harzigen Schuppen des Zapfens. Ein mühsames Krächzen ist alles, was ich herausbringe. Auch der Versuch, meine Finger in seine Augenhöhlen zu bohren, scheitert, denn mit dem Gewicht seiner Schultern drückt er mir die Arme runter und stößt mir mit aller Macht sein Ding zwischen die Beine.

»*Bitch*«, knurrt er.

26

Ich bin einmal ein junges Mädchen gewesen, nach dem man sich umdrehte, ein Mädchen, das manche Jungen verunsicherte und bei anderen den Wunsch, ja auch perverse Lust weckte, sie zu besitzen, zu dominieren. Um die zwanzig bin ich da gewesen. Was ich davor war? Unbekannt. Irgendein Kind, irgendeine Person. Eher so wie jetzt vielleicht. Nur ohne Falten.

Die Rolle hatte ich vom einen auf den anderen Moment: das hübsche Mädchen. Als ich merkte, dass ich das konnte, hübsches Mädchen sein, nahm ich die Rolle einfach an. Und danach wurde ich sie nicht mehr los. So ein Mädchen hat eine Mädchenpersönlichkeit, ungeachtet dessen, wer sie ist und wie sie ist. Die Mädchenrolle verschleiert alles andere – sie ist Freibrief für Albernheit, Gekicher, aufreizendes Tanzen, hemmungsloses Flirten, Koketterie, unbesorgte Vergesslichkeit, grobe Verantwortungslosigkeit. Ein Mädchen ist nun mal ein Mädchen. Mir taten immer die Jungen leid, die auf mich standen. Ich selbst habe selten etwas dabei empfunden und bin höchstens dreimal verliebt gewesen.

Jetzt lautete die Frage: Was bleibt, wenn die *Möglichkeit*, hübsch zu sein, abnimmt, ja vielleicht gar nicht mehr gegeben ist? Wenn diese Rolle nicht mehr zur Verfügung steht? Wann ist das Mädchensein vorbei und vergangen? Danach gähnte das Niemandsland. Die Vorzüge des Älterwerdens wogen das nicht auf, fand ich, bei aller lässigen Entspanntheit nicht. Aber auch mit der war es von nun an vorbei. Egal. Alles egal.

27

»Hallo?«

Eine Männerstimme. Unser Kampf erlahmt, und sogar die Penetrationsversuche mit seinem Knüppel hören auf. Ich trete heftig um mich, aber das ist jetzt gar nicht mehr nötig.

Mit einem verärgerten Ächzen erhebt sich mein Angreifer, sein Schwanz baumelt kurz über mir, blaurot vor dem Grau des Himmels, bevor er hinter dem Reißverschluss verstaut wird – ich muss an einen Staubsaugerschlauch denken.

Die Arme plötzlich frei, ziehe ich den Tannenzapfen aus dem Mund und schreie. Es gelingt nicht gleich.

»Hilfe!!«

Er hält mir sofort den Mund zu, ich sehe, wie er die Ohren spitzt. Sein quer auf dem Weg stehender Wagen war natürlich sichtbar ungewöhnlich. Der Fremde könnte die Polizei rufen. In meiner Panik fürchte ich zunächst noch, dass der Mann, der jetzt aufgetaucht ist, zur Verstärkung meines Angreifers gekommen sein könnte.

»Hallo?«, höre ich ihn noch einmal von der Straße her rufen.

Ich knurre unter der Hand, beiße, strample wie wild, um mich zu befreien – und mit einem Mal ist alles vorbei, weil er weg ist.

»Hilfe!«, schreie ich erneut. »Halten Sie den Mann, halten Sie ihn!« Aber es ist, als hätte ich keine Stimme mehr.

Ich will aufstehen, doch ein stechender Schmerz in meinem Fußgelenk lässt mich zurückfallen.

Mein Angreifer geht unterdessen geschäftigen Schrittes auf einen Radfahrer zu, wie ich durch Sträucher und Geäst hindurch sehe, und steht ihm äußerst korrekt und manierlich Rede und Antwort. Ein beschwingter Samariter. Diese teuflische Doppelgesichtigkeit – das muss ich mir merken. Noch einmal versuche ich aufzustehen, aber mein Fußgelenk macht nicht mit, und ich schreie auf vor Schmerz.

»Die Frau da ist im Wald gestürzt, ich habe nachgeschaut, ob sie sich auch nichts Ernstes getan hat«, sagt er zu dem Radfahrer, einem dicken Mittfünfziger.

»Er lügt!«, schreie ich. Inzwischen habe ich mich hochgerappelt und hinke auf sie zu. »Halten Sie ihn fest! Er hat versucht, mich umzubringen!«

Der freundliche Dicke blickt verdutzt zwischen meinem Angreifer und mir hin und her. Er runzelt die Stirn.

Der Vergewaltiger lacht mitleidig.

»Sie ist ein bisschen … durcheinander, glaube ich«, sagt er spöttisch. »Sie hat sich wohl das Knie verletzt, aber von mir helfen lassen wollte sie sich nicht. An Ihrer Stelle würde ich mich vorsehen. Womöglich beschuldigt sie Sie auch noch!«

In aller Seelenruhe geht er zu seinem Auto.

Der Radfahrer blickt verständnislos und auch ein wenig misstrauisch.

»Lassen Sie ihn nicht entkommen!«, schreie ich. »Halten Sie ihn auf!«

Noch nie habe ich mich so machtlos und lächerlich gefühlt. Mein Mund blutet, wie ich jetzt schmecke.

»Heee!«, ruft der verunsicherte Dicke meinem Angreifer nach. Doch der sitzt schon in seinem Wagen, startet und setzt zurück. Während der Dicke endlich zu erfassen scheint, was los ist, ist der andere schon mit röhrendem Motor und kreischenden Reifen auf und davon.

Binnen einer Sekunde ist nichts mehr von ihm zu sehen.

28

»Hinterher!«, rufe ich. »Notieren Sie sein Kennzeichen!«

Der Dicke läuft ein paar Schritte, eine unnütze Geste, blickt in die Ferne, wo der Wagen verschwunden ist, und kommt wieder zurück.

»Zu spät«, sagt er und zieht hilflos die Schultern hoch. »Hat keinen Sinn. Der ist weg. Du meine Güte!«

Ein wenig ängstlich schaut er mir ins Gesicht – der Tannenzapfen muss meine Mundwinkel aufgerissen haben, mein Auge könnte blau sein. Dann wendet er den Kopf wieder der imaginären Staubwolke zu, die der Wagen hinterlassen hat. Mit meiner Schreierei bin ich für ihn wohl nicht weniger furchteinflößend als der rasende Teufel, der gerade abgehauen ist.

»Sie kennen den Mann also nicht?«, fragt er unsicher. »Hat er Ihnen also nicht geholfen? Vielleicht kann ich Ihnen helfen? Soll ich die Polizei anrufen? Sie sind, glaube ich, in keiner guten Verfassung.«

»Haben Sie sein Kennzeichen?«, frage ich.

Nein, hat er nicht. Begreift er es immer noch nicht?

Ich hinke näher zu ihm hin und entblöße meinen Rücken.

»Hier, sehen Sie, was er getan hat!«, rufe ich.

Ich befühle mein Gesicht, es blutet. Fasse an meinen Hals. »Er hat meine Kette gestohlen!«

Mein Fußgelenk scheint nicht mehr Teil meines Körpers zu sein. Es ist dick angeschwollen und seltsam blau-gräulich verfärbt. Nicht mehr zu gebrauchen, und es tut unglaublich weh.

Der Dicke tritt auf mich zu. Er will mir wahrscheinlich nur die Hand reichen, aber ich pralle zurück.

»Fassen Sie mich nicht an!«, keuche ich. »Bleiben Sie stehen!«

Er hat ein Handy bei sich.

Ich erzähle Jacob, dass ich angegriffen worden bin, weil ich mir vor die Stirn geschlagen habe. Er ist außer sich. Wie konnte ich das nur machen! Und dann regt er sich darüber auf, dass ich das Kennzeichen von dem Typ nicht gesehen habe.

Ich bin froh, dass ein wütender Jacob zu mir unterwegs ist. Davon hat man was. Ich habe nicht erzählt, dass der Mann mich vergewaltigt hat, das heißt, so gut wie. Ich habe nur meinen Knöchel erwähnt.

Der dicke Radfahrer heißt Flip van der Meer, und er beliefert Reitställe mit Hafer. Er war gerade unterwegs zu seinen Silos, um seine Vorräte zu kontrollieren. Früher hatte ich unbeholfene, gutmütige Männer gern. Aber das ist vorbei, wie ich jetzt feststelle. Wenn ich ihn ansehe, muss ich mich zusammenreißen, dass es mir nicht hochkommt. Mehr als alles andere möchte ich, dass er mich allein lässt, aber das will er auf keinen Fall. Mit besorgtem und unglücklichem Gesicht – denn auch wenn er ein schlichtes Gemüt ist, spürt er doch ganz genau, dass er als Mann jetzt keine guten Karten hat – starrt er immer wieder auf mein Fußgelenk, das sich allmählich dunkelblau färbt und immer noch weiter anschwillt. Gott sei Dank macht er keine Anstalten mehr, mich stützen zu wollen.

»Gott, war ich dumm«, sagt er wieder und wieder. »Ich dachte, Sie kennen ihn, verstehen Sie? Dass Sie Streit hatten oder so. Gehört das übrigens Ihnen?«

Er hat das zerrissene Goldkettchen in der Hand. Das Chai ist noch dran.

29

Die Untersuchung im Krankenhaus ergab, dass mein Knöchel nicht gebrochen war. Aber das Außenband war gerissen. Dazu Prellungen im Rücken und ein blaues, aber zum Glück unversehrtes Auge.

Jacobs Wut war ziemlich schnell verraucht, als er mich sah. Er blieb hinter dem weißen Vorhang sitzen, den der untersuchende Arzt um die Behandlungsliege zugezogen hatte. Dessen Durchlässigkeit hielt mich nicht davon ab, das meiste (aber längst nicht alles) zu erzählen – genüsslich fast, ohne eine Träne zu vergießen. Mir war schon jetzt, als hätte sich das alles in einem anderen Leben abgespielt, vor ewig langer Zeit.

Tess hatten wir am Telefon nur gesagt, dass ich gefallen sei, aber sie spürte wohl, dass mehr passiert war. Später fiel mir noch auf, dass sie einen Blick mit Jacob austauschte, aber da ich von dem netten Arzt im Krankenhaus ein Beruhigungsmittel bekommen hatte, hatte ich weder die Kraft, irgendwen zu beruhigen, noch zu erfassen, dass vielleicht noch irgendetwas anderes vorging.

30

Mein Zuhause empfing mich ganz ungerührt. Alles stand und lag noch genauso da wie am Morgen, als ich aufgebrochen war. Natürlich. Es waren ja seither nur ein paar Stunden vergangen. Aber für mich hatte sich das Leben inzwischen grundlegend verändert.

Jacob wollte, dass ich mich hinsetzte oder hinlegte, aber das konnte ich nicht. Ich musste mich bewegen, so müde ich auch war. Auf meinen Krücken streunte ich durch die Küche, nach Normalität, Alltäglichkeit, Belegen für meine Existenz und Gegenwart dürstend. Mit vor Schwindel summendem Kopf starrte ich auf die Flecken in meinen Kochbüchern, die Gebrauchsspuren an meinen Kochlöffeln, die zarten Blätter meiner Basilikumpflänzchen. Ich hinkte in mein Zimmer, fuhr mit der Hand über meine Bücher, schaute sehr lange in den Spiegel, doch das änderte nichts daran, dass ich eine Fremde sah. Ich setzte mich an den Computer und las meine Mails, Verabredungen, Anfragen, ein witziges YouTube-Filmchen, das mir jemand geschickt hatte. Alles hatte etwas erschreckend Nichtiges. Oder vielleicht waren es nicht die Mails, die nichtig geworden waren, sondern ich selbst, nichtig, verdünnt, verkleinert, eine Miniaturausgabe meines alten Ichs.

Mein Gesicht war verquollen, mein Unterleib war der einer anderen, unbekannt. Ich sah mir meine Arme an, meine Beine – die Ärmsten, zerschunden, voller blauer Flecken, alles tat weh. Wie angestoßenes Obst. Ich würde faulen, vermodern, der Gedanke wollte mich nicht loslassen. Und ich fühlte mich schmutzig, so schmutzig.

Mein Leben war ganz weit weg, zu wenig fassbar, um es noch überblicken zu können. Ich musste schlafen, ausruhen, aufhören zu denken. Aber mehr als alles andere wolle ich in die Badewanne, sagte ich zu Jacob. Das gehe, hatte man mir versichert, wenn ich mein Bein außenbords hielt. Der Verband um meinen Fuß durfte nicht nass werden. Jacob half mir nach oben ins Bad. Sein Arm um meine Taille, die Wärme seines großen Körpers, da musste ich sofort weinen. Er war mein Mann, er war mein Haus. Mit einem Mal war er das wieder. Er wollte mir nichts Böses. Er war sanft. Das war schon sehr viel, das war vielleicht sogar genug. Auch darüber musste ich weinen.

So genau ich auch beschrieben hatte, woher meine Verletzungen rührten und wie unglaublich proletenhaft ich gedemütigt worden war, ein paar entscheidende Fakten hatte ich für mich behalten. Die mussten jetzt in der Wanne weggewaschen werden, ehe sie mir womöglich doch noch herausrutschten. Der Azetongeruch von seinem Schwanz. Der säuerliche, schale Geruch von seinem Atem, seinen Achseln, seinen Fingern. Die widerliche Intimität seiner Nacktheit. Die besitzergreifenden, dreckigen Finger in meiner Körperhöhle. Das Blaurot seines Knüppels, auf den er mich spießen wollte, das unbarmherzige Knie, das meine Beine auseinandergedrückt hatte.

Ich fand, dass all das nicht in Worte gefasst werden durfte. Weil es, in Worte umgesetzt, explosiv werden würde, giftig, vielleicht sogar tödlich. Was nicht ausgesprochen wurde, existierte nicht. Und es war viel besser, dass es nicht existierte, gesünder auch. DAS TIER, wie ich den Mann inzwischen nannte, hatte nicht nur mich vergewaltigt, sondern auch meinen Vater, der all die Jahre so liebevoll um mich besorgt gewesen war. Meinen Vater, der wohl oder übel die Hand von uns hatte abziehen müssen.

Es war nicht passiert. Nur sein Gesicht war ein hartnäckiger Fleck, den ich nicht wegbekam. Ich hatte es zu lange aus nächster Nähe gesehen. Mit seiner Sonnenbrille hatte er eigentlich gar kein Gesicht gehabt. Groß war er gewesen. Knollennase. Großporige Haut. Rosafarbene, ungebräunte Haut. Strohig weißgraues Haar, das vor allem an den Seiten unter seiner Kappe hervorschaute.

Ich musste mich fast übergeben, als ich an die fettige rosa Haut von seinem Hals dachte, die schreckliche Intimität seines schütteren grauen Schamhaars. Meine ganze Familie hatte er vergewaltigt, beschmutzt, geschändet.

»Willst du denn nicht, dass der Mann gefasst wird?«, hatte Jacob gerufen, der nicht alles wusste.

»Und ob«, hatte ich gesagt. »Das ist ein dreckiges Arschloch. Ich hoffe, er fährt sich tot.«

»Du musst Anzeige erstatten, Saar, der gehört hinter Gitter! Der Mann ist eine Gefahr für die Gesellschaft!«

Ich traute mich nicht. Wenn ich darüber redete, gäbe es ihn, gäbe es das, was passiert war, und dann hätte er erreicht, was er wollte. Die Geschichte würde lebendig werden, vernichtend wie ein Feuer.

Ein Mann hatte mich in der Seele schänden wollen.

Ich war Sara, er hatte es gesagt. Woher wusste er das?

Oder hatte er »eine Sara« gesagt?

Schließlich ging ich doch noch am gleichen Nachmittag zur Polizei, entschlossen, nur über die sichtbaren Spuren der Misshandlung zu sprechen. Aber die Beamtin konnte ich nicht an der Nase herumführen. Die erriet es sofort. Und so beantwortete ich ihre fürchterlichen Fragen, wenn auch möglichst knapp – wir waren allein, es durfte niemand dabei sein.

Niemand dürfe etwas davon erfahren, flüsterte ich.

»Wir werden diesen Mann finden«, sagte die Polizistin.

»Und ob«, erwiderte ich flüsternd. »Und ob. Ich bringe ihn um, wenn er mir noch einmal über den Weg läuft. Ich reiße ihn in Stücke. Das ist kein Mensch, so jemanden darf es nicht geben.«

Die Polizistin nickte mitfühlend, aber auch ein bisschen abwesend. Sie sei Wut und Rachegefühle gewohnt, sagte sie, und sie habe gelernt, dass die rausmüssten. Freien Lauf lassen, das helfe.

31

Danach konnte ich ins Bett, und unter dem Einfluss der Schmerz- und Beruhigungsmittel schlief ich fast zwölf Stunden am Stück. Um sieben Uhr morgens wurde ich mit hämmerndem Schädel wach. Beim Aufstehen merkte ich, wie gerädert ich war, wie sehr mir alles weh tat. Ich nahm gleich wieder zwei Schmerztabletten.

Jacob schlief noch und schnarchte ohrenbetäubend. Das hatte mich wohl geweckt. Normalerweise schlief ich mit Ohrstöpseln, aber die hatte ich unter den gegebenen Umständen weggelassen. In meinem Fußgelenk pochte der Schmerz. Die Geschehnisse von gestern kamen mir unwirklich vor, weit weg, hundert Jahre entfernt. Aber unwillkürlich presste ich ab und zu die Hände auf den Bauch, als könnte ich die Besudelung durch seine dreckigen Finger damit im Nachhinein von mir abkratzen. Er hatte mich nicht wirklich gehabt. Es war nicht passiert. Finger bedeuteten nichts. Was waren schon Finger? Damit machte man keinen Eindruck, das blieben halbherzige Versuche der Überwältigung, wie früher, wenn die Jungs wenigstens irgendetwas erreichen wollten, in der Kälte, unter dem Mantel, beim Nachhausebringen, irgendwas, ein bisschen Gefummel, mehr nicht. Für mich war das in seiner Hilflosigkeit immer das Letzte gewesen. Große Leidenschaft weckte das bei keinem, denn es führte ja zu nichts. Zu kalt, zu ungeschickt. Im Stehen aneinander rumzufummeln war bemitleidenswert. Für den Jungen höchstens der Ansatz zu einem Ausrufezeichen (was der sich traut!), und vor allem etwas, womit er hinterher angeben konnte.

32

Es dauerte rund zwölf Tage, bis ich die große Müdigkeit einigermaßen abgeschüttelt hatte. Jacob war umsichtig und lieb. Brachte mir Himbeeren mit, einen Strauß weißer Rosen. Rief mich zehnmal am Tag an, wie früher. Er steckte gerade mitten in der Postproduction einer neuen Fernsehserie und hatte deswegen nur einen Tag bei mir zu Hause bleiben können.

Mein Fußgelenk war noch nicht wiederhergestellt, aber ich konnte schon ganz gut damit herumhumpeln. Die Blutergüsse auf meinem Rücken färbten sich allmählich grün und gelb und taten kaum noch weh. Das Schwarz um mein Auge war zum Wangenknochen runtergewandert. Viel bewegen konnte ich mich nicht, geschweige denn joggen, und das schuf eine merkwürdige Ruhe.

Das Eigentliche behielt ich für mich, selbst Tara gegenüber. Die kam mit einem Kuchen vorbei – als wenn in Baden-Baden nichts vorgefallen wäre. Das war eine angenehme Begleiterscheinung bei so einer Gewalttat: Alles andere wurde nebensächlich, und ich wurde behandelt, als wäre ich aus Porzellan. Und dabei wusste ja gar niemand von den dreckigen dicken Fingern in meinem Unterleib und dem drohenden blauroten Ding, das mich schänden wollte.

»Oh, Saar, was musst du für eine Angst gehabt haben.«

»Ich wollte ihn umbringen, als er mich zu Boden geworfen hat. Aber er war stärker.«

»Aber du musst doch auch Angst gehabt haben? Er hätte dich vergewaltigen können!«

»Nein, ob du's glaubst oder nicht! Ich war vor allem wütend, aber nicht wirklich ängstlich.« Ich wusste selbst nicht, warum ich das so betonen musste. »Papa war bei mir. Er hat mich beschützt.«

Musste ich sogar jetzt noch konkurrieren?

»Wirklich?«

Tara suchte sichtlich nach passenden Worten, denen man nicht anmerken würde, dass sie sich darüber ärgerte (das war unter diesen Umständen nicht erlaubt, selbst Tara nicht), wie ich unseren Vater für mich vereinnahmte, sogar jetzt noch, da er tot war. Aber sie konnte die alte Tara doch nicht ganz verleugnen.

»Wirklich? Aber hätte Papa denn nicht verdammt noch mal dafür sorgen können, dass du auf den Beinen bleibst, um dem Typ eine reinzuhauen?«

»Na …«

Und plötzlich mussten wir beide laut lachen.

33

»Saar, ich muss dir etwas sagen.«

Ich ahnte nichts Böses. Wo schon so viel passiert war. Was konnte Jacob mir da schon zu sagen haben?

»Was ist denn? Ich wollte eigentlich gerade unter die Dusche.«

»Setz dich, Saar. Du musst das jetzt wissen.«

»Was wissen?«

»Saar, es hat mit Mitch zu tun.«

Meine Beine fingen an zu zittern. Ich versuchte, sie still zu halten. Nicht setzen, nein, nicht setzen.

»Erschrick nicht. Setz dich!«

Ich erschrak aber, denn Jacobs Miene war liebevoll besorgt, und Jacobs Miene war sonst nie liebevoll besorgt. Nicht einmal nach der Sache im Wald. Da war Jacobs Miene grimmig gewesen und hatte den verbissenen Widerstreit zwischen maßloser Verärgerung über mich (weil ich mich so dumm aufgeführt hatte), Wut auf DAS TIER und – vor allem – Wut auf sich selbst widergespiegelt, weil man ihn, machtlos wie er war, als Mann gedemütigt und beleidigt hatte – und das konnte er überhaupt nicht ertragen.

Jetzt blickten seine Augen warm und mitfühlend. Voller Verständnis.

»Na sag schon. Was?«

»Du weißt doch, wovon Mitch früher immer geredet hat. Was er machen wollte, wenn er mal groß ist.«

»Mitch? Mitch wollte so vieles. Theater spielen, Computerfachmann werden, Erfinder.«

»Ach wo. Du weißt genau, was er am liebsten wollte.«

»Nein! Er wollte irgendwas Tolles. Er wollte berühmt werden. Er wollte der Held in einem Computerspiel sein. Am liebsten wollte er gar nichts tun.«

»Hör auf, Saar. Du weißt es doch ganz genau. Du weißt ganz genau, was dein Sohn wollte. Was dein Sohn will.«

Ich hätte ihn am liebsten geschlagen.

»Na? Schieß los.«

»Er hat sich verpflichtet.«

Ich hätte beinahe laut aufgelacht.

»Der ist wohl verrückt! Das kann er vergessen. Kommt gar nicht in Frage. Ist er denn von allen guten Geistern verlassen?«

»Du verstehst nicht richtig. Er hat sich verpflichtet! Er ist schon mehr oder weniger dabei.«

»Militär. So ein Quatsch. Wo denn? Wo hat er sich denn verpflichtet? Er studiert in Berkeley! Und in drei Monaten kommt er wieder nach Hause!«

»In drei Monaten ist er, wenn alles nach Plan läuft, schon im Ausbildungslager. Einem *Boot Camp* in San Diego. Und danach möchte er nach Afghanistan entsandt werden. Das ist die Wahrheit, Saar. So sieht es aus. Unser Sohn möchte ein *Marine* werden, Soldat bei der einzigen echten Elite-Einheit der US-*Army*. Hier. Lies.«

»Ein *Marine*?« Nach sechs Jahren Amerika wusste ich durchaus, was ein *Marine* war. Dass das mit unserer Marine herzlich wenig zu tun hatte. Die US *Marines* stellten den Teil der Streitkräfte dar, der die härtesten Aufgaben und die größte Verantwortung hatte. Nicht von ungefähr wurden sie *The Few. The Proud* tituliert.

Jacobs Stimme zitterte ein wenig. Vor Ergriffenheit. Vor Stolz. Nicht vor Kummer, dachte ich, starr vor Schreck. Panik kündigte sich an, mit einem Kribbeln in Händen und Knien.

Darüber war er schon hinweg. Er präsentierte die Tatsachen so vorsichtig und behutsam wie möglich – mir zuliebe. Um mir zu helfen. Das machte mich rasend. Er schickte meinen Sohn zum Militär. Allein schon der Umstand, dass er den Inhalt des Briefes kannte, machte mich wütend.

Nein, nicht wütend. Mordlustig. Dann las ich den Brief.

34

Eine Woche lang hatte ich meinen Sohn jeden Tag um mich gehabt, als mein Vater im Krankenhaus lag. Wir hatten zusammen gefrühstückt, waren zusammen ins Krankenhaus gefahren – und ich hatte nichts gemerkt. Einen Brief musste er schreiben, um mit mir zu reden. Wenn Mitch früher davon gesprochen hatte, Soldat werden zu wollen, hatte ich gelacht. Mein Kind ging nicht zum Militär. Mitch würde studieren. Würde Filmregisseur werden. Arzt. Schriftsteller. Ich hatte schon so lange nichts mehr darüber gehört, zumal jetzt, da Mitch in den USA war, dass ich das Thema komplett vergessen hatte. Das war dummes Zeug. Ein Lausbubenstreich.

Mein Vater hatte nur noch deutsch mit mir gesprochen (wobei noch die Frage war, mit wem er eigentlich zu sprechen glaubte), und mein Sohn hatte mir nichts von der wichtigsten Entscheidung seines Lebens gesagt. Existierte ich überhaupt?

Das erste seriöse Vorhaben im Leben meines Kindes. So mutig wie dumm, schrecklich dumm. Und für mich wie ein Todesurteil.

Ich konnte das natürlich nicht durchgehen lassen. Ich war seine Mutter, und ich war fest entschlossen, ihm sein Vorhaben auszureden, das Ganze ungeschehen zu machen. Ich musste sofort zu ihm. Was ich tun oder sagen würde, wusste ich noch nicht. Ich hatte nur eine vage Vorstellung von mir als Ausrederin, Ungeschehenmacherin. Ich würde ihn in die Arme nehmen wie früher als Baby, wenn er Bauchkrämpfe hatte, und ihn so lange wiegen, bis er dieses falsche Vorhaben von sich gab wie ein Bäuerchen, eine Windelfüllung, eine Blase angestauter Luft. Danach würde er erleichtert und von seinen Beschwerden befreit an meiner Seite einschlafen. So in etwa. Und dann konnte er von mir aus einfach von vorn anfangen mit dem Erwachsenwerden.

»Saar?«

Ich hörte Jacob nicht. Ich hörte einen bösen Mitch, wie er vor Jahren, er muss um die zwölf gewesen sein, am Tisch sitzend knurrte: »Diesem Mann, Mama, weißt du, dem würde ich am liebsten den Kopf abhacken und die Gedärme rausreißen! Der darf einfach nicht mehr leben, Mama!«

»Mitch! Hör auf! Wieso denn das um Himmels willen?«

»Na, weil er seine Töchter umgebracht hat, darum! Der hat seine Töchter umgebracht! Weil sie ihm zu westlich waren! Ganz nette Mädchen, die gar nichts getan hatten! Oooo!« (Knurren.) »Wie gern würd ich diesen Mann in Stücke schneiden! Erst den Kopf ab, dann die Gedärme raus!«

Und darauf mein halbherziges (ich war mit den Gedanken woanders, griff gerade zu etwas, rührte, schnippelte oder war mitten in einem Telefongespräch mit meinem Vater) »Jetzt ist aber Schluss, Mitch, du willst doch wohl nicht genauso sein wie so ein widerwärtiger Mörder?«

»Warum nicht?«

»Na, darum nicht. Weil du ein guter Mensch sein möchtest. Weil du nicht so bist.« Und zu seinem Vater: »Mitch will einen Mann enthaupten und ihm dann die Gedärme rausreißen. Wie findest du das? Sollen wir das gutheißen?« Und wieder zu Mitch: »Du musst Menschen besser behandeln, als sie andere behandeln. Du musst besser sein als sie.«

»Muss ich gar nicht!«, stöhnte Mitch. »Oooo, wie gerne würde ich... Hätte ich doch bloß ein Gewehr!«

35

Als ich hörte, dass Mitch sich verpflichtet hatte, dachte ich es zum ersten Mal: Nach etwas Grauenhaftem – einem Krieg, einem Unfall, einem Mord oder überhaupt jeglichem Todesfall, einer Scheidung, einem Bankrott – braucht man wirklich nicht damit zu rechnen, dass man nun vorerst vom Schicksal verschont bleibt. Weil man schon so gebeutelt wurde, weil man es schon so schwer hat oder was auch immer. Das Elend kennt keine Gnade, im Gegenteil, es fühlt sich in Gesellschaft anderen Übels ausgesprochen wohl.

Ich setzte mich nicht, es war gut, dass ich stand, ungeduldig stehen blieb, sosehr das auch wehtat. Warum sollte ich nicht stehen können, warum sollte etwas an dem Brief unseres Sohnes sein, dem zwei beziehungsweise anderthalb Beine nicht standhalten konnten? Es konnte doch nicht sein, dass das Schicksal keine zwei Monate nach dem Tod meines Vaters schon wieder etwas in petto hatte, was mich umwarf! Ich hätte Jacob den Brief am liebsten aus den Händen gerissen. Mitch schrieb nie Briefe. Auch jetzt nicht, da er in Berkeley studierte. Wir telefonierten oder skypten meistens, wenn wir miteinander reden wollten, und auch per E-Mail hielten wir Kontakt.

Wie sehr ich jetzt die Abwesenheit meines Vaters spürte. Der Gedanke fraß mir ein kleines Loch ins Herz. Und dass es für immer war. Das verursachte einen stechenden Schmerz, einen Schock, als hörte ich es zum ersten Mal. Er hätte Mitch zurückholen können. Konnte ich es auch?

Nach wie vor lief Herman jedes Mal von mir weg, wenn ich etwas wissen wollte, wandte mir Rücken und Hinterkopf zu. Immer sah ich ihn nur von hinten. Und sosehr ich auch versuchte, sein Gesicht zu mir her zu drehen – dreh dich um, dreh dich um! –, seinen Blick bekam ich nicht ins Bild.

Ich musste an die Bahnfahrt nach Baden-Baden denken. Ich hatte mich über die Stille im Zug beklagt. Daran seien nur die Computer schuld, hatte ich gesagt. Alle kommunizierten nur noch mit ihrem Computer.

Daraufhin hatte Tara plötzlich, ohne den Blick vom Fenster zu wenden, geflüstert: »Ich hack dir den Kopf ab, dreckiger Terrorist.«

Erschrocken hatten wir sie angesehen. Tara lachte kurz, und das schmale, trügerisch kindliche Gesicht mit den schwarzen Brauen hellte sich auf.

»Weißt du noch? Mitch mit zwölf. Und auch später noch, mit fünfzehn. Dann schrie er an seinem Computer herum, killte Deutsche oder Syrer in einem dieser tollen Kriegsspiele, die du ihm gekauft hattest. Ich höre noch, wie du dich darüber aufgeregt hast. Von wegen ›still mit dem Computer kommunizieren‹!«

Lieber Papa, liebe Mama, liebe Tess,
weil ich mir ziemlich sicher bin, dass Ihr erschrecken und überhaupt nicht mit dem einverstanden sein werdet, was ich für mich entschieden habe, teile ich Euch

das Ganze lieber in einem Brief mit. Ich konnte nicht mit Euch darüber reden, als ich zu Hause war, ich hoffe, Ihr versteht das. Da war so viel anderes. Es ging einfach nicht. Es ist schrecklich, dass Opa tot ist. Aber gerade jetzt ist das, was ich vorhabe, nötiger denn je. Ich muss das tun.

Deshalb schreibe ich also erst jetzt. Am Telefon würde Mama bestimmt anfangen zu schreien, das will ich einfach nicht. Ich muss zuerst erklären können, was ich vorhabe. Ich habe das beschlossen und bin mir wirklich ganz, ganz sicher. Eigentlich weiß ich es schon lange. Schon mit zwölf habe ich alles zu dem Thema gelesen, das hängt auch mit dem Krieg zusammen, mit dem, was Opa immer erzählt hat, und damit, dass wir immer viel über Politik diskutiert haben. Papa spricht immer von den mutigen Soldaten, die ihrem Land dienen und so, und dass wir nicht da wären, wenn die US-Army *Europa nicht befreit hätte. Also, in der Armee will ich auch mitmachen, gerade jetzt, wo so viel verteidigt werden muss.* Semper fidelis, *heißt das Motto.* Semper fi. *Morgen erfahre ich erst, wann ich ins* Boot Camp *muss, das kann ich Euch also jetzt noch nicht sagen, aber bis dieser Brief bei Euch angekommen ist, werde ich es wissen. Ich bin aber schon als Rekrut registriert. In etwa drei Monaten wird es so weit sein, hat man mir gesagt. Ich kann also gerade noch das Trimester hier abschließen, obwohl ich nebenher bestimmt schon trainieren muss.*

Ich bin froh, dass ich Euch noch gesehen habe, obwohl der Anlass gar nicht trauriger hätte sein können.

Opa. Er fehlt mir so unheimlich. Ihm hätte ich es auch gerne erzählt. Nach Hause werde ich jetzt wohl in nächster Zeit nicht mehr kommen. Aber ich finde das Ganze megageil, ich habe noch nie etwas so sehr gewollt. In Afghanistan werden Leute gebraucht. Ich glaube, das ist echt das Beste und Sinnvollste, was ich in meinem Leben tun kann. Dort zu kämpfen und die Menschen zu befreien. Ich hoffe, Ihr respektiert das. Habt bitte keine Angst – ich höre Mama schon, aber, liebe Mama, ich bin wirklich bei klarem Verstand. Ich möchte das schon so lange, das weißt Du doch! Bitte nicht böse sein.

Alles Liebe und tausend Küsse
und immer schön vorsichtig sein, ja?

Mitch

P.S. Noch was Blödes: Könntet Ihr mir Lakritze schicken?

36

Ich wollte den Brief irgendwohin pfeffern, aber ein Brief lässt sich nicht mit Wucht werfen. Er flatterte kläglich und verloren zu Boden, und ich erschrak und fing ihn schnell auf, als könnte ich meinen Sohn damit gerade noch rechtzeitig vor einem Panzer wegziehen. Mitch, der dort drüben in Kalifornien voller Erwartungen und »männlicher«, sprich: hysterischer, Allmachtsgefühle herumlief, berauscht von seinem Mut und seiner Hoffnung, vibrierend vor Aufregung über seinen überlebensgroßen Schritt in den Schlamm der

»echten« Welt. Einer Welt, die er aus Filmen kannte, aus Videospielen, von seiner Xbox und seiner PlayStation. Und aus YouTube natürlich.

Von Jacob abgewandt, drückte ich den Brief an mich, wärmte ihn an meinem Herzen, meinem Mund. Als ich schließlich aufschaute – der Furor, mit dem ich meinen Sohn zu retten gedachte, hatte meine Tränen schon verdunsten lassen –, saß Jacob doch tatsächlich am Computer und sah sich die Site der US-*Army* an.

»Guck mal, Saar«, sagte er. »Das ist der Wahnsinn! Großartig, findest du nicht? Sagenhaft!«

Voller Ablehnung sah ich mir mit ihm die Propagandafilmchen an.

»Wie kommt es, dass du so ruhig bist?«, fragte ich. Und da erst dämmerte mir etwas.

»Wann ist der Brief eigentlich gekommen?«, fragte ich.

Jacob spähte mit einem solchen Interesse weiter auf den Bildschirm, dass es nur ein Ausweichmanöver sein konnte.

»Jacob!«

»Ich weiß es seit etwa zwölf Tagen, Saar.«

Es verschlug mir die Sprache.

»Ich konnte dich noch nicht damit belasten, Saar, das weißt du. Ich habe Mitch natürlich sofort angerufen. Und …«

Jacobs Blick war nach wie vor warm und liebevoll. Er hat große, dunkle Augen. In seine Augen habe ich mich als Erstes verliebt. Augen, die ihn verletzlich machen und zugleich überlegen, weil sie so schön sind, so orientalisch. Ich hatte das schon fast vergessen, weil er sie meistens hinter einer dunklen Brille versteckte. Sie blickten jetzt liebevoller, als ich es seit langem gesehen hatte. So, dass man sofort heulen könnte. Meistens war er mit seinen Gedanken woanders. Im Stress. Oder irritiert. Jetzt war er aufmerksam und lieb, so lieb. Er hatte ja so viel Mitgefühl mit mir.

Ich hätte ihn am liebsten geschlagen, geboxt, ihm weh getan, richtig weh getan. Mir war auch nach Schreien zumute, mit weit aufgerissenem Mund.

»Soll ich dir noch einen Kaffee machen?«

»Nein!«, schrie ich. »Lass das! Was hast du ihm gesagt? Was hast du unserem Sohn gesagt?«

Aber ich wusste es schon. Seine debile Liebenswürdigkeit verriet es mir. Dieses zuckersüße, mitfühlende Lächeln.

Ich hasste ihn. Er hatte meinen Sohn nicht auf andere Gedanken gebracht. Es fragte sich, ob er es überhaupt versucht hatte.

»Ich habe gesagt, dass das seine Entscheidung ist. Dass ich mich das niemals getraut hätte. Dass ich … dass es mir schwerfällt, ihn gehen zu lassen. Dass ich ihn liebhabe.«

»Du hättest es ihm verbieten müssen! Das hättest du tun müssen! Du bist sein Vater! Er darf das nicht! Wir erlauben es ihm nicht. Das hättest du sagen müssen!«

Ich wollte aufstampfen, aber da machte mein Fußgelenk nicht mit. Ein flammender Stich verwies mich in meine Schranken.

»Es tut mir leid, Saar, aber ich hatte den Eindruck, dass diese Nachricht zu viel für dich gewesen wäre«, sagte Jacob. Sein Ton hatte sich verändert.

»Was?«

»Vor zwölf Tagen, das war an dem Tag, als du den Unfall hattest …«

»Unfall? Was für ein Unfall?«

»Dann eben Überfall.«

»Oh, der Überfall!«, äffte ich ihn nach. »Wie kommst du dazu, von einem ›Unfall‹ zu sprechen? Einem Unfall! Tja, so ein Pech, dass mich irgendein dahergelaufener Faschist beinahe umgebracht hätte. Ein dummer Unfall, wirklich.«

»Entschuldige, Saar, ich meinte ...«

Jacob entschuldigte sich nur selten. Darin war er wirklich schlecht. Und weil er sich so ungut fühlte, wenn er sich mal entschuldigte, war er dann am Ende meistens sauer auf mich.

Mir riss der Geduldsfaden.

»Du weißt davon, dass unser Sohn Teil einer faschistoiden, total undurchsichtigen, monströsen Maschinerie werden will, dass er damit Gefahr läuft, in die Luft gesprengt zu werden, dass wir ihn in den kommenden Jahren kaum noch zu Gesicht bekommen, und du erzählst mir das nicht sofort? Mir, seiner Mutter? Deiner Frau? Nur weil du Angst hast – ja, wovor eigentlich? Dass ich zu emotional reagiere? Dass ich gleich zusammenklappe wie ein Freifräulein, dem man das Riechfläschchen reichen muss? Hm? Ich muss sofort zu ihm! Wir müssen ihm das ausreden! Und wieso kann er so einfach in die US-*Army*? Er ist Niederländer!«

»Er ist in den Staaten geboren, wie du weißt«, sagte Jacob tonlos. »Er ist halber Amerikaner. Mit so etwas mussten wir rechnen, mussten wir immer schon rechnen. Wir haben es nicht erwartet, aber wir mussten damit rechnen. Und ist es so schlecht, dass unser Sohn das möchte? Dass er an etwas glaubt? Das ist doch das Erbe unserer eigenen Geschichte, oder, Saar? Glaubst du nicht? Findest du nicht, dass wir das respektieren sollten? Dass wir stolz auf ihn sein sollten? Er möchte über sich selbst hinauswachsen. Steht es uns da zu, ihn auf den Boden zurückzuziehen? Das wäre doch nicht zu rechtfertigen, oder?«

Du hast das von Anfang an geplant, verdammt noch mal, dachte ich plötzlich. Es ist alles deine Schuld. Du wolltest unbedingt, dass deine Kinder in den USA geboren werden. Und jetzt hast du mit all deinem Gerede und deinen Theorien einen Sohn geschaffen, der kämpfen will. Der zum Militär will. Gratuliere! Mein einziger Sohn, der mir das Liebste auf der Welt ist.

Dein Sohn, Jacob, dein einziger Sohn.

Das ist keine Fiktion, Jacob, das ist die Realität, du naiver Spinner! Die echte, die harte, die einzige Realität. Die hast du, Jacob, mit deiner Faszination für Kriegsgeschichten nie erlebt, nie durchschaut. Du weißt nichts von der Welt, du, der doch immer alles weiß. Du hast selbst nie gekämpft, warst nie wirklich in Gefahr. Wenn du Blut siehst, wirst du ohnmächtig!

Das ist dein Sohn, dein einziger Sohn. Jetzt verschlägt es dir die Sprache, was? Und wenn ihm etwas zustößt, was Gott verhüten möge? Dann verlasse ich dich, dann gehe ich weg und komme nie mehr zurück.

Aber als er mich anschaute, sah ich, dass Tränen in seinen Augen standen.

»Natürlich gefällt mir das nicht, Saar, natürlich ist das schmerzlich«, sagte er.

Einen Moment lang fühlte ich mit ihm, doch dann krampfte sich mein Herz wieder zusammen – vor Ärger, trotz seiner Tränen.

Die Banalität der Worte »gefällt mir das nicht« und

»schmerzlich« wurmte mich. Du weißt nichts, dachte ich, du empfindest nichts, für dich ist alles abstrakt, Fiktion, die dramatisiert werden kann.

»Aber gleichzeitig bin ich auch unheimlich stolz«, fuhr er fort.

»Stolz!«, schrie ich. »Stolz!«

Jacob verstummte.

»Du bist verrückt«, sagte ich. »Halt mich, ich glaube, jetzt fall ich wirklich in Ohnmacht. Vor Wut!«

Jacob nahm mich in die Arme. Ich fiel nicht in Ohnmacht, sondern setzte mich. Ihm gegenüber. Auf dem Tisch standen noch die Marmeladengläser zwischen den Brotkrümeln vom Frühstück. Jacob starrte, die Lippen fest zusammengepresst, ins Leere, einen eigenartigen, entrückten Ausdruck im Blick. Immer noch rann ihm eine Träne die Wange hinunter.

»Das …«, seine Stimme war tief und rauh, »das hätte ich nie erwartet«, sagte er. »Dass mein Sohn eines Tages *Marine* werden will. Ich hätte mir das nie zugetraut. Damit wird der Geschichte eine unglaubliche Wendung gegeben, finde ich. Es ist so … groß. Verstehst du das denn nicht, Saar?«

»Groß?«, sagte ich. »Ja, der größte Fehler seines und unseres Lebens!«

Jacob erhob sich und ging.

37

Abends sagte Jacob: »Ich habe mir etwas überlegt – es wird euch vielleicht erschrecken.«

Was jetzt wieder?, dachte ich. Ich hinke hinterher, mein Kind weht davon, verschwindet in der Ferne, und ich bekomme es nicht mehr zu fassen.

Wir hatten uns thailändisches Essen kommen lassen. Ich schälte gerade die Alufolie von den Behältern, Tess stellte Teller auf den Tisch. Sie sah blass aus, ihre Haut fleckig, und ihre langen Haare waren fettig. Sie wirkte einsam und verdrossen, fand ich. Ich hätte sie am liebsten auf den Schoß genommen, aber das ließ sie nicht mehr zu.

»Vielleicht sollten wir wieder in die USA ziehen. Dann könnten wir Mitch wenigstens sehen, wenn er Urlaub hat.«

»Waaaas?«, rief Tess.

»Hm«, machte ich. »Ja. Ja, warum nicht. Aber lass uns noch etwas darüber nachdenken, okay?«

In San Francisco war jetzt Vormittag, aber ich wollte Mitch noch etwas schonen – obwohl er mich überhaupt nicht geschont hatte. Ich wollte zu ihm. Möglichst sofort.

Erst als wir alles aufgegessen hatten, sagte Jacob: »Mitch schrieb, dass er Berkeley vorläufig nicht verlassen kann, wegen Klausuren. Wie wär's, wenn wir zu dritt rüberfliegen – Weihnachten?«

Tess und ich wechselten einen Blick.

»Warum willst du denn zu Mitch?«, fragte ich. »Wenn du ihm nur noch mal auf die Schulter klopfen möchtest, um ihm persönlich zu sagen, wie sehr du dich darüber freust, dass er *Marine* werden will: nein, danke. Da mache ich nicht mit.«

Jacob sah mich nur an. Kopfschüttelnd. Der warme, mitfühlende Blick in seinen Augen, bei dem mir so jämmerlich zumute geworden war, hatte sich verloren.

38

»Weiß Mitch schon, dass ich seinen Brief jetzt gelesen habe?«, fragte ich Jacob später im Schlafzimmer.

»Ja. Ich habe ihn darauf vorbereitet«, antwortete er.

Sowie ich ihn schnarchen hörte, packte ich meine Sachen. Mein lädiertes Fußgelenk war dabei nicht gerade förderlich. Die Länge unserer Treppen verfluchend, musste ich meine Kleidung wohl oder übel portionsweise im Rucksack von oben nach unten bugsieren, um sie dann dort in den Koffer zu stopfen. Ich mache selten etwas heimlich, aber jetzt ging es um Leben und Tod. Erst als alles gepackt war, zog ich mich aus und legte mich ins Bett.

Jacob schien zu schlafen, tastete aber sofort mit der Hand nach mir, als ich mich auf unsere Matratze aus viskoelastischem Schaum niederließ, die warm und weich wie Sand ist. Jede Ehe hat ihre Signale – dieses war ein Ansuchen, leicht, fast unverbindlich, mit der nötigen Zärtlichkeit. Ich erstarrte trotzdem. Seit der Sache im Wald war ich jeder irgendwie erotisch gearteten Berührung ausgewichen. Ich hatte nicht darüber nachdenken wollen, aber ich war eigentlich auch noch keinen Moment versucht gewesen, diese Haltung zu ändern. Es fragte sich, ob das je geschehen würde – was mich betraf, war das zuvor so sichere Spiel von Macht und Überwältigung ausgespielt. Sex war für mich jetzt gleichbedeutend mit Gewalt, reiner Gewalt. Sex hieß Gefahr.

Jacob schnarchte nicht mehr, und ich wusste, dass er jetzt wach war. Sein Körper war auf jeden Fall sehr wach. Ich drückte mich tiefer in die Matratze und versuchte mich auf die Seite zu drehen, ohne dass es beleidigend wirkte, aber die Hand kroch weiter, zu meinen Schultern. Da war schon das Streicheln vom Hals zur Schulter, das Drehen der Handfläche, der vertraute Auftakt zu einem ersten Hinabwandern. Brust Nummer eins! Die Hand greift zu.

Geh weg! Hier beginne ich, meine Körpergrenze verläuft einen Millimeter von meiner Haut entfernt. Vielleicht noch mehr. Überschreiten verboten! Das ist meine Brust! Das bin ich! Mein Herz klopfte wie wild.

»Jacob! Nein!«

Erschrockenes Deckenrascheln. Der Arm ergriff sofort die Flucht. Jacob war jetzt so hellwach wie ich.

»Nein?«

Nach der Geburt von Mitch und Tess hatte ich unter Schreckensvisionen von greulichen Unfällen gelitten, die ihnen zustoßen könnten, und zwar oft in Momenten, die kurz zuvor noch ausgesprochen erregend gewesen waren. Plötzlich war Jacob dann für mich zum fiesen Verführer mit liederlichen Absichten geworden. Schuldgefühle natürlich, eine ganz unangenehme Art von Schuldgefühlen. Lust war für mich hin und wieder unvereinbar gewesen mit der Unschuld meiner Babys, die klein und hilflos weinend in ihrem Bettchen lagen.

Ähnliche Gefühle hatte ich jetzt auch. Die Hand auf meinem Körper rief unliebsame Assoziationen mit Schmerzen und Gewalt hervor, und die wiederum Gedanken voller Angst um Mitch. Mitch in einem explodierenden Panzer, Mitch, der auf eine Landmine trat, dessen zarte Unterlippe ein Gewehrkolben traf. Jacob und ich an einem Sarg.

»Was ist?«, fragte Jacob.

Er klang besorgt. Ich wusste, dass er erregt gewesen war.

»Nicht seufzen … Ich denke an Mitch.«

»Oh.« Er drehte sich auf die Seite. »Versuch zu schlafen, Saar. Es wird nicht besser, wenn du nicht schläfst.«

Ich schlang die Arme um ihn. Atmete aus. Erleichtert, aber auch ein wenig schuldbewusst, weil ich etwas Manipulatives an mir erkannte.

39

Tess zog sich gerade an. Sie hatte Kopfhörerstöpsel drin und stand, verschiedene Outfits in den Händen, in Unterwäsche vor dem Spiegel. In den letzten Jahren hatte sie sich stark verändert, und erst seit kurzem kam sie einigermaßen mit dem neuen, ungewohnten Körper zurecht, der ihr zugemutet worden war. Jeden Tag wurde sorgsam eine neue Persönlichkeit gewählt, mittels Kleidung, Frisur und Make-up. Ich war mir bewusst, dass ich sie störte, hier in ihrem eigenen Zimmer, in der noch so neuen Intimität ihres dreizehnjährigen Lebens. Als ich ihren Namen rief, warf Tess einen leeren, ahnungslosen Blick über ihre Schulter – ohne wirklich etwas gehört zu haben, wie es schien. Als sie mich sah, erschrak sie, stieß einen kleinen Schrei aus und ließ sich auf den Boden sinken, die Arme um die Knie.

»Wa, du hast mich zu Tode erschreckt!«, rief sie.

Sie schielte von unten zu mir hoch. Tess war der geborene Clown.

»Ich fahre weg, Liebes.«

Sofort verzog sich Tess' Gesicht. Panik.

Mit Kinderstimmchen jammerte sie – wegen der Musik in ihren Ohren besonders laut: »Wo fährst du *hin*?«

Aber sie erriet es schon selbst. Sie umklammerte mich wie ein Äffchen.

»Ich will mit, Mama!«, jammerte sie. »Ich will auch nicht, dass Mitch zum Militär geht! Ich komme mit dir mit!«

Vorsichtig löste ich ihre langen, dünnen Arme.

»Sch, nicht doch«, sagte ich. »Du musst zur Schule. Papa bleibt bei dir. Ich werde tun, was ich kann, wirklich. Auch in deinem Namen, okay? Und ich muss jetzt los, ich muss rechtzeitig auf dem Flughafen sein. Papa schläft noch.«

Aber Jacob stand schon im Türrahmen.

»Was ist denn hier los?«, fragte er. »Wo willst du hin?«

»Ich habe einen Flug um elf«, sagte ich, ohne ihn anzusehen. »Mein Gepäck ist schon unten. Ich fliege zu unserem Sohn.«

»Du bist verrückt«, sagte Jacob.

Seine Haare standen zerzaust vom Kopf ab. Seine Augen waren ein bisschen verquollen, und er sah müde aus. Ich sah auf einmal, dass er älter geworden war. Vielleicht auch etwas weniger massig. Warum war ich immer böse auf ihn?

Er sagte: »Du kannst ihn ja doch nicht umstimmen. Wirklich nicht. Aber geh ruhig. Du wirst es selbst sehen. Geh ruhig.«

»Natürlich gehe ich«, sagte ich. »Bist du nicht sauer?«

»Mein Gott, nein! Wenn du es für nötig hältst, geh! Geh!«

Ich hinkte zu ihm hin und küsste ihn. Er rührte sich nicht.

»Er muss zurückkommen«, sagte ich.

»Du kannst es versuchen«, erwiderte er. »Aber angenommen, er hört auf dich, was dann?«

Ich sah ihn verständnislos an. Dann humpelte ich so schnell ich konnte nach unten. Im Spiegel sah ich meine rote Nase, die geröteten Augen und die verschmierte Schminke.

40

Natürlich war Richtung Schiphol wieder Stau. Lautlos schäumte ich im Taxi vor Wut über die Massen, die ergeben (sogar Ergebenheit hatte in dieser Ballung etwas Feindseliges) auf dem Weg zur Arbeit waren. Ich versuchte ein lockeres Gespräch mit dem Taxifahrer über diese Völkerwanderung, aber das gelang nicht so recht, denn der Taxifahrer hatte einen Sohn, der in Alkmaar wohnte und nach Amsterdam zur Arbeit musste. Unweigerlich kam daraufhin die Frage nach meinen Kindern.

Ich befand mich im Stadium der Auflösung. Das Haar saß nicht, die Augen brannten, der Kopf hämmerte, die Muskeln schmerzten – ich knarrte wie ein alter Schrank. Nicht mehr lange, und ich würde auseinanderfallen, wenn ich nicht aufpasste. Zusammenreißen!, hieß also die Devise. Ich hatte einen Auftritt, und auf den musste ich mich jetzt gut vorbereiten. Auftritte waren weiß Gott nicht meine Stärke. Ich dachte an Jacobs Worte.

Noch aber steckte der Verkehr auf der A4 fest. Es regnete. Unweigerlich schläferte mich das Geräusch der Scheibenwischer ein.

In Schiphol war ich trotzdem so zeitig, dass ich noch drei Stunden auf dem Flughafen totschlagen konnte. Während ich mich zwischen den anderen Reisenden treiben ließ, schweiften meine Gedanken fast zwanghaft zu Mitchs sanftem Gesicht mit den schwarzen Augen und den perfekt geformten Brauen, seinem amüsierten Grinsen, seiner übermütigen Stimme – und von dort immer wieder, quälend, zum gleichen Gesicht, in dem sich Angst und Erschrecken spiegelten.

Die Welt war mir zwar schon früher als ein einsamer Ort erschienen, aber das war etwas anderes gewesen als diese Unbarmherzigkeit jetzt. Und mir war, als kämen Sekunde für Sekunde weitere Ängste hinzu, als teilte sich meine Angst wie ein bösartiges Geschwür in immer weitere, neue Bilder.

Und dann das Mitleid. Ich konnte mir genau vorstellen, wie Mitch sich fühlen würde, wenn er Angst hatte, unter Fremden, wie er sich fühlen würde, wenn ihm so richtig bewusst wurde, wie weit er von zu Hause weg war, wie sehr er am Leben bleiben wollte, mit wie viel Liebe er aufgezogen worden war, wie viele schöne und nicht weniger wichtige Dinge er sonst noch hätte machen können. Wie trostlos das war, wie hart. Er hatte kaum Zeit gehabt, zu sich selbst zu finden, glücklich zu sein, ein eigenes Leben zu haben. Und er wurde so sehr geliebt! Tess. Er war Tess' engster Vertrauter. Sie waren die besten Freunde füreinander. Tess würde keine Nacht mehr ruhig schlafen, wenn Mitch in Afghanistan oder im Irak wäre – genau wie ich. Und Gott behüte, dass Mitch Bekanntschaft mit Grausamkeit machte. Spiel und Spaß war alles, was er kannte. Er konnte zwar durchaus ernst sein, aber mehr als alles andere war er ein Träumer, voller Phantasien und Theorien, die er aus Filmen, Büchern und Computergames bezog. Er hatte noch nichts durchgemacht, und wenn es nach mir gegangen wäre, hätte das auch noch möglichst lange so bleiben können.

Im Warteraum am Gate starrte ich auf eine junge Mutter mit Baby im Arm. Es musste etwa sechs Monate alt sein, rund und dunkel, mit langen Wimpern. Die Mutter strich ihm mit abwesendem Gesichtsausdruck wie in Trance über den Rücken, ganz in sich versunken. Das Inbild mütterlicher Liebe – sie hielt ihr Kind, es war sicher, so sicher wie nirgendwo sonst. Ich sah, wie eine andere Frau sie anlächelte, gerührt.

Gerührt war ich nicht. Ich sah auch nicht Wehrlosigkeit oder Schwäche darin, wie sie oft mit Müttern, Babys, Kindern assoziiert werden. Ihre Zärtlichkeit war gebündelte Kraft, Gewaltbereitschaft, die jedem galt, der versuchen sollte, dieses Kind zu rauben oder ihm etwas anzutun. Die Kehrseite der größten, stärksten Liebe war Gewalt. Ob auch der Umkehrschluss zutraf, dass sich hinter Gewalt immer Liebe verbarg, war fraglich.

Einst war auch mein Sohn wie aus Marzipan gewesen, duftend wie ein frischgebackenes Brot, fest und zugleich weich, verletzlich, aber furchtlos. Ich hätte ihn immerzu knuddeln und küssen können. Als hätte ich ihn mit meinen Händen vor jeder Gefahr bewahren, mit meinen Berührungen beschützen können wie ein Zauberer oder ein segnender Rabbiner. Er war der Teil von mir, der mich atmen machte und mich dazu befähigte, über die Zukunft nachzudenken. Ich hatte sein weiches Bäuchlein gestreichelt, als er klein war, seine sahnigen Kniechen umfasst, ihm über das runde Köpfchen gestrichen. Er hatte nach mir geschrien, als Baby, als kleiner Junge, er war unzählige Male eng an mich geschmiegt eingeschlafen. Wenn er unartig war, hatte ich ihn energisch am Arm gefasst, aber niemals geschlagen. Wenn ich ihn streng ansah, hatte er meinen Blick zuerst frech erwidert, war aber schon bald unsicher geworden und hatte schuldbewusst seinen berühmten Schmollmund gezogen, mit dem er mich gleich wieder für sich einnehmen konnte. Er musste immer lachen, wenn ich ihn küsste. Später hatte ich ihn auch oft angeschrien und mit wüsten Vorwürfen bombardiert, wenn seine Dickköpfigkeit ohnmächtige Wut in mir auslöste. Aber er konnte mir immer Paroli bieten, und danach vertrugen wir uns wieder. Er sorgte dafür, dass ich mich im grellsten Licht sah, aber niemand anderer machte mich so menschlich und echt, ja gelegentlich sogar gut.

Er hasste es, wenn ich böse auf ihn war, aber noch schlimmer war es für ihn, wenn irgendetwas, was er getan hatte, mir sichtlich Kummer bereitete. Das nutzte ich manchmal aus, und das war Erpressung. Ob ich das jetzt wollte? Ich wusste es nicht.

Das Außergewöhnlichste an Mitch war, dass ich ihn genauso zärtlich stimmen konnte wie er mich. Manchmal wuschelte er mir mit der Hand durchs Haar, weil ich so einen lieben Kopf hätte.

Unsere Beziehung war so eng, dass ich ihm alles verzeihen würde.

Bis aufs Sterben.

41

Es war noch hell, als ich in meinem Hotel ankam. Als ich über die Oakland Bay Bridge nach Berkeley hineingefahren war, hatte ich die Golden Gate Bridge in der Ferne schimmern sehen und war für einen Moment bereit gewesen, mich überwältigen zu lassen. Doch dann war gleich wieder die Angst da gewesen. Von der Großartigkeit dieser Brücke, die ich einmal so schön und imposant gefunden hatte, von all diesem Gold, all dieser Vermessenheit beeinflusst, war Mitch auf den Gedanken gekommen.

Es war Jacobs Schuld. Er hatte die Kinder immer wieder in die USA mitgeschleppt, damit sie vom Abenteuer der freien Welt, dieser »Erfindung der Demokratie«, kosteten. Er hatte mich dazu überredet, sie hier zur Welt zu bringen. Ich wäre bei der Geburt tausendmal lieber zu Hause gewesen, wo ich meine Eltern und meine Freunde in der Nähe gehabt hätte. Außerdem hatte ich mich über die Bevormundung in den USA schwarzgeärgert. Schmerzen gelten in amerikanischen Kliniken als gefährlich, weil man eventuell dafür verklagt werden kann. Aber ich wollte die Schmerzen, mit Betäubungsspritzen war mir nicht gedient, ich wollte meine Kinder aus eigener Kraft gebären. Für mich war das ein Sport, eine Art Marathon. Die blauen Papierkleider, die Spritzen hatte ich zu guter Letzt abwehren können und meine Kinder zum Beweis im Rekordtempo zur Welt gebracht.

Herman und Iezebel waren Gott sei Dank zu beiden Geburten nach Amerika gekommen und wie Schatten durchs Krankenhaus gegeistert. Als die Babys dann da waren, hatten wir geweint wie die Irren.

Jacob hatte die Hände gerungen und geflucht, als ich Krankenhauskleid und Spritze verweigerte, wurde aber später zum unermüdlichen, stolzen Verkünder der glorreichen Geschichte meiner Stärke, meines Muts und meiner Dickköpfigkeit.

Er hatte bekommen, was er wollte. Die Kinder waren amerikanisch und damit in Jacobs Augen sicher.

Was für ein lächerlicher Gedanke.

42

Fünf Uhr nachmittags, die Wahrscheinlichkeit, dass ich Mitch jetzt in seinem Studentenwohnheim am Channing Way antreffen würde, war nicht sonderlich groß. Aber ich wollte ihn auch nicht anrufen. Es sollte ein Überfall werden.

Für mich war es inzwischen zwei Uhr nachts, und unter meiner Schädeldecke quengelte ein beißender Schmerz infolge meiner Übermüdung und des Sauerstoffmangels während des Fluges. Aber ich konnte nicht in derselben Stadt sein wie mein Sohn und ihn nicht gleich sehen.

Ich hatte mich im Bancroft Hotel am Bancroft Way direkt gegenüber vom Campus einquartiert – ein historisches Gebäude mit Bleiglasfenstern und Holzvertäfelungen. Ich brachte mein Gepäck aufs Zimmer, duschte und zog mir etwas Frisches an. In meinem Fußgelenk, das sich schwer wie Blei anfühlte, pochte der Schmerz. Ich wäre gern ein Stück gelaufen, aber das war mit diesem Fuß praktisch unmöglich. Also beschloss ich, ein Taxi zu Mitchs *Dormitory* zu nehmen.

Draußen herrschte jetzt großes Gedränge. Überall Studenten, einzeln oder in Grüppchen, schwere Taschen an ihren Schultern. Mitch hatte mir erzählt, dass die UC Berkeley und die Gemeinde Berkeley nichts miteinander zu tun hätten, aber wenn man sich hier umsah, schien der ganze Ort ein einziger großer Campus zu sein. Bistros und Cafés, wohin man schaute, und alle waren mit Studenten gefüllt. Gegenüber von meinem Hotel sah ich die Studenten durch die Tore des eigentlichen Campus der UC Berkeley in die strahlende Herbstsonne hinausströmen. Vom Bancroft Way zweigte die etwas düster anmutende Telegraph Avenue ab, an die ich mich aus Mitchs Erzählungen erinnerte – dort hatte ihn am helllichten Tag ein verdammt übelriechender Penner, so Mitch, zu berauben versucht. Abgerissene Straßenhändler, die billigen Schmuck und indianischen Schnickschnack verkauften, säumten die Straße, auf dem Boden kauerten Bettler. Es gab hier auch einige Fastfood-Restaurants, die zwar unappetitlich aussahen, für Studenten aber wohl wegen der niedrigen Preise attraktiv waren. Mitchs *Unit* 3 musste hier ganz in der Nähe sein, Ecke Channing Way. Ich hatte insgeheim gehofft, ihn einfach irgendwo auf dem Bancroft Way zu sehen. Das hatte ich auch für wahrscheinlicher gehalten, als dass ich ihn in seiner eigenen Studentenbude antreffen würde.

Was für ein Student mochte Mitch wohl sein? Hatte er viele Freunde, oder zog er sich nach den Vorlesungen in sein *Dormitory* zurück, um am Computer zu hocken, wie er es zu Hause auch immer gemacht hatte? Bloß nicht!, dachte ich und war irgendwie erleichtert, dass ich dafür jetzt keine Verantwortung mehr trug. Mitch war erwachsen und von zu Hause weg. Wir durften uns um ihn kümmern, solange sein Studium finanziert werden musste, aber wir konnten ihm nicht mehr vorschreiben, was er in seiner Freizeit zu tun und zu lassen hatte. Ich hoffte, dass er sich sein Leben nett einrichtete, dass er jetzt mit Freunden oder einem Mädchen auf dem Weg in ein Café sein würde oder in ein Konzert oder zu einem Vortrag. Aber ich korrigierte mich.

Ein Junge, der sich gerade zum Militärdienst verpflichtet hat, verabredet sich nicht mit einem Mädchen, geht nicht in ein Konzert – nicht zwei Monate, bevor er ins *Boot Camp* muss. Mitch steuerte höchstens ein Fitnesscenter an, ein *Gym*, um seinen Körper für die Entbehrungen, die ihn erwarteten, zu stählen. Ein Vortrag? Über Afghanistan vielleicht oder die *Army*. Jemand, der sich für etwas so Extremes entscheidet, kann mit nichts anderem beschäftigt sein, sagte ich mir. Was hatten wir getan, Jacob und ich, wie konnte es sein, dass Mitch, unser Mitch – mein Mitch – das wollte?

43

Marine.

Hatte ich Vorurteile? Ich sah dabei jemanden vor mir, der den Drang hatte, sich zu beweisen, der in der Todesnähe die Wahrheit suchte, der Klarheit und Disziplin brauchte, Lob und Strafe. Jemanden, der sich nicht mit den Anreizen eines selbstgestalteten Lebens zufriedengab. Der zu rastlos war, zu wenig konzentriert, um Spaß an Spiel,

Wissenschaft, Technik zu haben. Der zu hektisch war, um nach dem Schönen zu suchen, dem das Selbstvertrauen fehlte, in »normaler« Arbeit, »normalen« Interessen, »normaler« Zerstreuung aufzugehen.

Ich hatte mir immer vorgestellt, dass *Marines* Jungs waren, die sich mit der Schule schwergetan hatten, *Drop-outs*, die eine Niederlage nach der anderen eingesteckt hatten, die etwas Selbstzerstörerisches hatten und Vergessen suchten im Alkohol oder Glücksspiel, Jungs, die etwas suchten, wo sie mit ihrem mangelnden Verantwortungsbewusstsein unterkamen, die sich in dem Leben, das ihnen zugedacht war, *langweilten* und von sich aus so unsicher waren, dass sie glaubten, nur der äußerste Ernst könne etwas für sie sein. Nur Krieg und drohende Gefahr.

Aber nicht Mitch. Mitch war all das nicht. Mitch langweilte sich nie. Mitch war immer gut in der Schule gewesen, an allem interessiert. Und an Alkohol lag ihm gar nichts.

Warum hatte ich einen Sohn, der die Nähe des Krieges suchte? Wie sollte ich mit so einem Sohn leben?

44

Und dann hielt das Taxi schon vor dem Studentenwohnheim, in dem Mitch seit dem letzten Sommer wohnte, denn es befand sich praktisch auf gleicher Höhe mit meinem Hotel in einer Parallelstraße zum Bancroft Way. Mit zwei anderen Studenten teilte sich Mitch eine sogenannte *Suite*, voll fett, wie er fand. Nur auf seinem Stockwerk sei's ein bisschen unruhig, weil fast jeden Tag irgendeine Party gefeiert werde. *Unit* 3 sei trotzdem *dope*, denn es sei ganz nah am Campus, vor allem an der Dwinelle Hall, wo er oft Vorlesungen habe. Auch das Essen sei ganz okay.

Letzteres hielt ich angesichts des Geruchs, der mir entgegenschlug, für kaum möglich. Das Haus miefte nicht nur nach verkochtem Essen, sondern auch nach einem Mix aus Rost, Müll, Schweiß, Urin und dreckigen Socken. Ein penetranter Altes-Gemäuer-Mief.

Ich humpelte zum Fahrstuhl, der zwar ziemlich fertig aussah, mich aber trotzdem unter lautem Quietschen in den dritten Stock hinaufbeförderte.

Die Stille im Haus schien mir eine Stille vor dem Sturm zu sein, denn sie kontrastierte stark mit dem Gestank und den weiteren Belegen für chaotisches Leben, die sich überall auf dem Stockwerk in Form von Graffiti und an die Wand gepinnten Ankündigungen fanden. Auf den Fluren standen einige Fahrräder, ansonsten sah es leer, verwahrlost, schmutzig aus. Zwei asiatische Studenten steuerten mit großen schwarzen Tragetaschen auf einen Raum zu, der wie eine Küche aussah.

An der Tür von Zimmer 515 hingen ein Poster der Rockband Creed, eine kleine niederländische Fahne und ein Foto von Pamela Andersson zu ihren Glanzzeiten.

Ich holte tief Luft und klopfte dreimal. Keine Antwort. Ich klopfte noch einmal, jetzt lauter. Wieder blieb es still. Als ich die Klinke runterdrückte, ging die Tür zu meinem Erstaunen einfach auf, und ich humpelte zaghaft hinein.

Ich stieß auf ein schummriges Zimmer mit drei Hochbetten an den Wänden, darunter die Schreibtische. Wie konnte man hier bloß studieren? Der Fußboden war mit allem

Möglichen übersät, Coladosen, einer leeren Whiskyflasche, Büchern, Kleidern und anderem Krempel, die Betten wagte ich mir gar nicht anzusehen. Aus allem sprach eine fundamental andere Auffassung von den Prioritäten, die man im Leben zu setzen hatte. Warum sollte man Sachen wegräumen, die man ja doch wieder brauchen würde? Warum Ordnung schaffen, wenn hier in kürzester Zeit wieder das reinste Chaos herrschte? Und warum sich die Mühe machen, wenn die anderen es auch nicht taten?

Beim Militär wird er sich das schon abgewöhnen, dachte ich.

Und erschrak über diesen Gedanken.

Keiner der Bewohner hatte sich offenbar mit persönlichen Fotos an der Wand oder einem kleinen Regal mit Lieblingsbüchern outen wollen. Doch bei näherer Erforschung – nach kurzem Schlucken – entdeckte ich unter einer wenig vertrauenerweckenden Pferdedecke den Quilt auf Mitchs Bett, den Iezebel ihm vor einigen Jahren geschenkt hatte. Mitch schien direkt darunter zu schlafen, denn Bettwäsche sah ich nicht. Außerdem entdeckte ich noch den Anhänger, den ich Mitch vor zehn Jahren aus Santa Fe mitgebracht hatte, ein Kristall, der von einem Jaguar aus Silber umklammert wurde. Er baumelte am Fußende des Bettes. Auf der Schreibtischplatte unter Mitchs Hochbett sah ich nun auch Hermans Gedenkbuch. Es diente zwar zur Erhöhung der darauf stehenden Lampe, aber immerhin.

Drei Beweise der Anhänglichkeit. Ich war schon wieder gerührt. Das konnte aber auch auf meinen Schlafmangel zurückzuführen sein. Ich war kurz versucht, mich auf Mitchs Bett zu legen, obwohl es im Zimmer fürchterlich nach

Schweißfüßen stank. Vielleicht ginge das auch zu weit. Aber wenn ich mich nun einen Moment auf diesen Stuhl setzte und die Augen schloss, dagegen war doch wohl nichts einzuwenden ...

Mitch war plötzlich wieder ganz nah, das machte die Schmuddeligkeit des Zimmers schon etwas weniger schmuddelig. Und war dieses übelriechende Allerheiligste nicht auch irgendwie ein Teil von mir?

45

Als ich die Augen mit Mühe wieder aufschlug, war es dunkel. Geräusche draußen auf dem Flur hatten mich geweckt, aber hereingekommen war niemand. Ich fühlte mich gerädert, und mir war heiß und zugleich furchtbar kalt. Gut, dass ich aufgewacht war, bevor ich in Tiefschlaf fallen konnte. Himmel, wie spät war es überhaupt? Ich knipste das Licht an.

Es musste neun Stunden früher sein als die vier Uhr, die meine Armbanduhr anzeigte. Aber wie spät genau, konnte ich beim besten Willen nicht ausrechnen. Ich kam jedes Mal durcheinander. Besser, ich verabredete mich morgen mit Mitch, als partout hier auf seine erstaunte Reaktion warten zu wollen.

Das Nickerchen hatte zwar meine Kopfschmerzen gelindert, mich aber in eine der Zeit enthobene Zwischenzone versetzt, in der Kinderängste regierten, Verlorenheit, tiefe Traurigkeit. Wo war Mitch denn bloß?

Es blieb gespenstisch still in dem abscheulichen Zimmer,

wenngleich das Licht der Lampe das Chaos ein wenig milderte. Mir wurde klar, dass natürlich keiner gern in so ein Loch zurückkehrte. Wenn man schlafen musste, blieb einem nichts anderes übrig, und im Dunkeln war es bestimmt durchaus gemütlich, sich zu dritt einen so engen Raum zu teilen, aber jede weitere Sekunde in diesem Zimmer war reine Zeitvergeudung.

Ich schrieb Mitch eine Nachricht und legte sie auf sein Bett. Dann nahm ich meinen Mut zusammen und trat auf den Flur. *Unit* 3 war kein Ort für Mütter. Mühsam humpelte ich den Flur hinunter, wo jetzt mehr Betrieb herrschte. Aber niemand nahm von mir Notiz. Ein bisschen entmutigt nahm ich den Fahrstuhl nach unten. Ich fürchtete, dass diese missglückte erste Mission ein Vorzeichen war.

46

»Hallo, Mam.« Mitchs Stimme am Telefon klang zögernder und behutsamer als sonst. Irgendwie fremd.

Er wusste von Jacob, dass ich den Brief gestern erst zu sehen bekommen hatte. Da war er jetzt natürlich auf der Hut.

»Ich bin bei dir«, sagte ich.

»Ja?«

»Ich meine, ich rufe aus Berkeley an, ich bin hier. Um dich zu sehen. Ich habe deinen Brief gelesen.«

»O Gott!«

Gerade noch hatte ich Mitchs Stimme Freude entnommen. Die hatte sich jetzt verflüchtigt.

»Tut mir leid«, sagte ich.

Es blieb einen Moment still. Ich fuhr fort.

»Ich habe dir Lakritze mitgebracht.«

»Mensch, Mam. Deswegen bist du ja wohl nicht hier! Wo bist du jetzt?«

»Ich war gerade in deinem Zimmer. Bin dort sogar kurz eingenickt. Aber du kamst und kamst nicht.«

»Eingenickt? In unserer Suite? Gott, Mama, wenn ich gewusst hätte, dass du kommst! Es war wohl leicht versifft, was?«

»Total versifft. Aber ich habe einen Jetlag und falle um vor Müdigkeit. Ich möchte dich unbedingt sehen. Am liebsten sofort. Wo bist du jetzt?«

»Ich kann nicht, Mama. Ich muss zu einem Studiengespräch, und danach habe ich ein Spiel ... Warum bist du hier, Mam?«

»Was meinst du wohl?«

»O nein, bitte nicht!« Mitch fehlten die Worte. »Du hast eine heilige Mission zu erfüllen, hm, Mamilein? Aber es hat keinen Sinn, das kann ich dir gleich sagen.«

»Wir werden sehen.«

»Wollen wir uns für morgen Vormittag verabreden? Ich muss erst um zwölf zur Vorlesung.«

»Okay«, sagte ich. »Morgen Vormittag.«

Wir verabredeten Zeit und Ort. Obwohl er mir keinerlei Hoffnung gemacht hatte, konnte ich danach sogar schlafen.

47

Als er das Café betrat, erkannte ich ihn gar nicht gleich. Das lag durchaus in meiner Absicht. Ich wollte ihn, und sei es nur für einen kurzen Moment, mit fremden Augen anschauen. Er trug ein verwaschenes grünes T-Shirt und hatte sich am Kinn ein strohiges Bärtchen stehen lassen. Komisch, das kannte ich nicht, dass bei ihm etwas spross, ohne dass ich davon wusste.

Trotzdem war er ganz Mitch. Mit den vertrauten Schultern und Armen in diesem T-Shirt. Händen, die bereit waren, mit einem Gewehr umzugehen.

Er strich sich mehrmals über sein Ziegenbärtchen. Das gab ihm offenbar Halt. Genau drei Sekunden lang hielt ich es durch, es zu ignorieren.

»Du meine Güte, Mitch«, sagte ich, »du hast einen Bart! Wo ist dein Kinn geblieben?«

Mitch brummte abwehrend. Dumme Bemerkungen und blöde Fragen. »Ich hatte keine Zeit, mich zu rasieren«.

Ach wo, dachte ich, dieses eitle Bärtchen deutet auf Stolz und Selbstverliebtheit nach einer schwierigen Entscheidung hin. Veränderungen des äußeren Erscheinungsbildes sollen immer dazu dienen, etwas Neues aus sich zu machen, sich vom Bisherigen zu distanzieren und das Bild, das andere von einem haben, über den Haufen zu werfen. Am besten auch gleich das, das man von sich selbst hat. Ich hoffte nur, dass das positiv zu werten war.

»Ach, Mitch«, sagte ich.

»Ja, und? Ich dachte mir schon, dass du Probleme damit haben würdest.«

»Nein, es steht dir.«

Mitch blickte zu Boden.

»Das meine ich nicht«, sagte er.

»So?«

»Wieso hast du nichts von deinem Unfall gesagt?«, brummte er.

»Weiß nicht.«

»In der ersten Woche dachte ich, du wärst so böse, dass du gar nicht auf meinen Brief reagieren wolltest. Dass du das Ganze einfach totschweigen wolltest oder so. Ich hab kein Wort gehört!«

»Aber Schatz, ich habe den Brief erst gestern gelesen. Papa hat ihn mir erst gestern gegeben!«

»Ich weiß. Aber wieso?«

»Er wollte uns beide schützen, glaube ich. Dich wollte er nicht beunruhigen, und mir wollte er einen weiteren Schock ersparen. Du kennst doch Papa!«

Mitch lachte nicht.

»Was hat er dir erzählt?«, fragte ich, plötzlich beunruhigt.

»Dass du angefahren worden bist.«

»Okay. Na, es geht mir schon viel besser. Nur mein Knöchel, Außenband gerissen.«

»Ich hab nach meinem Brief noch mal angerufen, aber Papa sagte, du hättest schrecklich viel um die Ohren.«

Jacob ist das wirklich sehr gründlich angegangen, dachte ich.

»Für dich habe ich doch immer Zeit.«

»Deshalb dachte ich ja, dass du mir böse bist.«

»Ich bin auch böse. Ich bin so böse, dass ich gleich das nächste Flugzeug genommen habe.«

»Echt?«

Er sah plötzlich sehr jung aus.

»Bist du wirklich sauer?«

»Nein, ich habe Angst. Ich habe eine Heidenangst, und ich möchte nicht, dass du das machst. Ich verbiete es dir.«

Mitch öffnete den Mund, bereit, in Lachen auszubrechen, wenn der Moment kam. Aber ich verzog keine Miene.

»Ich weiß, dass du über achtzehn und sogenannt volljährig bist, aber das ist Humbug. Du kannst so etwas nicht allein entscheiden. Du kennst dich doch noch gar nicht. Du weißt doch gar nicht, was du da anfängst. Oder was es sonst noch alles gäbe, was besser, sinnvoller wäre!«

Mitch spannte die Kiefermuskeln an.

»Ich möchte das, Mama«, sagte er. »Und ich werde es machen. Tut mir leid. Dann werde ich schon herausfinden, wer ich bin. Zum ersten Mal weiß ich, was ich will, und das kannst du mir nicht nehmen. Echt nicht.«

Darauf wusste ich nichts zu sagen.

»Wirklich sehr nah am Campus, deine neue Bleibe«, sagte ich nach kurzem Schweigen. »Das ist morgens bestimmt ganz praktisch.«

»Stimmt«, sagte Mitch, »ich bin im Nu da.«

Er sah noch ganz verschlafen aus – auch das Café, in dem wir uns verabredet hatten, ›Caffè Strada‹ an der College Avenue, ein typisches Studentencafé, war in unmittelbarer Campusnähe.

»Eigentlich schlaf ich noch halb, entschuldige. Ich brauche einen Kaffee. Du auch?«

Es war halb acht.

Obwohl ich nach hiesiger Zeit schon sehr früh am Abend

ins Bett gegangen war, um acht etwa, hatte ich bis sechs Uhr durchgeschlafen. Eigentlich zum ersten Mal seit der Konfrontation mit DEM TIER. Durch die Flut der Träume in dieser Nacht kam es mir so vor, als hätte ich unglaublich viel erlebt, wie in einem Film mit einer Geschichte, aus der ich gelernt zu haben schien, voller Abenteuer, die mich größer gemacht hatten. So funktioniert das also, dachte ich, das große Vergessen. Du schläfst und du lebst, und Schicht um Schicht legt sich über deine Erinnerungen. Die Träume breiten eine Decke darüber, genauso wie über deinen Schmerz und deinen Kummer. Zunächst ist die Decke noch durchsichtig und hauchdünn, doch je mehr Lagen mit der Zeit hinzukommen, desto dicker und fester und undurchsichtiger wird die Schicht. Bis du feststellst, dass du das Schlimme gar nicht mehr richtig erkennen kannst.

Heute Nacht hatte ich meinen Vater vor mir gesehen, ohne dass mich der Schmerz über sein Wegsein gelähmt hätte. Und DAS TIER hatte ich erschossen, bevor er mich zu Boden werfen konnte, und von mir abgewischt. Und jetzt war ich gerüstet, Mitch umzustimmen.

»Gern«, antwortete ich auf seine Frage nach dem Kaffee. »Gehst du ihn holen? Hier hast du Geld. Ich bin nicht so gut zu Fuß.«

»Du Arme.«

»Es geht schon«, sagte ich. »Ich möchte einen ganz großen Cappuccino.«

Mitch stellte sich vor der Theke an. Da stand er, mein Sohn. Seine Hose schlotterte und rutschte ihm fast von den Hüften. Früher war er ein bisschen dicklich gewesen, jetzt war er groß, kräftig und muskulös. Seine Schultern schienen noch etwas breiter geworden zu sein, seine Arme auch. Er schaute sich nicht um. Er wusste, dass ich zu ihm hinsah. Ich sah ihn den Kaffee bestellen und auf die Muffins zeigen, die in der Glasvitrine lagen. Er wandte sich mit fragendem Blick zu mir um. Ich schüttelte den Kopf. Er nahm zwei.

Mit Kaffee und Muffins auf einem Tablett kam er zurück. Er lächelte, unversehens stolz. Das war sein Café, ich war sein Gast.

Ich holte tief Luft, aber Mitch kam mir zuvor.

»Lass es, Mama, es hat keinen Zweck. Lass mich das einfach tun.«

Sein Gesicht war glatt und weich wie früher, aber knochiger. Sein Blick lächerlich ernst. Er hatte immer noch diese vollkommen symmetrischen Brauen.

Ich sah ihn nur an.

»Geh nicht! Geh nicht!«, flehte ich.

Mitch schaute sich erschrocken um. »Mama, *please!*«

»Entschuldige«, flüsterte ich, jammerte aber weiter. »Die US-*Army* erscheint dir vielleicht heldenhaft und cool und spannend, aber es ist schrecklich und schlimm und schmutzig und stupide und abscheulich, dazuzugehören! Es ist lebensgefährlich, in den Einsatz geschickt zu werden! Lebensgefährlich! Die Jungs da sterben! Glaub mir das doch bitte. Glaub mir. Wir wollen nicht, dass du das machst.«

Mitch schüttelte den Kopf.

»Wer ist wir?«, fragte er. »Will Papa das etwa auch nicht? Papa findet es toll, hat er gesagt! Er unterstützt mich voll und ganz. Er hat sogar gesagt, er wünschte, er hätte dasselbe getan, als er jung war. DU willst es nicht! DU! Du bist meine Mutter, und alle Mütter haben Angst, das ist logisch. Aber,

Mama, Angst bringt einen nicht weiter, das weißt du doch auch!«

»Und was meinst du wohl, wie Tess darüber denkt?«, fuhr ich ihn an.

Hierauf wusste Mitch nichts zu entgegnen.

Ich nutzte die Gelegenheit, um alles noch einmal zu wiederholen. Fasste ihn beim Arm.

»Du musst das nicht wollen, Mitch! Tu es nicht! Tu es bitte nicht!«

Er zog seinen Arm weg und schaute sich um. Ob irgendwer es gesehen hatte.

»Nicht, Mam! Bitte!«

Er lachte sogar kurz auf, als sei er geschmeichelt und erstaunt über meinen Ernst, meine sichtliche Verzweiflung. Als mache ihn das zum volljährigen, selbständig agierenden Mann.

Wie jung er noch war.

Dann wurde er plötzlich unwirsch.

»Können wir nicht in dein Hotel gehen oder so? Hier ist das echt unmöglich, hier sind lauter Leute, die mich kennen.«

Ich nickte stumm.

48

Mein Hotelzimmer war noch nicht saubergemacht worden. Ein gebrauchtes Handtuch und Kleider hingen über dem Schreibtischstuhl. T-Shirts lagen auf dem ungemachten Bett.

»Ganz schön unordentlich, Mama«, feixte Mitch, aber mit verkniffenem Mund.

Die Sonne – so früh schon – warf unzählige Lichtflecken auf den Fußboden und das Weiß des Bettes, das dadurch aufzuleuchten schien. Durch die geöffneten Fenster wehte ferne Musik zu uns herein. Die Welt ist nicht überall so angespannt, dachte ich. Es gibt immer Orte, wo Menschen sich wohl fühlen und einfach in den Tag hinein leben.

Geniert zupfte ich die Bettdecke zurecht.

»Okay«, sagte ich zittrig, aber ein wenig ruhiger. »Hier kann ich dich wenigstens nicht blamieren, wenn ich wieder in Tränen ausbreche …«

»Mama …« Seine Stimme hatte einen versöhnlichen Ton. Ich sah, dass er mich leicht beängstigt anschaute. »Es ist so schwer zu erklären … Aber zum ersten Mal habe ich … habe ich mich für etwas entschieden, weißt du, aus eigenem Antrieb. Das ist echt wichtig für mich. Ich kann nicht mehr zurück. Ich will auch nicht mehr zurück.«

Genau das hatte ich erwartet, aber was ich nicht erwartet hatte, war, dass ich auf einmal nichts mehr zu erwidern haben würde. Mir dämmerte, dass ich vielleicht schon lange im Abseits stand. War dieser Besuch also nur ein *rite de passage*?

»Versuch es mir doch zu erklären. Lass es mich verstehen, lass mich verstehen, wie du dazu gekommen bist …«

49

Zunächst zögernd, dann aber allmählich immer selbstbewusster erzählte Mitch, wie sehr es ihn seit seiner Ankunft in Berkeley nervös gemacht habe, dass hier offenbar jeder alle möglichen Überzeugungen vertrat. Überzeugungen seien hier etwas, womit man sich schmücke wie mit Totenkopfringen am Finger oder Tattoos oder Piercings. Die trage hier im Übrigen auch jeder, in großer Menge und Vielfalt. Auf dem Campus gebe es jeden Tag Stände, an denen von morgens bis abends Überzeugungen an den Mann gebracht würden, mit Stickern für oder gegen die Abtreibung, Flyern gegen den Krieg oder *Army*-Wimpeln für den Krieg, Broschüren über die Unterdrückung in Afghanistan, Nicaragua, Kuba, China, Nordkorea, Südafrika, ganzen Wälzern über die Unterdrückung von Gefangenen durch die USA selbst, in Guantanamo, in San Quentin. Die einen informierten über die vermaledeite Todesstrafe in den USA, andere traten für die Sache der Palästinenser ein, und wieder andere zeigten grauenhafte Fotos von palästinensischen Attentaten. Man könne sich auf der Stelle den unterschiedlichsten Glaubensgemeinschaften anschließen, auch Chabad und Scientology würben kräftig um die Seelen. Und dann sehe man Frauen in schwarzen Burkas zwischen megacoolen *Dudes* in löchrigen und zerfransten Designerjeans und -shirts rumlaufen.

Diese vielen gegensätzlichen Gruppierungen hätten ihn anfangs eingeschüchtert, gestand Mitch. Es sei ja nicht so, dass er selbst keine Überzeugungen habe, aber bei ihm wechselten sie immer so schnell (wenn sie denn überhaupt deutlich artikuliert gewesen seien), dass er sich nicht vorstellen könne, sie je irgendwo auf einem öffentlichen Platz zu vertreten. Sich dem Kampf gegen eine bestimmte Ungerechtigkeit zu verschreiben, nur um hip zu sein, das könne er einfach nicht. Er verstehe selbst nicht, wieso er nicht einfach mit einem Lachen darüber habe hinweggehen können, dass andere bereitwillig ihre Freizeit für die widersprüchlichsten Auffassungen und Meinungen opferten. Vielleicht, weil ihm all das umso deutlicher gemacht habe, dass es ihm an etwas fehlte. An der Fähigkeit, sich zu entscheiden.

Das hatte ich ihm früher tatsächlich hin und wieder gesagt: »Mitch, du solltest wissen, was du willst! Sei nicht so unentschlossen. Mach einfach was!«

Er hatte daraufhin immer nur irgendwas gegrummelt. Er litt unter der Qual der Wahl, dem Zuviel an Möglichkeiten. Lieber tat er gar nichts, als etwas zu tun, was er nicht uneingeschränkt gut oder wichtig und für sich interessant fand.

An dieser Eigenschaft hatte ich von jeher Anstoß genommen, weil sie zu nichts führte. Unermüdlich hatte ich versucht, Mitch zu dezidierten Entscheidungen zu ermuntern, für Bücher, Hobbys, Sportarten, die ich wichtig für ihn fand, zu begeistern. Paradox, ich weiß.

Ich fragte mich jetzt, ob es wohl richtig gewesen war, seine Spinnereien, wie ich es genannt hatte (nach Berkeley zu gehen, um ein Jahr Filmwissenschaft zu studieren – vor allem aber Fußball zu spielen, sein endloses Auf-Dosen-Schießen, sein Faible für Sport, für Computergames, Gewehre und Messer, die begeisterte Lektüre von Zeitschriften über Waffen und Flugzeuge), abzutun als nicht weiter ernstzunehmende Zwischenschritte auf dem Weg der Reifung für Dinge, die mir als die »wahren« erschienen, was immer ich mir auch darunter vorstellte. Mitch ließ sich Zeit mit der Entscheidung für die »wahren Dinge«, der Entscheidung für ein Interesse, ein Fach, einen Traum, wie ihn jeder Jugendliche idealerweise haben sollte, um wirklich erwachsen werden zu können – zumal in den Augen seiner Eltern, die sich danach sehnen, beruhigt loslassen zu können. Mitch blieb unentschieden, in allem.

Aber dann sei er auf Code Pink gestoßen, erzählte er jetzt, eine ziemlich einflussreiche antimilitaristische Aktionsgruppe. Ihr gehörten die typischen Vertreterinnen der Latzhosenfraktion an, aber auch Mädchen, die ihm eigentlich ganz gut gefielen. Umso schlimmer. Sie hätten gegenüber vom Rekrutierungsbüro der *Marines* in der Shattuck Avenue protestiert. Eine von ihnen habe sich ausgezogen.

Wütend hätten sie die unlauteren Tricks angeprangert, die die Rekrutierer angeblich benutzten, um ahnungslose junge Männer in die *Army* zu locken. Sie hätten auf den zwangsläufigen Zynismus der Kriegsmaschinerie hingewiesen, deren krankhaften Bedarf an Männern, ihrer Muskelkraft, ihrem Gehorsam. Sie hätten sich über die männliche Sehnsucht nach Heldentum lustig gemacht und sie verächtlich Ritterträume genannt. Ein Trauerspiel, dass junge Männer sich durch solche Träume verführen ließen. Und pervers, dass das Verlangen zu töten derart aufgewertet werde.

Da habe es angefangen, erzählte Mitch.

Nach den vielen leidenschaftlichen Monologen, die sein Vater und Großvater dem Mut der amerikanischen Soldaten gewidmet hätten, sei für ihn klar gewesen – das habe er sofort gefühlt –, dass er für diese Demonstrantinnen keinerlei Sympathie aufbringen könne und wolle. Er habe sich mit den Jungs im Irak und in Afghanistan identifiziert. Habe alle Einwände entschieden abgelehnt. Habe diskutiert. Nein, man führe die Jungs nicht an der Nase rum! Es sei sehr wohl mutig, was sie machten! Nein, sie seien nicht umsonst dort. Ja, sie verteidigten die Demokratie!

»Es tat so gut, nicht mehr unentschlossen zu sein, Mama!«

Ob ich mich denn nicht mehr daran erinnerte, wie oft er von der US-*Army* gesprochen habe?

Doch, daran konnte ich mich erinnern. Ich hatte dabei an nichts Böses gedacht, hatte es kaum ernst genommen.

Und die City of Berkeley habe den Demonstrantinnen auch noch recht gegeben!, fuhr Mitch entrüstet fort. Jetzt habe die Regierung der Stadt die Kürzung von Geldern angedroht, aber mit ihr auch der Universität!

Er habe sich das ein paar Tage lang angesehen und sei dann, statt sich von Code Pink eine rosa Nadel anstecken zu lassen, in das Büro der *Marines* gegangen, das diese fanatischen Aktivistinnen zu blockieren versuchten. Dort hätten ihm ein paar Ex-*Marines* bereitwillig Auskunft erteilt.

»So ging es los«, erklärte Mitch. »Der Typ, mit dem ich geredet habe, war wie ich, aber er hatte sich wirklich für etwas entschieden. Für ein echtes Ideal, etwas, woran er glaubte. Nichts Unwesentliches, nichts Hippes, nichts Vorübergehendes, sondern etwas Gigantisches, über ihn Hinausragendes. Das fand ich so klasse! Da wusste ich, dass es das ist, Mama. Das und nichts anderes.« Plötzlich verlegen, starrte Mitch auf seine Hände.

»Dein Großvater war jünger als du, als er in Auschwitz saß«, flüsterte ich. »Seine Eltern wurden ermordet! Das war echt, das war kein Spiel! Sie wurden von einem Krieg zermalmt, mit dem sie nichts zu tun haben wollten. Und du … du willst in Kriege ziehen, die dich gar nichts angehen! Findest du das nicht pervers? Findest du nicht, dass auf Generationen hinaus genug gelitten wurde? Frieden ist ein so wahnsinnig seltenes Gut. Wir sollten uns verpflichtet fühlen, ihn auszukosten, ihn zu nutzen!«

»Mama!«

Mitch schien Mühe mit der richtigen Tonhöhe zu haben, er hörte sich an wie im Stimmbruch.

»Ja«, sagte ich.

»Du kennst doch den Satz: Wer einen Menschen rettet, rettet die ganze Welt …?«

Jetzt war seine Stimme tief vor Ergriffenheit, Ergriffenheit über die eigene dramatische Entschlossenheit, wie es schien.

»Das ist ein schönes Credo, finde ich«, fuhr er fort. »Aber andersherum gilt doch auch: Wenn Menschen oder Völker leiden, geht die ganze Welt zugrunde. In Afghanistan leben Menschen in Unterdrückung. Die Taliban bedrohen das gesamte westliche Denken, die Freiheit, für die jahrhundertelang gekämpft worden ist. Und Afghanistan ist für sie nur die erste Hürde …!«

Ich konnte es nicht mehr hören.

»Das mag ja alles sehr wahr und nobel sein, mein lieber Schatz, aber du bist mein Sohn! Wie kann ich zulassen, dass du dich der riesigen Gefahr aussetzt, ums Leben zu kommen? Gegen versteckte Terroristenbomben kannst du dich nicht verteidigen, da nützt das beste Training nichts. Sie begehen die größten Grausamkeiten! Und du bist mein Sohn!«

Mitch schwieg eine Weile. Dann sagte er: »Herrgott, Mama, das ist genau das Gespräch, das ich nicht wollte.«

»Dachtest du etwa, du könntest das umgehen?«, herrschte ich ihn an. »Und noch etwas. Mit all deinem Pathos und deiner Kriegsrhetorik denkst du wohl, dass dein Großvater das gewollt hätte. Aber ich kann dir versichern, dass du dich irrst! Dein Großvater hasste den Krieg, der hätte das absurd gefunden! Was bildest du dir ein? Nie, nie, nie hätte er gewollt, dass du Soldat wirst!«

Mitch schwieg wieder. Mir schien, dass er wirklich kurz verunsichert war.

Doch dann sagte er fast mitleidig: »Ach nein? Das weißt du doch überhaupt nicht, Mama. Du bist meine Mutter. Du willst mich wieder mal beschützen. In deinen Augen ist alles gefährlich. Das war schon immer so. Du willst mich so sehr beschützen, dass du mir nicht mal erzählen wolltest, dass du nicht gestürzt bist, sondern irgendein Prolet das mit deinem Knöchel auf dem Gewissen hat.«

Mir zog es kurz den Magen zusammen. In diesem Zimmer, im Beisein meines Sohnes an DAS TIER erinnert zu werden, verursachte mir physische Übelkeit.

Mitch sah meine Verwirrung, und bevor ich etwas erwidern konnte, sagte er: »Ebendeswegen will ich zum Militär. Weil ich Menschen vor Proleten beschützen will. Verstehst du?«

Ich blickte auf meine Hände und schwieg so vielsagend ich konnte.

Er fuhr fort: »Vielleicht nimmst du mich in ein paar Jahren ernster.«

»Ja«, schrie ich. »Wenn du dann noch lebst!«

Ich gestattete mir einen tiefen Schluchzer.

»Und jetzt tschüs, liebe Mama. Ich muss zur Vorlesung, okay? Ich muss gehen.« Er erhob sich und beugte sich, wenn auch linkisch, doch noch zu einem Kuss zu mir herunter – den ich ihm gab, während ich mich erhob.

In dem Bedürfnis, ihn zu beschützen, schlang ich die Arme um ihn, sah dabei aber wohl eher wie eine Ertrinkende aus. Und so fühlte ich mich auch.

Er sperrte sich dagegen, und als ich seinen Widerstand spürte, ließ ich ihn los – oder schüttelte er mich ab?

Als er zur Tür ging, sah ich, dass er weinte.

»Wollen wir heute Abend zusammen essen gehen?«, fragte ich. Ich hörte, wie flehentlich meine Stimme klang.

»In Ordnung«, antwortete er. Es klang wenig begeistert. »Wenn du versprichst, dass du Ruhe gibst. Ich muss dann zwar was absagen, aber okay. Ich gehe jetzt, Mam.«

»Ich ruf dich später noch mal an. Ciao, Schatz. Passt du auf dich auf?« Ich war schon wie mein Vater.

»Jaahaa. Pass du auch auf dich auf.« Genauso mein Vater.

50

Nachdem Mitch weg war, hätte ich am liebsten den Rest des Tages im Bett verbracht, im sicheren Halbdunkel meines Hotelzimmers. Aber das gestattete ich mir nicht, denn ich hatte das Gefühl, dass es Unglück brachte, wenn ich mich versteckte. Spazieren gehen konnte ich nicht, also bestellte ich mir einen Leihwagen. Vielleicht würde mich der Blick auf die Golden Gate Bridge beruhigen.

»Und, was hat er gesagt?«, fragte Jacob.

Ich fuhr auf der Autobahn, hatte gerade Emeryville hinter mir gelassen und sah in der Ferne schon das offene Wasser. Man ist auch nie richtig frei, dachte ich. Zumal, wenn man so blöd ist, das Handy mitzunehmen. Die Verbindung war schlecht. Als stürmte es in der Leitung.

»Dass er sich sicher ist. Aber das wusstest du ja längst!«, blaffte ich.

»Du bist überfallen worden, dein Vater ist gestorben, du schreist noch immer jede Nacht im Schlaf. Sollte ich dir da auch noch erzählen, dass Mitch zum Militär will?«

Das ließ mich doch kurz verstummen.

»Schreie ich jede Nacht?«

»Ja.«

»Was denn?«

»Kann ich nicht immer verstehen. Aber du schreist ziemlich laut, ich wundere mich immer, dass du nicht selbst davon wach wirst. Du hast offenbar viel zu verarbeiten. Und Mitchs Brief war ZU VIEL. Ich habe es ja selbst kaum verkraftet. Ist es denn so schlimm, dass ich dich schonen wollte? Macht mich das zu einem schlechten Menschen?«

»Er ist sich ganz sicher«, seufzte ich. »Er hat sich Argumente zurechtgelegt – du hast ihm Argumente geliefert. Er kann nicht mehr zurück, selbst wenn er wollte.«

»Würdest du denn wollen, dass er jetzt noch einen Rückzieher macht?«

»Ja!«

»Wirklich? Wärst du nicht enttäuscht von deinem Sohn, wenn er seine Entscheidung auf Mamas Bitten hin rückgängig machen würde? Wie ein braver kleiner Junge?«

»Das ist ja wohl nicht dein Ernst! Bist du bescheuert? Nein! Nein! Mit der Sorte von Enttäuschung kannst du mir gestohlen bleiben! Es wird noch genügend andere Gelegenheiten geben, wo er seine Unabhängigkeit beweisen kann. Nein, ich wäre überglücklich! Ich würde dafür den Eiffelturm rauf- und runterrennen, und das gleich zweimal. Ich würde ihm sofort ein Auto schenken. Obwohl ich das auch gefährlich finde. Ich würde nie wieder meckern und schimpfen. Alles ist besser als ein Sohn bei der *Army*. Heute Abend habe ich noch eine Chance, wir gehen zusammen essen. Da werde ich ihn erpressen und bestechen und bearbeiten bis zum Umfallen.«

»Wo geht ihr hin?«

»In ein Thai-Restaurant, wo Mitch öfter essen geht. Es heisst ›Plearn‹.«

Das Rauschen in der Leitung wurde noch schlimmer.

»Saar? Die Verbindung ist so schlecht. Ich ruf wieder an. Okay?«

»Wie geht es Tess? Wo steckt sie eigentlich?«

Die Verbindung war unterbrochen, und ich hatte keine Lust zurückzurufen.

Inzwischen war ich auf der Oakland Bay Bridge, und vor mir erhob sich die Skyline von San Francisco mit ihren vielen Senkrechten und Schattenwürfen und der in der Sonne schimmernden Stahlkonstruktion der gigantischen Golden Gate.

Bis zum *Boot Camp* hatte ich noch zwei Monate, um auf Mitch einzuwirken. Das beruhigte mich ein wenig.

Ich fuhr den ganzen Tag in San Francisco herum, eine Stunde lang steckte ich in Staus am Hafen. So schön und freundlich und liebenswürdig es in Berkeley und San Francisco war, es gab auch Viertel, gerade am Hafen, wo es plötzlich ärmlich und schmuddelig und kriminell werden konnte. Ganz so, als kosteten Berkeley seine Bildung und Kultur mit all den subventionierten Universitätsgebäuden voller Hoffnungen und Erwartungen, den Labors, den Internetcafés und Sportanlagen, den angesehenen Restaurants und gemütlichen Bistros ein bisschen zu viel Energie, so dass es nicht verhindern konnte, dass da und dort das Böse aus den Ritzen hervorquoll.

Im sogenannten People's Park zum Beispiel, wo total verdreckte Stadtstreicher hausten. »People's Park«, ein zynischer Name für eine Reihe spärlicher Grünflächen und mickriger Büsche im Zentrum von Berkeley. Unzählige Obdachlose verrichteten hier ihre Notdurft, nahmen ihre Drogen und brachten auch hin und wieder mal einen Spaziergänger um. Trotzdem wurde der kleine Park mit allem, was sich darin abspielte, seit Jahrzehnten geduldet, ja sogar nostalgisch als liebgewonnenes Fossil aus der Zeit der großen Autoritätskrisen der sechziger Jahre gefeiert. Kein Student wagte sich nach Sonnenuntergang hier hinein.

Diese Diskrepanz war Mitch zufolge typisch für Berkeley.

Ich war vor Mitch im ›Plearn‹, humpelte an einen der Tische und bestellte ein Mineralwasser. Das große, einfache Restaurant schien sehr beliebt zu sein – wohl wegen der gemäßigten Preise –, denn fast alle Tische waren besetzt. Mein Vater wäre begeistert gewesen: Viel ist gut, war immer sein Leitspruch gewesen. Umso besser, wenn es preiswert war.

Zuerst konnte ich es nicht glauben. Dass jemand Jacob

so sehr ähneln konnte. Ich brauchte eine neue Brille, das stand fest. Doch dann verschob sich etwas in der Welt, denn er nickte mir zu, kam die Stufen herauf und trat an meinen Tisch, ganz und gar bekannt. Sein Gesicht konnte die Aufregung über seinen Überraschungscoup nicht verbergen (wie gut ich ihn kannte!). Im ersten Moment verspürte ich so etwas wie Erleichterung, aber dann ärgerte ich mich wie ein Kind, das allein auf Entdeckungsreise gegangen ist und plötzlich bemerkt, dass seine Eltern ihm gefolgt sind.

Nach kurzen Ausrufen umarmten wir uns. Trotz allem war ich froh, dass er da war. Das gab meiner weiten Reise gleich einen Anstrich von Normalität und nahm ihr die Dramatik. Ein wenig von meiner Angespanntheit fiel von mir ab, denn das Alleinsein hier hatte auch die anstrengende Seite, dass ich jede Minute selbst gestalten musste. Ein Gefühl der Geborgenheit stellte sich ein – nur um Haaresbreite von der Beklemmung entfernt, die ich so gut kannte.

Er müsse hier doch einen wichtigen Geldgeber für seinen neuen Film treffen, sagte Jacob lächelnd und mit der Selbstzufriedenheit eines Menschen, der demonstrieren möchte, dass weite Reisen für ihn ein Kinderspiel sind. Und da ich nun auch hier sei, habe er es für eine gute Idee gehalten, das nächste Flugzeug zu nehmen. Ob ich denn nicht gemerkt hätte, dass er aus dem Flugzeug angerufen habe?

Jacob freute sich diebisch über seinen Schachzug.

»Heee!«, ertönte es plötzlich laut hinter mir. »Ist das eine Verschwörung? Hattet ihr das etwa abgesprochen?«

Mitch. Wie schmal und hoch aufgeschossen er neben Jacob plötzlich wirkte.

Und da erst ging mir auf, was es zu bedeuten hatte, dass

Jacob hier war. Er war hier, um es mir noch schwerer zu machen. Das mit diesem sogenannten geschäftlichen Termin war Unsinn. Er war hier, um seinem Sohn Schützenhilfe zu geben. Sich vor ihn zu stellen – gegen mich. Er war mein Widersacher. Die Tränen in seinen Augen, als er seinen Sohn umarmte, entgingen mir nicht.

Die Sache war schon verloren, bevor ich richtig losgelegt hatte.

51

»Du hättest ruhig ein teureres Zimmer nehmen können, Schatz«, sagte Jacob, als er mein Hotel sah.

Ich erwiderte nichts. Das Bett wirkte klein, als er sich neben mich legte. Ich schob ihn weg.

»Du! Du nimmst immer so viel Raum ein!«, sagte ich. »Du frisst mich auf. Du nimmst mir meinen Sohn weg. Du nimmst mir alles weg. Und du schnarchst.«

Er rückte ein wenig beiseite. Da er mich kannte, konzentrierte er sich auf das Wesentliche.

»Wie kannst du so etwas sagen?«, erwiderte er, scheinbar überhaupt nicht beeindruckt von meinem bitteren Ton. »Es war nicht meine Idee, es war Mitchs Idee, verwechsle das bitte nicht. Ich nehme dir nichts weg. Ich habe nur im Unterschied zu dir Vertrauen. Er wird beschützt, ich weiß einfach, dass er beschützt wird.«

Ich zog die Brauen hoch. Das klang unerwartet fromm.

»Von wem denn, bitte schön?«

»Unglaublich, dass du das fragst«, sagte er.

Meine Verkrampftheit löste sich. Ich fühlte, wie sich seine Hand auf die meine legte, fast unmerklich. Und ehe ich michs versah, hatte ich seinen Händedruck erwidert. In der nächsten Sekunde warf ich mich auf ihn, und wir umschlangen einander, als müssten wir uns gegenseitig vor dem Ertrinken retten. Als müssten sich unsere Münder und Leiber zu genau diesem Zeitpunkt vereinen, damit wir noch eine Chance hatten. Ich bekam fast keine Luft, so sehr klammerten wir uns aneinander fest. Über DAS TIER zu sprechen, war mir unmöglich, aber wenn ich mich mit aller Kraft, die in mir steckte, an Jacob drückte und er sich an mich, dann konnten wir vielleicht mit vereinten Kräften alles Leben aus DEM TIER, diesem verborgenen Dritten, der sich zwischen uns geschoben hatte, herauspressen.

Ich legte die Wange an Jacobs Wange, und widerstrebend lösten wir uns voneinander.

Jacob war genauso verdattert wie ich, glaube ich. Erleichtert stellte ich fest, dass ich mich diesmal wenigstens nicht überwältigt gefühlt hatte.

»Saar«, sagte Jacob, »wir schaffen das. Wirklich, du kannst das, du bist so viel stärker, als du denkst.«

Ich umarmte ihn noch einmal fest – Einbildungskraft ist alles.

52

»Und? Hast du ihn überzeugt? Geht Mitch nicht zur *Army*?«

Das war Tess' Reaktion auf meine relativ gefasste Miene,

als ich vor dem Haus meiner Mutter aus dem Taxi stieg. Tess hatte bei ihr übernachtet.

Iezebel stand mit bangem, forschendem Blick am Fenster. Ich schüttelte fast unmerklich den Kopf, und sofort verschwand Iezebels Gesicht hinter einem großen Taschentuch.

Auch Tess bekam ein Kopfschütteln von mir zur Antwort, aber ich bemühte mich, es aufgeräumt aussehen zu lassen.

»Ich weiß es nicht, Liebes. Ich fürchte doch. Dein Bruder ist fest entschlossen. Er wird auf jeden Fall in zwei Monaten ins *Boot Camp* gehen, wo er erst mal unter Beweis stellen muss, ob er überhaupt geeignet ist. Wir können nichts machen, Tessje. Es ist Mitchs Entscheidung, Mitchs Leben. Er ist volljährig, und er ist nun mal der Meinung, dass es das Beste und Sinnvollste ist, was er machen kann. Dein Bruder ist sehr tapfer. Sehr tapfer und lieb. Er braucht jetzt deine Unterstützung, fürchte ich.«

Tess drehte sich um und rannte nach oben. Ich hörte, wie eine Tür zuschlug.

Iezebel umarmte mich, und für einen Moment ließ ich es zu. Die Illusion, selbst wieder Kind zu sein und mich von meiner Mutter trösten lassen zu können, war verführerisch, hielt aber nur kurz an. Ich war hier die Mutter, Mitchs Mutter. Das Leid konnte ich nicht abwälzen.

Schwerfällig humpelte ich ins Haus.

»Ich bleibe nicht lange, Mama, ich bin total kaputt.«

Ich wusste, wie falsch es war, dass ich das so barsch sagte. Dafür war meine Mutter viel zu verletzlich.

»Tess, kommst du?«, rief ich laut und drängend nach oben.

Aber Tess wollte nicht mit.

Ich ging zu ihr hinauf.

»Wir können nichts daran ändern, Tess. Wir sollten stolz auf ihn sein.«

Aber Tess hörte nicht auf zu weinen.

Ich setzte mich zu ihr, bis sie vor lauter Erschöpfung einschlief. Da gab ich dann auch selbst meiner Müdigkeit nach der langen Reise nach – so deprimierend ich es auch fand, in dem Haus zu schlafen, in dem ich mich früher, vor langer Zeit, einmal so sicher und geborgen gefühlt hatte, wo aber das Quietschen des Klappbetts, in dem ich lag, das Knarren von Türen und Treppe und das Rauschen in der Wasserleitung, all die bekannten Geräusche, die ich nie bewusst bemerkt hatte, jetzt so nervtötend und unheilverkündend waren.

53

Das Gästezimmer grenzte an das Zimmer meines Vaters. Dessen Tür stand offen. Meine Mutter hatte irgendwelche Versicherungsunterlagen oder Schreiben vom Notar gesucht und es nicht für nötig gehalten, die Tür wieder abzuschließen. Diese Nachlässigkeit ärgerte mich. Vor kaum drei Monaten wäre es noch undenkbar gewesen, dass diese Tür offen stand. Die Tür meines Vaters hatte verschlossen zu sein.

Ich ging hinein, Tempelschänderin.

Das entseelte Zimmer wirkte kleiner – oder war ich gewachsen? Der Schreibtisch war staubig und sah so verwaist aus wie ein Hund, der kraftlos in einer Ecke liegen bleibt, wenn sein Herrchen weggegangen ist. Die Schubladen waren nicht verschlossen, auch so etwas Undenkbares.

Nervös schlich ich näher. Herman, irgendwo da oben im Himmel, war totenstill, als hielte er vor Entsetzen über mein Tun den Atem an. Ich zog eine der Schubladen auf.

Das war gar nicht so leicht, denn sie war randvoll. Beim Aufziehen fiel alles Mögliche zu Boden. Was für ein Chaos. Notizen, Schreiben von der Universität, Artikel, Zeitschriften, Dissertationen.

Ich fragte mich, ob die Studenten die Arbeiten, die hier »aufbewahrt« wurden, überhaupt wieder zu Gesicht bekommen hatten – wie hatte mein Vater bei diesem Durcheinander je etwas wiedergefunden? Irgendein System konnte ich bei dieser Schublade nicht erkennen, und bei den anderen ebenso wenig. Ein unangenehmes Gefühl, da ich doch immer an die Ordnungsliebe meines Vaters geglaubt hatte.

Ganz hinten in der obersten Schublade entdeckte ich eine Ledermappe, die von all den Papieren so zerdrückt und so alt war, dass ich fürchtete, sie werde zerbröseln, wenn ich sie in die Hand nahm. Ich öffnete sie trotzdem, denn unwillkürlich suchte ich jetzt nach den vermissten Briefen aus Baden-Baden, die mir plötzlich wieder einfielen. Die Mappe enthielt einige Durchschläge von Briefen »An das Amt für Wiedergutmachung«, Dokumente und drei Ausweise mit eingestanztem Hakenkreuz und aufgestempeltem J. Da war die Vergangenheit wieder.

Ich schlug den ersten Ausweis auf. Dunkles, rundes Gesicht, markante Nase: mein Großvater, Izak Max Israel Silverstein – »Israel« war die Ergänzung der Nazis für alle jüdischen Männer, Ausdruck der Verachtung für ihre Abstammung. Er sah meinem Vater nur entfernt ähnlich. Sein Blick war unsicher und zugleich herablassend. In den Erzählungen meines Vaters war Izak ein strenger, harter, schwieriger Mann gewesen.

Der zweite Ausweis war der von Federmann. Ilja Norman Israel Federmann. Das also war Federmann. Auch sein Passbild starrte ich an. Sein Name war ebenfalls in den Erzählungen vorgekommen, aber ich hatte noch nie ein Foto von ihm gesehen. Er war bei allem dabei gewesen – und wie meine Großeltern in einem Lager gestorben. Er hatte ein freundliches, wenn auch etwas nichtssagendes Gesicht, aber das hatten ja viele auf ihrem Passbild. Ein Blick, mit dem sie sich präsentieren, aber zugleich vor den Behördenvertretern verbergen, die sich den Ausweis ansehen werden – wohl wissend, dass sie von vornherein verdächtig sind.

Dann starrte ich lange auf den Ausweis von Zewa, meiner Großmutter. Mein Gesicht, nur etwas dunkler getönt: schwarze Augen, dunkles Haar. Zewa Sophie Sara Silverstein, geborene Teubl. Das »Sara« fügten die Besatzer jedem jüdischen Frauennamen hinzu, ein kleines Extra zur Entpersönlichung – eine jüdische Frau war eine Sara. Ein Luxus eigentlich, dass sie zunächst noch so viele Namen tragen durften. Später, im Lager, mussten sie mit einer Nummer auskommen, die ihnen auf den Arm tätowiert wurde, damit sie sie auch ja nie vergaßen. Ich fragte mich, warum meine Eltern mich Sara genannt hatten. Nur Sara, ohne einen zweiten oder dritten Namen. Um den Besetzer schon mal zu narren, falls er wieder ein »Sara« dazusetzen wollte? Sara Sara.

Auf einmal verspürte ich an der Stelle, wo ich meinen Anhänger getragen hatte, ein Brennen am Hals. Das Kettchen war noch immer nicht repariert. Sara. Unwillkürlich betastete ich den roten Striemen, der noch nicht ganz verheilt war. Ich musste mich kurz hinsetzen. Die Stimme von DEM TIER vibrierte in meinem Magen, und eine Welle der Übelkeit schwappte in mir hoch.

Unten hörte ich die Stimme meiner Mutter und das Klappern von Geschirr. Es klang immer lebendiger, als es unten in Wirklichkeit war, aber ich hatte es jetzt trotzdem plötzlich eilig, dabei zu sein, bei meiner Mutter und meinem Kind zu sein, meine Familie um mich herum zu haben.

Ein Ausweis von meinem Vater war nicht in der Mappe.

»Huhu!«, rief ich nach unten. »Ich komme!«

Niemand hatte mich gerufen, aber ich wollte, dass sie mich hörten, hörten, dass ich zu ihnen kam, dass ich existierte. Ich ließ die Mappe in meiner Tasche verschwinden und ging möglichst geräuschvoll nach unten.

»Was hast du denn in Hermans Zimmer gemacht, Schatz?«, fragte Iezebel sofort, als ich eintrat.

54

Gerade als wir uns an den Tisch setzen wollten, rief Dieter von Felsenrath, der Archivar aus Baden-Baden an. Er habe die Briefe von meiner Großmutter nirgendwo mehr auftreiben können.

»Ach, wie schade«, entgegnete ich abwesend, denn ich hatte gehofft, es wäre Mitch.

Felsenrath war reichlich langatmig. Und am Ende sagte er noch, er hoffe, ich würde die Originale vielleicht finden und sie ihm dann zurückschicken. Ein abwegiger Gedanke, fand ich. Und das ließ ich auch durchblicken. Die Deutschen immer mit ihrer Überkorrektheit.

»Was war denn?«, wollte Tess wissen.

»Nichts Besonderes«, wimmelte ich ab.

Iezebel starrte mich an. »Saar?«, sagte sie mit strenger Miene. »Worum ging es da gerade? Was für Briefe?«

»Das ist was für die Zeitung, Mam, nichts Besonderes.«

»Habe ich dich nicht ›von meiner Familie‹ sagen hören? Dann ist das doch wohl nicht für die Zeitung, oder? Herman hat mal von Briefen gesprochen, was weißt du darüber? Und warum hat Dieter von Felsenrath mir gegenüber nichts davon gesagt?«

»Wir haben uns bei dem Abendessen in Baden-Baden über das Archiv unterhalten, Mam. Da hat er Briefe erwähnt. Ich hätte es dir natürlich erzählen können, aber ich wollte dich nicht unnötig aufregen. Es gab tatsächlich Briefe von Papas Familie, Mam, aber sie sind unauffindbar. Also was soll's? Was bringt es uns, zu wissen, dass es Briefe gegeben hat? Jetzt sind sie weg. Vielleicht sogar geklaut.«

»Geklaut?«

»Quatsch«, sagte ich seufzend. »Papa muss sie mitgenommen haben, wer sonst? Du wirst bestimmt darauf stoßen, wenn du das Chaos da oben aufräumst.«

»O Gott«, sagte Iezebel nervös. »Mir graut davor. Ich wollte es eigentlich noch ein Weilchen hinausschieben. Aber jetzt ... Vielleicht sollte ich es dann mal in Angriff nehmen, hm? Herrje.«

»Ich kann dir das gerne abnehmen«, sagte ich schnell. »Kein Problem.«

»Kommt gar nicht in Frage!«, widersprach Iezebel. »Das ist meine Aufgabe.«

»Es geht mich genauso viel an wie dich, Mam, das weißt du.«

»Das mag sein, aber ich möchte absolut nicht, dass du es machst. Wenn ich mich vergewissert habe, was in den Schubladen ist, gebe ich dir Bescheid. Aber zuerst möchte ich alles durchgehen. Ich hoffe, du respektierst das.«

»Wie du willst, wie du willst. Ich wollte nur helfen.«

»Ja, aber du hast auch Dinge verschwiegen, gib's ruhig zu. Das gefällt mir gar nicht, Saar.«

»Neihein!«, rief ich. »Ich verschweige nichts! Hör auf! Red nicht so einen Mist!«

Sofort trat eine lastende Stille ein. Die Augen meiner Mutter füllten sich mit Tränen. Tess, die gerade den Löffel zum Mund geführt hatte, warf mir einen bösen Blick zu und legte den Löffel wieder hin. Ich starrte mit brennenden Augen auf den Tisch. Keiner rührte sich.

»Nicht doch, Mam«, murmelte ich.

Iezebel schluchzte laut auf. »Ich bin so furchtbar allein! Und ich möchte so gern alles richtig machen!«

»Natürlich, Mam«, murmelte ich tröstend. »Das tust du doch auch. Aber warum musst du denn unbedingt alles richtig machen? Und was ist so schlimm daran, dass ich dir helfen möchte?«

»Herman war mein Mann! Das scheint ihr gelegentlich zu vergessen. Er war mein Mann. Ich habe meinen Mann verloren!«

»Ja, das weiß ich«, rief ich. »Das ist furchtbar. Aber ich habe meinen Vater verloren! Das ist doch auch schlimm!«

Es tat mir auf der Stelle leid. »Okay, entschuldige.«

»Ich möchte einfach das Zimmer durchgehen, Zentimeter für Zentimeter. Das ist mein Projekt, meine Aufgabe. Ich möchte Herman Stück für Stück ablegen. Das darf ich doch wohl! Dafür muss ich doch wohl nicht eure Zustimmung einholen, oder?«, fragte meine Mutter.

»Mensch, Mama, das sagt doch auch keiner!«

55

Am Morgen unserer Abreise nach San Francisco, Anfang Februar, zerbrach eine alte Vase, die ursprünglich im Zimmer meines Vaters gestanden hatte, ohne mein Zutun, ich hatte sie nur umstellen wollen. Und vor der Garage lag ein toter Vogel. Alles Zeichen, weitere Zeichen, dachte ich. Überall sah ich Unheil.

Vor langer Zeit hatte ich einer Grundschullehrerin von Mitch einmal erklärt, dass es schwer für ihn sei, mit den »harten« Jungen in seiner Klasse zurechtzukommen – weil er selbst so sensibel sei.

»Oh, aber ich finde, dass Mitch auch ein ziemlich harter Junge ist«, hatte Mitchs Lehrerin verdutzt erwidert. »Nicht sensibler als andere, glaube ich eigentlich. Er ist bei Raufereien immer mit von der Partie, und wenn einer gehänselt wird, hält er sich auch nicht zurück.«

Ich hatte für diese desillusionierende Mitteilung sofort eine psychologische Erklärung parat gehabt – die natürlich nichts anderes als eine Rechtfertigung war: Mitch tat nur so, als ob. Aber ich war ein wenig enttäuscht gewesen. Es war zwar einerseits schön, dass Mitch sich offenbar unter seinen Altersgenossen zu behaupten verstand, und ich fand es auch interessant, dass die Lehrerin eine Art mädchenhafter Hochachtung für meinen Sohn an den Tag gelegt hatte, aber mir war sehr wohl klar, dass »hart« in diesem Kontext eigentlich eher mit Schwäche gleichzusetzen war: Mitch richtete sich nach der Meinung anderer. Das hatte ich gar nicht gern gehört.

Und jetzt? War Mitch wirklich so hart, dass er sich aufopfern wollte und das Glück und die Ruhe seiner Eltern dafür in Mitleidenschaft zog? War es Idealismus, der so hart machte – oder war das Ganze ein Spiel? Hatte er wirklich ein höheres Ziel, vor dem jeder andere (und ganz gewiss seine Mutter) den Hut ziehen musste? Oder ging es bloß um eine banale Wette, die er mit sich selbst abgeschlossen hatte?

Jedes Mal, wenn ich in diesen Wochen, bevor er am achten Februar ins *Boot Camp* musste, mit Mitch telefoniert hatte, war mir beim Klang seiner Stimme bewusst geworden, dass »hart« und »weich« für das, was ihn bewegte, völlig irrelevante Begriffe waren. Wenn es hart war, jeden Tag drei Stunden im Fitnesscenter zu trainieren, ja, dann war er hart, denn das tat er. Aber er machte auch keinen Hehl daraus, dass er Angst hatte und sich Sorgen machte, Regungen, die man gewöhnlich mit Schwäche verbindet. Zwar hatte er nur zweimal davon gesprochen, aber diese beiden Male hatten sich tief in meine Seele eingebrannt, sosehr sie zugleich eine Art Erleichterung bedeuteten: Mitch, der anrief und sich mir wie früher anvertraute. Mich »liebe Mama« nannte und mich beschwor, keine Angst um ihn zu haben. Vielmehr habe er Angst, dass Jacob, Tess oder mir etwas zustoßen könne. Ich müsse ihm versprechen, immer aufzupassen und achtzugeben, vorsichtig zu sein – »ganz vorsichtig, Mama« –, bis ich mich nicht mehr halten konnte vor Lachen, weil er so gut die Rollen vertauschen konnte. Und Mitch, der zu erkennen gab, dass es nicht leicht für ihn war. Bei diesem zweiten Mal, Ende Januar war das gewesen, nur zwei Wochen, bevor er ins *Boot Camp* musste, hatte er außerdem etwas gesagt, was mich danach nicht mehr losließ: dass ich eines Tages verstehen würde, warum er das tun müsse. Es klang ziemlich geschwollen, und auf meine Rückfrage hatte er letztlich nur wieder die alten Beweggründe angeführt, die er auch in Berkeley schon genannt hatte.

Aber dennoch hatte ich kurz das Empfinden gehabt, dass da noch etwas anderes war, etwas, was er verschwieg, etwas Größeres, Tieferes, Wahreres, das sich ihm und mir am Ende offenbaren würde. Vielleicht erhoffte er sich das selbst: die Offenbarung des »wahren« Grundes.

Nur als er meinen Vater herangezogen hatte, dass der seinen mutigen Entschluss garantiert begrüßt hätte, war ich in Harnisch geraten und hatte ihn sogar beschimpft.

»Es ist deine Entscheidung, Mitch, lass bitte deinen Großvater aus dem Spiel. Es ist natürlich verführerisch zu denken, dass er hinter dir gestanden hätte, wo ich mich so querstelle, das hilft dir, dich gut dabei zu fühlen. Aber wenn es das ist, was dich in deiner Überzeugung bestärkt, kann ich nur sagen, mach dir nichts vor, das ist Unsinn. Er hätte dich mit so vielen Gegenargumenten überschüttet, dass du es dir mit Sicherheit aus dem Kopf geschlagen hättest. Ich wünschte, er lebte noch, dann wärst du jetzt nicht gegangen, das weiß ich genau.«

Darauf war Mitch kurz stumm geblieben. Ich hatte ihn tief atmen hören. »Eben«, hatte er dann nur erwidert und mich gebeten, jetzt damit aufzuhören. Und ich hatte nicht weiter in ihn dringen wollen.

56

Die Nacht vor seinem Antritt im *Boot Camp* am achten Februar musste Mitch unter Aufsicht seines Rekrutierers in einem Motel in Berkeley verbringen. Dann würde er mit zwanzig anderen zusammen von San Francisco nach San Diego geflogen werden, wo sich das Ausbildungslager befand. Sie alle waren Gefangene eines Vertrags, an den sie sich mit ihrer Unterschrift gekettet hatten. Tiger, die auf ihre Abrichtung warteten.

Wir hatten Mitch dazu überredet, seine letzten drei Tage vor dem Camp mit uns zusammen zu verbringen, und zwar im luxuriösen Fairmont Hotel in San Francisco. Ein großes Zugeständnis von Mitch, denn ihm waren die Wohlstandssymbole, mit denen Jacob so gerne prunkte, eher peinlich.

Drei Tage hatten wir, bevor wir ihn seinem Rekrutierer übergeben mussten. Drei Tage gemeinsamer Urlaub, wie früher, als es unseren Kindern noch nicht peinlich war, wenn man sie in Gesellschaft ihrer Eltern sah.

Der Himmel war verhangen, und es war windig, aber hin und wieder brach die Sonne durch, und dann schimmerte die Golden Gate Bridge wieder über der Bucht wie eine Fata Morgana – eine Vision aus einer anderen Ära, als noch alles gut gewesen war. Da konnte man fast so tun, als zerreiße es einem nicht gerade das Herz vor Schmerz über den hirnverbrannten Abschied, der immer näher rückte.

Das Fairmont hatte ein Schwimmbad, in dem Tess und Mitch wie die Kinder tollten und sich gegenseitig untertauchten. Und wie damals, als sie noch klein gewesen waren, machte ich Fotos, möglichst viele Fotos, in dem krampfhaften Bemühen, dieses winzige Scheibchen Glück für ewig festzuhalten. Unentwegt starrte ich auf meine Kinder in diesem Schwimmbecken, während ich mich in vorgeblich entspannter, aber höchst angestrengter Filmpose auf einer Liege räkelte und las. Vor allem Mitch beäugte ich, als sähe ich ihn zum ersten Mal. Wie nach seiner Geburt, als das Adrenalin noch in meinen Adern gepumpt und ich mich bei seinem Anblick ernstlich verliebt hatte. Seine Geburt war ein kleiner Krieg gewesen, ein Kampf ohnegleichen. Danach lag er auf dem Kissen wie ein Diamant. Vollkommen symmetrisch, gebündelte Energie, als funkle er. Autonom, hochmütig, unerschütterlich – ein ruhender Krieger, damals schon. Träger einer Geschichte Tausender Generationen, Konzentrat aller vorherigen Generationen. Diese Autonomie hatte mich damals überwältigt und sprachlos gemacht. Diese Liebe war neu, dieses Gefühl unbekannt – so selbstlos. Ich hatte gar nicht an einen Sohn gedacht, als ich schwanger wurde, ich hatte mir immer eine Tochter gewünscht. Auch dadurch hatte Mitch etwas von einem Wunder gehabt, Überraschung pur.

Als Tess gekommen war, doch noch ein Mädchen, war

das zwar so etwas wie ausgleichende Gerechtigkeit gewesen, aber nach sechs Jahren mit einem Jungen hatte ich keine Ahnung mehr, wie man mit Mädchen umging. Zu meinem Erstaunen war Tess ein völlig anderes Kind, als ich es gewesen war. Sie war burschikos, wild und lebhaft, während ich vorsichtig, sorgsam und gewissenhaft gewesen war. Nun, da ich durch Mitch zum ersten Mal etwas von Jungen zu verstehen gelernt hatte, wusste ich mit dem Wesen, das mir von Natur her eigentlich am nächsten hätte sein müssen, nicht so recht umzugehen. Tess war warmherzig und lieb, schien sich ihren Eltern gegenüber aber nicht verpflichtet zu fühlen – ganz anders als ich meinen Eltern gegenüber –, denn unsere Ge- und Verbote beeindruckten sie wenig. In puncto Autonomie stand sie Mitch in nichts nach. Sie spielte Gitarre und sang dazu, bastelte verrückte Collagen, und eines schönen Tages sprühte sie zu unserem Schrecken riesige Graffiti auf ihre Wände und Türen – die übrigens gar nicht so schlecht waren. Ansonsten hockte sie meistens an ihrem Computer und kommunizierte mit ihren zahllosen Freunden. Tess, die lange erwartete Tochter, war nicht, wie ich es mir immer erhofft hatte, der Mensch, dem ich endlich alles erzählen konnte, alle unaussprechlichen Geheimnisse meines Lebens. Tess hegte ganz andere Geheimnisse als ich.

Ich schaute zu, wie sie spielten, Mitch, so groß und herausfordernd, Tess, schon beinahe Frau.

Sie gingen noch genauso miteinander um wie als Kinder, ein Umgang, den wir manchmal etwas albern fanden. Sie hatten ihre eigene Sprache, die andere ohne böse Absicht ausschloss. Neunzehn und dreizehn. Mitch hob Tess in die Höhe, und Tess schrie theatralisch um Hilfe.

Mit tränenden Augen starrte ich auf Mitchs Bauchmuskelpanzer, der unwillkürlich Distanz schuf.

Eine aufrechte, gehorsame Kreatur würden sie aus meinem Sohn machen, einen unbeirrbaren Organismus, der kämpfen konnte und Befehlen blind folgte. Sein *Drill Instructor,* so ein schreiender, faschistoider Androide, würde dann das Hirn sein, das seine Muskeln und Sehnen steuerte.

Ich war die erklärte Feindin dieser Antreiber, so wie sie meine waren. Alles, was zwischen mir und meinem Sohn war, unterminierte die Härte, die er brauchte, um zu einer anonymen Kampfmaschine zu werden.

Mitch würde im *Boot Camp* so lange bearbeitet werden, bis nichts mehr von seinem ungestümen, lachlustigen, schwankenden alten Ich übrig sein würde. Warum musste ausgerechnet Mitch gebrochen und neu zusammengesetzt werden, fragte ich mich. Waren wir, seine Erzeuger und Erzieher, seine Familie, denn überhaupt nicht von Wert? Man könnte doch schreien vor Wut, wenn man daran dachte, dass alles, was wir Mitch mit auf den Weg gegeben hatten, im *Boot Camp* als sentimentaler Firlefanz abgetan werden würde, über den man nur laut und höhnisch lachen konnte!

57

Armeegrün, die Allerweltsfarbe von Erde und Bäumen und Schlamm, gepaart mit Gestank. Eine listige Farbe: Man sieht dich nicht, und dann, BUMM!, schlägst du zu. Die Farbe von Tod, Verderben und Vergehen, auch das.

Mitchs Haar würde abrasiert werden, das schöne, dichte,

dunkle Haar. Wenn ich Glück hatte, würde er, wenn ich ihn nach dreizehn Wochen wiedersah, eine ultrakurze, eckige Stoppelschicht auf dem Schädel haben.

Er hatte es früher auch schon einmal so gehabt, und es stand ihm nicht, es nahm ihm die hohe Stirn, ihm fehlte etwas – Bildung, Ironie, Freude.

Grün stand ihm gut, das schon.

Mit dreizehn war Mitch einmal mitten in der Wüste nördlich von Malibu in einem Airsoft-Camp gewesen, wo Jungen Soldat spielen konnten. Der Ernst der Jungen und der Männer, die dort mit ihren Gewehren herumliefen, durchschauert von Glücksgefühlen bei der Vorstellung, töten zu können, wen man nicht mochte, beziehungsweise so zu tun, als ob, war mir damals unheimlich komisch vorgekommen.

Am ersten Tag waren wir so kaputt vor Anspannung, dass wir nicht die Kraft hatten, irgendwo ein Restaurant zu suchen, und im Hotel aßen. Am zweiten Tag fuhren wir wie damals, als Tess und Mitch vier und zehn Jahre alt gewesen waren, ins Hafenviertel von San Francisco, »Fisherman's Wharf«, zum Bummeln und Fischessen am Wasser.

Solche Ausflüge würden normalerweise *nach* erfolgreicher Grundausbildung gemacht und nicht *davor,* hatte Mitch zuerst leicht kopfschüttelnd und augenscheinlich missbilligend eingewandt.

»Na und?«, hatte Jacob erwidert. »Du brauchst doch nicht alles genauso zu machen wie die anderen, oder? Bald darfst du kein Ich mehr haben. Jetzt im Moment sind wir noch ein Wir.«

Mitch hatte Jacob kurz angesehen und dann ohne weitere Widerrede gesagt: »Okay, Vater.«

Mitchs schnelles Einlenken hatte mich erstaunt. Früher hätte er sich unheimlich aufgeregt, aber jetzt diese Nachgiebigkeit? Was hatte das zu bedeuten?

Es wurde ein denkwürdiger Tag, ganz in dem Bewusstsein, dass wir Mitch nun zum letzten Mal als den Mitch erlebten, den wir kannten. Nicht umgedreht, nicht militarisiert.

Am Morgen des dritten und letzten Tages ließen wir Mitch möglichst lange ausschlafen. In der ersten Nacht in der Kaserne würde er kein Auge zutun. Dann und dort würde der Alptraum beginnen. Man würde ihn herumkommandieren und anschreien, er würde wahnsinnig werden vor Müdigkeit und trotzdem einen wachen Geist bewahren müssen. Diese erste Nacht würde nur der Auftakt zum Brechen seines Willens und seiner Persönlichkeit sein. »Ich« und »mich« würden dann verbotene Begriffe sein. Ob ich das nun als persönlichen Angriff betrachtete oder nicht.

Am Ende dieses Tages fuhren wir Mitch dann in das Motel, von wo ihn sein Rekrutierer am nächsten Morgen zum Flughafen bringen würde. Wir hatten den Rekrutierer angefleht, das doch bitte selbst tun zu dürfen, aber der freundliche große Junge hatte einen Auftrag, und die Verantwortung dafür hätte er niemals an uns abgegeben, nicht einmal, wenn wir ihn dafür bezahlt hätten. Mitch müsse diese letzte Nacht in dem Motel verbringen, daran führe kein Weg vorbei. Dann könne er sich sicher sein, dass er auch im richtigen Flugzeug sitzen werde.

Mitch war an diesem letzten Tag sehr wortkarg. Er hatte schon kommen sehen, dass es ihm nicht guttun würde, so umsorgt und verwöhnt zu werden. Dann würde der Übergang noch drastischer sein, vom Hotelbett und der Nestwärme der Familie in die Einsamkeit und Kälte einer Baracke. Er war schon dabei, sich loszureißen.

Ich hatte plötzlich Schuldgefühle, weil ich ihn dazu überredet hatte, diese letzten Tage mit uns zu verbringen. Er sah erbärmlich aus. Ich musste mir eingestehen, dass ich es ihm durch meine Zuwendung bewusst noch schwerer hatte machen wollen. Er war sich doch so sicher! Wie konnte ich nur so borniert sein? Die letzten Minuten auf dem Weg ins Motel weinte ich still vor mich hin.

Außer den Sachen, die er am Leib trug, und einer dünnen Mappe mit Papieren hatte Mitch nichts bei sich. Er würde von jetzt an eine Uniform tragen und Marschgepäck – er würde lernen, damit zu rennen und meilenweit damit zu marschieren. Er würde schießen und kämpfen lernen, er würde Liegestütze machen müssen, sich binnen einer Minute anziehen müssen, er würde zu wenig Schlaf bekommen und nicht genug zu essen, er würde seinen Entschluss zutiefst bereuen, er würde weinen und nicht mehr verstehen, was er da eigentlich machte, er würde uns nur ein einziges Mal anrufen dürfen, und das unter Aufsicht. Keine Klagen, keine Besonderheiten. Er würde natürlich Briefe schreiben dürfen, aber wann, denn viel Zeit würde er nicht haben. Dreizehn Wochen lang würde er Angst haben, unglücklich sein und halb krank von den Schmerzen in seinem Körper. So jedenfalls stellte ich es mir vor.

»Wie geht es dir?«, fragte ich.

»Gut, Mama, echt«, antwortete er.

Tess hielt Mitchs Hand, wie ich im Rückspiegel sah, und streichelte seine Fingerknöchel. Sie hatte ihn hören lassen, was sie auf ihrem iPod gespeichert hatte, und versuchte, ihn zum Lachen zu bringen, kitzelte ihn, überdreht, kichernd vor Anspannung.

Mitch ließ sich darauf ein, gutmütiger, als ich ihn je erlebt hatte. Aber auf den letzten Metern verstummte auch Tess, ihre Augen wurden groß und traurig, und sie drückte seine Hand noch fester.

Ich hatte ihm alles so oft gesagt. Ohne Erfolg. Er wollte das hier. Wir waren jetzt alle still, in diesem blöden, beengten Auto. Wir waren einmal eine Familie mit zwei Kindern gewesen, die hinten saßen, jetzt waren wir vier ausgewachsene Menschen, eine Bärenfamilie, die in einen Sedan gerade eben noch hineinpasste. Die familiäre Zusammengehörigkeit, die gemeinsame Sprache, die gemeinsamen Themen, die gemeinsame Geschichte machten uns jetzt aber nicht stark, sondern verletzlich, so mein Gefühl. Sie bot nur die Illusion von Geborgenheit.

Wir sind die letzte Familie auf Erden, dachte ich. Die letzte Familie am letzten Tag.

Und als wir ihn am Motel absetzten, konnte keiner von uns mehr herausbringen als die alten Beschwörungsformeln.

»Auf Wiedersehen, Schatz.«

»Ruf an, sobald du kannst, bitte. Tag oder Nacht.«

Ich umarmte ihn, fest, als könnte ich ihm Kraft geben, während ich sie doch heimlich von ihm stahl, und küsste ihn, so oft ich konnte.

Er hielt mich, wie er mich immer gehalten hatte, wie nur

Mitch mich hielt, die Arme ganz um mich herum. Nur daraus ließ sich ablesen, wie ihm zumute sein musste. Sein Kopf ruhte schwer an meinem Hals, bis mir fast die Luft wegblieb und ich mich von ihm lösen musste. Er ließ mich frei. Umarmte seinen Vater, umarmte seine Schwester. Und dann hielt er mich noch einmal ganz fest.

Er schaute sich nicht um, als er über den Platz hinweg auf das Motel zuging. Wir durften nicht weiter mit. Diesen Schritt wollte er allein machen.

Wir schauten ihm von der anderen Seite des Platzes aus nach. Als er an der Tür dieses blöden Motels angelangt war, drehte er sich dann doch noch einmal um, ganz kurz. Er winkte, fast lässig.

Dann war er weg.

58

Wenn ich in jenen Wochen an Mitch dachte, sah ich immer diesen von uns weggehenden Mitch vor mir. Ein Bild wie aus einem allzu symbolträchtigen Film über Abschied, das mich manchmal fast verrückt machte und meine Träume überschattete – falls ich schlief. Wenn Mitch die ersten drei Wochen *Boot Camp* überstand, würde er es mit großer Wahrscheinlichkeit schaffen. Und er hatte schon verkündet, dass es für ihn nicht in Frage komme, dann ein paar Jahre lang auf einer amerikanischen Basis stationiert zu sein, um unter den Fittichen der *Army* irgendein Studium durchzuziehen. Studieren könne er immer noch, wenn er erst einmal einige Missionen hinter sich gebracht habe. Nichts konnte ihn davon abbringen, sosehr wir es auch versucht hatten.

Schießwütig hatte Jacob ihn genannt. Auch er war endlich ein wenig beunruhigt.

Wir hatten beschlossen, nach dem achten Februar noch für drei Wochen ein Hotel in San Diego zu beziehen. Ich für meinen Teil, um Mitch, sollte ihm nach Desertieren sein, sofort zu entführen – notfalls mit verbundenen Augen. Eine Hoffnung, die im Laufe der drei Wochen zusehends schwand.

Dann klingelte mitten in der Nacht das Telefon.

Wie immer hatte ich lange gebraucht, bis ich endlich eingeschlafen war. Mit meinen Gedanken bei Mitch, wie er im *Second Batalion* der *Fox Company,* wo er jetzt war, von einem *Drill Instructor* mit Maschinengewehrstimme gepiesackt wurde.

Und dann dieser erbarmungslose Wecker mitten in der Nacht. *»Can you accept a collect call from Marine Corps Camp Pendleton?«*

»O god«, rief ich. *»Yes!«*

Nach Luft schnappend nickte ich Jacob heftig zu, obwohl er im Dunkeln unsichtbar war. Ich war zu schnell vom Grund des Schlafes zur Oberfläche aufgestiegen. Taucherkrankheit. Es war ein Uhr, wie ich sah.

»Ma'am?«

»JA!«, brüllte ich.

Ich saß aufrecht im Bett, beinahe hätte ich salutiert. Jacob machte das Licht an. Ich blickte in seine schreckgeweiteten Augen und drückte die Mithörtaste vom Telefon. Lautes Knattern, und dann plötzlich Mitchs Stimme, leiser und entfernter, als ich erwartet hätte, kaum zu verstehen in dem Lärm, der offenbar um ihn herum war. Mir war, als verpasste mir jemand einen Schlag aufs Zwerchfell. Ich kniff Jacob.

»Mitch!!«

»Hallo, Mutter!«, verstand ich. Mutter war einer seiner Kosenamen für mich, eine feierliche Variante.

»Mitch! Erzähl! Wie geht's?«

Aber auch er hatte schon angefangen zu reden, im selben Moment. Jetzt hatte keiner von uns gehört, was der andere gesagt hatte. Ich biss mir auf die Zunge. Warum er mitten in der Nacht anrief, war mir ein Rätsel. Schliefen sie denn dort überhaupt nicht?

»Es geht.«

Es blieb kurz still, ich hörte ihn schlucken, als müsse er sich zusammenreißen. Ich schluckte ebenfalls.

»Mitch!«, rief Jacob. »Halt durch, Junge!«

»Ich kann nicht lange reden. Es ist unheimlich schwer, ich kann fast nicht mehr. Das ist so ... Sie sind verrückt!«

»Mitch!«, rief ich.

Wieder Geschrei, dann ein Klicken. Die Verbindung war unterbrochen. Das ganze Gespräch hatte keine halbe Minute gedauert, und ich war außer mir über diese Ungerechtigkeit. Mein Herz schlug so heftig, als hätte ich gerade einen Langstreckenlauf hinter mir. Ich ließ mich zurückfallen, steif wie ein Brett.

»Er sagt, sie sind verrückt. Vielleicht gibt er auf.« Ich konnte nicht verhindern, dass meine Stimme hoffnungsvoll klang.

»Ach, Saar«, sagte Jacob nur.

Ich wusste nicht, ob das Verärgerung ausdrückte oder zärtlich gemeint war.

Es blieb bei diesem einen Anruf von Mitch in den ganzen dreizehn Wochen des elenden *Boot Camp*. Er gab nicht auf.

59

Monica hatte alle Sessel und Stühle verrückt, um den Fußboden zu schrubben. Das ganze Haus roch nach Pine-Sol, Monica schwor darauf. Mir war das Mittel eigentlich zu scharf und der Duft zu ordinär, aber ich traute mich nicht, etwas zu sagen. Weil ich kein Talent für die Vorgesetztenrolle habe, wie Jacob meint. Er natürlich schon.

Es ist doch verblüffend, dass Menschen aufgrund des Selbstvertrauens, das ein plötzlicher, ungeahnter Erfolg ihnen beschert, mit einem Mal auch mühelos Respekt auf allen anderen Ebenen ihres Lebens einzufordern verstehen. Es muss etwas mit dem Ton, in dem sie reden, ihrer Kopfhaltung zu tun haben.

Mit Jacob war nicht zu spaßen, in Jacob schnurrte ein kleiner Motor, der ein Selbstbewusstsein generierte, vor dem andere wie von selbst Respekt hatten. Und nicht nur in Jacob, sondern in allen mächtigen, großspurigen Menschen, mit denen er neuerdings verkehrte, schnurrte und brummte es nur so. Die Kehrseite einer derart gesteigerten Eigenliebe ist Ungeduld mit den weniger Sicheren, den Machtlosen, den Zauderern. Trotzdem ordnen sich Menschen meistens lieber Leuten mit Jacobs Talent zum Vorgesetzten unter als solchen wie mir, die ohne dieses Talent auskommen müssen, wie ich festgestellt hatte. Mir war es wichtig, dass Monica, die ich jetzt seit sieben Jahren kannte, mich mochte. Dafür nahm ich in Kauf, dass mein Haus nach einer Mischung aus Lysol und Tannenduft roch. Ich bemühte mich auch seit langem mittels einer befreundeten Juristin um eine Aufenthaltsgenehmigung für Monica, der bei jedem Uniformierten, dem sie begegnete, fast das Herz stehenblieb, wie sie mir erzählte. Ich zwang mich dann, an meinen Vater zu denken, der als illegaler Flüchtling in diesem Land ebenfalls Verständnis und Anerkennung hatte suchen müssen. Ich wollte, dass Monica mir vertraute, und dieses Vertrauen wollte ich nicht enttäuschen, deshalb hörte ich ihr auch zu, wenn ich eigentlich gar keine Zeit hatte und die Kiefer anspannen musste, um nicht zu gähnen oder vor Ungeduld zu schreien bei Monicas schleppendem, schwer zu verstehendem Niederländisch und den noch schwerer zu überblickenden Problemen, mit denen sie kämpfte. Monica wohnte mit ihrem neunzehnjährigen Sohn David irgendwo in Hoofddorp. Ich konnte nur schwer ausblenden, dass es zwischen uns gewaltige Unterschiede im Lebensstandard gab, und ihr kolonialer Hintergrund machte es nicht besser. Insgeheim schämte ich mich zu Tode, dass ich mein Haus nicht selbst sauber hielt. Meine Beziehung zu Monica litt unter diesem Unbehagen, aber das ließen wir uns beide bei unseren gegenseitigen Herzlichkeiten nicht anmerken.

»Ich staubsaugen in Mitchs Zimmer. Sehr schmutzig und viele Unordnung – ich räumen auf«, meinte ich zu verstehen.

Nachdem es mir erst mal die Sprache verschlagen hatte, entgegnete ich: »Davon hatte ich nichts gesagt.« Ich sah

Monica mit gequältem, entschuldigendem Blick an und hoffte, sie würde einsehen, dass sie nicht ohne meine Einwilligung in Mitchs Zimmer hätte gehen dürfen.

Ihr Blick kehrte sich nach innen, doch von Bedauern oder Erschrecken war nichts zu erkennen. Schuldgefühle schienen ihr fremd zu sein, vielleicht gehörten sie nicht zu ihrer Kultur.

»Frau Sara, ich denken, schmutzig, viele Staub, viele Spinnweb. Ich lange, lange nicht gewesen dort …«

»Was? Nein. Ja. Natürlich. Aber du musst mich so etwas vorher fragen, bitte. Das war keine gute Idee«, sagte ich mit abgewandtem Gesicht.

Wie um sie für meine Verärgerung zu trösten, strich ich ihr kurz über den Arm. Dabei hätte ich am liebsten geheult und mit den Füßen gestampft. Aber ich wollte Monica nicht kränken.

60

Ich ging gleich nach oben. Ohne etwas zu sehen, wanderten meine Augen dabei über die Wand neben der Treppe, wo Fotos von den Stars hingen, mit denen Jacob sich im Jahr der legendären Oscarverleihung in Hollywood hatte fotografieren lassen. Die kleine goldene Statuette, die Jacobs Triumph dokumentierte, stand mitten in der Diele auf einem Podest.

Mitchs Zimmer war jetzt so radikal sauber und ordentlich, als würde er nie mehr wiederkommen, musste ich mit Schaudern feststellen. Im Regal über seinem Bett prunkten zwei Fußballtrophäen, die Monica offenbar irgendwo hervorgefischt hatte, ein alter Stoffelefant aus längst vergangenen Zeiten und sechs Dinky Toys. Alles in allem eine armselige Hinterlassenschaft. Das breite Bett war gemacht, die dünne blaue Tagesdecke straff darübergespannt. Ich sah Mitch als Zehnjährigen unter dieser blauen Decke liegen, die Arme nach mir ausgestreckt, komm her, Mami. Auch wenn wir kurz vorher noch furchtbaren Streit gehabt hatten, wegen schlechter Noten, hirnloser Computerspielerei, mangelndem Einsatz, schlechtem Benehmen, konnte er vor dem Schlafengehen nach mir rufen, schmeichelnd und anhänglich. Er war eigentlich sentimentaler als Tess, auch als er älter war, und damit machte er mich immer schwach. Immer. Auch später noch setzte ich mich vor dem Einschlafen kurz zu ihm. »Herkommen, setzen und reden«, sagte er dann.

Auf einem der Regalbretter über dem Bett lag auch das Kinderköfferchen (wo hatte Monica das bloß gefunden?), das er damals mitgenommen hatte, als er weglaufen wollte. Vier war er da gewesen. Ich hatte ihm einen Pantoffel an den Kopf geworfen und ihn wüst beschimpft, weil er sich meine teuerste Hautcreme auf Gesicht, Haare und Hände geschmiert hatte. Kurz darauf hatte ich bei einem Blick aus dem Fenster (ich hatte inzwischen Kopfschmerzen von meinem eigenen Geschrei) gesehen, wie er mit seinem Köfferchen die Straße hinunterlief. Als ich das Fenster öffnete und ihn rief, war er stehen geblieben, hatte zu mir hinaufgeschaut mit seinem weiß verschmierten Gesicht und geduldig abgewartet, was ich denn von ihm wollte. Offenbar wusste er plötzlich nicht mehr, was er tun sollte – oder er wusste es nur zu gut. Brav war er stehen geblieben, bis ich nach unten gerannt und bei ihm war.

»Was hast du vor?«

»Nichts«, sagte er. Zehnmal, auf meine zehnmalige Frage.

»Was ist in deinem Koffer?«

»Nichts.«

Ich hatte den Koffer aufgemacht. Es war ein Rennwagen darin, den er gerade zu seinem Geburtstag bekommen hatte und der jetzt nach Creme roch. Dann hatte ich ihn nach Hause zurückgeführt – Zwang brauchte ich dabei überhaupt nicht anzuwenden.

»Ich wollte nach Amerika«, sagte er später. »Da hätte ich dann gewohnt. Mama war so böse auf mich.«

Das hatte auch Jacob schwachgemacht. Von Amerika hatten wir damals schon oft geredet. Drei Jahre später machten wir Ernst.

Für Mitch schien das Ganze ein Triumph zu sein, er wirkte danach sehr glücklich.

»Der vollendete Manipulator«, hatte ich zu Jacob gesagt. »Genau wie du.«

Ich nahm das Köfferchen vom Regal und schüttelte es kurz. Es war etwas darin. Ich setzte mich aufs Bett, um es zu öffnen. Zutage kam eine Zigarrenschachtel mit einer alten Zigarre darin, eine Plastikmappe, ein Bleistift und Mitchs alte Armbanduhr. Dass diese schöne Uhr, die ich ihm von einer Reise mitgebracht hatte, offenbar von Mitch ausgesondert worden und hiergeblieben war, bestürzte mich. Er hatte alle wirklich wichtigen Dinge mit nach Berkeley genommen.

Die Plastikmappe war mit schon halb abgerissenen alten

Aufklebern von Reisezielen beklebt und enthielt eine Gebrauchsanweisung für einen längst ausrangierten CD-Player. Als ich sie wieder in die Mappe zurückschieben wollte, fiel etwas heraus.

Es war ein sehr alter Umschlag. Er trug den altertümlichen Stempel: »Post Hooghalen«. Und darunter: »Baracke Nr. 44«.

Mir wurde schwindlig. Ich brauchte nicht erst hineinzuschauen, um zu wissen, was in diesem Umschlag steckte. Und dann fand ich auch noch einen zweiten, er klebte etwas zwischen der Gebrauchsanweisung fest. Mit trockener Kehle blätterte ich daraufhin die gesamte Gebrauchsanweisung Seite für Seite durch. Aber es blieb bei diesen zwei Umschlägen. In jedem steckte ein handgeschriebener Brief, adressiert an Fietje Leeder, De Genestetlaan 54, Apeldoorn. Unterschrieben waren beide Briefe mit »Deine Zewerle«.

Es waren die Briefe von meiner Großmutter Zewa Silverstein, geschrieben im Jahre 1942, der eine Ende November, der andere Ende Dezember.

Ich rief Monica.

»Sag mal, wo hast du dieses Köfferchen gefunden?«

»Im Schrank, zwischen alte Spielsach und Kleider«, antwortete Monica ein bisschen verlegen. »Ich denken: Oh, Mitch vergessen Uhr!«

»Diese Briefe sind für mich viel mehr wert als die Uhr«, sagte ich mit Nachdruck. »Das sind echte Familienbriefe, von vor langer Zeit!«

Ich legte die Briefe in mein Schmuckkästchen.

Ich konnte sie nicht lesen, das war das Problem. Zewa hatte zwar eine gestochene Handschrift, aber sie hatte eine alte deutsche Schrift benutzt, die für mich nicht zu entziffern war. Ich würde sie zu jemandem bringen müssen, der sich damit auskannte und mir die Briefe transkribieren konnte.

61

Nach Mitchs Anruf in San Diego hatte ich noch eine Weile gehofft, dass er aufgeben und man ihn in das so viel sicherere bürgerliche Leben zurückschicken würde, das ich ihm so sehr wünschte. Doch als es die Wochen darauf still blieb, hatte ich einsehen müssen, dass er das *Boot Camp* wohl doch irgendwie überstehen würde und damit die Möglichkeit immer realer wurde, dass man ihn über kurz oder lang in ein Kriegsgebiet entsenden würde.

Ich hatte zunehmend das Gefühl, aus Glas zu sein, eine mundgeblasene Vase auf einem wackligen Tisch, ständig in Gefahr zu zerbrechen. Ich meinte dauernd, nach Luft schnappen zu müssen, mein Nacken war schmerzhaft verspannt, und mir wurde jeden Tag von neuem bewusst, dass dies das Leben war, an das ich mich gewöhnen musste. Und dass es vorläufig eher schlimmer als besser werden würde.

Künftig würde sich mein Leben am Rande der Angst abspielen, für meinen Alltag würde nur ein schmaler Grat vorhanden sein. Es war ein bisschen so, als hätte ich zu hören bekommen, dass ich fortan in einem Wohnwagen leben müsse, wo mein gesamtes Hab und Gut auf einem Quadratmeter Fläche Platz finden musste, einem Wohnwagen zudem, der lebensgefährlich schleuderte.

Der einzige Vorteil war, dass meine Erfahrungen mit DEM TIER dadurch in den Hintergrund rückten und Zeit darüber hinwegging. Manchmal kam es mir fast so vor, als hätte mir DAS TIER in einem anderen Leben Schmerzen und Angst zugefügt.

Aber mein Vater fehlte mir sehr.

62

Jacob und ich gingen einander in dieser Zeit aus dem Weg. Was gab es noch zu sagen? Jeder kannte den Standpunkt des anderen – sie waren mehr oder weniger entgegengesetzt. Wenn ich konsequent wäre, würde ich Jacob verlassen, dachte ich manchmal – er war mein Widersacher, er hatte Mitch nicht daran gehindert, ja vielleicht sogar ermuntert, sich in eine unmittelbare physische Gefahr zu begeben.

Aber wir wussten auch, dass unsere Gefühle füreinander zutiefst übereinstimmten. Ich konnte mir ein Leben ohne Jacob kaum vorstellen. Manchmal hasste ich ihn heftig und verzweifelt für sein nachdrückliches Schweigen, wenn ich wieder einmal wegen Mitch jammerte, aber allein als sein Vater brachte er mir Mitch näher als irgendwer sonst. Das Jammern kam mir im Übrigen immer sinnloser vor, nicht nur weil meine anklagenden Worte abprallten, sondern auch weil ich das komische Gefühl hatte, dass meine Aggression die Entsendung Mitchs in ein Gebiet voller Minen und Terroristen eher noch wahrscheinlicher machen und ihn somit in Gefahr bringen würde.

Jacobs Schweigsamkeit sei typisch Mann, sagten meine

Freundinnen. Vor allem meine Freundin Kyra hatte diesbezüglich eine dezidierte Meinung. Mit sichtlicher Genugtuung verkündete sie, dass Jacob keine Angst »zulassen« könne, weil »dieser Bereich in ihm« von Kind auf »tabu« sei. Derlei vage Deutungen hatten sie alle in petto, und damit war mir weniger denn je gedient.

Ich brauchte handfeste Worte, wie ein Bergsteiger seine Steigeisen. Aber viel mehr als unverbindliche Floskeln fiel den meisten nicht ein. »Ach Liebes, man kann ein Kind nun mal nicht festbinden.« – »Angst ist kein guter Ratgeber.« – »Was geschehen soll, wird geschehen, daran kannst du nichts ändern.«

Nein, von meinen Freundinnen hatte ich nicht viel. Ihre Kinder fingen an zu studieren oder studierten schon, und wie alle Eltern litten auch sie unter dem Schmerz des Loslassens, wenn die Kinder mit Rucksack – und tollem Handy in der Tasche – in der Welt umherreisten. Sie taten alle so, als säßen wir im selben Boot, aber ich weigerte mich trotzig, dem beizupflichten. Vielleicht wollte ich auch gar keinen Trost und keine Hilfe, wie mir allmählich aufging. Meine Angst und ich waren so enge Verbündete geworden, dass die Einmischung anderer nur Unglück bringen konnte.

Nicht zum ersten Mal sagte ich mir, dass unsere Entscheidung, die Kinder einen Teil ihres Lebens (Tess die ersten sechs Jahre, Mitch die gesamte Grundschulzeit) auf einem anderen Kontinent verbringen zu lassen, uns von den meisten unserer Freunde entfremdet haben musste. Es war eine spürbare Distanz entstanden, eine kleine Mauer des Unverständnisses, vielleicht auch der leichten Verärgerung und Kränkung, genährt von provinzieller Missgunst. Und das machte unsere Sorgen und Nöte für sie gerade dieses kleine bisschen zu unvorstellbar, um wirklich mit uns sympathisieren zu können.

Dann gab es natürlich auch noch die Schadenfreude – an die ich gar nicht denken mochte. Im Zuge von Jacobs Erfolg hatte sich ein Graben zwischen alten und neuen Freunden aufgetan, und neben denen, die neidlos verfolgten, dass er jetzt im Blickpunkt des öffentlichen Interesses stand, und nicht anders mit uns umgingen als früher, gab es auch welche, die nur so taten als ob. Bei den vielen neuen Geschäftsfreunden suchte ich ohnehin keine Unterstützung.

Ganz generell schien die Meinung vorzuherrschen, dass es sinnlos sei, sich mit Ängsten auseinanderzusetzen. Während ich einen meiner schwierigsten Lebensabschnitte durchmachte (das dachte ich jedenfalls damals), war ich offensichtlich von lauter Menschen mit urgesunder Psyche umgeben, die unverdrossen mit der Gegenwart befasst waren und gern auf die düsteren Zukunftsbilder verzichten konnten, die ich verbreitete, und auf melancholische Gedanken über Vergangenes allemal.

Aber melancholische Gedanken hatte ich wie eh und je reichlich.

Sehr lange hatte ich nicht akzeptieren können, dass sich das Leben und die Welt definitiv verändern könnten. Als erwartete ich halb, dass früher oder später die Freitagabende wiederkehren würden, da ich mit meiner Mutter und meiner Schwester auf dem braunen Sofa im Wohnzimmer saß, ich in der gemütlichsten Ecke, mit einem Buch aus der Bibliothek und einem Apfel. Und wo war mein Vater, der rief, dass ich meiner Mutter beim Geschirrspülen helfen und nicht so faul auf dem Sofa lümmeln solle, na wird's bald?

Unwillkürlich hatte ich nie aufgehört zu denken, dass ich irgendwann wieder auf diesem braunen Sofa sitzen würde, sicher und geborgen, bei meinen Eltern zu Hause. Als würde mein Kinderleben eines Tages wiederkehren, wenn ich nur zu erkennen gab, dass ich aus dem Wahn des Hier und Jetzt in das Früher zurückwolle. Zurück zum Anfang.

Vielleicht konnte man so nur denken, solange das Leben unbekümmert war und den gleichen Rhythmus und die gleiche Sicherheit behielt. Solange man nie etwas Schockierendes erlebte.

Zum damaligen Zeitpunkt dachte ich wirklich, das Schicksal habe mir schon eine Menge unerwünschter Veränderungen aufgedrängt.

Wie konnte ich auch ahnen, dass ich noch weit drastischer auf die Probe gestellt werden würde? Mochte das Hier und Jetzt auch Wahn sein – nach dem, was sich nun in meinem Leben abspielen sollte, sollten die Erinnerungen an meine Kindheit, ja sogar an viele Jahre danach, zum ersten Mal wirklich Vergangenheit für mich werden, fast so, als handelte es sich um die Geschichten einer anderen, einer Fremden, mit deren Gefühlen und Gedanken ich mich kaum noch identifizieren konnte.

63

Meine Mutter wollte ich nicht anrufen. Lieber joggte ich jeden Tag und schrieb anschließend, noch in meinen durchgeschwitzten, klebrigen Sportsachen, nichtssagende Briefe an Mitch.

»Lieber Mitch, es ist kalt hier, aber die Sonne scheint. Dein Vater macht eine neue Fernsehserie, über eine Geiselnahme an einer Schule! Und du glaubst es nicht: Paul de Leeuw wird die Hauptrolle spielen. Tess hat, glaube ich, einen neuen Freund, denn sie chattet und simst den ganzen Tag, und mit uns redet sie kaum noch. Wie geht es dir?«

Auch hatte ich angefangen, Pakete zu packen, mit Kool-Aid-Getränkepulver, getrocknetem Rindfleisch, Bifi-Würstchen, Süßigkeiten, feuchtem WC-Papier und haufenweise Socken – das alles brauchten sie, die Jungs in Afghanistan, wie ich gelesen hatte. Mitch war zwar noch im *Boot Camp*, aber man konnte ja nie wissen, wann alles plötzlich bereit zu sein hatte.

Nachts träumte ich von Sockentürmen in überdimensionalen Einkaufswagen, die ich nicht von der Stelle bekam, weil mir die Schultern so weh taten und meine Füße zu schwer waren. Und jede Nacht rüttelte ich mich selbst aus Alpträumen wach, die ich nicht zu Ende zu träumen wagte.

Abends vor dem Schlafengehen streichelte ich immer kurz Zewas Briefe, bevor ich sie dann wieder in das Schmuckkästchen zurücklegte. Ich hatte sie inzwischen kopiert und jemandem gebracht, der sie für mich entziffern konnte.

64

Iezebel war nicht einsam, wie ich eine Zeitlang befürchtet hatte. Sie hatte den Kontakt zu alten Bekannten wieder aufgefrischt, nahm Fahrstunden, machte einen Bildhauerkurs und räumte – was erstaunlich war, so kurz nach seinem Tod – unermüdlich Hermans Sachen auf. Sie gehe jeden Schrank, jede Schublade, jeden Karton, jede Mappe, jeden Ordner durch und schaffe Ordnung, erzählte sie mir. Den Schreibtisch habe sie schon »fertig« und alles, bis hin zum kleinsten Notizzettel, säuberlich archiviert. Die Briefe habe sie leider bisher nicht gefunden, teilte sie bedauernd mit. Sie habe auch schon jemanden gefunden, der Hermans Zimmer neu tapezieren werde. Das gehe demnächst los. Sie räume, fege und klopfe den Staub aus. Stillsitzen führe nur zu Tränen, sagte sie, und deshalb sitze sie nie still.

Ein Bildersturm als Mittel gegen den Schmerz des Verlustes, dachte ich. Ich versuchte, keinen Anstoß daran zu nehmen, obwohl Iezebels Elan mich störte.

Als sie fertig war, ging ich es mir ansehen.

Jetzt, da es so aufgeräumt war, sah ich erst, wie klein und normal das Arbeitszimmer meines Vaters, das Heiligtum, eigentlich war. Obwohl noch alles genau so dastand wie früher, wirkte der Raum demontiert, entseelt. An den Wänden die vollen Bücherregale, in der Mitte die beiden Schreibtische. Auf dem einen stand eine elektrische Schreibmaschine, eine Commodore, auf dem anderen, dem von Gispen, dem »richtigen Schreibtisch«, stand ein altmodisch großer Computer mit einem noch älteren, schon ganz vergilbten Drucker. Die Magie, das Geheimnisvolle, das früher, als ich hier nie sein durfte, so große Erwartungen geweckt hatte, war verschwunden. Nur wenn ich die Augen schloss, fand ich die Welt wieder, die sich noch hinter dieser Ordnung verbarg. Etwas von dem Geruch von früher war noch da, seinem Geruch, einem Gemisch aus Eisen, Leder und Tabak.

Vorsichtig drehte ich am Schlüssel der Schubladenfront vom Gispen. Dieser Schreibtisch meines Vaters war der liebste, heiligste Ort. An ihm hatte er gearbeitet, um ihn war er herumgesaust, in ihm hatte er seine Geheimisse versteckt.

Ping!, machte die Feder des Schlosses, und der Stahlbolzen sprang heraus.

Die Schubladen waren leer. Hier und da noch ein Restchen Staub und ein paar Papierfitzelchen. Ich erschrak. Behutsam schob ich sie wieder zu. Meine Mutter, die stolze Aufräumerin, sah mich mit feierlichem Blick an.

»Ich habe ihn leergeräumt«, sagte sie, »weil ich ihn dir schenken möchte. Ich glaube, Papa hätte gern gehabt, dass du ihn bekommst.«

Das machte mich unverhofft überglücklich. Mehr, als ich zeigen konnte.

»Aber dann wird es doch so kahl hier sein, macht dir das nichts aus?«, sagte ich nur und nahm sie in die Arme.

»Ach wo«, sagte meine Mutter, mit den Tränen kämpfend. »Ich mag keine Mausoleen.«

65

Später, am Küchentisch, registrierte ich, wie blass, mager und müde sie aussah. In ihrem Gesicht war nichts mehr von der starken, munteren Person zu erkennen, die meinem Vater so viele Jahre zur Seite gestanden hatte. Sie tat zwar geschäftig, aber sie wirkte abwesend und zerbrechlich. Ich machte mir plötzlich Vorwürfe, dass *ich* sie im Stich gelassen hätte.

Ich fragte mich, ob meine Sorgen sie wohl so interessierten, wie ich immer angenommen hatte. Womöglich wollte sie ja gar nichts davon hören. Sie goss mit zitternden Händen Tee auf und entrüstete sich währenddessen über die Herzlosigkeit einer Freundin, die ihr nach Hermans Tod keine Karte geschrieben hatte. Sie zündete sich eine Zigarette an, wo sie doch seit zwanzig Jahren nicht mehr rauchte, und blies den Rauch in kurzen Stößen an mir vorbei. Sie erhob sich, um die Plätzchen zu holen, die ich nicht essen würde, und redete dabei unentwegt weiter.

»Wenn du jemanden verlierst, merkst du erst, wer deine Freunde sind, aber vor allem auch, wer nicht«, sagte sie, und ihre Bewegungen wurden ruckartig vor Zorn.

Fahles Sonnenlicht fiel auf den Tisch mit unseren Tassen, und durch das Fenster blickte ich auf ihren Garten. Es war unübersehbar, dass sich schon eine Weile niemand mehr um ihn gekümmert hatte, er war in einem hoffnungslosen Zustand. Überall lagen noch die fünffingrigen Blätter, die von der hohen Kastanie gefallen waren, ein Nistkasten hing schief im Holunder, und zwischen den Terrassenfliesen wucherte dunkles Moos. Alles sah nass, trist und verlassen aus. Das Mäuerchen, von dem mein Vater gefallen war, konnte ich von hier aus nicht sehen. Es lag hinter dem Holunder.

»Hast du eigentlich jemanden für den Garten, oder machst du alles allein?«, fragte ich.

»Allein«, sagte meine Mutter abwesend. »Aber hör dir das mal an. Du kennst doch Siep, die Nachbarin von hinten?«

»Ja, natürlich«, sagte ich. Mir fiel plötzlich etwas ein. »Wo warst du noch gleich, als es passiert ist?«, fragte ich. »Als Papa gestürzt ist, du weißt schon.«

»Einen Obstkorb, stell dir das vor! Ich bin doch nicht krank! Ich glaube, den hatte sie einfach übrig, und da dachte sie: Den schenke ich der von Nummer vierzig, die hat ihren Mann verloren. Da bin ich das Ding gleich los. Ein alter Korb mit Obst!«

»Mama? Ich hab dich was gefragt.«

»Ja, ja. Dabei mag ich gar kein Obst.«

»Mam!«

»Muss das sein, Saar? Ich war oben, das weißt du doch! Ich war gerade von der Gymnastik zurück und wollte duschen. Papa machte sonst nie etwas im Garten. Und beim ersten Mal, wo er was macht, fällt er.«

»Aber warum denn bloß?«

»Wegen dem dummen Nistkasten. Das hat er doch gesagt!«

Ich starrte sie nachdenklich an.

»Wirklich deswegen?«

»Na, so muss es gewesen sein. Er hat es doch selbst immer gesagt! Vielleicht ist er auch einfach gestolpert und hat das nur gesagt, um ein bisschen anzugeben. Jedenfalls lag er mit dem Schraubenzieher in der Hand auf der Erde.«

Sie verstummte. Dann entfuhr ihr ein geschluchztes »Mein lieber Herman. Mit gebrochener Hüfte.« – Die Kulmination ihres ganzen Herzeleids.

»Ja, dieser Schraubenzieher.«

»Das war ein komischer Schraubenzieher.«

»Komisch? Wieso?«

»Ich hatte ihn noch nie gesehen.«

»Hast du ihn noch?«

»Nein. Ich glaube nicht. Nirgends mehr gesehen. Warum?«

»Ach, nichts.«

Meine Mutter seufzte, wir nippten an unserem Tee. Ich stellte fest, dass Iezebel einen Pullover trug, dessen Farbe ihr nicht stand, so grau.

»Neuer Pullover?«

Sie errötete.

»Nein, einer von Herman.«

Sie zerkrümelte ihr Plätzchen. Starrte auf den Tisch.

»Da ist etwas, was ich dir noch nicht erzählt habe, Saar.«

»Was?«

»Papa hatte den Prozess gewonnen.«

»Den Prozess? Welchen Prozess?«

»Na, welchen wohl?«

»Ich weiß nicht, was du meinst.«

»Gegen diesen Bauunternehmer. Erinnerst du dich nicht mehr?«

»Den Bauunternehmer? Hat er wirklich gegen den prozessiert?«

»Ja. Das war doch ein Halunke!«

Natürlich hatte ich davon gehört. Es war zwar in der Zeit gewesen, als Jacob und ich in Amerika lebten, aber meine Mutter hatte mir am Telefon von ihm erzählt. Mein Vater hatte seiner Offerte für den umfangreichen Ausbau des Wohnzimmers den Vorzug vor drei anderen gegeben, weil er den Namen eines bekannten NSBlers trug (mein Vater kannte die Namen ungefähr aller niederländischen Nationalsozialisten). Aus Prinzip, wie er sagte. »Denn es gibt keine Erbsünde.«

Meine Mutter hatte von Anfang an Bedenken gegen den Mann gehabt und sich über die Entscheidung meines Vaters mokiert. Leider hatte der Mann dann tatsächlich einen völlig untauglichen Wintergarten gebaut, so dass meine Eltern ihn schließlich immer grimmiger und keineswegs mehr im Scherz »den Nazi-Maurer« genannt hatten. Ja, manchmal sogar »den Antisemiten«. Er brauchte eine Ewigkeit für den Ausbau, und am Ende war das Dach undicht. Schon beim ersten größeren Sturm sackte der Boden an einigen Stellen ein, und es zog durch die Fenster. Der ganze Wintergarten war schief und krumm.

66

Meine Mutter erzählte die ganze Geschichte. Herman hatte Zeter und Mordio geschrien, aber der Bauunternehmer wollte keine Abhilfe schaffen. Er stellte sich einfach taub. War auch nie da, wenn Herman anrief. Herman ließ es nicht darauf beruhen, sondern schaltete einen Anwalt ein. Doch auch auf dessen Vermittlungsbemühungen wollte der Mann sich nicht einlassen. Er hatte ja sein Geld schon bekommen, und davon gab er keinen Cent zurück.

Daraufhin verklagte mein Vater ihn und ließ parallel dazu ein anderes Bauunternehmen den Schaden beheben, weil das Haus sonst unbewohnbar gewesen wäre.

»Papa konnte sich gar nicht mehr beruhigen! Ich wollte euch nicht damit belästigen – das heißt, vor allem Jacob nicht, denn der geht immer gleich aufs Ganze. Ihr wart damals gerade aus Amerika zurück.«

Sie hielt inne.

»Mam? Bitte, was noch?«

»Na ja, Papa ließ nicht locker. Er hat es euch nicht erzählt, aber er ist durch alle Instanzen gegangen. Es kostete irrsinnig viel Zeit. Die meisten Leute lassen es lieber irgendwann. Zu viel Aufwand, zu viel Ärger. Aber Papa war das egal. Der war Kummer gewohnt.«

»Warum hat er uns denn bloß nichts davon gesagt?«

»Weiß ich nicht. Aber still jetzt. HÖR ZU. Herman ist eisern geblieben und hat so lange Druck gemacht, bis die Sache schließlich vor Gericht entschieden wurde. Er habe doch sowieso nichts zu tun, sagte er immer. Und Zorn verleihe Flügel. Tja, und vor vier Monaten war es dann durch.«

»Wie? Was?«

»Das Urteil.« Meine Mutter schob sich ein halbes Plätzchen in den Mund. Kauend murmelte sie: »Prozess gewonnen. Herman war so glücklich! Ich werde dir mal die ganze Korrespondenz zeigen. Und wenn man dann bedenkt …«

»Dass er das gar nicht mehr auskosten konnte«, ergänzte ich.

»Ich fand es schrecklich, dass ihr nichts davon wusstet.«

»Du hättest es uns doch sagen können. Warum hast du nichts gesagt?«

»Ach, ich weiß nicht. Das Ganze war zu einem kleinen Privatkrieg geworden. Papa empfand es zwar durchaus als Sieg, aber er schämte sich auch ein bisschen dafür, wie viel Zeit er da hineingesteckt hatte. Das war natürlich auch eine gewisse Ermüdung. Der Wintergarten stand inzwischen schon mehrere Jahre. Gut war, dass dieser Mistkerl endlich einen ordentlichen Denkzettel bekam. Das Urteil erging wirklich ganz kurz vor Papas Sturz, vielleicht zwei Wochen davor. Da hatte er noch gar nicht alle Anwaltskosten bezahlt. Du weißt, wie Papa mit Geld war.«

Das wusste ich in der Tat. Schwierig. Knauserig – wie seine ganze Generation. Überkompensation nach all den Entbehrungen, so beschönigte ich seinen Geiz immer. Und trotzdem so einen Prozess durchziehen.

Meine Mutter sah mich ein wenig unsicher an.

»Dieser Mann ist daran pleitegegangen. Also sein Betrieb. Das war natürlich nur richtig, denn er war wirklich ein Halunke. Ein ganz übler Pfuscher. Unfassbar, dass so jemand überhaupt einen Betrieb führen darf. Ich werde dir mal Papas Mappe mit den Unterlagen zeigen. Er hat alles aufgehoben.«

Sie stand auf, um noch einmal Tee aufzugießen, so ungeschickt, dass es mich ganz nervös machte.

Dann fuhr sie fort: »Aber so gut es auch ausgegangen war – ich hatte seither, ehrlich gesagt, ein bisschen Angst. Denn dieser Mann ist jetzt bestimmt unheimlich wütend, und er wohnt ja auch hier im Ort. Das habe ich nachgeschlagen. Weißt du, Saar, was ich eine Zeitlang gedacht habe?«

»Was?«

»Nein, das ist natürlich Unsinn. Paranoia. Aber dass Herman gestürzt ist – wie kam das?«

Ich starrte sie an. »Jetzt spinn nicht rum, Mam!«, rief ich. »Der wollte sich rächen.«

»Ach wo. Wenn er vernünftig ist, hält er sich von hier fern. Er hat den Prozess verloren und seine Lektion gelernt!«

»Ich glaube, er hat wirklich keinen Cent mehr.«

»War er denn nun wirklich mit diesem alten Nazi verwandt oder nicht?«

»Keine Ahnung. Herman war schon davon überzeugt. Das sei gar nicht anders möglich, sagte er. Aber das war natürlich typisch Herman. Hinter jedem Zaun ein Antisemit.«

Da war irgendetwas, aber ich konnte es nicht greifen, irgendeine Erinnerung, die sich partout nicht wachrufen lassen wollte.

Ich war plötzlich todmüde. Was für eine merkwürdige Geschichte. Mein Vater und seine Geheimnisse – was sollte man glauben, was nicht?

»Papa hatte ja eine Menge Geheimnisse vor uns«, sagte ich, »so vieles ist unklar, unbekannt. Auch was den Krieg betrifft.«

»Aber so vieles ist doch wohl gerade klar, bekannt!«, wandte meine Mutter entrüstet ein. »Diese Sache war für Herman eine Privatangelegenheit. Eine persönliche Mission, die er zu einem guten Ende führen wollte. Aber alles andere? Als Historiker wusste Herman besser als jeder andere, wie unzuverlässig das Gedächtnis ist. Er erzählte lieber gar nichts, als etwas zu sagen, was nicht stimmte. Er hat sein Leben lang nach historischen Belegen für all das geforscht, was er selbst mitgemacht hatte. Sein ganzer Schrank ist voller Dokumente und Zeugnisse und Briefe, eine solche Menge, dass man gar nicht weiß, wo man anfangen soll.«

Meine Mutter hatte recht. Wenn man das mitgemacht hatte, was er mitgemacht hatte, war es wohl das Allerschlimmste, wenn einem nicht geglaubt wurde, wenn man belächelt und nicht ernst genommen wurde. Denn die Peiniger wollten natürlich die Spuren ihrer Verbrechen verwischen, verscharren, verbrennen.

Ich sah plötzlich diese schrecklichen Briefe an das Amt für Wiedergutmachung vor mir, aus der Mappe, die ich heimlich mitgenommen hatte.

Diese Briefe, in denen mein Vater die Nummer seines größten Leids und seiner größten Schande, die Nummer, die ihm auf den Arm tätowiert worden war, hatte angeben müssen, damit er für all das entschädigt würde, was die Nazis seiner Familie genommen hatten. Diese mit dem Mut der Verzweiflung geschriebenen Briefe zum Beweis, dass es wirklich geschehen war.

Da erzählte ich meiner Mutter von Zewas Briefen, die ich am gleichen Tag in für mich lesbarer Übertragung zurückbekommen hatte. Zewa hatte sie, wie ich nun wusste, in Sütterlin geschrieben.

67

Hooghalen, 29. November 1942

Liebe Fietje!
Ich hoffe, dass Du diesen Brief bei guter Gesundheit liest. Jeden Tag denke ich an Dich und Deine Scherze und Deine Plätzchen, mit denen Du uns in schwierigen Momenten immer auf andere Gedanken gebracht und aufgemuntert hast. Ich kann nicht sagen: Wärst Du doch hier!, denn damit

würde ich Dir wenig Gutes wünschen. Aber Du fehlst mir so sehr, Du und unsere endlosen Gespräche.

Die ersten Tage hier habe ich im Krankenhaus gelegen. Ich hatte eine Gehirnerschütterung und bin immer wieder ohnmächtig geworden, aber das hat sich jetzt zum Glück gegeben. Es ist ein wirklich gutes Krankenhaus. Der Arzt hier, Doktor Spanier, versteht etwas von seinem Fach! Über einen Monat sind wir jetzt hier, und obwohl die Umstände nicht so schlimm sind, wie wir aus Erzählungen gehört hatten – Dir kann ich es ja sagen, dass ich jetzt jede Sekunde bedaure, die ich in Rotterdam geklagt habe, weil ich solches Heimweh nach meiner Familie in Deutschland und Rumänien hatte, und jeden Tag, den ich nicht mit sonnigem Gemüt gelebt habe. Könnte ich mein Leben doch noch einmal leben…

Wir haben hier in dieser fremden »Stadt« inzwischen viele Menschen aus Rotterdam wiedergetroffen, die wir lange nicht mehr gesehen hatten. Doch obwohl es herrlich ist, auf einmal so viele Bekannte um sich zu haben, ist meine größte Sorge natürlich mein Herman. Ich hoffe und bete jeden Tag inständig, dass er in Sicherheit sein möge. Oft liege ich nachts wach, weil ich mich so schrecklich hilflos fühle. Natürlich haben wir uns bei anderen hier erkundigt, aber niemand konnte uns etwas sagen. Ich kann nur hoffen, dass für ihn gesorgt ist, dass Ihr Euch um ihn kümmert. Anfangs war ich unheimlich froh, dass wir ihn zurückgelassen haben, aber jetzt, nach fast zwei Monaten ohne irgendeine Nachricht, habe ich nur noch große Angst. Was, wenn er keinen von Euch erreichen konnte? Was, wenn er [Hier hatte Herr Zaat, der den Brief übertragen hatte, ein Fragezeichen gesetzt.] *Wagner gespielt hat? Oder wenn irgendjemand anderes etwas von Wagner mitbekommen hat? Du weißt, wie Jungen sind…*

Es ist schwierig, Briefe hierher zu schreiben, dessen bin ich mir bewusst, und ich kann mir auch vorstellen, dass Ihr genug zu tun habt mit all dem, womit Ihr konfrontiert werdet, aber ich lechze nach beruhigenden Worten von Euch! An Essen mangelt es uns hier noch nicht, aber es beginnt schon kalt zu werden. Möge Gott verhüten, dass es in diesem Winter schlimmen Frost gibt. [Hier war ein ganzer Satz durchgestrichen, und Herr Zaat hatte »Zensur?« an den Rand geschrieben.] *Ich wüsste nicht, wie ich das alles ertragen sollte, wenn ich F nicht stets in meiner Nähe wüsste. Er ist auch hier untergebracht, eine Baracke weiter, und es ist mir ein Trost, dass wir hin und wieder miteinander sprechen können. Weil Izak hier einen Posten hat, sind wir vorläufig von der Deportation ausgenommen, aber ich habe keine Ahnung, wie lange das noch gutgehen wird… Und F hat hier nur wenige Freunde und Beschützer. Schick mir bitte eine Nachricht, ob Ihr von unserem Herman gehört habt!*

Wir denken an Euch und wünschen Euch das Allerbeste
Deine Zewerle

Der zweite Brief war dreieinhalb Wochen später geschrieben worden, und sein Ton war ganz anders.

22. Dezember 1942

Liebe Fietje!
Zuallererst einmal tausend Dank für das herrliche Paket,

das Ihr uns geschickt habt! Was für eine Überraschung, und wie gut es getan hat, so viele liebe Gaben zu empfangen. Zu wissen, dass Ihr noch in Sicherheit seid, erfüllt uns mit großer Dankbarkeit. Aber die Sorge um unseren Herman, von dem ja offenbar immer noch jedes Lebenszeichen fehlt, macht uns die Herzen schwer. Ich bete jeden Tag, er möge bei guten Menschen und in Sicherheit sein. Was kann denn nur mit ihm passiert sein?

Wir haben einen großen Teil von Euren guten Gaben bewahrt, denn, liebe Fietje, ich fürchte, dass wir diesmal nicht darum herumkommen werden. Das, wovor ich so fürchterliche Angst hatte, ist nun doch geschehen. Wie Du weißt, hat uns Izaks Posten im Ordnungsdienst bisher vor der Deportation bewahrt, aber vorgestern erzählte Samuel van D., ein Bekannter, der Einblick in die Listen hat, dass wir diesmal alle drei draufstehen. Irgendwer scheine F und mich zusammen gesehen zu haben, sagte er, das habe die Lagerleitung wohl dazu veranlasst. Izak hätten sie erst nicht mit auf die Liste setzen wollen, aber dann habe ihnen vielleicht einfach noch ein Name gefehlt. Es ist ein Alptraum. Izak spricht nicht mehr mit mir, und F und ich – ich weiß nicht, ob wir uns noch sehen werden. Ich weiß nicht, was ich tun soll, Fiet, ich war noch nie so verzweifelt. Es sieht so aus, als würden wir kommenden Dienstag im Zug nach Osten sitzen, und ich habe keine Ahnung, was uns dort erwartet. Auf alle Fälle scheint es dort fürchterlich kalt zu sein und die Umstände um einiges weniger erträglich als hier. Auch scheint man dort schrecklich hart arbeiten zu müssen. Am allerschlimmsten aber ist der Gedanke, dass ich nicht weiß, wo mein Herman ist, und ich ihm nicht sagen kann, wie sehr ich ihn liebe und wie sehr ich hoffe, dass er diese entsetzliche Zeit sicher übersteht. Die Zukunft ist so finster, so unendlich grau und trostlos. Meine einzige Hoffnung ist, dass Herman in irgendeinem sicheren Versteck ist. Von ganzem Herzen hoffe ich, dass es Euch gelingen wird, meinem Sohn meine Liebe zu übermitteln – auch wenn es zum Schlimmsten kommt. Ich werde alles daransetzen, Euch von meinem zukünftigen Aufenthaltsort aus hin und wieder eine Nachricht zukommen zu lassen, aber sicher ist von jetzt an nichts mehr.

In banger Hoffnung und Erwartung
Deine Zewerle

68

Meine Mutter war genauso überwältigt, wie ich es gewesen war.

»Die arme Zewa!«, flüsterte sie. »F… Das muss Federmann gewesen sein. Also hatten Federmann und sie etwas miteinander! Und deswegen wurden sie dann doch deportiert.«

»Was für eine Tragödie«, murmelte ich.

Wir lasen beide Briefe noch einmal.

»Fietje Leeder, Tante Fiet!«

Vier und sieben waren wir gewesen. Ich sah die Bilder auf einmal vor mir – ob es eine erzählte oder eine erlebte Erinnerung war, weiß ich nicht. Berge, Schnee, Kuckucksuhren. Ein bisschen unheimlich. Ein dunkles Häuschen, in dem eine alte Tante wohnte.

Nur dieses eine Mal hätten wir sie mit der ganzen Familie besucht, sagte meine Mutter. Mein Vater sei öfter bei ihr gewesen.

»Dein Vater hat sehr an ihr gehangen – logisch, sie war so etwas wie eine Abgesandte seiner Mutter, nach diesem Brief wissen wir noch besser, warum. Ein bisschen schrullig war sie auch, diese Fietje. Warum sie Zewas Briefe nicht Herman vermacht hat, sondern sie an dieses Archiv gab, ist mir ein Rätsel. Sie ist Anfang der siebziger Jahre gestorben, glaube ich.«

Meine Mutter wusste viel mehr als ich.

Fietje sei zwar mit einem Christen verheiratet gewesen, aber trotzdem Anfang März dreiundvierzig mit Mann und Kindern festgenommen und nach Westerbork gebracht worden. Nur wenige Monate nach Hermans Eltern. Die Niederlande seien schon sehr früh ziemlich eifrig dabei gewesen, auch Juden aus Mischehen samt Partnern und Kindern zu internieren. So sehr sogar, dass Berlin eingegriffen und Familien, die den Behörden zufolge »voreilig festgenommen« worden seien, aus Westerbork nach Hause entlassen habe. Mancher sei dadurch dem Tod entgangen. Für Fietje und ihre Familie sei es aber zu spät gewesen, die seien praktisch sofort deportiert worden.

Fietje habe überlebt, aber beide Kinder in Bergen-Belsen verloren. Ihren Mann habe sie zwar nach dem Krieg wiedergesehen, sich aber nach einem Jahr von ihm scheiden lassen. In schon reiferem Alter habe sie dann einen Schweizer geheiratet, mit dem sie in Bern gelebt habe.

Ich fragte: »Und Herman? Wenn er nicht gleich mit nach Westerbork kam, wo war er denn dann? Und wie wurde er festgenommen? Papa hat doch immer gesagt, dass seine Eltern und er sich an seinem fünfzehnten Geburtstag zum letzten Mal gesehen hätten. Und das war zwei Jahre später! Im Oktober 1942 war er erst dreizehn!«

»In der Beziehung hat sich Herman mir gegenüber immer sehr vage ausgedrückt«, sagte Iezebel. »Er ist jedenfalls erst nach Westerbork gekommen, als seine Eltern schon nach Auschwitz deportiert worden waren. In Westerbork hat er sie nicht mehr angetroffen. Er war bis Mitte 1944 dort, das weiß ich mit Sicherheit. Dann wurde er auch nach Auschwitz deportiert. Er durfte manchmal in dem Kabarett mitsingen, das sie in Westerbork hatten, das weißt du ja. Oder er durfte bei der Beleuchtung einer der Aufführungen helfen. Cor hat gelegentlich davon erzählt, Onkel Cor, weißt du, der eigentlich gar kein richtiger Onkel war, sondern ein guter Bekannter.

Also dein Vater ist tatsächlich fünfzehn geworden, als er in Auschwitz war, im Sommer vierundvierzig. Und ich weiß auch, dass er genau an seinem Geburtstag seine Mutter zum letzten Mal gesehen hat – in einer Reihe von Frauen, die todkrank auf ihren Abtransport warteten. Sie haben sich zugewinkt, das konnte er nie ohne Tränen in den Augen erzählen. Es war ein riesiger Zufall. Unvorstellbar. Und seinen Vater hat er auch noch gesehen. Er erzählte immer, das sei am gleichen Tag gewesen, aber das kann eigentlich fast nicht stimmen. Herman musste in der Nähe der Rampe, wo die Züge ankamen, irgendwelche Karren schieben, und da hat er natürlich viele Menschen vorüberkommen sehen, auch seinen Vater.«

Eine Frage brannte mir noch auf der Zunge: »Aber wo

war Herman denn, als seine Eltern festgenommen wurden?«

Das konnte mir meine Mutter nicht sagen. Das sei und bleibe ein Rätsel, auf das wir vielleicht nie eine Antwort bekommen würden.

Wo war mein Vater mit dreizehn gewesen, ganz allein? Wo hatte er gegessen, wo hatte er geschlafen?

69

Dieter von Felsenrath war erleichtert, dass zwei der drei Briefe wieder da waren.

Ich fasste deren Inhalt für ihn zusammen.

»Ah«, sagte von Felsenrath, »dann fehlt also dieser andere, dieser eigenartige Brief.«

»Eigenartig?«, fragte ich. »War er denn so anders als die anderen?«

»Ich erinnere mich nicht mehr im Einzelnen, aber irgendetwas war damit. Ich hoffe, Sie finden auch diesen dritten Brief noch«, sagte er. Zum Glück war er so klug, mich nicht um die Originale zu bitten, wie in unserem früheren Gespräch.

Ich dachte an Fietje Leeder, die den Krieg überlebt hatte. Sie wäre jetzt hundertfünf gewesen, genau wie Zewa. Aber einerlei, ob sie den Krieg überlebt hatte oder nicht, sie war jetzt nicht mehr da, um mir die Dinge zu erzählen, die ich so gerne wissen wollte.

70

In der gleichen Woche eröffnete Jacob mir eines Abends beim Nachhausekommen, dass er von der Leitung des Konzerns, dem er mit seiner Firma angeschlossen war, das Angebot erhalten habe, ab dem Sommer den Zweig in Los Angeles zu übernehmen.

»Wir gehen nach Kalifornien!«, rief Jacob, und das Gesicht, das er dazu machte, wild und aufgekratzt, werde ich nicht so schnell vergessen. Für einen Moment sah ich wieder den Jacob vor mir, an den ich mich schon fast nicht mehr erinnern konnte, den jungen Jacob, für den die Welt genauso neu und unerschlossen gewesen war wie für mich. In Kalifornien würden wir jedenfalls mal wieder am gleichen Ausgangspunkt für den Start in ein anderes Leben stehen, dachte ich noch. Im Licht all dessen, was danach passieren sollte, erscheint es mir jetzt unvorstellbar, dass dieser Gedanke damals ganz und gar unbeschwert war. Unser Umzug hatte vor allem etwas Abenteuerliches, ja Unverbindliches, obwohl wir im Hinterkopf natürlich schon den Wunsch hatten, Mitch zu behausen und zu umsorgen, wenn er mal frei hatte, denn wir würden ja dann in seiner Nähe sein.

Wenn ich jetzt auf unsere damalige Planung zurückblicke, verblüfft mich die gnadenlose Ironie des Timings. Mitch war inzwischen seit zehn Wochen im *Boot Camp*. Wir hatten uns schon während der drei Wochen in San Diego einige Tage lang Häuser angeschaut. Zu Beginn der Sommerferien wollten wir übersiedeln. Tess war wütend und untröstlich. Für sie bedeutete dieser Umzug nicht mehr und nicht weniger als eine Verbannung, den Verlust der ihr vertrauten

Welt, die erste fundamentale Abschiedserfahrung – oder eigentlich die zweite, denn sie war ja schon sieben gewesen, als wir damals von den USA in die Niederlande zurückgingen.

Ich kannte dieses Gefühl nur zu gut.

»Mama, du zerstörst mein Leben.«

Nichts wusste ich.

Und nicht einmal das wusste ich.

71

Der Startschuss für alles, was sich verändern sollte, wurde an dem Tag gegeben, als die Pistole meines Vaters losging.

Wir haben danach in der Familie noch oft darüber diskutiert, aber keiner wird mich je davon abbringen können, dass der Schuss gleichsam das Startsignal für die dann folgenden schockierenden Ereignisse war. Obwohl er zunächst nur ein lächerlich kleines Loch in der Treppe meines Elternhauses verursachte.

Meine Mutter rief an – damit begann es –, um mitzuteilen, dass ihr Nachbar Chris endlich Zeit habe, mir den Schreibtisch meines Vaters zu bringen. Ich fuhr sofort zu ihr, denn ich wollte dabei sein, wenn der Schreibtisch aus dem Zimmer meines Vaters gehoben wurde – habe ich je behauptet, ich sei nicht sentimental?

Mit einem Freund zusammen schleppte Chris den bleischweren Schreibtisch auf den Flur.

»Die Schubladen müssen raus«, sagte er entschieden.

Er zog sie, wegen ihrer vertrackten Aufhängung nicht

ohne Mühe, nacheinander heraus und stellte sie auf dem Boden ab. Ja, das mache doch schon eine Menge aus, sagte er zufrieden. Meine Mutter und ich schauten schweigend zu. Das Ganze hatte etwas vom Herrichten eines Toten vor dem feierlichen Abtransport.

Die ersten drei Stufen die Treppe hinunter gingen wie geschmiert, aber in der Biegung wurde es so eng, dass die Männer den Schreibtisch ein wenig kippen mussten. Hilflos ragten seine stolzen Beine in die Luft, und uns wurde der Blick auf die intime Stahlkonstruktion unter der Tischplatte eröffnet – als schielten wir einem Mädchen unter den Rock.

Ich sah nicht alles, meine Mutter schon.

»Oooooh!«, rief sie, und fast zeitgleich gab es einen Knall, und ein ohrenbetäubender Schuss ging los.

Das passierte so schnell, dass wir gar nicht so recht erfassten, was sich da abgespielt hatte.

Ein winziges Rauchfähnchen kringelte sich von der untersten Treppenstufe in unsere Nasen hinauf. Wie kann der Geruch von heißem Blei eine solche Kälte verbreiten? Wir waren alle totenstill vor Schreck – die Männer taumelten mit der schweren Last in ihren Händen, wussten sie aber Gott sei Dank festzuhalten.

»Scheiße, was war denn das?«, schrie Chris dann.

Unten auf dem Steinboden am Fuße der Treppe lag eine Pistole. Drum herum ein vergilbtes Stückchen Klebeband. Der Rest davon hing unter der Schreibtischplatte.

»Ach du meine Güte«, sagte meine Mutter.

»Mannomann«, sagte Chris, schwitzend, mit vor Anstrengung zitternden Armen. Auch sein Freund schwitzte übermäßig.

Wir hatten alle nur noch Augen für die Waffe, aber die Männer waren mit dem Schreibtisch gerade erst auf der Hälfte der Treppe angelangt. Vorsichtig wuchteten sie ihn das letzte Stück hinunter. Ich stürmte sofort an ihnen vorbei und fischte die Pistole als Erste vom Boden. An der Haustür lag eine kupferne Patronenhülse, die noch ganz heiß war.

»Vorsicht, Saar!«, rief meine Mutter.

Es war eine altmodische, schwere Pistole. Sie lag gut in der Hand. Meine Mutter und ich sahen uns an.

Dann sagte sie etwas, was mir zunächst unbegreiflich war. Ich dachte, ich hätte mich verhört, und bat sie, noch einmal zu wiederholen, was sie gesagt hatte.

»Wagner«, murmelte sie. »Natürlich. Dieser verrückte Herman. *Das* ist Wagner. *Davon* war in Zewas Briefen die Rede. Wie konnte ich das vergessen! Und was für ein Glück, dass nichts passiert ist!«

»Wagner?«

»Wagner war in der Familie der Codename für die Pistole, die Federmann aus Deutschland mitgebracht hatte!«

Herman habe ihr erzählt, dass er sie nach dem Krieg wiedergefunden habe. Aber sie habe nichts davon gewusst, dass er sie behalten habe. »Er hat immer so getan, als hätte er sie längst weggetan, und ich habe nicht danach gefragt. Es ist doch verboten, Waffen im Haus zu haben.«

»Wagner? Das ist Wagner?«

Danach hatte mein Vater also auf seinem Sterbebett gerufen. Wagner war eine Pistole.

»Großer Gott«, sagte ich.

In der untersten Treppenstufe war ein kleines Loch, so

hübsch rund, dass man meinen konnte, es sei kunstvoll hineingearbeitet worden. Bei der Küche, unter dem Glasschrank, war noch eines. Die Kugel war quer durchs Haus geflogen. Ich fand sie am Abfalleimer. Eine schöne, moderne Kugel, fast einen Zentimeter dick. Ein Wunder, dass nichts passiert war.

Ich versprach meiner Mutter feierlich, dass ich die Pistole bei der Polizei abgeben würde.

»Schwör es, Saar, sonst tue ich es selbst«, sagte sie ernst.

»Auch Halbjuden schwören nicht«, entgegnete ich. »Aber keine Angst, ich bringe sie für dich weg. Ich möchte sie mir nur noch ein paar Tage anschauen, okay?«

In Wirklichkeit dachte ich nicht im Entferntesten daran, die Pistole herzugeben. Nachdem ich sie Jacob gezeigt hatte, klebte ich meine neue Freundin fein säuberlich mit frischem, durchsichtigem Klebeband wieder an ihren alten Platz, unter den Schreibtisch, der inzwischen in meinem Arbeitszimmer stand. Ob es ein guter Platz war, weiß ich bis heute nicht.

Ich glaube, ich betrachtete das als eine Geste. Einen Ehrerweis. Eine Ode an meinen Vater mit seiner ewigen Wachsamkeit vor Gefahr. Als ein Amulett, das uns schützen würde.

Vorzeichen erkennt man ja meistens erst im Nachhinein als solche – aber dann sind sie keine Vorzeichen mehr.

72

Am selben Abend aßen wir Hühnchen, und im ganzen Haus duftete es nach Thymian und Knoblauch. Aromen, die ich immer gemocht habe, die mir aber seither Unbehagen bereiten.

Auch Jacob war nicht dafür gewesen, die Pistole bei der Polizei abzugeben. Es war eine historische Waffe, wie wir beide fanden. Der Gedanke, dass sie schon seit dem Krieg im Besitz der Familie gewesen war, verursachte uns eine Gänsehaut.

Jacob recherchierte im Internet und wusste daraufhin zu erzählen, dass es sich um eine 9mm Parabellum aus dem Jahre 1918 handelte, eine Luger, halbautomatisch, im Ersten Weltkrieg gern von den Deutschen benutzt.

Ich konnte mich gar nicht beruhigen, dass dies wahrscheinlich die Pistole war, die mein Vater Wagner genannt hatte, und dass es womöglich diese Pistole war, wonach mein Vater auf seinem Sterbebett gerufen hatte. Hatte mein Vater je damit schießen wollen? Welche Geschichte hatte diese Pistole? Meine Mutter konnte mir bis auf den Namen nichts weiter darüber erzählen.

»Du bringst sie aber schon weg, ja?«, hatte sie nochmals beunruhigt nachgefragt.

»Klar«, hatte ich gelogen. »Mach ich noch in dieser Woche.«

Was geschah sonst noch an jenem Abend? Jacob hatte von unserem amerikanischen Makler ein Haus im Toskanastil in Brentwood angeboten bekommen und war davon sehr angetan. Ich fand es ziemlich affig und klotzig – genau wie unser Haus in Overveen. Wir gerieten uns ein bisschen in die Haare. Ich wollte etwas Modernes, Helles, Geräumiges. Jacob warf mir vor, ich kapierte nicht, wie man in LA wohne. Dramatik, Theater, das sei LA! Ich wolle die niederländische Vorsicht und Ängstlichkeit auf Kalifornien übertragen, sagte er, und das werde mir, sofern es nach ihm gehe, nicht gelingen. Wieso leistete ich Widerstand gegen alles, was er vorschlage?

Ich hatte auch meine Trümpfe.

»Du hast unseren Sohn in diese Situation gebracht, du willst unbedingt in Hollywood glänzen, deswegen sind wir gezwungen, alles, was wir hier lieben, zurückzulassen. Da kannst du mich wenigstens das Haus aussuchen lassen!«, rief ich.

Ich meinte das gar nicht so ernst. Das heißt, ich meinte schon, dass er mich das Haus aussuchen lassen sollte, aber ich nahm es ihm nicht übel, dass wir in die USA ziehen würden, um, sooft wir konnten, in Mitchs Nähe zu sein.

73

Als ich zu Bett ging, fiel mir auf, wie hell es draußen war. Es war eine seltsam wache Nacht, mit einem Vollmond, der sein Licht durch unsere leichten Leinenvorhänge zu pusten schien – eine typische Nacht für schöne Träume. Die Wahrnehmung von diesem ungewöhnlichen Licht um mich herum vermittelte mir ein Gefühl der Schutzlosigkeit und machte mich zugleich melancholisch, daran erinnere ich mich noch. Und daran, dass ich kurz an die Gardinen dachte, die ich noch immer nicht von der Wäscherei abgeholt hatte und die jetzt gute Dienste geleistet hätten. Aber ich war sehr müde, und Jacob schlief schon, den Koffer gepackt neben seinem Bett, denn er musste früh am nächsten Morgen zu einer Besprechung mit einem deutschen Fernsehsender nach Berlin. Ich las noch ein Kapitel in *Disgrace* von Coetzee, bevor ich die Augen schloss. Mein letzter Gedanke galt Wagner.

Ich schlief nicht gleich ein, weil der helle Mondschein mir durch die Lider hindurch in die Augen strahlte und im Hintergrund meines Halbschlafs eine weiße Projektionsfläche spannte. Ich träumte schließlich von einer weißen Maus, wenn ich mich recht entsinne, die ich festhalten wollte (wie kam sie in meine Hand?), die mich aber biss und sich mir zu entwinden versuchte. Panisch rang ich mit der Maus, während ich darauf wartete, dass Tess einen Karton oder irgendein anderes Behältnis holen würde, damit ich von diesem Teufel in meiner Hand erlöst würde.

»Mam«, sagte sie, »Mam.«

Als ich die Augen öffne, ist es dunkel im Zimmer, viel dunkler als beim Schlafengehen. Der Mond ist offenbar schon wieder weitergewandert. Es ist so dunkel, dass ich nicht gleich sehe, was los ist, ich höre nur Tess' Stimme.

»Mam …«

Ich denke zunächst, ich hätte verschlafen und Tess wolle mich wecken. Trotzdem erschrecke ich heftig über ihr plötzliches Auftauchen im Dunkeln. Mühsam mache ich ihre Umrisse aus, und da bleibt mir fast das Herz stehen – ich sehe es sofort.

Jacob auch.

Keuchend fahren wir hoch, gleichzeitig, Jacob und ich.

Tess ist nicht allein. Da sind andere, fremde Leiber in unserem Schlafzimmer.

»He, was soll das?«, ruft Jacob.

Es klingt seltsam schrill, wie von einem Vogel.

»Du! Raus aus Bett!«, befiehlt ihm daraufhin eine unbekannte, gedämpfte Stimme. Mir befiehlt sie: »Du bleiben!«

Jacob steht schon, fällt beinahe, so schnell ist er aus dem Bett geschossen mit seinem schweren Leib, sterbensbang, außer sich. Es hat ihm die Stimme verschlagen, ich höre ein Röcheln in seiner Kehle. Und ich sehe seine Angst – das erschreckt mich in diesen ersten Sekunden noch am meisten: das Zittern, das durch seine Schultern fährt, und dieses tierische Röcheln.

»Nicht bewegen! Stehen bleiben!«

Als ich diese zweite fremde Stimme zum ersten Mal höre, tief, herrisch, verschiebt sich alles. Das Bettzeug klebt an meinem Körper. So sicher es sich im Bett sonst anfühlt, so unsicher ist dieser Ort jetzt urplötzlich, die Matratze und die Bettdecke mit all ihrer Weichheit und Wärme unerträglich, obszön.

Tess steht dort, und wir sind hier, ganz nah, und doch so weit weg. Machtlos. Ich muss an dieses seltsame, traurige Foto von Diane Arbus denken, mit dem Riesen und seinen normal großen, neben ihm aber winzig wirkenden Eltern. Sie stehen ein wenig ziellos in ihrem Wohnzimmer, das konventionell und nach ihren Maßen eingerichtet ist – aber eben nicht nach denen ihres überdimensionalen Sohnes mit Füßen im Format von Stuhlflächen.

Solche Eltern sind wir jetzt, hilflos, nicht groß genug.

Ich höre einen Schrei, und ich glaube, ich bin es, die schreit.

Da steht meine Tess, für mich unerreichbar. Zwischen

zwei Gestalten mit Sturmhauben über dem Kopf, am Fußende unseres Bettes, ein Kind, und doch auch eine Frau mit ihrer fast erwachsenen Figur, die Haare zerzaust, verschmierte Wimperntusche unter den Augen (sie muss geweint haben, Gottogott, mein Kind), in ihrem Flanellpyjama, die Hände auf dem Rücken. Die Vorstellung, dass diese beiden Gestalten auch schon dort standen, als ich noch schlief! Tess' Angst, Tess' Verzweiflung beim Anblick ihrer schlafenden Eltern. Das gibt ihnen einen Vorsprung, den ich nie mehr einhole.

Ich gestehe, dass mir eine idiotische Sekunde lang durch den Kopf schießt, dies könnte ein rebellischer Akt von Tess sein, die nicht in die USA will und uns jetzt mit zwei Mitstreitern dazu bewegen will, in den Niederlanden zu bleiben. Aber mir wird sofort klar, dass bei mir wohl noch etwas vom Vortag hängengeblieben ist, was meine Gedanken in diesem Alptraum verwirrt. Denn Tess ist genauso in der Gewalt dieser anonymen Männer wie wir, Gestalten, die ihr Gesicht verstecken. Die Wahrscheinlichkeit, dass sie ein Gewissen haben, ist sehr gering.

Das ist kein Traum.

74

Es wird ganz still im Zimmer. Einen Moment lang ist nur unser Atem zu hören, und das Knarren unseres Holzfußbodens unter Gummisohlen und nackten Füßen. Ich bin mir dessen bewusst, dass wir uns in Lebensgefahr befinden und dass auch Jacob das klar ist – deshalb steht er so stumm und atemlos da. Jacob, dem ich böse bin, aber auch wieder nicht so sehr. Er müsste abnehmen. Gott, das ist doch jetzt ganz egal! Lebensgefahr! Zwei Fremde in unserem Zimmer!

»Mitkommen!«, tönt es unter einer der Sturmhauben hervor.

Ich springe aus dem Bett. Ein langes T-Shirt habe ich an, mehr nicht. Gott sei Dank einen Slip. Die Nacktheit.

Ich flüstere: »Was wollen Sie?«

Jacob schreit plötzlich, die Hände beschwörend vor der Brust erhoben, wie ein Dirigent: »Lasst sie gehen! Lasst sie in Ruhe!«

Erst jetzt, da sich meine Augen an die Dunkelheit gewöhnt haben, sehe ich, dass Tess' Hände gefesselt sind. Einer der Eindringlinge bedroht Jacob mit einer Pistole. Das leise Klicken verrät mir, dass er es ernst meint, dass er schießen könnte. Tess macht Karate, denke ich hoffnungsvoll. Aber was bringt ihr das jetzt?

»Lasst sie gehen!«, knurre ich meinerseits.

Die Wut, die ich empfinde, als ich Tess' gefesselte Hände sehe, ist so überwältigend, dass ich Blut schmecke und im wahrsten Sinne des Wortes das Gefühl habe, gleich in die Luft zu gehen. Aber mein Körper war noch nie so schwer. Ich kann mich nicht bewegen.

Der linke Mann bewegt sich schnell und nervös. Er hat einen starken Akzent.

»Du!«, sagt er zu Jacob. »Mitkommen. Safe.«

Der andere raunt ihm etwas zu. Plötzlich geht das Licht an.

Schmerzlicher Realismus erfasst den Raum: Da stehen sie in ihrer ganzen abstoßenden Leibhaftigkeit. Ich muss an

Tiere denken, stinkende Raubtiere, die in die Intimität unseres Schlafzimmers eingedrungen sind. Bestialische Gefahr, Tod.

Zwei Männer, der eine groß und stämmig, der andere, der die Pistole in der Hand hält, schlank und athletisch. Beide tragen diese fiesen, engen schwarzen Sturmhauben und schwarze Jeans. Der eine hat Turnschuhe an, der andere eine Art Wanderstiefel. Unter den Sturmhauben scheinen sie sich Nylonstrümpfe übers Gesicht gezogen zu haben, nicht einmal ihre Augen sind zu sehen. Handschuhe.

Und dann wir. Mein Mann. Tess, mein Kind. Meine Tochter, verletzlicher denn je, Unbekannten ausgeliefert.

»Gebt sie frei!«, brüllt Jacob und will sich auf die Männer zubewegen.

Die Überheblichkeit des Produzenten lässt ihn auch jetzt nicht im Stich. Aber sofort zielt der Mann mit der Pistole und schießt. Er trifft Jacob an der Schulter. Jacob sackt lautlos vor dem Bett in sich zusammen. Ein vollkommen untheatralischer Moment, der keinerlei Ähnlichkeit mit den Millionen von Schießereien hat, die ich aus Filmen kenne. Ein einziger Schuss, und augenblicklich ist die gesamte Muskelkraft dahin, die ein Mensch zum Stehen braucht. Ein einziger Schuss, und ein Mensch ist von einer Sekunde auf die andere nichts mehr als schwere, unbewegliche Masse.

Jacob wird vor meinen Augen zu Masse. Es ist das zweite Mal in wenigen Wochen, dass ich den ernüchternden Knall einer Pistole aus nächster Nähe höre. Der Geruch von heißem Blei, beim vorigen Mal eher lächerlich, kommt mir schon fast vertraut vor – nur ist jetzt das Bewusstsein da, dass es der Geruch des Todes ist.

Und der Schock, den der Schuss auslöst, ist so gewaltig, dass ich das Empfinden habe, aus meinem Körper herauszutreten und von außen auf uns zu blicken.

»Neiiin!«, höre ich mich jammern. »Neiiin!«

Und ich höre Tess, die immer so still ist, kreischen: »Papa!!!!«

Tess versucht sich loszureißen, ich denke verzweifelt an ihr Karatetraining, aber der Mann, der sie festhält, zieht sie unsanft noch dichter an sich, und der andere schießt gleich noch einmal, aufs Geratewohl, in meine Richtung jetzt. Der Nachttisch neben meinem Bett fällt um, ich höre ein eigenartiges Rieseln: Putz und Mauerstückchen regnen herab. Die Lampe und die Bücher, die auf dem Nachttisch gestanden haben, rutschen hinunter und schlagen auf dem Boden auf. Die Kugel hat ein Bein des Nachttischs getroffen und ist in die Wand dahinter eingeschlagen.

»Tun, was wir sagen!«, sagt der Mann, mit der Pistole wedelnd. Zwischen seinem Handschuh und dem Pulloverärmel wird ein Streifen Haut sichtbar. Dunkle Haut. Mich überkommt eine eisige Ruhe.

Zu meiner Erleichterung richtet Jacob sich leicht auf, ächzend, seine Schulter blutet. Er nickt mir zu, mit aschfahlem Gesicht.

Der andere Mann fasst mich beim Arm, ein stechender Schmerz in meiner Schulter. Roh fesselt er meine Handgelenke.

Der mit der Pistole will Jacob hochziehen, aber Jacob kann nicht auf den Beinen stehen.

Das sorgt für kurze Verwirrung. Dann bekommt Tess einen Schubs.

»Mitgehen!«

Der Stämmige schiebt sie zur Tür.

»Mama!«, ruft sie. »Papa!«

»Tess!«, schreie ich. »O Gott, Tess!«

75

Wir hören sie die Treppe hinaufgehen, Tess und den Mann.

Tess schreit, dann ein dumpfer Schlag und noch mehr Geschrei, und dann sind zu viele Türen zwischen ihnen und uns, um noch wahrnehmen zu können, was dort geschieht.

Ich will schreien und schluchzen, aber ich bekomme keinen Laut heraus. Der dagebliebene Mann hält uns mit der Pistole in Schach, während er mit seinen Handschuhpranken alle meine Schubladen durchwühlt. Dabei behält er immer die Tür im Auge.

»Wo Schmuck?«

Jacob hat sich noch etwas weiter aufgesetzt, ich sehe, wie er mit sich zu kämpfen hat. Jede Sekunde, die vergeht, ist eine Qual.

Tess.

Die Alarmanlage ist nicht losgegangen, denke ich. Wie sind sie hereingekommen? Offenbar denkt Jacob dasselbe.

»Wer seid ihr?«, fragt er ächzend. Er beißt sich auf die Lippen vor Schmerz. »Was wollt ihr? Wie seid ihr hier reingekommen?«

»Maul halten.«

Tiefe Stimme, starker Akzent. »Schmuck, Kreditkarten, Geld. Schnell.«

»Meine Tochter!«, fleht Jacob.

Der Mann zielt erneut auf ihn.

»Still. Oder du tot. Schmuck! Kreditkarten!«

Jetzt erst sehe ich die Mülltüte in der Hand mit der Pistole. Ich schaue nur zu. Nimm alles mit, aber geh, geh!

Er hat schon etwas gefunden, Schachteln in meinem Kleiderschrank, zwischen den Socken. Die beiden Uhren, die ich nie trage, in Samtbeutelchen, die kleinen Lederschachteln, in denen ich meine Ringe, Ketten und Ohrringe aufbewahre. Das Schmuckkästchen mit den Briefen.

»Nein!«, schreie ich, »meine Briefe! Gib her!«

Es verschwindet in der Tüte.

»Mehr?«

Er zieht alle meine Kleider von den Bügeln, sie fallen auf den Boden. Der Mann hat es eilig. Er sucht zwischen meinen Sachen, meiner Unterwäsche, in meinen diversen Handtaschen, alles wird runtergeworfen.

Ein Schlachtfeld.

»Wo Geld? Helfen jetzt! Sonst deine Tochter peng, peng!«

Ich höre Schritte. Die Tür wird aufgestoßen.

Der Stämmige ist zurück. Er nickt dem anderen zu. Meine Angst wird zu einem Stein, zu Atemnot, tiefem Schmerz, kaum auszuhalten. Tess, was hat er mit Tess gemacht, wo ist sie?

Die Fesseln schneiden mir in die Handgelenke, meine Finger sind gefühllos, meine Schultern verkrampft.

»Saar!«, ruft Jacob. So leid er mir tut, ich kann seinen verzweifelten Blick nicht ertragen.

Ich habe nichts von ihm, er kann mich nicht retten, er überlässt mich meinem Schicksal, überlässt uns alle unserem

Schicksal, in seiner Unterhose, seinem T-Shirt, mit seiner blutenden Schulter. Er weiß es nicht mal, Jacob weiß nichts. Nichts von der Gewalt, meinen entblößten Schenkeln, geheimsten Tiefen – und jetzt Tess, er kann uns schon wieder nicht beschützen.

Der Mann mit der Pistole richtet die Waffe auf mich, als hätte er etwas von mir zu befürchten. Mich überkommt eine unendliche Traurigkeit. Soll es das jetzt gewesen sein? Ist das der Punkt, auf den alles hinausläuft? Ich habe ja nicht geahnt, dass nur noch so wenig Zeit bleibt. Mitch. Der jetzt ganz allein in den Krieg ziehen muss, als Waise, armer, lieber Mitch, wenn er das gewusst hätte. Wenn ich das gewusst hätte.

Wir sind Teil eines Plans, das wird mir in diesem Moment bewusst, des Plans dieser Männer. Ich sehe einen Terminkalender vor mir, darin unsere Adresse neben dem Datum dieser Nacht. Haben Verbrecher Terminkalender? Heute 04.00 Uhr: Haus ausrauben, drei, nein vier Leben zerstören.

76

Die Männer beratschlagen schnell, hektisch, scheint es. Dann packt mich der Stämmige bei den Schultern und schubst mich auf den Flur.

Der mit der Pistole bleibt bei Jacob.

»Geh!«

Ich dachte, der Stämmige wolle jetzt von mir hören, wo der Safe ist, Geld, Computer, Kunstwerke, alles, was wir an

Wertvollem besitzen, aber er schubst mich nur die Treppe hinauf.

Er will mich vergewaltigen, davon bin ich jetzt überzeugt.

Hätte ich doch Papas Pistole. Oh, könnte ich doch auf diese Sturmhaube schießen, aus unmittelbarer Nähe! Sein Blut auf all dem Schwarz sehen! Er würde fallen, meine Treppe hinunterstürzen. Ein dumpfer Aufprall, ein unvergleichlicher Triumph.

»Schneller, schneller!«

Ich kann nicht mehr laufen, so sehr zittern meine Beine, sie verweigern mir den Dienst, ich sacke in mich zusammen. Der Mann zieht mich hoch, schubst mich weiter, ungeduldig keuchend, mit harten, kurzen Stößen gegen meinen Rücken, meinen Hintern am unteren Ende des T-Shirts, unter das er bestimmt schielt, unter mir auf der Treppe. Aber er schubst mich, als fasste er mich lieber gar nicht an, als wäre ich kein Mensch, als ekle ihn vor mir, als verachte und hasse er mich. Dabei riecht er eklig. Es ist ein fader, penetranter Geruch nach fremdem, ungewaschenem Fleisch, Schweiß. Nichts weiß dieser Mann von mir, er hat sich maskiert, um nichts empfinden zu müssen, um unsichtbar sein zu können. Nichts an mir weckt sein Mitleid oder seine Sympathie. Er wird uns vergewaltigen, er wird uns ermorden. Ich habe solche Schmerzen in der Brust, dass mir ist, als müsste ich zerspringen. Was erwarte ich denn von den Menschen? Auch diesem Mann ist mein Leben gleichgültig. Das ist der große Unterschied zwischen uns: Gleichgültig lässt er mich nicht. Ich möchte nur zu gern wissen, warum dies geschieht, wer er ist, warum er dies tut. Das hat er mir voraus, dass er genug über mich weiß und ich nichts über ihn. Genug über uns weiß, um uns all dessen zu berauben, was wir besitzen und woran wir hängen. Aber auch so wenig, dass er uns kaltblütig töten könnte, ohne dass es ihm weh täte. Ohne Gewissen hat man bestimmt viel mehr Spaß.

Ich hasse sie beide. Für Tess' Angst, für ihre Schmerzen und Tränen und Gott weiß was noch – das ist mehr als ausreichend, so mein Gefühl, um diesen Mann ohne Pardon mit einem stumpfen Messer zu töten, wenn's sein muss auch mit achtzig Stichen, ins Herz, in den Bauch, in die Augen. Ich male mir aus, meine Pistole in der Hand zu haben, spüre ihr mir inzwischen vertrautes Gewicht, die Macht, die Ernsthaftigkeit. O Messer, o Pistole! Wenn meine Hände nicht gefesselt wären, ich würde sie töten, diese gesichtslosen Monstren, auf der Stelle.

Und er weiß das bestimmt. Er hat in meinen Hass investiert, indem er sich meine Tochter gegriffen hat. Ich will jetzt nicht an sie denken, denn dann weicht auch die letzte Kraft aus meinen Muskeln.

»Was tun Sie, warum tun Sie das? Was wollen Sie von uns? Denken Sie wirklich, Sie kommen davon? Sie werden nicht geschnappt?«

Ich rede drauflos, wider besseres Wissen. Damit ich hörbar werde, sichtbar werde, damit ich ein Gesicht bekomme, einen Namen.

Der Mann hinter mir, die namenlose Bestie, bleibt stumm und schiebt mich unerbittlich weiter die Treppe hinauf, zum Dachgeschoss. Ohne zu antworten dirigiert er mich zur Tür eines der beiden Gästezimmer und stößt mich hinein.

Ich strauchle, aber falle nicht. Er setzt mich auf einen

Stuhl. Unsanft und fahrig bindet er mich darauf fest, die Schnur hatte er offenbar bei sich.

»Wo ist meine Tochter?«, schreie ich noch.

Er verpasst mir einen harten Schlag gegen das Gesicht, dass ich Sterne sehe und sofort still bin. Daraufhin stopft er mir einen Knebel aus Zeitungspapier in den Mund, und Druckerschwärze und Staub bringen mich zum Würgen. Er klebt Paketband darüber, zieht meine Fesseln noch einmal an. Mein Körper ist wie geschient, Knöchel an den Stuhlbeinen, Schenkel auf der Sitzfläche. Als er alles gut verknotet hat, verlässt er eilig das Zimmer.

Ich höre, wie er die Tür abschließt, seine schnellen Schritte auf der Treppe. Er geht zu Jacob zurück. Es gibt keine Hoffnung.

77

Ich sehe Blut auf meinem Shirt. Er hat mich am Ohr verletzt.

Hoffentlich tut Jacob, was man ihm befiehlt, und sträubt sich nicht. Schaudernd denke ich an seine Schulter, seinen schweren, hilflosen Körper auf dem Boden. So viel Blut – selbst wenn man jemanden so gut kennt wie seinen Mann, befremdet sein Blut. Es darf nicht zu sehen sein. Es ist tabu. Blut, nackter geht es nicht mehr.

Ich höre entferntes Gepolter auf der Treppe, Geschrei. Kommt jemand herauf?

Das Poltern scheint sich zu nähern. Nein! Lass sie bitte nicht zu Tess gehen! Es wird wieder still. Geräusche sind schwer zu deuten. Eine raschelnde Papiertüte oder ein sich ankündigendes Gewitter? Unablässiges Kreischen oder ein quietschendes Scharnier? Man muss den Kontext kennen.

Allein, gefesselt, frierend in einem leeren Zimmer unter dem Dach, kann es einem so vorkommen, als befänden sich außerhalb des Zimmers wer weiß wie viele Menschen. In den USA lassen sie dich beim Arzt seelenruhig eine Stunde warten in deinem Papierkleid. Der Doktor kommt gleich. Du hast davor dann schon eine Ewigkeit im Wartezimmer gehockt, noch angezogen, mit einer Zeitung oder Zeitschrift. Du bist aufgerufen worden, hast dich ausgezogen, und da sitzt du nun. Keine Zeitschriften oder Zeitungen mehr in diesem Raum, nur alte medizinische Geräte und meistens ein abgenutzter Tisch. Das ist ein ganz neues Warten, das schlimmer ist als das vorherige, weil du nackt bist und in dem Papierkleid zu frieren beginnst. Der Arzt sollte gleich kommen. Aber er kommt nicht. Die Geräusche, die du draußen auf dem Gang hörst, direkt hinter der Tür, vor der du fast nackt sitzt, nehmen etwas Beängstigendes an, weil du denkst, dass über dich geredet wird, und wenn du Lachen hörst, dass über dich gelacht wird. Das Hin- und Hergerenne und Verschieben von Dingen scheint nur dafür gedacht zu sein, dich zu piesacken. Als hätten alle ein teuflisches Vergnügen daran, dass du in einem Papierkleid hinter dieser Tür sitzt. Nach einer Weile kommst du dann von diesem Gedanken ab und gelangst zu der Überzeugung, dass sie spontan beschlossen haben, eine Party zu feiern, und dich in ihrer Festlaune völlig vergessen haben. Und das ist eigentlich noch das unangenehmste Gefühl.

78

Von Party kann keine Rede sein. Ich hocke in meinem eigenen Haus, und nur die Fesseln, die mir in Arme, Handgelenke, Schenkel, Fußgelenke schneiden, hindern mich daran, noch heftiger zu zittern. Weggeschlossen, aus dem Weg geräumt.

Es geht den beiden offenbar vor allem um Jacob, die Wertsachen, den Safe, die Kreditkarten, die PIN-Codes. Ich versuche die Hände zu bewegen, um die Fesseln vielleicht etwas zu lockern. Normalerweise bin ich gut im Entwirren von Knoten und verfilzten Haaren. Aber jetzt ist das Ganze zu straff und zu fest. Da löst sich nichts. Trotzdem ruckle ich wie eine Irre.

Wenn ich mich nur befreien kann, dann kann ich zu Tess, die Polizei rufen.

Nicht, dass ich mein Handy dahätte oder hier oben ein Festnetzanschluss wäre. Außerdem ist meine Tür abgeschlossen. Sorgen für später.

Ich schüttle den Kopf, spanne und entspanne meine Muskeln an Armen, Händen, Schenkeln, Beinen: Bewegung, Bewegung, diese Knoten müssen sich lösen.

79

Eine Zeitlang ist es unbegreiflich still im Haus. Dann höre ich sehr weit entfernt plötzlich Schreie und schnelle Schritte, und ich erkenne Jacobs Stimme – er brüllt, durch alle Türen hindurch. Ich ersticke fast vor Angst.

Lautes Rufen, unbestimmte Geräusche. Erneute Schreie.

Und dann ein Schuss.

Schritte, die sich entfernen, ein anspringender Motor, ein Auto, das davonfährt?

Unermessliche Stille. Mir bleibt das Herz stehen.

Sterbe ich? Ist Jacob tot? Ist jetzt unversehens alles vorbei? Unsere Pläne, die Aufgekratztheit und Angeberei, der Umzug, die Flachserei, das gute Essen, die Filme?

Müssen Tess und ich jetzt allein nach Amerika?

Ich verspüre eine verzweifelte Kraft, und ich versuche mich so heftig wie möglich zu bewegen, in den engen Grenzen, die mir gesetzt sind. Jetzt bekomme ich jedenfalls den Stuhl zum Wippen, aber ich habe eine Heidenangst, dass ich mitsamt Stuhl umfalle, ohne mich abstützen zu können. Etwas mehr Bewegungsfreiheit habe ich schon, oder bilde ich mir das ein?

Höre ich wieder die Haustür? Sind sie überhaupt weg? Ich horche, ob ich jemanden heraufkommen höre. Tess, ich muss zu ihr, wo ist sie?

Meine Tess, der wilde Clown mit den eigensinnigen Plänen und den Geheimnissen. Tess mit ihrem Herz für Tierkinder, junge Katzen, junge Hunde, Hamster. Der Verrat – ihr nicht helfen zu können.

Ich weine lautlos und ohne Tränen – Augenbrand.

Auf dem Flur höre ich ein leichtes Geräusch, eine Art Scharren.

Ich könnte platzen. Ich sitze mit dem Rücken zur Tür und kann nichts sagen, weil ich geknebelt bin. Aber ich kann mit dem Stuhl wippen. Kabumm! Kabumm! Leise wird an der Tür gerüttelt.

Ich wippe so heftig mit meinem Stuhl, dass ich mich zur Tür drehen kann. Es wird weiter daran gerüttelt. Ich halte die Luft an, soweit das noch geht mit dem widerlichen Papier im Mund, an dem ich fast ersticke.

Und dann kommt Tess hereingeschossen, sie fällt beinahe über mich. Sie hat offenbar nicht erwartet, dass die Tür so einfach aufgehen würde.

Ihre Augen sind verquollen, ihre Oberlippe ist angeschwollen, und sie hat ihre Pyjamajacke über der Hose zusammengeknotet. Ein unerwartet herausfordernder Cowgirl-Look unter diesen wahnwitzigen Umständen.

Ich blinzle durch plötzliche Tränen hindurch, um meine Verzweiflung zu vermitteln, aber das ist gar nicht nötig. Ganz vorsichtig zieht sie mir das Klebeband vom Gesicht.

Eine Art Brüllen entfährt meinem Mund. Tess ist schon mit meinen Händen befasst. Sie hat eine Schere, wie ich jetzt sehe.

In nicht mal einer Minute bin ich frei und kann sie in die Arme schließen, so fest es geht. Sie schiebt mich weg, ich tue ihr weh. Jetzt erst sehe ich die roten Druckstellen auf ihren Armen.

Sie fühlt sich verspannt an, hart. Ich erschrecke über ihren Blick, der verschleiert ist, fremd, entschlossen.

»Sie sind weg. Ich hab schon die Polizei angerufen«, sagt sie.

Auch ihre Handgelenke sind blutunterlaufen. Jetzt sehe ich auch, dass alle Knöpfe ihrer Pyjamajacke abgerissen sind, an zwei Stellen sind sogar Löcher, wo vorher die Knöpfe saßen. Mein Magen zieht sich schmerzhaft zusammen.

»Ach, meine liebe Tess«, sage ich.

Aber sie hat keine Zeit.

»Wo ist Papa?«, fragt sie sachlich. »Komm, wir müssen ihn finden.«

»Wieso bist du dir so sicher, dass sie weg sind?«

»Ich habe sie weggehen sehen.«

»Wie?«

»Vom Dachfenster aus. Sie kamen mit einem Handkarren voller Sachen aus dem Haus und sind zu einem Lieferwagen gegangen. Der stand einfach in der Auffahrt. Sie haben den Wagen ins Auto gerollt, und weg waren sie.«

Tess redet monoton und ungeduldig, aber präzise. Sie sieht mich nicht an.

»Wenn du das Kennzeichen wissen willst – hab ich nicht gesehen. Es war noch zu dunkel.«

»Wie hast du dich denn bloß befreien können?«

»Ich war wohl nicht so gut gefesselt. Ich hab die Schnur am Rand von der scharfen Regalkante aufgescheuert, weißt du, und so bekam ich die Hände frei.«

»O Gott, Tess …«

Jetzt fällt mir Jacob wieder ein. Im selben Augenblick höre ich draußen ein Auto halten. Ich werde ohnmächtig.

80

Als ich wieder zu mir komme, immer noch am selben Fleck, steht ein Polizist neben mir. Zwei andere gehen im Zimmer umher, sie tragen Handschuhe. Tess ist weg.

Es ist ernst. Der Polizist blickt ernst. Ich bin wahrscheinlich nur wenige Minuten bewusstlos gewesen.

»Wo …?«

»Ihr Mann wird ärztlich versorgt. Es steht nicht so gut um ihn, er hat sehr viel Blut verloren …«

Der Polizist spricht schnell, es ist das effiziente Sprechtempo, das zu Raub, Mord, Verbrechen, Tod gehört. Zu extremen Verstößen gegen den normalen zwischenmenschlichen Umgang. Ich starre ihn an. Dass man uns bemerkt hat. Dass sich endlich jemand um uns kümmert nach dieser unvorstellbaren, endlosen Nacht.

Jacob.

»Wo ist meine Tochter?«

»Wird gerade befragt.«

Wut ist wie Hitze. Ich stoße ein Knurren aus.

Der Polizist bleibt ruhig.

»Sie wollte von sich aus aussagen, wirklich. Kommen Sie? Es steht ein Krankenwagen für Sie bereit.«

Und ich, schwach und beugsam wie ich bin, ein Schilfhalm im Wind, lenke schon ein und nicke wortlos.

Der Polizist geht mir voran. Meine Beine sind steif und schmerzen, als wäre ich einen Marathon gelaufen, ich komme kaum von der Stelle. Langsam stolpere ich die Treppe hinunter, ganz fremd, diese Treppe. Vor langer Zeit bin ich sie hinaufgestolpert. Ich merke, dass ich nicht daran denken kann.

Unten herrscht ein völliges Durcheinander. Stühle liegen umgestoßen auf dem Boden, Lampen, die kaputtgegangen sind, Schränke stehen offen, unsere Mäntel liegen auf einem Haufen, überall laufen Polizisten herum. Dann diese schreckliche Blutlache im Flur und blutige Fußspuren.

»Sehen Sie das? Ihre Fußspuren«, sage ich aufgeregt zu dem Polizisten, professionell, ich bin Verbrechensexpertin.

»Haben wir schon überprüft – das sind wohl die Abdrücke von den Hausschuhen Ihres Mannes.«

»Oh.«

81

Jacob sieht auf der Krankentrage bleicher und kleiner aus, als ich ihn je gesehen habe. Er hat eine Sauerstoffmaske auf dem Gesicht, ist in eine Rettungsfolie gewickelt, und Leute kümmern sich um ihn. Er scheint bewusstlos zu sein.

Als ich seinen Namen sage, meine ich zu sehen, dass sich seine Wimpern bewegen, aber ganz sicher bin ich mir nicht. Ich drücke kurz seine Hand. Die seine bleibt schlaff.

»Ist er bewusstlos? Er ist doch nicht im Koma? Er wird doch wieder gesund? Jacob? Komm, streng dich an, wach auf!«

Ich habe eine merkwürdige, rauhe Kehlstimme.

»Sie sind weg! Diese Widerlinge sind weg!«

Die Sanitäter versichern mir, dass Jacob schon durchkommen werde. Aber ihre Bewegungen verraten große Eile, und das versetzt mich in noch größere Panik.

Das jetzt angehende Blaulicht macht eine neue Geschichte aus unserem familiären Drama – als hätte sich ein Trash-Regisseur seiner angenommen.

Tess wird zu mir gebracht. Sie sieht mich nicht an, als ich ihre Hand fasse. Fahl und regungslos wie eine Puppe starrt sie auf ihren Vater, ohne ein Wort. Wir fahren beide mit ins Krankenhaus, hinten im Krankenwagen, dessen Sirene mir guttut.

Da liegt mein Mann auf einer Trage, sein so selbstverständlicher Leib schlaff, sein Blut auf dem Boden, beängstigend. Seine Organe, große Verwerter von Gänseleber, Käse, Geflügel und gutem Wein, sind aus ihrem Zusammenspiel gerissen worden, sein Geist, sein Wille gelähmt, seine großen, immer gestikulierenden Arme still. Sein Körper: Anfang und Ende dessen, der er ist, das Einzige, was er hat. Ob ihm das bewusst ist? Ist es mir bewusst?

Ich merke, dass ich Jacob wieder einmal predige. Im Kopf jedenfalls. Dem rumorigen, autoritären, lebenslustigen Jacob, der von habgierigen Fremden in nur wenigen Sekunden fast zu einem Nichts reduziert worden ist. Erniedrigt. Die Jämmerlichkeit dessen ist himmelschreiend.

Wir sind es, denke ich, wir sind die Vase, die ohne erkennbaren Grund zersprungen ist.

Mitch, Tess, Jacob und ich.

82

Jacob wird operiert. Tess und ich sitzen stundenlang im Krankenhaus. Auch wir werden verbunden und bekommen ein Beruhigungsmittel. Tess spricht nicht. Ich streichle ihr Handgelenk. Wie ein schlappes, totes Vögelchen liegt ihre Hand in ihrem Schoß.

Endlich kommt Jacob wieder zu Bewusstsein. Der Vormittag ist schon fast herum. Ich habe mit Gott und der Welt telefoniert. Auch mit Berlin, wegen Jacobs Termin bei den Fernsehleuten.

Jacob hat nicht nur eine Schusswunde in der Schulter,

sondern noch eine weitere in Magenhöhe – alle sprechen von einem Wunder, dass er noch lebt. Er kann kaum sprechen. Wir halten uns bei den Händen, auch Tess.

Sein Zustand scheint sich allerdings stabilisiert zu haben. Die Erleichterung ist überwältigend. Was er mir nicht sagen kann, habe ich schon selbst festgestellt. Alles ist weg – Schmuck, Bankkarten, Kreditkarten, Ausweise, Computer, Handys. Ja, ich habe alle Konten sperren lassen, das kann ich Jacob berichten. Die Handys und Bankkarten bekommen wir wieder. Das antike Silberservice von seinen Großeltern nicht.

Jacob hat den Safe öffnen und die Wertpapiere und seine Uhrensammlung herausholen müssen. Er habe sich gesträubt, geschrien, die Pistole wegzuschlagen versucht, flüstert er so leise, dass ich das Ohr an seinen Mund halten muss.

»Für wen hältst du dich denn, Bruce Lee?«, frage ich.

Da weint Jacob. Ich erschrecke fürchterlich. Alles ist so grässlich anders. Jacob weint nie – höchstens beim Tod seiner Mutter vor fünfzehn Jahren hat er geweint, und das eine Mal, als Mitch mit dem Fahrrad gestürzt und bewusstlos war (aber er hatte sich gar nichts getan). Und natürlich, wenn er in einer seiner selbsterfundenen Geschichten für einen neuen Film aufgeht, Tränen der Verzückung, habe ich sie immer leicht spöttisch genannt. Aber das zählt nicht.

Ich frage ihn, ob sie in meinem Zimmer gewesen sind.

Er nickt und versucht etwas zu sagen.

Ich beuge mich wieder zu ihm und höre ihn flüstern: »Nicht am Schreibtisch.«

Ich verstehe, was er meint, und küsse seine Hände. Und seine bleichen Lippen.

Als Jacob ihnen zu folgen versuchte, haben sie noch einmal auf ihn geschossen. Er lag im Flur, hat mir die Polizei erzählt, in einer Blutlache, wie tot.

83

Das Haus ist voller Polizisten und Ermittler in Zivil, und das, was ich jetzt am liebsten machen würde: alles aufräumen, abwischen, beseitigen, was stattgefunden hat, das darf ich jetzt nicht. An zweiter Stelle steht mein Wunsch zu schlafen, aber auch das ist bei all den Leuten um uns herum unmöglich.

Ich habe vor allem mit Kommissar Gerard Koornstra zu tun, der die Ermittlungen leitet. Ein freundlicher, grauhaariger, guterhaltener Mittfünfziger. Er sagt, so rabiat habe er es selten erlebt. Die Spurensuche könne sich womöglich über mehr als eine Woche hinziehen. Ob wir jemanden hätten, bei dem wir übernachten könnten, Tess und ich. Tess will nur zu ihrem Vater zurück.

Der Boden ist mit zerbrochenem Geschirr und zerrissener Kleidung übersät. Mein schöner Berberteppich ist blutverschmiert. Mein Schmuck ist weg, mein Laptop auch. Zum Glück habe ich vieles von meiner Arbeit auf einer externen Festplatte gespeichert. Und die ist noch da. Ich kann so schlecht nachdenken. Der Inhalt meines Kopfes scheint sich immer weiter auszudehnen, der Druck steigt, bis mir die Augen hervorquellen. Trotz allem finde ich es auch ganz schön, dass so viele Leute im Haus sind. Ich koche Kaffee, und dabei werde ich schon fast vergnügt.

»Die hier haben wohl keinen Gefallen gefunden«, flachse ich gleich viermal hintereinander gegenüber Polizisten und Ermittlern, als ein Paar goldener Ohrringe auf der Treppe gefunden worden sind. Mit den Ohrringen wedelnd, dem Einzigen, was von all meinen Schätzen geblieben ist, muss ich mich plötzlich hinsetzen, weil mir schwarz vor Augen wird. Ich rufe Tess.

Tess sitzt stumm auf dem Sofa und reagiert nicht.

»Übermüdung und Schock«, sagt Koornstra.

Er nimmt mich beiseite, redet leise und eindringlich auf mich ein: »Behalten Sie Ihre Tochter im Auge, Frau Silverstein. Wir sind nicht so ganz dahintergekommen, was ihr angetan wurde. Wenn mehr war als das, was sie uns erzählt hat, sollte sie es uns sagen. Sie bekommt professionelle Hilfe.«

Es ist wie ein Schlag mit einem schweren Gegenstand. Siehst du, dauernd vergisst du etwas. Meine Tess, meine Tess.

Als wir unsere Aussagen mehrere Male wiederholt haben, auch auf dem Polizeirevier, will ich plötzlich nur noch, dass sie alle weggehen. Aber Koornstra redet wieder von anderswo übernachten. Da erst kapiere ich: Wir können heute Nacht nicht in diesem Haus schlafen. Ich muss tief nach Luft schnappen vor Schreck und Angst. Dann rufe ich Iezebel an.

84

In meinem Arbeitszimmer zupfe ich das Klebeband ab und stecke die Pistole in meine Tasche. All diese Spurensucher im Haus. Gott behüte, dass sie meine Waffe finden!

Eine Woche lang wird womöglich die Polizei im Haus sein. So lange schlafen wir bei meiner Mutter. Ich telefoniere mit Versicherungen, Mobilfunkanbietern. Die Medien sind neugierig. Wir reden mit Leuten von der Opferhilfe, Tess und ich und auch Jacob, dem es ganz allmählich bessergeht. Sie kommen ins Krankenhaus. Ein unglaublicher Beruf, Empathie als Profession. Das muss wohl Berufung sein. Wendy und Maarten heißen sie. Sie stellen Fragen, und wir geben all dem Unglaublichen, das wir erlebt haben, eine Form. Wir finden Worte dafür und ganze Sätze und schweigen dann enttäuscht. Nichts scheint mehr zu stimmen. Was geschehen ist, war viel schlimmer als die Erzählung. Oder kann das nicht sein? Trotzdem lassen all diese lahmen, verschwommenen Worte unseren Schrecken und unsere Qualen lebendig werden. Bei Tess, mit der sie separat sprechen, scheint es nicht so richtig voranzugehen. Ich träume von einem Baby, das immer mehr schrumpft, bis ich es in eine Streichholzschachtel schiebe. So hoffe ich es zu beschützen. Bis auch die Streichholzschachtel zu groß wird …

85

Journalisten rufen an, Blutsauger stehen an Jacobs Bett. Sein Assistent macht Überstunden. Briefe und E-Mails und Blumen treffen ein. Zunächst spärlich, sehr vorsichtig – als trauten die Leute dem Ganzen nicht, als hätte das Verbrechen, das wir durchgestanden haben, uns ihnen entfremdet, meilenweit von ihnen entfernt. Die in unserem Fall angewandte Gewalt ist von einer Größenordnung, bei der die Phantasie mit den anderen durchgeht. Es wurde nicht einfach bei uns eingebrochen, nein, wir sind mit Waffen bedroht und aus dem Bett geholt worden. Passiert so was nicht nur in der Unterwelt?

Auch von der Polizei werden wir wieder und wieder befragt. Man stellt ohne Umschweife die Möglichkeit einer Abrechnung in den Raum, Auge um Auge, Zahn um Zahn, wo Rauch ist, ist Feuer, und wo Pistolen zum Einsatz kommen, sind vielleicht Drogen im Spiel. So viel Geld, wie Jacob verdient hat, gibt es da nicht Connections? Woher kannte Jacob eigentlich damals den jungen Mörder, um den es in seinem Film ging?

Doch mit der Zeit wird allen deutlich, dass auch wir von dem Ganzen überrascht wurden. Tage später kommt ein Putztrupp, der das Haus saubermacht. Bis dahin laufen die Leute von der Spurensuche darin herum. Ich möchte es Monica nicht zumuten, das Blut aufzuwischen.

Ich bin seltsam überwältigt von allen Aufmerksamkeiten und der Zuwendung, die mir gefehlt hatten. Es ist, als hätten wir permanent Geburtstag. Doch aller Trubel lenkt nicht vom Eigentlichen ab, von diesem anderen, weinenden Jacob, von der bleichen Tess. Der Schmerz bohrt ein Loch in mich hinein, ich bin so ausgehöhlt, dass es in mir hallt.

86

Ja, Jacob scheint ein anderer zu sein. Nach den ersten bangen Tagen, in denen er, an Schläuchen und Kanülen hängend, nur dalag und schlief, ist er jetzt wach und sitzt halb aufrecht im Bett. Er fasst meine Hände, wenn ich bei ihm bin.

»Ich bin auf dem Mond gewesen«, sagt er. »Ich habe die Erde gesehen, wie sie ist. Ich weiß nicht, ob ich damit leben kann, Saar. Ich liebe dich so sehr.«

Sein Gesicht ist verzerrt vor Verzweiflung und leer vor Entsetzen. Ohne seine Selbstsicherheit, seine Kraft und seinen Optimismus ist er ein hilfloser, dicker, alter Junge. Er klammert sich an mich und weint – wenn Tess nicht dabei ist jedenfalls. Ist Tess da, ist er vorsichtig und druckst herum – anfangs wollte er auch sie bei den Händen fassen, aber das war ihr offensichtlich so unangenehm, dass er sie loslassen musste. Sie lässt niemanden an sich heran. Er kann sie jetzt kaum noch ansehen, weil er eine Heidenangst hat, dass er in ihrem Beisein in Tränen ausbricht. Er wagt nicht, sie etwas zu fragen. Ich sage ihm, dass das albern ist. Dass er Fragen stellen muss. Ich behaupte sogar, es wäre nicht schlimm, wenn er weint.

»Wie geht es dir, Vögelchen?« Er weint schon.

»Ganz gut.«

Tess scheint leise zu implodieren, zehn Wachstumsschritte zurück zu machen. Stumm vor Elend. Tess will nicht über diese Nacht sprechen. Sie hat noch eine weitere Aussage gemacht, aber die Polizei denkt nach wie vor, dass sie etwas verschweigt. Im Haus meiner Mutter schläft sie jede Nacht bei mir im Bett. Sie schreit im Schlaf, während sie sich tagsüber möglichst in Schweigen hüllt. Hin und wieder lacht sie, ein eigenartiges, rauhes Lachen. Mit Verve erzählt sie Freunden eine Variante von DER GESCHICHTE, das bekomme ich mit, als ich an der Tür des Zimmers lausche, in dem sie sich tagsüber verschanzt. Als wären nächtliche Einbrüche Abenteuer.

Ich schlafe nicht. Dazu bin ich viel zu wach. Ich koche, ich schäume, ich bin wie ein Kessel mit siedendem Öl. Tess vermisst ihren Vater, vermisst Mitch, wie sie mir erzählt. Aber das ist auch schon alles, was sie mit mir bespricht.

Sie sagt: »Ich will, dass Papa nach Hause kommt. Ich will, dass Mitch wieder hier ist.«

Mit Mitch würde sie reden, denke ich. Und wenn er davon hört, kommt er bestimmt nach Hause. Ob das geht, weiß ich nicht. Ich möchte nicht, dass er das *Boot Camp* sausen lässt. Das kann ich ihm nicht antun. Aber danach …

Hoffnung hält mich auf den Beinen. Noch etwas mehr als zwei Wochen.

Ich vermisse meinen Vater, ich vermisse Jacob, und ich vermisse Mitch. Aber dem Gefühl nach ist Tess am weitesten von mir entfernt.

Alles ist durcheinander. Wie sage ich Mitch, dass sein Vater nicht zu seiner *Graduation,* dem feierlichen Abschluss seiner Grundausbildung, kommen kann?

87

Als ich fünfzehn war, erzählte mir mein Vater, wie er fast zum Muselmann geworden wäre. Oder besser gesagt: Wie er es noch gerade eben nicht geworden war.

»Weißt du, was ein Muselmann ist, Saar? Das war ein Begriff, den wir im Lager benutzten.«

Warum er mir das auf einmal erläutern musste, weiß ich

bis heute nicht. Ich wollte zu der Zeit vor allem in Ruhe gelassen werden. Ich war damals ziemlich durcheinander und hatte sogar hin und wieder Streit mit meinen Eltern, was bis dahin (und danach) ein Ding der Unmöglichkeit war. Ich hatte in der Schule kaum Freunde und begann mir schmerzlich darüber bewusst zu werden, dass es womöglich weit weniger schön war, erwachsen zu werden, als ich immer gedacht hatte.

»Muselmann«, erzählte mein Vater, »nannten wir diejenigen, die sich aufgegeben hatten. Ein Muselmann war ein Verlorener, ein menschliches Wrack ohne moralische Werte oder Empfindungen.« Die Vertraulichkeit seines Tons war so ungewohnt, dass Flucht nicht in Frage kam.

»Okay, *und*?«, fragte ich.

Ich wollte weg, traute mich aber nicht, unhöflich zu sein, wo ich mit ihm allein war.

Es war an einem Samstag, und mein Vater hatte nachts sehr schlecht geschlafen, was man an seinen Augen sehen konnte, sie waren ein bisschen verquollen, mit dicken Tränensäcken darunter. Bis elf Uhr war er unansprechbar gewesen. Beim Frühstück hatte er fast kein Wort gesagt. Danach hatte er sich aufs Sofa gesetzt, ohne Buch oder Zeitung, und hatte angefangen zu erzählen. Vom Lager. Ich war zu Tode erschrocken.

»Du weißt, im Lager …«, so fuhr er fort.

Panisch fragte ich mich, ob ich das hören wollte, jetzt. Wurde mir jetzt eine Lektion erteilt, eine *Lagerlektion*? Das passte mir gerade überhaupt nicht, denn ich wollte reiten gehen! Außerdem machte es mir Angst, ich wollte all das gar nicht wissen. Aber leider war ich zufällig die Einzige, die noch im Haus war. Tara übernachtete bei einer Freundin, und meine Mutter war mit dem Hund Gassi gegangen. Andererseits war ich auch neugierig, was mein Vater denn da loswerden wollte, auf eine krankhafte, hungrige Weise neugierig.

»Ich hatte wieder solche Träume«, sagte er leise. »Wusstest du, dass die Nazis die Muselmänner benutzten, um die Menschen in die Gaskammern zu bringen und die Leichen zu beseitigen? Sie würden ja nicht erzählen, was sie miterlebten – Muselmänner hatten sich aufgegeben, waren verdammt.«

Ich wagte nicht, ihn anzusehen. Mein ganzes Fünfzehnjährigendasein kreiste um die Unterscheidung zwischen dem, was echt, und dem, was unecht war, und ich wusste nicht, wie ich auf diese Geschichte reagieren sollte.

Bleischwere Minuten verstrichen. Er war noch nicht fertig.

»Was ich dir jetzt erzähle, ist wirklich passiert. Ich war im Lager, und ich litt solchen Hunger, dass ich abglitt. Ich empfand nichts mehr, wusste nicht mehr, wer ich bin, war schon fast ein Muselmann. Und da habe ich Kameraden, die im Sterben lagen, ihr Brot gestohlen. Ohne Reue, ohne Mitgefühl. Das Brot konnte sie ohnehin nicht mehr retten. Ich habe jahrelang darunter gelitten, dass ich das getan habe. Aber die Ironie ist, dass ich gerade dadurch, dass ich dieses Brot aß, meine Scham zurückgewann, mein Gewissen. Es ist nicht so, wie gern behauptet wird, Saar, Leid hebt nicht die Moral des Menschen. Im Gegenteil. Die Moral braucht Zeit, Zuwendung, Nahrung und Ruhe, und sei es nur ein kleines bisschen davon. Nein, Leid korrumpiert.«

Genauso plötzlich, wie er damit angefangen hatte, hörte mein Vater auf zu reden.

»Danke, Papa«, sagte ich.

Fünf Minuten lang wartete ich totenstill ab, aber es kam nichts mehr. Seine Augen, die für gewöhnlich spöttisch und aufgeweckt blickten, hatten einen so düsteren und unnahbaren Ausdruck, dass es mir vorkam, als starre er durch mich hindurch.

Das war echt, daran bestand für mich kein Zweifel.

Danach bin ich dann doch noch reiten gegangen. Mein Vater legte Brahms auf, wie ich draußen hörte. Als ich durchs Wohnzimmerfenster hineinschaute, saß er mit beiden Zeigefingern dirigierend auf dem Sofa. Mein Vater war *a mentsch*. Ein nervöses Exemplar vielleicht, sterbensbang, seine Kinder durch Unholde, Unfälle, fremde Einflüsse zu verlieren, überaus ordnungsliebend und reinlich (sieht man mal von seinem Schreibtisch ab), schon fast zwanghaft diszipliniert, kein großer Freund von Feiern und kein Lebensgenießer, aber dennoch oder vielleicht gerade deswegen *a mentsch*.

Aus irgendeinem Grund muss ich jetzt ständig an jenen Vormittag denken. Mein Vater wollte mir etwas erzählen, wenn ich nur wüsste, was.

88

Wenn man die Zeitungen liest, zeigt sich plötzlich, dass sich die scheußlichste Nacht unseres Lebens in Sätze fassen lässt, wie man sie schon Hunderte Male gelesen hat. Alles gleichermaßen nichtssagend.

PRODUZENT IN SEINEM HAUS ÜBERFALLEN

Film- und Fernsehproduzent Jacob Edelman (Tolle Dienstagabende; Dumm gelaufen, Japie!; Das große Gut; Schwergewichte) *wurde gestern Nacht bei einem Raubüberfall auf seine Villa in Overveen niedergeschossen. Sein Zustand ist kritisch.*

Gestern Nacht wurden der Produzent Jacob Edelman und seine Frau, die Publizistin Sara Silverstein, bei einem Raubüberfall von zwei maskierten und bewaffneten Räubern aus dem Schlaf geschreckt. Auf Edelman wurde zweimal geschossen. Die beiden Täter entkamen mit Wertgegenständen aus dem Haus.

Der Produzent Jacob Edelman wurde schwer verletzt ins Krankenhaus eingeliefert. Sein Zustand ist kritisch. Zwei maskierte Männer waren in die Villa des bekannten Produzenten eingedrungen und hatten das Ehepaar und dessen dreizehnjährige Tochter mit Schusswaffen bedroht. Die beiden Täter sind flüchtig. Edelman (53), seit fünfzehn Jahren Film- und Fernsehregisseur sowie Produzent und Eigentümer von Zapp Entertainment, besitzt auch Immobilien in der Hauptstadt.

»Ja, ja«, sagt Tess mit Blick auf die Zeitungsausschnitte, die sich Iezebel offenbar beiseitegelegt hat, finster.

Ein zehn Jahre altes Foto von Jacob ist dazu abgedruckt und ein Gott sei Dank ziemlich verschwommenes Bild von unserer Straße mit der Polizeiabsperrung vor unserem Grundstück.

»Was *ja, ja*?«, frage ich.

Ich bin nach den vielen Telefonaten, in denen ich »unsere Geschichte« wieder und wieder erzählen musste, ganz außer Atem. Es nimmt kein Ende. Ich starre auf die Zeitungsartikel. Sie treffen nicht mehr zu. Jacob ist inzwischen nicht mehr in einem kritischen Zustand. Aber nach einer Woche voller panischer Nächte mit nur kurzen Tiefschlafphasen wie Abgründen, in die ich kopfüber hinabstürze (Vicodin!), fröstle ich bei all diesen armseligen, beiläufigen Banalisierungen unserer Tragödie und erkenne, wie allein wir dastehen.

Die Schändung der persönlichen Unversehrbarkeit lässt sich nicht mitteilen, das wird mir jetzt klar – darum geht es. Als sei die Unversehrbarkeit ein Grenzzaun, der der Sprache den Zugang verwehrt. Innerhalb dieser Grenze ist alles so unbestimmt, so weich und persönlich, dass Worte es nicht fassen könnten. Durch die Verletzung dieser Grenze wird man zur offenen Wunde und verliert die gesamte Festigkeit und Erkennbarkeit seiner früheren Form. Ich wünschte, ich hätte die Zeit, im Wörterbuch alle Ausdrücke nachzuschlagen, mit denen man anderen erklären könnte, wie sich die Angst und der Horror anfühlen, die wir erfahren. Aber selbst dann: Worte sind traurige, behelfsmäßige Vehikel, wenn es darauf ankommt. Nichts verschafft Erleichterung. Außer vielleicht Schlaf.

Die Martern scheinen auf Wiederholung programmiert zu sein: Alle halbe Stunde mache ich alles noch einmal durch, höre Tess' leise Stimme und erlebe den Schrecken der Anwesenheit fremder Menschen an unserem Bett. Ich versuche es als Wunder zu begreifen, dass wir noch leben – um ein Haar wäre ich auch von einer Kugel getroffen worden. In Jacobs Körper hat das Blei Verwüstungen angerichtet. So viel zur Unversehrbarkeit. Mag ich Jacob auch oft böse sein, er gehört zu mir, mit seinem Körper, der immer ein Felsen für mich war, der mir lieb und vertraut ist und der unversehrt zu sein hat. Diese traurige, jämmerliche Blutlache – das ist die Verneinung des Jacob, den ich kenne: Das ist das Gegenteil von ihm.

Ob Jacob je darüber hinwegkommen wird, dass er sich so geschlagen geben musste?

Ich sehe Tess, meine Tess, von deren Nacht ich so wenig weiß. Unsere Angst und unser Schrecken können nicht schlimmer sein als die ihren. Mein immer umsorgtes Mädchen, bei aller Wildheit, allem Zynismus, aller vermeintlichen Weltgewandtheit so arglos. Nie etwas Böses mitgemacht, keine harten Worte, Schläge, Gewalt, Grausamkeit, alles nur vom Hörensagen, aus Erzählungen, Filmen, rundherum nichts als Geborgenheit, Zärtlichkeit, höchstens mal eine Ermahnung.

»Nichts«, sagt Tess. »Nichts *ja, ja.*«

89

Immer wieder bin ich erschüttert, wenn mir Momente in den Sinn kommen, die mir entfallen waren. Jedes Mal bin ich perplex über meinen offenkundigen Mangel an Übersicht und Einblick. Es ist, als lägen bestimmte Elemente in meinem Geist trocken, als befänden sich dort taube, gefühllose Stellen, tote Winkel, wohin die Erfahrungen noch nicht vordringen konnten. Und es scheint auch, als bräuchten die Erfahrungen Zeit, um sich im Wesen zu verbreiten, es wie ein zähflüssiger, ätzender Stoff mit ihrem Ernst und ihrer Tragweite zu tränken.

Erst, wenn das geschehen ist, wenn alle Aspekte, alles Unrecht, alle Schmerzen, die dir zugefügt wurden, erkannt und in die dichtesten, unzugänglichsten Fasern der Seele vorgedrungen sind, weißt du, was dir zugestoßen ist, wie groß der Schaden ist, wie das Leid aussieht.

Und dann?

Kannst du dann weiterleben?

Das Einzige, was ich sehe, ist, dass dann das Warten beginnen kann, das Warten auf eine Antwort. Ich denke bei dieser Antwort an ein Ungeheuer, das endlich erwachen und uns befreien wird. Das das Böse in den vergifteten Fasern meiner Seele bessern wird.

Und was sonst ist so reinigend, so heilsam, was sonst kann den Schmutz und das Böse wegwaschen und unsere über die verratene Sicherheit in Aufruhr geratenen Herzen beruhigen, was sonst, wenn nicht der feste Vorsatz, Vergeltung zu üben?

90

»Unglaublich, das klingt ja, als ob Jacob plötzlich unter Verdacht steht!«, sagt Tara nach Lektüre der Zeitungsartikel.

Wir sitzen bei Iezebel vor dem Fernseher. Unter anderen Umständen hätte das ein Besuch wie in guten alten Zeiten sein können.

Tara hat einen Apfelkuchen mitgebracht, ein Stofftier für Tess und Boxhandschuhe für Tess und mich. Je einen. Da wirkt es noch wie ein Scherz.

Von der Pistole erfährt Tara nichts. Das ist eine stumme Übereinkunft zwischen Iezebel und mir. Meine nutzlose Waffe, die ich momentan unter dem Gästebett versteckt habe.

Tess ist kurz nach unten gekommen, um ihren Timer zu holen. Sie hat den ganzen Abend oben verbracht, mal hier, mal da, im Badezimmer, auf der Toilette, im Gästezimmer, im alten Zimmer meines Vaters. Ich habe immer mal wieder nach ihr gerufen, aber sie hat nicht reagiert, oder sie hat »ich kohomm« gerufen, und dann herrschte wieder Stille.

Jetzt schnappt sie sich nur ihren Timer, ohne uns anzusehen, und huscht wieder aus dem Zimmer. Sie trägt ein Oberhemd von Jacob über ihrer Jogginghose.

»Wie geht es Tess?«, fragt Tara.

»Total verschreckt«, sage ich. »Was dachtest du denn? Aber vielleicht solltest du es sie selbst fragen.«

»Ich darf dich das doch wohl fragen, oder?«, sagt Tara.

»Klar. Aber ich meine das ganz im Ernst. Vielleicht sagt sie dir mehr.«

»Meinst du?« Ein Hauch von Erwartung auf Taras Gesicht.

Sie geht sofort nach oben.

Da sitze ich nun wieder bei meiner Mutter auf dem Sofa, wie früher. In meinem verwirrten Zustand kommt es mir manchmal so vor, als wäre die Zeit zurückgedreht worden. Ich fühle mich hier sicherer als bei mir zu Hause, das schon, zu Hause möchte ich jetzt um keinen Preis sein, aber das ist eine so plötzliche Niederlage, dass ich nicht erkennen kann, wie ich mich je wieder daraus aufrichten soll. Fürs Erste ist alles kaputt und rückgängig gemacht worden, und ich bin wieder, wo ich früher war. Ich wohne wieder in meinem Elternhaus und bin wieder Kind. Auch meine Tochter, plötzlich so weit weg von mir, kommt mir manchmal neu vor. Das Heimweh nach früher, nach meiner Kindheit, ist definitiv vorbei. Wie machtlos man doch als Kind ist. Wie endlos lange es doch dauert, bis man endlich groß ist und vor allem: frei. Ich hatte so vieles vergessen.

Wenn ich Tess in ihrem Pyjama vor mir sehe, mit ihren verweinten Augen und der verschmierten Wimperntusche, macht mich das krank. Ihretwegen könnte ich zur Mörderin werden. Wer sind die, die Vergewaltiger des Glücks meiner Tochter? Meine alte Tess, die verspielte, sorglose Tess scheint es nicht mehr zu geben. Dieses harte, böse Wesen, das derzeit in Tess' Gestalt durch das Haus meiner Mutter geht, ist eine ganz andere. Die auf die Toilette verschwindet und blass und fleckig wieder hervorkommt. Die fast nichts isst. Und die sich nicht beruhigen oder trösten lässt, wenn sie nachts schreit, sondern um sich tritt und wild mit den Armen schlägt – als ob sie mich bestrafen will, weil ich in den schwersten Stunden ihres Lebens nicht bei ihr war, denke ich, weiß ich.

Wenn sie wach ist, wirklich wach ist, muss ich sie in die Arme nehmen, ganz fest, und ihr über den Kopf streichen, über ihr seidenweiches Haar, ihre schmalen, weichen Kinderhände in meinen Händen halten, und erst dann gleitet sie langsam wieder in den Schlaf zurück – ohne dass sie etwas gesagt hat, was mich weiterbringt, womit ich an meinem

Hass und allen Antworten, die in mir gären, weiterbauen kann.

Hundertmal sage ich zu Tess: »Rede, Liebes, sag etwas, erzähl mir, was passiert ist. Wenn du dich besser fühlen möchtest, musst du reden. Betrachte ES« – wir ertragen beide keine präzisere Benennung für das Verbrechen – »als verdorbenes Essen, giftig. Etwas, was rausmuss.«

Wir müssten ihr Zeit lassen, sagen die Leute von der Opferhilfe. Sie werde schon irgendwann reden. Sie habe ein Trauma, sie sei überspannt. Geduld und Liebe und Ruhe brauche sie, in großen Mengen.

Wie soll ich Tess helfen? Ich identifiziere mich viel zu sehr mit ihr.

91

Tara ist schon wieder zurück, mit besorgtem Gesicht.

»Nein, sie sagt nichts«, sagt Tara. »Nur, dass sie sie beinahe umgebracht hätte. Stimmt das? Hat Tess mit den Männern gekämpft?«

»Hm…« Ich zweifle, geschockt über diese neue Information. »Hat sie das gesagt? Wie hat sie das gesagt?«

»Ich fragte sie, wie es ihr gehe. Schlecht, sagte sie. Kannst du mir erzählen, was passiert ist, fragte ich daraufhin. Ach, hat Mama dich geschickt, erwiderte sie. Sie waren zu stark, sagte sie. Hätte ich sie doch bloß umgebracht.«

»Das ist schon eine ganze Menge«, sage ich.

»Glaubst du, sie hat mit ihnen gekämpft, Saar? Mein Gott. Das Kind!«

»Wir haben uns alle gewehrt!«, rufe ich wütend. »Was dachtest du denn! Dass das nur eine spannende kleine Episode war? Ja, wir haben uns gewehrt, und sie haben uns die Hände gefesselt und auf uns geschossen! Natürlich hat auch Tess sich gewehrt! Wir hätten alle tot sein können! Und was sie mit ihr gemacht haben, weiß ich noch nicht mal!«

Ich bin atemlos vor Wut. Tara schlingt erschrocken die Arme um mich. Es ist lange her, dass Tara und ich uns so in den Armen gelegen sind.

Und da denke ich an Tess, die oben sitzt, allein mit ihrem Computer. Diese ganze Zärtlichkeit macht mich plötzlich rasend. Ich darf nicht weinen, ich sollte knurren, ich sollte böse sein. Wenn ich weine, verrate ich Tess. Weinen bedeutet, dass man dem nachtrauert, was kaputt und weg ist, weinen bedeutet Kapitulation, Jämmerlichkeit, und das gönne ich ihnen nicht, diesen Schweinen. Wir sind noch da. Ich löse mich mit einer energischen Bewegung aus Taras Umarmung. Ich will böse sein.

Trotz allem auch auf Tara, die geradezu high zu sein scheint von ihrer Rolle als Seelentrösterin und jedes Mal den Kopf schüttelt, wenn wir auf unser Desaster zu sprechen kommen. Das wir uns ja wohl auch irgendwie selbst zuzuschreiben haben, wir mit unserem schönen Haus, unseren Autos, Hochmut kommt eben vor dem Fall. Oder sie versucht uns abzulenken. Wir müssten das alles so schnell wie möglich abstreifen, denn »es hat keinen Sinn, sich zu lange damit zu beschäftigen«. Ja, ja, ja. Klingt ein bisschen arg bequem – vor allem für Menschen, die nicht wissen, wovon sie reden.

Iezebel sieht mich fragend an. Tara sieht hilflos aus.

»Sie hat mich befreit! Sie ist vor uns aus dem Bett geholt worden«, sage ich.

Der zerrissene Pyjama. Gekämpft. Ja, natürlich hat sie sich gewehrt. Sie hat ja schließlich den braunen Gürtel in Karate, kein Wunder!

92

Über unseren Köpfen höre ich Tess poltern, höre das altvertraute Geräusch des rollenden Schreibtischstuhls im Zimmer meines Vaters. Offenbar hockt sie nicht mehr an ihrem Computer. Mich überläuft eine Gänsehaut.

»Tess?«, rufe ich nach oben.

Tess ruft zurück: »Ja?«

»Was treibst du denn da oben in Opas Zimmer? Setz dich doch mal kurz zu uns!«

»Nein!«, ruft sie zurück. »Lass mich. Was ist denn?«

Wir hören sie aber doch herunterkommen, langsam. Sie streckt den Kopf zur Tür herein, das Gesicht leichenblass und ungeduldig, nur noch ein Schatten des früheren Clowns. Tara winkt ihr zu, als stünde sie auf der anderen Straßenseite.

»He, Tessje, möchtest du ein Tässchen Tee?«, fragt Tara laut und allzu entspannt.

»Vielleicht. Weiß nicht. Nein. Was ist?«

»Nichts ist. Wir wollten dich nur mal eben sehen. Okay?«

Sie schüttelt den Kopf. Dieses Gesicht, so klein und schmal. Sie geht wieder nach oben.

»Jetzt sitzt sie also wieder in Hermans Zimmer!«, sagt

meine Mutter. »Was treibt sie denn dort? Sollte nicht eine von uns mal nachsehen?«

»Was soll denn das heißen? Du tust ja gerade so, als sei es verboten, dass sie sich dort aufhält«, sage ich irritiert.

Aber ich gehe schon hinauf. Noch bevor ich anklopfen kann, öffnet sich die Tür, und Tess steht urplötzlich vor mir. Ich pralle zurück. Sie ist genauso erschrocken, glaube ich, reißt die Augen weit auf – oder ist das nur Feindseligkeit?

Mein Herz klopft wie wild.

»Entschuldige, Schatz, hab ich dich erschreckt?«, sage ich.

Ich versuche, sie an mich zu ziehen und in die Arme zu schließen. Sie schiebt mich weg, und das mit Wucht. Ich muss an Linda Blair denken, in *Der Exorzist*. An Dibbuks, ruhelose Totengeister, die in die Körper von Lebenden eintreten. Ist mein Kind von einem Dibbuk besessen? Dann kennt mich dieser Dibbuk jedenfalls nicht und findet die Umarmung sehr unangenehm.

»Darf ich in Omas Bett fernsehen?«, fragt Tess dann.

»Klar«, sage ich möglichst lässig.

Ich spüre, dass ich zittre. Und dass sie zittert.

93

Tess legt sich in voller Montur ins Bett meiner Mutter. Ich husche auf Zehenspitzen hinaus. Natürlich kann ich es nicht lassen, mich kurz im Zimmer meines Vaters umzusehen, obwohl ich weiß, dass mir das nicht guttut. Was bedeutet dieser alte Kummer noch unter den gegenwärtigen Umständen? Das will ich wissen, fühlen. Einen Moment lang macht mich der bekannte Geruch glücklich, der Geruch ist noch derselbe.

Einen Moment lang ist alles gut. Dann sehe ich, dass sich das Zimmer erneut verändert hat. Jetzt, da der Schreibtisch weg ist, wirkt es zwar leerer, aber seltsamerweise auch noch ein bisschen kleiner als beim letzten Mal. Meine Mutter hat den anderen Tisch ein wenig umgestellt, damit die Leere ausgefüllt wird, aber das macht es nicht besser. Es ist nicht mehr das Zimmer meines Vaters. Trotz der überquellenden Bücherregale und der Aktenschränke voller Mappen, Ordner, Hängesysteme, Karteikästen, Tonbänder, Filme.

In einem der Schränke klafft eine Lücke, in die ein dicker Ordner passen würde, und da sehe ich erst, dass er auf dem Tisch liegt: ein Ordner, beschriftet mit *Ausbau*. Den hat sich Tess offenbar angeschaut. Ich werfe einen flüchtigen Blick hinein. Diese ganze Sache meines Vaters, all diese Briefe, das hätte mich früher mitgenommen, aber jetzt nicht mehr.

Es sind auch Fotos darin, schon auf der ersten Seite, vom alten Wohnzimmer, als es den Wintergarten noch nicht gab. Es hat früher eigentlich komisch ausgesehen, ärmlich.

Mein Vater hat hier die gesamte Korrespondenz mit dem Bauunternehmer abgeheftet. Bauleiter: Ton Raaijmakers. Jetzt blättere ich doch den ganzen Ordner durch. Typisch mein Vater, die Angelegenheit so gründlich anzugehen. Und zu gewinnen.

Ich setze mich auf den alten Schreibtischstuhl und rolle ein bisschen vor und zurück, suche nach weiteren Fotos.

»Kommst du, Saar?«, höre ich von unten. Meine Mutter.

Das scheint so etwas wie ein Reflex zu sein. Sowie sie jemanden in diesem Zimmer hört, muss sie einschreiten. Ich kann mich mit einem Mal voll und ganz in meinen Vater hineinversetzen, der sich hin und wieder hierher flüchtete. Ich versuche, sie zu ignorieren.

Als sie mich noch einmal ruft, kreische ich zurück: »Könntest du das bitte lassen, Mama! Ich möchte etwas schreiben. Ich komme gleich, verdammt!«

Ich bebe vor Zorn.

Im Zimmer meines Vaters schreibe ich nun den Brief an Mitch, vor dem ich mich so gedrückt habe. Auf Papier, nicht als Mail, denn Mitch bekommt während des *Boot Camps* nicht die Gelegenheit, online zu gehen.

Lieber Mitch,
wir freuen uns riesig auf Deine Graduation. *Hältst Du bis dahin durch? Mitch, halt Dich fest. Ich habe diesmal keine erfreulichen Neuigkeiten. Papa muss operiert werden. Gallensteine. Die machen ihm furchtbar zu schaffen. Die Operation ist in zwei Wochen, es geht nicht anders, denn sonst müsste er bestimmt vier weitere Monate warten. Aber er geht ein vor Schmerzen, und ihm bleibt keine Wahl. Das heißt, lieber Mitch, dass er bei Deiner* Graduation *nicht dabei sein kann. Ich finde auch, dass das großer Mist ist, aber Tess und ich kommen auf jeden Fall! Papa wollte die Operation zuerst gar nicht – er wird Dir deswegen auch noch schreiben –, aber mit diesen Schmerzen ist er zu nichts mehr fähig. Wenn er eine Kolik hat, kann er kaum noch kriechen. Geschweige denn, dass er irgendwohin fliegen könnte.*

Tante Jetta wird sich um ihn kümmern, und Oma wird ihn auch oft besuchen. Tess und ich kommen zu Dir, egal was passiert.
Halt die Ohren steif, Liebling, ich bin schrecklich stolz auf Dich!
Mama

Meine Lügen machen mich krank. Aber was sollte ich sonst tun? Ich muss meinen Sohn darauf vorbereiten, dass sein Vater, sein größter Fan, nicht bei seiner Abschlussfeier dabei sein wird. Wenn ich ihm aber den wahren Grund dafür verrate, kann er vielleicht nicht mehr weitermachen. So würde es mir zumindest gehen. Er wird dann womöglich sofort kommen wollen, und was hätte das für einen Sinn? Da wäre die ganze Schinderei umsonst gewesen. Und überhaupt, vielleicht ginge es ja auch gar nicht.

Ich habe einem Ex-*Marine*, den ich übers Internet kennengelernt habe, unsere Situation nach dem Überfall geschildert. Er riet mir, Mitch das *Boot Camp* unbedingt zu Ende bringen zu lassen. Er könne zwar nach Hause kommen, wenn es wirklich nötig sei, aber dazu müssten er und ich einen Antrag beim Roten Kreuz stellen, und er müsse jede Menge Papiere unterzeichnen, bevor man ihn ausreisen ließe. Um sicherzustellen, dass er nicht womöglich desertiere. Eine äußerst umständliche und zeitraubende Prozedur. Und wenn er wieder zurück sei, müsse er in eine andere Einheit mit neuen Leuten, sich erneut anpassen und sich schinden. Seine *Graduation* würde sich hinziehen. Natürlich möchte ich Mitch herholen, möchte, dass er die *Army* verlässt und nach Hause kommt, am liebsten für immer. Aber es wäre zu egoistisch, ihn darum zu bitten. Er hat dort drüben übermenschliche Anstrengungen auf sich genommen.

Ich stecke den Brief in ein Kuvert, das ich im Schrank meines Vaters finde, und klebe es zu. Morgen werde ich ihn mit FedEx nach Camp Pendleton schicken – ich hoffe, er kommt noch an, bevor Mitch das *Boot Camp* beendet hat.

94

Ich will schon das Licht ausmachen und nach unten gehen (meine Mutter hat inzwischen ein weiteres Mal gerufen, wo ich denn bleibe), blättere aber aus einem Impuls heraus doch noch einmal die Folienseiten des Ordners durch. Da war irgendetwas. Akribisch abgelegte Rechnungen, Korrespondenz, Fotos vom früheren Zustand, Fotos von den vermaledeiten Bauarbeiten, von Männern, die Beton gießen. Der Bauunternehmer, wo ist dieser Bauunternehmer?

Meine Kehle wird trocken, und ich muss mich setzen.

Entfernt höre ich die Sirene eines Kranken- oder Polizeiwagens heulen. Die offenen Vorhänge rahmen gelb und schwer das regennasse Schwarz der Fenster ein. Ich vergesse, wo ich bin. Da steht er. Wie habe ich das um Himmels willen übersehen können? Wieder diese toten Winkel. Leerstellen, Trockenflächen, Blind- und Taubheit. Der große Kerl mit dem Nagel zwischen den Lippen und dem orangefarbenen Werkzeuggürtel um die fetten, schwabbligen Hüften, der Bauunternehmer, den mein Vater so entschlossen in den Ruin geführt hat, ist dieselbe Person wie DAS TIER, das mich im Wald vergewaltigen wollte.

95

Natürlich habe ich an die Polizei gedacht, ich bin ja nicht verrückt! Aber zu meiner Verteidigung: Ich stand unter Schock. Und noch etwas anderes hinderte mich daran, sofort zum Telefon zu greifen. Ich hielt es für wichtiger, dass sich die Polizei mit dem Raubüberfall befasste. Das Interesse für eine Sache, mit der ich inzwischen einigermaßen zu leben gelernt hatte, würde nur von dem ablenken, um das es jetzt wirklich ging. Ich war auch überhaupt nicht darauf erpicht, mich vor der Polizei wieder bis in die dreckigsten Details in die Erniedrigung zurückversetzen zu müssen, die ich gerade so schön verdrängt hatte.

An diesem Abend bringe ich Tess ins Bett. Als sie im Bett liegt und ich ihre samtigen Wangen und ihre kleinen Öhrchen auf dem glatten weißen Kissen sehe, wird mir wieder bewusst, wie ungeheuer jung sie ist. Es ist gar nicht so lange her, da war sie noch ein krähendes Kleinkind, das mit Wonne an der Kette um meinen Hals zog. Sie habe wieder solche Angst, sagt sie mit klappernen Zähnen. Sie fürchte sich vor dem Schlaf, wenn ich nicht bei ihr sei. Ich müsse bei ihr bleiben, jammert sie, sie könne nicht allein sein. Es ist ein leidvolles Jammern, ohne jede Theatralik, und es geht mir durch Mark und Bein.

Ihre Angst facht auch meine Angst an. Aber das darf ich mir nicht anmerken lassen. Ich will nie mehr an diesen widerlichen Kerl denken.

»Glaubst du, sie werden sie je schnappen, Mama?«, fragt Tess.

Sie hat sich an mich geklammert wie ein kleines Äffchen an seine Mutter. Ich diene als menschliche Decke, als lebender Panzer, sie hält mich fest an sich gedrückt.

»Sie müssen sie schnappen, Mama, sonst werde ich immer und ewig Angst haben.«

Früher war es herrlich, wenn Tess sich so an mich schmiegte, als Baby, als Kleinkind, zwar auch manchmal lästig, aber erfüllend und ganz natürlich. Jetzt ist es unnatürlich, weil sie ein Teenie ist und dieser Status solche Anhänglichkeit eigentlich nicht mehr erlaubt (zumal sie mich mit solcher Wucht schlägt, wenn ich in ihren Angstträumen wieder mal zur Feindin erhoben wurde).

Auch quält mich das Bewusstsein, dass ich so viel Ergebung und Vertrauen eigentlich nicht verdient habe. Denn ich habe doch bewiesen, dass ich genauso verletzlich bin wie sie, wenn nicht sogar noch verletzlicher.

Ganz sanft drücke ich sie ins Bett zurück, ja, ich bleibe bei dir, ja, ich halte deine Hand, bis du eingeschlafen bist. Nein, ich gehe nicht weg, nein, ich lasse dich nicht allein in diesem Zimmer, in diesem Bett. Ja, die Außentüren sind alle verriegelt. Niemand weiß, dass wir hier sind. Die Polizei fährt jede Stunde Streife. Schlaf jetzt, Liebes, es ist spät.

Alles muss sich jetzt um Tess drehen, sage ich mir, um Tess und um Jacob, meinen verwundeten Soldaten.

Wenn man unerwünschte Gedanken dadurch abwürgen könnte, dass man sich die Hand vor den Mund schlägt, dann würde ich das jetzt tun. Ich kann es jetzt nicht gebrauchen, auch noch an Soldaten denken zu müssen.

96

Ein abscheulicher Gedanke, dass Tess sich vielleicht meinen Vergewaltiger angesehen hat, als sie, um in ihrer Angst die Zeit totzuschlagen, abwesend den Ordner durchblätterte.

Was ihr passiert sein könnte, daran mag ich kaum denken. Eine ärztliche Untersuchung hat sie abgelehnt, und der Polizei hat sie nichts sagen wollen.

»Dann sind uns die Hände gebunden«, haben sie bei der Polizei geseufzt.

Tess hat einen eisernen Willen. Viele Male hat man auf sie eingeredet, aber es hat nichts gebracht.

Ich habe einen blendenden und dabei völlig auf der Hand liegenden Einfall. Tess' Laptop steht auf dem Tisch (übrigens der einzige Computer, der in unserem Haus nicht gestohlen wurde, wohl weil er so klein ist): Sie ist praktisch ständig auf Facebook. Es ist zwar nicht sehr wahrscheinlich, dass sie dort etwas erzählt (der ganzen Welt), aber man kann nie wissen, manchmal ist es leichter, der ganzen Welt etwas anzuvertrauen als der eigenen Mutter oder einer sympathischen Polizistin, mit der man allein im Zimmer ist.

Tess' ganze Generation teilt sich bevorzugt der anonymen Öffentlichkeit mit, der Welt, und dem Auditorium, das unter »Freunde« firmiert – manchmal Hunderte. Das ist für sie vom Gefühl her kaum anders, als würden sie Tagebuch schreiben, glaube ich. Sogar ich darf mich auf dieser Ebene zu ihren Freunden zählen, was unserer Beziehung eine kuriose Modernität verleiht. Im Prinzip *könnte* Tess hier, in der Wärme und Geborgenheit von Facebook, dem allerunprivatesten Privaten, ihre unaussprechlichen Erfahrungen preisgegeben haben. Und seien es nur Andeutungen, Stichworte, hier wird schließlich alles leichter geäußert als im mündlichen Umgang mit denen, die zu nah sind.

Tess' jüngste Facebookseiten sind das reinste Fotospektakel (rund zweihundert Selbstporträts, die sie mit ihrem langen rechten Arm geschossen hat) nebst anderweitiger Versuche der Selbstdefinition und der Imagebildung: Auflistungen der Dinge, die sie mag und die sie nicht mag, beziehungsweise wovon sie »ein Fan ist«.

Ein Fest der Nichtigkeiten ist das auf Facebook. Es lebe die Nichtigkeit, denke ich.

Bei Tess steht:

RECENT ACTIVITY
TESS became a fan of I'd be scared if a 400 lb glass of koolaid came bursting into my house...
Comment · Like · Become a Fan

TESS became a fan of When I have a Sharpie, I have the urge to draw on everything.
Comment · Like · Become a Fan
7 more similar stories

TESS commented on Lily's photo.

TESS commented on Annie's photo.

TESS became a fan of Hanging with old friends and saying remember when ....
Comment · Like · Become a Fan

TESS became a fan of DON'T YOU HATE IT WHEN YOUR PARENTS START TO SING IN PUBLIC!
Comment · Like · Become a Fan
3 more similar stories

Mein Vater ist außer Lebensgefahr, HURRAAA!! Ich vermisse ihn soooo sehr. Noch zwei Wochen, dann sehe ich meinen personal marine!!!!! Lily: BFF, love you!

Tja, das wär's. Damit müssen wir uns begnügen.

Auch unter dem, was sie an den vorangegangenen Tagen geschrieben hat, findet sich kaum etwas, was Bezug auf die schrecklichen Erlebnisse nimmt. Direkt danach Stille, kein Kommentar, nur viele eingegangene Nachrichten.

Und nach drei Tagen dann von Tess' Seite überschwengliche Dankesbekundungen an alle Freunde *(U R the best!)*, die wohl die Nachrichten verfolgt und Tess auf allerlei hippe, aber lieb gemeinte Weise ihre Anteilnahme bekundet haben. Doch Tess hat sich nirgendwo zu einem persönlichen Bericht ihrer Erfahrungen verleiten lassen – oder sie hat das auf den Austausch im Privatbereich beschränkt, den Facebook auch bietet.

97

Allein schon beim Eintippen seines Namens, Ton Raaijmakers, verkrampfen sich meine Finger – als müsste ich etwas furchtbar Schmutziges anfassen, mit dem ich mich besudeln könnte. Gleichzeitig merke ich aber auch, dass mir der Umgang mit seinem Namen eine gewisse Macht verleiht. Er ist tatsächlich Facebook angeschlossen, erstaunlich. Kein Foto, zum Glück. Das wäre mir jetzt zu viel gewesen.

Es sieht ziemlich ausgestorben aus auf Tons Seite. Zwei Freunde hat er, mit Fotos, wie er ungefähr Ende fünfzig, joviale Typen.

Theo 't Hoff und Geert van Drongen. Ich recherchiere, dass beide einer jener bekannten Networksites angeschlossen sind, auf denen erwachsene Leute unter dem Deckmantel des sinnvollen Gedankenaustauschs mit ihren Kontakten angeben und sich gegenseitig darin übertrumpfen, wer die meisten und wichtigsten *»Relations«* hat. 't Hoff hat fünfzehn *»Relations«*, van Drongen zweiundvierzig. Raaijmakers selbst ist kein Networker (wundert mich nicht). Weiter finde ich heraus, dass 't Hoff im Stadtarchiv von Amersfoort arbeitet und van Drongen an einer Schule in Zeist Sozialkunde unterrichtet. Beide sind Anfang der fünfziger Jahre in Amersfoort geboren und haben in den siebziger Jahren an der Universität Amsterdam Geschichte studiert.

Das ist irre. Mein Vater hat in den siebziger Jahren an der Universität Amsterdam Geschichte unterrichtet. Es wäre ja ein Ding, wenn sie Raaijmakers von dort kennen würden. Oder Raaijmakers kommt auch aus Amersfoort.

Da ist etwas, das spüre ich. Ich bin irgendetwas auf der Spur – aber was?

Über Google finde ich ein Bauunternehmen Raaijmakers in Gemert. Aber das ist nicht der Raaijmakers. Dafür stoße ich auf die Genealogie der Familie Raaijmakers, mit Anton, also Ton, als tragischem Tiefpunkt. Er hat zwei Söhne, Luis und José, von einer gewissen Mercedez. Sein Vater heißt Laurens, seine Mutter Dolly. Plötzlich erinnere ich mich wieder an die Geschichte, die meine Mutter erzählt hat. Wie war das noch? Hinter jeder Tür ein Antisemit? Morgen nachsehen.

98

Mit Mühe schlafe ich ein. Viel zu spät. Mitten in der Nacht beginnt Tess zu schreien und um sich zu treten. Sie schlägt mir ins Gesicht und tritt mir so kräftig und schmerzhaft gegen die Schenkel, dass ich fast zurückgetreten hätte. Zum Glück werde ich rechtzeitig wach und kann mich noch beherrschen.

»Nein, nicht!«, schreit sie. »Nein! Ich ersticke! Hau ab! Hau ab!«

Sie wehrt sich.

Ich fange ihre Hände ein und drücke sie.

»Tess, Liebes, wach auf! Du bist in Sicherheit, du bist bei mir, schau doch …«

Ich knipse die Nachttischlampe an und blicke in ihre weit aufgerissenen Augen, so verängstigt, so allein. Ich versuche sie zu umarmen und an mich zu drücken, aber sie zuckt und bebt am ganzen Körper und bäumt sich dagegen auf.

»Bist du Mama?«, fragt sie dann.

Die alte Tess, aber so kummervoll. Ich nicke und gebe ihr Wasser zu trinken. Sie lässt sich wieder aufs Bett fallen und weint herzzerreißend. Untröstlich, aber mit vielen, dicken Tränen und guten, tiefen Schluchzern. Ich bin Expertin.

»Bleib hier, bleib bei mir, ja?«

Ich streiche ihr übers Haar. Sie schluchzt noch eine ganze Weile, aber dann wird ihr Atem stetig ruhiger und regelmäßiger. Sie schläft wieder ein. Ich liege wach, bis es hell wird. Ich bin so zornig, dass ich meinen Zorn fast mit Händen greifen kann. In meinem Kopf wütet ein Inferno, dessen Hitze unerträglich ist.

99

Meine Mutter sollte Telefonistin werden. Sie geht jetzt jedes Mal an den Apparat, wenn angerufen wird, und erteilt all den netten Menschen Auskunft, die sich nach Jacob erkundigen und mich trösten möchten. Hin und wieder nimmt sie es sogar auf sich, die Geschichte Fremden und Journalisten zu erzählen.

Ich kann das nicht mehr, und Tess genauso wenig.

Heute bin ich vor lauter Schlafmangel so müde, dass ich beschließe, gar nicht aus dem Haus zu gehen und einfach so zu tun, als gäbe es keine Außenwelt. Aber zu Jacob fahre ich heute Nachmittag, das ist für mich ein Muss.

Tess sitzt mit ihrem Laptop im Gästezimmer, ich richte

mich im Zimmer meines Vaters ein. Ich habe meiner Mutter erklärt, dass mir das guttue, und sie akzeptiert das jetzt ohne irgendwelche Einwände. Ich habe noch mit niemandem darüber gesprochen, aber der Ordner lässt mir keine Ruhe, wie ein kranker Zahn, der befühlt werden will. Ich bleibe bei den tadellosen Briefen hängen, die mein Vater dem Bauunternehmer geschrieben hat, als der Umbau schon drei Monate zurücklag.

Sehr geehrter Herr Raaijmakers,
gerne möchte ich Sie darauf hinweisen, dass es bei dem kurzen Regenschauer gestern Nacht auf der Westseite des Hauses, zwischen Dachansatz und Hohlmauer des von Ihnen errichteten Anbaus, hereingeregnet hat und es zu einem erheblichen Wasserschaden gekommen ist. Der Putz ist lädiert, und auch der Fußboden ist in Mitleidenschaft gezogen. Das Dach muss nachgebessert und das Mauerwerk trockengelegt werden, damit kein Schimmel entsteht. Ich gehe davon aus, dass Sie diese Arbeiten hier schnellstmöglich ausführen. Da diese Schäden auf die offenbar mangelhafte Konstruktion Ihres Anbaus zurückzuführen sind, werden Sie verstehen, dass ich Sie für Reparaturen sowie Austausch verschiedener Teile und Materialien verantwortlich, d. h. haftbar, mache.

Das ist nur einer von etwa zwanzig Briefen an Raaijmakers, die diesen mal mehr, mal weniger höflich von weiteren Komplikationen mit den Fenstern, dem Dach, dem Fundament und anderem unterrichten.

Der Ordner enthält keine Antwortschreiben von Raaijmakers, dafür aber neue, teurere Angebote für die verlangten Reparaturen, woraus zu schließen ist, dass Raaijmakers wohl jegliche Verantwortung von sich gewiesen und versucht hat, seinen Quälgeist durch Sturheit zu entmutigen. Doch mein Vater listete in jedem Brief, den er schrieb, unermüdlich einen oder mehrere weitere Mängel auf.

Die stetige Verschlimmerung der Probleme weist darauf hin, dass Raaijmakers sich schlichtweg nicht blicken ließ. Kein Wunder, dass mein Vater mit seinem Ordner vor Gericht gezogen ist und den ganzen Wintergarten von Martin Kraan neu anlegen ließ. Die Kosten für diesen Neubau plus Prozess- und Anwaltskosten hatten Raaijmakers dann offenbar finanziell ruiniert. Erstaunlich, dass mein Vater nicht pleite war, bevor der Fall endlich vor Gericht entschieden war. Das Ganze hat sich über mindestens sechs Jahre hingezogen.

Jetzt wird aber nicht länger gekniffen. Ich blättere zu der Plastikhülle mit dem Foto von Raaijmakers. Ich traue mich kaum, es anzusehen, aber ich muss mich vergewissern, dass ich es mir nicht eingebildet habe.

Ein kurzer Blick genügt.

Derjenige, der das Foto seinerzeit aufgenommen hat, hatte höchstwahrscheinlich gar nicht die Absicht, Raaijmakers darauf zu verewigen. Sein Interesse galt der Steinreihe im Sand mit der waagerecht darübergespannten Schnur, die die Umrisse des entstehenden Wintergartenanbaus markiert.

Raaijmakers steht, die Arme ausgestreckt, neben dem Haus und ist sich der Kamera wohl gar nicht bewusst. Er scheint irgendjemandem, der etwas seitlich hinter dem Fotografen steht, etwas darzulegen. Um die Hüften trägt er, wie ich schon beim ersten Mal bemerkt hatte, einen schweren Gürtel, in dem Werkzeuge ein und derselben Marke stecken. Als ich genau hinsehe, entdecke ich den Schuh meines Vaters, der sich offenbar gerade aus dem Bild herausbewegte.

Der unschuldige, aufregende Beginn eines Zukunftstraums, eines Wintergartens.

Und jetzt ist mein Vater tot.

Es finden sich noch weitere Fotos in dem Ordner. Auf den meisten sind keine Personen zu sehen, sondern nur das Haus, die Umgebung. Sie wurden in verschiedenen Stadien der Bauarbeiten aufgenommen. Auf einem Foto steht der Wintergarten bereits, wenn auch noch nackt und grau, und ein Maler ist dabei, die Wände zu verputzen. Traurige Kosmetik, denke ich. Schöner weißer Putz auf schiefen Wänden – was hat man davon? Danach fällt mir noch etwas auf, worauf ich gestern nicht geachtet habe. Der Typ in der Ecke – kenne ich den nicht von irgendwoher?

»Mam!«, rufe ich nach unten. »Dieser Maler, den ihr hattet, kenne ich den?«

»Maler? Wieso? Ach! Bist du immer noch mit diesem Ordner beschäftigt? Ob du den kennst? Das weiß ich nicht, aber ich glaube, ihr habt ihn uns empfohlen. Das ist doch David, der Sohn von eurer Monica, oder?«

Mir ist, als würde plötzlich ein großer Scheinwerfer eingeschaltet. Oder mache ich nur endlich die Augen auf? Nein, ich kenne Monicas Sohn nicht. Ich habe ihn zwar einmal gesehen, aber da war er sechzehn oder so. Ich denke an Monica. Monica, die immer herzlich und lieb ist. Und vorsichtig, weil sie illegal ist, aber möchte, dass ihr Kind eine Zukunft in diesem Land hat. War Monica nicht geradezu hysterisch, als ich sie vor ein paar Tagen anrief? Monica, die Einzige außer meiner Mutter und Tara, die einen Schlüssel von unserem Haus hat.

Ich kann nicht weiterdenken.

Ich will Jacob anrufen, Jacob muss das erfahren.

Aber ich darf Jacob nicht damit behelligen. Er habe sich noch nicht von seinem Schock erholt, sagt der Arzt.

100

Wir frühstücken zu dritt, Tess, meine Mutter und ich. Tess hat sehr lange geschlafen. Sie isst eine Scheibe Brot mit Schokocreme, langsam und abwesend, jeder Bissen kostet sie Mühe, scheint es. Weil das, was sie isst, ein Ingredienz der Welt ist, die sie anekelt, der sie nicht mehr traut, denke ich, einer Welt, die sie nicht mehr mag. Ich selbst kann auch nichts essen und bin froh, dass sie es wenigstens versucht.

»Mam, wie kam Papa noch mal an diesen Bauunternehmer, diesen Raaijmakers?«, frage ich meine Mutter.

Tess zuckt kurz zusammen und schaut auf. Sie erschrickt inzwischen wirklich über alles.

Ich streichle ihre Hand.

»Sch, Schatz, hier brauchst du keine Angst zu haben.«

»Gott, so genau weiß ich das nicht mehr. Wie ich dir schon erzählt habe, Papa wollte ihm eine Chance geben. Und er hatte, glaube ich, ein günstiges Angebot gemacht, preiswerter als die anderen.«

»Aber warum vertraute Papa darauf? Er wusste doch, dass es dann hinterher oft umso teurer wird! Hatte er es wirklich gut geprüft? Und du?«

»Wir hatten es sehr gut geprüft, Saar!«

Jetzt ist meine Mutter verärgert: »Was soll denn das? Was spielt das jetzt für eine Rolle? Warum befasst du dich die ganze Zeit mit diesem Bauunternehmer? Du hast doch wohl andere Sorgen, oder?«

Tess ist aufgestanden und steht an der Tür: »Ich gehe wieder nach oben, okay?«

»Aber dein Tee, du hast deinen Tee gar nicht ausgetrunken«, sage ich.

Tess springt zum Tisch zurück und nimmt ihre Tasse mit. Dann höre ich sie die Treppe hinaufgehen. Ich weiß, was sie vorhat. Auf dem Gästebett sitzen und bei Facebook ihr »Profil« überarbeiten. Chatten und mailen. In die Welt neben unserer Welt abtauchen, die bessere Welt.

Ich habe nicht vor, jetzt schon aufzugeben. Da muss noch mehr sein.

»Mam, glaub mir, das ist wichtig. Hat Papa diesen Mann selbst ausfindig gemacht? Denk nach, wie seid ihr an ihn gekommen? Hattet ihr viele Angebote?«

»Ein paar, glaube ich. Drei, wenn ich mich nicht irre, hatte ich dir das nicht schon gesagt? Herman war schon mit zwei anderen im Gespräch, da meldete sich plötzlich noch dieser Raaijmakers. Der hatte offenbar von irgendwem erfahren, dass wir einen Maurer suchten. Worauf willst du denn hinaus?«

»Ach, nichts. Es ist nur so ein komischer Zufall, dass dieser David für ihn arbeitete. Findest du nicht?«

»Wieso denn?«

»Ach, lass.«

Wir trinken unseren Tee. Ich schaue durchs Fenster in den Garten hinaus. Das Gartentor steht offen, und man sieht den Gang, der zwischen den Garagen entlangführt. Nachbarskinder spielen mit Murmeln. Das habe ich früher auch immer gemacht. Wie unvorstellbar lange das her ist. Könnte ich doch mit Jacob reden, denke ich wieder.

Ich versuche es noch einmal.

»Und Papa kannte diesen Raaijmakers vorher nicht? Ich hatte so etwas in Erinnerung, dass es nicht nur um dieses günstige Angebot ging, oder habe ich mir das eingebildet?«

Meine Mutter verdreht die Augen, denkt aber nach.

»Wenn es so war, habe ich das wohl inzwischen verdrängt. Woher sollte Herman so jemanden gekannt haben?«

In meinem Kopf herrscht schon wieder Tumult, ich glaube ständig, etwas zu sehen, etwas, was mir grausam logisch erscheint, aber dann entgleitet es mir wieder.

Draußen ist Wind aufgekommen. Ich schaue zum Gartentor, das jetzt auf- und zuschlägt, und erhebe mich, um es zuzumachen. Wieso ist es eigentlich nicht abgeschlossen?

Immer wenn ich in diesem Garten bin (ein wunderbarer Garten, so geschützt, mit einem dicken Kastanienbaum in der Mitte und einer alten Mauer drum herum) und den kaputten Nistkasten sehe, denke ich daran. Erstens: Wenn der Nistkasten nicht kaputt gewesen wäre, würde mein Vater vielleicht noch leben. Zweitens: Wenn mein Vater den Nistkasten vom Baum holen wollte, warum hat er dann in einem ganz anderen Teil des Gartens auf der Erde gelegen? Ich habe ihn dort gesehen und mit ihm geredet, bis man ihn in den Krankenwagen geschoben hatte. Er hörte nicht auf mit diesem dämlichen Nistkasten. Offenbar hatte sich das für uns damals ganz plausibel angehört. Mit diesem Schraubenzieher neben ihm im Gras erschien uns das normal – Werkzeug, das er zu brauchen glaubte.

War mein Vater plötzlich senil geworden, war es das? Oder war er über etwas erschrocken, was er uns verschwieg?

»Mama? War Papa manchmal vergesslich, bevor er gestürzt ist? Redete er manchmal wirres Zeug?«

»Du warst doch dabei! Das war absolut nicht so. Er war völlig klar im Kopf, wie eh und je! Was phantasierst du dir denn jetzt schon wieder zurecht?«

»Und das Gartentor, ist das nie abgeschlossen?«

»Jetzt meist schon, aber als Papa noch lebte, haben wir es oft vergessen. Die Haustüren haben wir immer gut verriegelt, aber in dieser Gegend passiert ja wirklich nie etwas. Nachts schließe ich die Gartentür jetzt immer ab, tagsüber finde ich es praktischer, wenn sie offen ist.«

»Also kann jeder hier so einfach in den Garten hinein?«

»Ja, im Prinzip schon.« Sie erschrickt jetzt selbst darüber. Wir sehen uns kurz an. Scheu fast. »Nein, nein«, sagt sie. »Hör auf, Saar.«

»Ich hab doch gar nichts gesagt!«

»Nein.«

»Hast du diesen Schraubenzieher noch?«

»Nein, das hast du schon mal gefragt.«

Ich sehe sie an.

»Saar! Hör auf! Was willst du denn damit sagen? Ich will nicht, dass du so guckst. Dass ich so was denken muss. «

Ich halte den Mund.

Aber dann geht es erst richtig los. Ich kann nicht schlafen, habe permanent Herzrasen, kann nichts essen. Ich will zu Jacob, aber der Arzt sagt, ich dürfe ihn noch nicht mit Problemen belasten.

Fühlt sich so Wahnsinn an?

Er fuhr direkt auf mich zu. Zufall? Fuhr er wirklich direkt auf mich zu? Vielleicht hatte er mich ja einfach nicht gesehen. Vielleicht gehört er einfach zu der Sorte Männern, die es nicht ertragen können, wenn man sie Idiot schimpft.

Und danach. Hat er mich erkannt? Möglich wäre es. Aber woher? Kann er meinen Namen einfach geraten haben? Sara. Er wusste ja vielleicht, dass ein Chai ein jüdisches Symbol ist. Oder hatte er mich auf Fotos gesehen, mit Jacob zusammen? Ich hatte *ihn* jedenfalls nie zuvor gesehen. Dass er mir etwas antun wollte – wie willkürlich war das?

Kein Mensch wird doch derart sadistisch, derart *niederträchtig*, wenn er mal ausrastet.

Nach meiner Anzeige hat sich nichts getan. Der Mann, den ich beschrieben habe, ist der Polizei nicht bekannt.

Ich weiß jetzt, wer er ist.

Es kann kein Zufall sein, dass mich ausgerechnet dieser Mann vergewaltigen wollte, dieser Mann, der für meine Eltern gearbeitet hat. Es kann kein Zufall sein, dass er den Sohn unserer Putzfrau kennt. »Wiedergutmachung«.

Meine Tess. Ich muss meine Tess beschützen. Was ist ihr geschehen?

Wenn ich ins NIOD, ins Nationale Institut für Kriegsdokumentation, gehe, erfasst mich immer eine gewisse Aufgeregtheit. Gegen die echten Dokumente, Briefe, Zeitungsausschnitte, die hier, nach Land, Kategorie, Jahr, Namen, Thema und so weiter geordnet, zusammengetragen wurden, bleibt jedes Buch über den Krieg ein blasser Abklatsch. Beim NIOD ist der Krieg keine verschlissene Geschichte von anno dazumal, sondern wirkt so aktuell wie das, was vorige Woche in der Zeitung stand. Hier ist die Vergangenheit heiß und lebendig.

Um mehr über die Verbrechen von NSB-Kollaborateuren zu erfahren, sichte ich am besten die Akten der nach dem Krieg geführten Prozesse, das scheint eine bewährte Methode zu sein. Im Rahmen dieser Verfahren wurde nämlich gründlich recherchiert. Den Namen Laurens Raaijmakers habe ich schnell gefunden. Und von da ist es nicht weit zu der Entdeckung, dass der Vater des Mannes, der mich belästigt hat und vielleicht sogar für den Sturz meines Vaters und wer weiß was noch alles verantwortlich ist, Polizist war und ab Oktober 1942 bei der sogenannten Hausratserfassung (der Inventarisierung all dessen, was in den Häusern deportierter jüdischer Mitbürger zurückgeblieben war) mitgewirkt hat. 1943 war Raaijmakers aktives NSB-Mitglied im Polizeikorps der Provinz Utrecht. Weiter taucht der Name Raaijmakers im Zusammenhang mit 1948 gefundenen Dokumenten auf, die belegen, dass es eine Kolonne unter der Leitung eines Wim Henneicke und eines Willem Briedé gegeben hat, die seit März 1943 auf die Aufspürung und

Auslieferung untergetauchter Juden spezialisiert war (gegen eine Vergütung von sieben Gulden fünfzig pro Jude). Raaijmakers gehörte dieser Kolonne, wie nähere Untersuchungen ergaben, zwar nie direkt an, aber er hatte als Polizist genügend Menschen festgenommen – und damit in den Tod geschickt –, um dafür zu lebenslänglich verurteilt zu werden. Er hatte sechs Jahre davon abgesessen und war dann aus nicht näher ersichtlichen Gründen vorzeitig entlassen worden.

103

Ich frage nach der Polizistin, mit der ich damals gesprochen habe.

Es ist ruhig auf der Wache. Einige Beamte stehen am Fenster und essen ihr Pausenbrot. Dazu trinken sie Milch aus der Packung. Ich finde es unmöglich, dass Polizisten im Stehen essen und Milch aus der Packung trinken. Womöglich bekleckern sie noch ihre Uniform. Nur Niederländer trinken zum Mittagessen Milch. In Amerika lacht man sich tot darüber. Babys seien Milchtrinker. Aber welcher erwachsene Mensch trinke denn Milch?

Der Beamte, der nach der Polizistin geschaut hat, kommt zurück.

»Frau in 't Veld ist leider nicht mehr da, sie ist nach Hause gegangen, weil sie sich nicht wohl fühlte«, sagt er in entschuldigendem Ton. »Ich dachte mir schon so etwas. Sie ist sonst immer an ihrem Platz.«

Ich habe wieder die ganze Nacht nicht geschlafen. Immer

wenn ich die Augen zumachte, sah ich Herman am Boden liegen, meinen alten Vater, der mir immer so beschwingt zu dem Regal vorangegangen ist, in dem seine neuesten Bücher standen, und mich dabei mit seinen vernichtenden Kommentaren zu den aktuellen Erkenntnissen auf seinem Fachgebiet, dem Zweiten Weltkrieg, überschüttet hat. Er las alles, was es zu lesen gab.

Ich hatte meinen Vater bis dahin praktisch immer in der Vertikale gesehen – gehend, stehend, sitzend. Redend. Lachend. Spottend. Selten in der Horizontale. Selten ächzend, es sei denn vor Lachen.

Nach Lachen war ihm aber nicht zumute, als er dort im Garten lag. Er lag ganz still da, mit schreckgeweiteten Augen. Und ächzte ab und zu. Vor Schmerzen. Vor Schreck.

Für mich steht jetzt fest, dass er nicht einfach gefallen ist. Und der Mann, der ihn gestoßen hat – und mein Vergewaltiger –, war Arbeitgeber von David Vandijck. So viel Zufall gibt es doch gar nicht, oder?

Ich will mit der Polizistin reden, die damals meine Anzeige aufgenommen hat. Wo ist sie?

»Frau Silverstein?«

»Wo ist Frau in 't Veld?«

»Das sagte ich Ihnen doch gerade, sie ist nach Hause gegangen.«

»Ich muss unbedingt mit ihr sprechen. Ich habe bei ihr Anzeige erstattet.«

»Worum geht es denn?«

»Eine Anzeige!«, schreie ich fast. »Ich muss mit ihr sprechen!«

Der Beamte sieht mich an. »Ich habe hier Ihre Akte.«

»Nein!«, rufe ich.

Der Mann sieht mich nur an. Sein Blick verrät, dass er in Gedanken gerade nach dem passenden Abschnitt aus seinem Panikmanagementkurs sucht.

»Möchten Sie vielleicht mit einer anderen Kollegin sprechen?«

Ich beruhige mich. »Ja, gut.«

Der Beamte geht zum Telefon. Während des Gesprächs lässt er mich nicht aus den Augen.

»Hier ist eine Dame, die gerne …«

Auf die Antwort, die er erhält, nickt er.

Fragend, die Hand über der Muschel, sagt er zu mir: »Im Moment ist leider nur ein männlicher Kollege verfügbar. Er ist häufiger mit solchen Fällen befasst. Wären Sie einverstanden, mit ihm zu reden?«

»Was meinen Sie mit ›solche Fälle‹?«, frage ich misstrauisch.

»Er kommt gleich«, sagt er ausweichend, aber resolut. »Dann können Sie selbst entscheiden, ob Sie mit ihm sprechen möchten.«

Ich fühle mich gedemütigt und manipuliert. Kennt dieser Mann meine Akte? Hat er sie genüsslich studiert? Ich komme mir schmutzig vor und schäme mich wie ein Kind, dem beim Doktor die Unterhose runtergezogen wird. Am liebsten würde ich schreien.

»Ich höre, Sie möchten reden?«

Der Beamte, der mich anspricht, kann kaum älter als fünfundzwanzig sein. Ich sehe ihn an, sehe die leere Korrektheit in seinen blauen Augen. Da erscheint mir alles, was ich mir zurechtgelegt habe, völlig idiotisch.

Ich danke ihm und gehe zur Tür. Stolpere fast noch über die Fußmatte.

»Ich komme ein anderes Mal wieder«, murmele ich.

104

Kommissar Koornstra sucht uns im Haus meiner Mutter auf, und ich erschrecke bei seinem Erscheinen, als wäre ich selbst verdächtig. Er ist in Zivil, aber irgendetwas an seiner Kleidung (oder ist es seine Haltung?) verbreitet trotzdem sofort Polizeiatmosphäre. Er habe mir etwas mitzuteilen und möchte mich etwas fragen, hatte er vorher telefonisch angekündigt. Wie oft haben wir inzwischen schon aussagen müssen?!

Koornstra ist ein etwas steifer Mann. Er hat wohl schon etliche Dienstjahre auf dem Buckel, und die menschlichen Abgründe scheinen keine großen Geheimnisse mehr für ihn zu bergen – das hat in seinem Gesicht eine müde, bekümmerte Konsternation hinterlassen. Das Wort »Eile« scheint nicht zu seinem Vokabular zu gehören. Er agiert sehr ruhig, nimmt sich dabei aber trotzdem nicht mehr Zeit, als unbedingt nötig ist, um alles ordnungsgemäß abzuhandeln. Einen Kaffee schlägt er aus. Er hat eine Botschaft.

»Geht es, sitzen Sie gut?«

Meine Mutter sitzt neben mir, sie ist genauso angespannt wie ich.

Sie hätten von Anfang an eine Insidertat in Betracht gezogen, erzählt er. Es seien keine Fenster eingeschlagen worden, keine Türen aufgebrochen, es habe überhaupt keinerlei

Spuren eines gewaltsamen Einbruchs gegeben. Nun hätten sie Gewissheit.

»Nach einer gründlichen Durchsuchung der Wohnung Ihrer Putzfrau, Monica Vandijck, können wir davon ausgehen, dass deren Sohn, David Vandijck, an dem Überfall auf Sie beteiligt gewesen ist. Wir haben Spuren gefunden, die mit seiner DNA identisch sind. Von den gestohlenen Gegenständen leider nichts. David muss den Schlüssel benutzt haben, den Sie seiner Mutter anvertraut haben.«

Ich gebe mich so geschockt, wie es von mir erwartet wird. Aber überrascht bin ich ganz und gar nicht. Alles, was ich inzwischen in Erfahrung gebracht habe, siedet unter meiner Haut. Sicherheitshalber spiele ich die total Erstaunte. Ich will nicht, dass er mir Fragen stellt, denen ich noch nicht gewachsen bin. Und mit deren Beantwortung ich Tess schaden könnte.

Monicas Wohnung sei zwar voller nützlicher DNA-Spuren, aber bis auf einige Möbelstücke leider verlassen gewesen, sagt Koornstra. Mutter und Sohn dürften eilig das Weite gesucht haben.

Ich denke daran, wie erschrocken Monica klang, als ich mit ihr telefonierte. Für mich hörte es sich so aufrichtig an. Wie hat sie angesichts der vielen fruchtlosen Versuche, eine Aufenthaltsgenehmigung zu bekommen – von meinen Bemühungen darum gar nicht zu reden –, so etwas riskieren können? Ob sie alles aufgegeben hat, um jetzt mit dem gestohlenen Geld in ihrem Heimatland neu anzufangen?

»Es gibt da einen Mann …«, beginne ich.

Meine Mutter sieht mich erschrocken an und schüttelt den Kopf.

»Ich glaube, dass er meinen Vater –«

»Saar!«, ruft meine Mutter. »Ich will nicht, dass du das sagst!«

»Er muss ihn gestoßen haben«, sage ich, »…und einen alten Mann umzustoßen ist versuchter Mord!«

»Hör auf, das wissen wir doch gar nicht, Saar!«

Koornstra mustert uns.

»Was für ein Mann? Hat er etwas hiermit zu tun?«

Ich denke wieder an Tess. Wie unmenschlich ihr Schreien klang, als man sie untersuchen wollte. Sie will nicht reden, über nichts. Man wird sie vorladen. Ich muss an *sie* denken. Bevor ich etwas sage, muss ich wissen, was mit Tess passiert ist. Ist das ein Vergehen?

»Nein«, sage ich. »Nein, das glaube ich nicht.«

»Sara ist sehr durcheinander, nach allem, was passiert ist«, erklärt meine Mutter. »Sie sieht im Moment überall Gespenster.«

Schnell sind sie nicht gerade, denke ich, Koornstra und seine Kollegen. Wetten, dass David und seine Mutter schon in Ghana sind! Und falls sie überhaupt beweisen können, dass Raaijmakers etwas damit zu tun hat, was würde er kriegen, für Überfall, Beinahe-Vergewaltigung und Stoß? Ein paar Jahre?

Hieb- und stichfeste Beweise für seine Beteiligung an dem Überfall habe ich nicht. In unserem Haus habe ich ihn nicht gesehen, er war keiner von den beiden Männern. Trotzdem bin ich mir sicher. Ich spüre das. Und je stärker ich es spüre, desto mehr will ich wissen.

105

Ich habe anderthalb Flaschen Wein getrunken und alles notiert. Was ich damit anfangen werde – ich weiß es nicht. Ein Mittel gegen das Vergessen? Um mich hin und wieder wachzurütteln? Böses darf nie durch Böses vergolten werden. Erklären heißt nicht entschuldigen.

Geert van Drongen, der als sogenannter Freund von Raaijmakers auf dessen Facebookseite stand, hatte sofort den Hörer abgenommen. Ich behauptete, ich hätte seinen Namen im Archiv der Universität Amsterdam gefunden. Auf meine weitere Lüge, dass ich eine Arbeit über die Wahrnehmung des Zweiten Weltkriegs schreiben wolle, reagierte er verwundert. Wie lange ich denn schon studierte, fragte er.

»Ich studiere seit vier Jahren nebenher Geschichte«, hatte ich behauptet. »Bei Professor Gerritsma.« (Dass Gerritsma, ein jüngerer Kollege meines Vaters, immer noch an der Universität doziert, weiß ich zufällig.)

Was mich besonders interessiere, fuhr ich fort, seien die Vorlesungen von Herman Silverstein. Und welchen Einfluss sie bei seinen Studenten auf die Sicht des Krieges gehabt hätten.

Weil ich fand, dass ich nicht gleich nach Raaijmakers fragen konnte, erkundigte ich mich erst noch nach Theo 't Hoff. Als ich dann zu Raaijmakers überlenkte, bestätigte van Drongen, dass er ihn wie 't Hoff aus Amersfoort kenne.

»Theo kenne ich gut, er ist ein Jugendfreund von mir, wir sehen uns auch heute noch gelegentlich. Aber Ton – das ist ein Fall für sich.«

Ton habe doch auch Geschichte studiert, fragte ich auf gut Glück. Na ja, studiert, erwiderte er einschränkend. Er habe ein Jahr lang einige Vorlesungen mit ihnen zusammen besucht.

Ich fragte ihn, ob es stimme, dass Tons Vater mit den Nazis kollaboriert habe.

Verdutzt fragte van Drongen, wie ich denn das herausgefunden hätte. Ich gab vor, im Material von Professor Silverstein etwas darüber gelesen zu haben. Er nahm mir das tatsächlich ab. Dass jemand mit diesem Hintergrund Neuere Geschichte studiert habe, erscheine mir im Rahmen meines Themas besonders faszinierend, sagte ich. Ob er mir mehr darüber erzählen könne? Natürlich würde ich Raaijmakers selbst auch anrufen, aber ich wolle zunächst weitere Informationen über ihn zusammentragen. Das verstehe er doch hoffentlich. Solche Sachen seien ja immer recht heikel. Ja, das verstehe er, sagte er.

Wir hatten einen Termin vereinbart, und ich war zu ihm nach Amersfoort gefahren.

Geert van Drongen. Tiefe Raucherstimme mit ländlichem Akzent. Er nuschelte mit Pfeife im Mund. Rührte mit einem Stift im Pfeifenkopf, zündete den Tabak an und sog, in seinen Korbsessel zurückgelehnt, den Rauch ein. Ein typischer Sozialkundelehrer, wenn auch vielleicht nicht mehr so idealistisch. Ich wurde sofort zur Schülerin. Wie konnte so jemand einen Proleten wie Raaijmakers kennen?

Er lieferte mir Fakten, die ich zum Teil schon kannte. Er nahm sich wirklich Zeit für mich.

Ja, Tons Vater sei ein Nazi-Kollaborateur gewesen. Soweit

er sich erinnere, habe er bei der niederländischen Polizei gearbeitet, sei Mitglied des NSB gewesen und habe gegen Geld Juden denunziert. Nach dem Krieg habe er gesessen, fünf, sechs Jahre oder sogar länger. Ton sei als Junge damit gehänselt worden – van Drongen hatte das mit eigenen Augen gesehen, es sei schlimm gewesen, sagte er. Kinder seien grausam. Ton sei als Kind von allen verhauen worden, von Größeren wie von Kleineren, man habe ihn wohl als vogelfrei betrachtet. Aber später sei er gefürchtet worden. Theo und er hätten sich ein paarmal für ihn eingesetzt, weil sie es ungerecht gefunden hätten, dass Ton für etwas bestraft werde, was sein Vater getan habe. Tons Eltern hätten sich nie auf der Straße blicken lassen. Ton sei aber auch ein schwieriger Junge gewesen, ängstlich und zugleich jähzornig, und er sei mit der Zeit immer unberechenbarer geworden.

Van Drongen: »Er wurde zu Hause wohl auch geschlagen, jedenfalls hatte er immer überall blaue Flecken. Als wir mal zusammen baden waren, haben wir gesehen, dass er rote Striemen auf Schultern und Rücken hatte, feuerrot und richtig tief. Er behauptete, das komme von einer Grasallergie oder so, und ich weiß noch, dass mir dieser zornige lange Schlaks in dem Moment fast imponiert hat.«

Mit Beginn der weiterführenden Schule hätten sie einander aus den Augen verloren, aber in Amsterdam, wo Ton in einer Kneipe an der Theke stand, seien sie sich zufällig wieder begegnet. Ton habe ihnen gratis Bier ausgeschenkt, so sehr habe er sich gefreut, sie wiederzusehen – er habe nicht vergessen, dass sie ihm früher geholfen hätten. Das habe er ein bisschen zu oft gesagt, sie hätten das übertrieben gefunden.

»Er hatte sich sehr verändert, markierte den starken Mann, der überall was laufen hat, ein bisschen gefährlich. Sie wissen schon, ein Macho, ein Halbstarker. Dagegen waren wir die kleinen Studenten.«

Erst danach war das Gespräch interessant geworden.

Theo und er hätten Ton erzählt, dass sie Vorlesungen über den Zweiten Weltkrieg besuchten und gerade den NSB durchnähmen. Da habe Ton mitkommen, den Professor kennenlernen wollen.

Bingo!

Van Drongen: »Ton war ein rastloser Typ, nicht dumm, aber wahrscheinlich Legastheniker und hyperaktiv, wie man das heute nennen würde. Kein Sitzfleisch. Auch uns war Ton ein bisschen zu wild, fürchte ich. Er kam mit in die Vorlesungen. Schrieb sich an der Universität ein. Er meldete sich in den Vorlesungen zwar nie zu Wort, ging aber hinterher immer zum Professor. Da hat er dann oft lebhaft geredet und gestikuliert.«

Da hatte ich meinen Beweis. Es verschlug mir kurz die Sprache. Dann fragte ich: »Vielleicht hat er ja so etwas wie Absolution gesucht für das, was sein Vater getan hat – Silverstein war doch Jude, nicht?«

»Tja...«

Van Drongen räumte ein, dass der Krieg für Ton ein beherrschendes Thema gewesen sei. Sein Zimmer sei regelrecht mit Kriegsbildern tapeziert gewesen, Fotos von Lagern, Fotos von Hitler, vom zerbombten Dresden, von Eichmann, von Fackelzügen mit Hakenkreuzfahnen und was nicht noch alles. Er wich einer Antwort auf meine Frage aus, das war deutlich spürbar.

Er sagte nur: »Ich glaube, dass Ton seinen Vater hasste, das habe ich aus seinem Zorn und seiner Verbitterung herausgelesen. Aber er konnte auch nicht verstehen, und es machte ihn wütend, dass man ihn so ausgrenzte. Eine schwierige Mischung.«

»Mochten Sie ihn?«, fragte ich.

»Manchmal«, sagte van Drongen ausweichend.

Den meisten habe Ton Angst gemacht. Ihm selbst auch. Ton sei unberechenbar gewesen. Und schon in ihrer Kindheit sei bei ihnen im Ort geredet worden, habe es einen Verdacht gegeben. Da sei dieses Mädchen gewesen, das viele Stunden vermisst war …

Ich schluckte. Hörte nur zu. Als er fragte, zu welchen Erkenntnissen ich denn gekommen und wie weit meine Untersuchung über die unterschiedlichen Sichtweisen des Krieges gediehen sei, hatte ich schon fast vergessen, welchen Vorwand ich mir ausgedacht hatte.

»Professor Silverstein war ein Überlebender, wie Sie wissen«, sagte ich. »Für ihn war der Krieg keine überlieferte Geschichte, sondern Realität, und daher dachte er sehr stark in Kategorien von Schwarz und Weiß. Das ist inzwischen nicht mehr angesagt, wie Sie vielleicht auch schon festgestellt haben werden. Heute ist Grau in. Das Modell ›Jeder war ein bisschen schuldig‹.«

Van Drongen bemerkte dazu, dass sich Silverstein aber immer sehr nuanciert ausgedrückt habe.

»Wenn er einmal in Schwarz und Weiß dachte, gab es in den Vorlesungen immer lauten Protest – nicht weil wir anders dachten als er, sondern weil wir lieber diskutierten und kritisierten, als wirklich in die Tiefe zu gehen. Das waren damals schließlich die siebziger Jahre, das darf man nicht vergessen. Alles musste umgekrempelt werden. Alle waren links. Wahrscheinlich lag es auch daran, dass wir es so interessant fanden – ›cool‹ würde man das heute nennen –, jemanden wie Ton zum Freund zu haben, jemanden aus einer kleinbürgerlichen Nazifamilie. Und dass Silverstein mit ihm redete, fanden alle klasse.«

Freundlich, aber reserviert, nannte van Drongen meinen Vater. Er habe allerdings den Eindruck gehabt, dass Professor Silverstein Ton allmählich immer mehr auf Abstand gehalten habe, dass ihm das ein bisschen zu viel geworden sei mit ihm. Obwohl er freundlich geblieben sei.

»Ich denke, ihm war sofort klar, wo Ton der Schuh drückte. Ton wusste nicht genau, was er wissen wollte – aber schon, was er hören wollte.«

Ich fragte: »Was wollte er denn hören?«

Van Drongen: »Dass es bloßer Zufall war, dass sein Vater sich für ›die falsche Seite‹ entschieden hatte, natürlich. Dass sein Vater weniger Schuld trug, als er es ihn mit seinen Stockschlägen immer fühlen ließ. Was sein Vater sonst noch alles verbrochen hat, weiß ich nicht, aber die Jahre im Knast wird er wohl nicht für nichts abgesessen haben.«

Ich nickte. So beiläufig ich konnte, sagte ich, dass ich schon nachvollziehen könne, wenn Professor Silverstein für den Vater von Ton Raaijmakers wenig Sympathie oder Verständnis habe aufbringen können.

»Heutzutage erwartet man von Historikern einen vollkommen neutralen Blick«, entgegnete der Sozialkundelehrer.

»Glauben Sie, das ist möglich?«, sagte ich. »Können solche

Themen denn jemals so abstrakt werden, so enthoben von ihrem Ursprung und Kern, die ja doch vor allem mit Moral, oder besser gesagt Amoral, zu tun haben, dass Wissenschaftler völlig wertfrei darüber reden und denken können – sogar über den Holocaust?«

Van Drongen: »Ich glaube, für die heutige Generation ist der Holocaust einfach viel weiter entfernt als für mich und meine Generation, und dabei haben meine Eltern den Krieg noch relativ unbeschadet überlebt, im ländlichen Groningen.«

Ton sei nicht symptomatisch für irgendetwas, sagte er. Er betrachte ihn eher als »ungelenktes Projektil«, auf jedermann wütend. Als Professor Silverstein ihm am Ende des Jahres wegen ungenügender Leistungen den Schein habe verweigern müssen, sei es mit seiner Sympathie und seinen guten Vorsätzen definitiv vorbei gewesen.

»Ton hörte auf zu studieren, trank viel und verkehrte mit obskuren Freunden. Wir haben ihn dann schon bald nicht mehr getroffen«, erzählte van Drongen.

Ich fragte, ob er Ton später noch gesehen habe. Das verneinte er. Ich vermutete, dass etwas vorgefallen war, wovon er mir nichts erzählen wollte.

Es ging mich zum Glück auch nichts an.

106

Meine Mutter kann am nächsten Morgen nicht umhin, einen etwas unglücklichen Blick auf mich zu werfen, weil ich immer häufiger im Zimmer meines Vaters hocke. Ich muss in mein eigenes Haus zurück, sage ich mir, aber noch geht das nicht. Die von der Spurensuche haben immer noch dort zu tun.

Draußen kommt ein Frühjahrssturm auf, und ich sehe, wie die Blütenknospen und hellgrünen Blätter am Kastanienbaum im Garten meiner Mutter dem starken Luftstrom standzuhalten versuchen, der sie zaust und an ihnen zerrt, aber allem Anschein nach nicht brechen kann.

Ich statte meinem eigenen Haus einen Besuch ab, als wäre ich eine Fremde. Immer noch die rot-weißen Plastikbänder rund um unser Grundstück. Das Polizeiaufgebot hat schon Feierabend gemacht, wird aber morgen wiederkommen, soweit ich verstanden habe.

Ich nehme die Post mit, das ist so ungefähr das Einzige, was man mir gestattet, und fahre ins Krankenhaus weiter. Bevor ich aus dem Wagen steige, sortiere ich die Post nach Briefen, Karten, Rechnungen und Sonstigem. Tag für Tag ist vieles davon für Jacob bestimmt, jetzt, da alle mitbekommen haben, was passiert ist. Diesmal auch ein paar Sachen für mich, unter anderem ein mit Kinderhandschrift adressierter Umschlag, den ich gleich öffne.

Es sind Zewas Briefe. Ich bin so froh und überwältigt, sie wiederzuhaben, dass ich sie unwillkürlich an mich drücke. Mir ist klar, dass nur ein Mensch sie mir geschickt haben kann. Der Umschlag trägt den Poststempel von Paris.

Ich weiß jetzt, dass ich Monica nie mehr wiedersehen werde.

107

Jacob muss immer noch große Schmerzen haben. Ich höre ihn schon vom Flur aus wimmern. Als ich eintrete, sagt er gerade zur Krankenschwester, dass er das Gefühl habe zu versteinern. »Ohne Gang kein Stuhlgang«, erwidert die Schwester. »Sie müssen sich ein bisschen bewegen, das hilft garantiert.« Sie reicht ihm eine Tablette. Ich warte im Stehen. Jacob war nie der Einfachste, wenn er krank war.

»Gibt es etwas Neues?«, fragt er.

Es scheint ihm besserzugehen – und der Arzt hat mir endlich erlaubt, mit ihm zu reden.

Er hat immer noch Drains, die seine Schusswunden sauber halten. Dieser Beutel, in dem die Wundabsonderungen aufgefangen werden, sieht grässlich aus, aber insgesamt hat er doch schon weniger Brimborium am Körper, nur noch eine Infusion und die Sauerstoffzufuhr. Auf einem Monitor wird sein Herzschlag aufgezeichnet. Sein Gesicht verrät erstaunlicherweise kein Selbstmitleid. Es ist zwar schmerzverzerrt, vor allem die Augen, doch ich lese auch zum ersten Mal, und das bestürzt mich, eine verzweifelte Wut darin. Die Wut frisst Jacob auf, wird mir bewusst.

Sofort bin ich wieder bei der Sache. Bevor ich hereinkam, hatte ich mir vorgenommen, Jacob all das, was ich mir überlegt und womit ich mich in den letzten vierundzwanzig Stunden so intensiv beschäftigt habe, aus Rücksicht auf seinen Zustand nur in behutsamen kleinen Häppchen anzuvertrauen. Aber jetzt sehe ich, dass er nach Informationen, nach Taten lechzt und Vorsicht ihn verrückt machen würde.

Daher erzähle ich ihm gleich das Neueste. Von David, und dass Monica mitsamt ihrem Sohn auf und davon ist. Ich zeige ihm auch die Briefe – den Umschlag.

Ich bin mir unschlüssig, ob ich fortfahren soll. Das Wichtigste habe ich ja noch verschwiegen.

Jacobs Atmung hat sich stark beschleunigt – auf dem Monitor erscheinen bedenkliche Kurvenausschläge. Doch Monicas Verrat erschüttert ihn weniger, als ich gedacht hätte.

»Natürlich«, sagt er. »Das hatte ich mir längst gedacht. Kein Einbruch: Logisch, dass sie damit zu tun hatte. Wer sonst? Mag sein, dass sie nichts davon wusste, aber der Schlüssel lag bei ihr zu Hause, frei zugänglich. Wie oft habe ich nicht schon gesagt, dass wir nicht jedem Hans und Franz einen Schlüssel geben sollten!«

Als er mein Gesicht sieht, dämpft er seine Stimme wieder: »Schon gut. Es ist auch meine Schuld, Saar.«

Das ist ein anderer Jacob, denke ich.

»Und sonst?«, fragt er. »Sonst nichts? Was ist mit dem zweiten Mann? Wer ist das? Wo ist der? Und unsere Sachen? Je länger sich das Ganze hinzieht, desto schwerer lassen sie sich noch auftreiben. Verkauft an Hehler, wer weiß, wo. Was sind denn das für Deppen bei der Polizei, es gibt doch Spuren, Haare, Hautschüppchen und so was, und sie haben unsere Handys! Jeder Tag zählt!«

Erschöpft fällt er aufs Kissen zurück.

»Und Tess, wie geht es Tess?«, flüstert er.

Ich sage, es gehe.

»Hast du Mitch schon erreicht? Was hast du ihm gesagt?«

»Dass du Gallensteine hast und operiert werden musst«,

sage ich. »Dass du deshalb nicht zu seiner *Graduation* kommen kannst.«

Jacobs Miene verfinstert sich. Er weint, hört nicht mehr zu. Ich kann das nur schwer mit ansehen.

Er hat abgenommen. Trägt einen Dreitagebart. In seinem Gesicht ist wieder etwas von früher. Ich streichle seine Wange.

Er schließt die Augen, treibt weg.

»Bis heute Abend«, sage ich.

Ich beschließe, mir Ton Raaijmakers für den nächsten Besuch aufzuheben. Jacob fehlt mir sehr.

108

Als ich zurückfahre, hat sich der Wind gelegt, und eine kalte Sonne lässt alles aufleuchten. Das hat wahrhaftig etwas von Frühling. Der erste Frühling ohne meinen Vater. Wir rücken nun also wirklich ohne ihn voran. Er bleibt im Herbst, im Winter zurück, ein für alle Mal. Alles bricht zusammen ohne ihn, denke ich, ist das nicht offensichtlich? Ich denke an Mitch. Er ist so weit weg, mein großer Sohn. Bei ihm ist jetzt noch Nacht. Er weiß nicht, mit was wir uns herumzuschlagen haben. Was für ein Wunder es ist, dass wir noch leben.

Noch ein, zwei Nächte bei meiner Mutter, habe ich mit Tess abgemacht, dann müssen wir versuchen, wieder bei uns zu Hause zurechtzukommen. Das Haus meiner Mutter ist nur ein vorübergehender Hafen. Und der Aufenthalt dort macht mich hilfloser, als ich es sein sollte und sein will.

Als ich hereinkomme, ist meine Mutter in heller Aufregung. Der Enkel der Nachbarin von hinten sei da gewesen, von dieser Frau mit dem Obstkorb, ich erinnerte mich doch?

Ja, ich erinnere mich.

»Er hat wieder etwas vorbeigebracht. Eine Tomatenpflanze diesmal. Seine Oma habe sie für mich gekauft, aber sie sei krank und könne sie nicht selbst bringen. Wir haben ein bisschen geredet. Er sagte, das Haus von seiner Großmutter sehe genauso aus wie unseres, bis auf den Wintergarten. Na, da habe ich dann ein bisschen vom Ausbau erzählt. Aber darüber wusste er schon Bescheid, seine Oma ist ja auch die reinste Klatschtante. In dem Zusammenhang sagte er aber plötzlich: Witzig, diesen Mann von Ihrem Wintergarten, den kenne ich vom Fitnesscenter, ich mache Kampfsportarten, wissen Sie, Judo, Karate und so. Ich habe noch einmal nachgefragt: Unseren Maurer meinen Sie? Martin Kraan? Aber er meinte nicht Martin Kraan, sondern er beschrieb mir Raaijmakers!«

Ich bleibe ganz ruhig. »Okay, das kann natürlich sein. Welches Fitnesscenter ist denn das?«

»Das ist doch ganz egal! Er sagte, dass er Raaijmakers auch oft hier bei uns gesehen hat, im Sommer! Samstags, wenn er nach dem Training kurz seine Oma besucht habe, habe er sie manchmal bei uns am Gartenzaun stehen sehen. Wen sie?, habe ich natürlich gefragt. Und da sagt er: ›Na, Raaijmakers und Ihren Mann.‹«

Die Augen meiner Mutter sprühen vor Empörung.

»Also wenn ich bei der Gymnastik war, hat dieser Halunke hier am Zaun gestanden und mit Herman geredet! Und Herman hat nichts davon gesagt!«, ruft sie.

Wir sehen einander an.

»Wie heißt dieses Fitnesscenter, Mam?«

»Halt dich da raus, Saar, bitte. Wir müssen zur Polizei gehen, die müssen das klären, nicht wir!«

Sie wusste den Namen auch nicht mehr genau. Irgendetwas mit Nord.

Ich erzähle ihr von meinem Abstecher nach Amersfoort. Davon, dass Raaijmakers Hermans Vorlesungen besucht hat.

»Über den Krieg?«, fragt meine Mutter.

»Ja…«

Und danach erzähle ich die ganze Geschichte von Raaijmakers' Vater, dem Nazi-Kollaborateur.

»Ach du lieber Gott«, seufzt sie. »Dann stimmte es also wirklich… Wenn Raaijmakers angefahren kam, sagte Papa immer: Schau mal, da kommt die Wiedergutmachung! Das war ein Ulk, an den ich mich schon gewöhnt hatte.«

Ich trage noch einmal meine Absolutionstheorie vor.

Meine Mutter vermutet aber eher, dass es Raaijmakers um Rache gegangen sei. Dass er Herman dafür gehasst habe, dass er sich als Opfer bezeichnen durfte – wie all die, zu deren Deportation sein Vater beigetragen hatte. Und für die Demütigungen, unter denen er nach dem Krieg wegen seines Vaters zu leiden hatte. Und dafür, dass er von seinem Vater geschlagen worden sei.

»Er hasste die Juden, weil sie ihn an die Schläge seines Vaters erinnerten!«, ruft sie.

»Na, na«, beschwichtige ich. »So weit wird es doch wohl nicht gehen!«

Aber meine Mutter ist jetzt in Fahrt.

»Und dein Vater! Dein Vater hatte doch keine Ahnung«,

sagt sie. »Der ließ ihn den Wintergarten machen, um ihm eine Chance zu geben, dem Sohn eines NSBlers! Redete mit ihm, wie Herman eben mit Leuten redete, freundlich, gesellig, na ja, anfangs jedenfalls. Und das hat Raaijmakers wahrscheinlich umso mehr gefuchst, dass er so freundlich war. Der war erst zufrieden, als dein Vater ungehalten wurde! Und dann kamen die Konsequenzen.«

»Herman gewinnt den Prozess, Raaijmakers verliert seinen Betrieb!«, ergänze ich.

»Genau«, sagt meine Mutter. »Er ging pleite! Und Gott weiß, was dadurch noch alles in die Binsen ging... Vielleicht hat er ja auch sein Haus verloren, wer weiß?«

»Und da war er frei«, sage ich. »Da durfte er sich endlich mit seinem Vater identifizieren.«

All diese Samstage. Warum hatte mein Vater nach all den bösen Briefen und dem endlosen juristischen Hickhack an so vielen Samstagen heimlich mit seinem Widersacher geredet?

Ich erwäge, meiner Mutter jetzt alles zu erzählen. Aber das wäre zu viel, das würde sie nicht verkraften, die Vergewaltigung, die Beteiligung am Überfall. Tess. Und ich kann ja auch nichts beweisen.

Dann kommt mir ein Gedanke.

»Raaijmakers hat Papa erpresst«, sage ich. »Damit er die Anklage gegen ihn zurückzieht. Er hat natürlich damit gedroht, dir etwas anzutun oder uns. An der Stelle war Papa verwundbar, das weißt du.«

»Aber der Prozess *hat* stattgefunden, und er *ist* pleitegegangen«, sagt meine Mutter.

»Aber deshalb hat Papa nicht gesagt, warum er gestürzt

ist, deshalb hat er uns aus allem herausgehalten«, sage ich. »Er wollte uns natürlich wieder mal beschützen, wie immer.«

Meine Mutter und ich sehen einander an.

Ich schlinge die Arme um sie und drücke das Gesicht an ihren weichen Pullover. Sie fühlt sich stabiler an, als ich gedacht hätte. Ich ersticke meine Wut an ihrem Hals.

109

Wieder will Tess nicht mit ins Krankenhaus kommen. Ich lasse sie.

Jacob sieht gekräftigter aus als beim letzten Mal. Er habe lange und tief geschlafen, sagt er. Entspannt ist er nicht. Ich sehe die Aggression in seinen Augen, die klein sind vor Sorgen. Zu meiner Erleichterung sehe ich, dass er jetzt auch keine Drains mehr hat.

Ich bekomme nicht die Zeit, etwas zu sagen. Er legt sofort los.

»Saar«, sagt er, »die Polizei bringt uns nichts. Das siehst du doch auch, oder? Ich habe mit Benji telefoniert. Er will gleich alles in Bewegung setzen. Er wartet nur auf ein Zeichen von uns. Es muss herauszufinden sein, wer hinter dem Ganzen steckt! Das war kein gewöhnlicher Einbruch, das sieht doch jedes Kind!«

»Benji?«, frage ich.

Benji ist der Chef des Sicherheitsdienstes von Jacobs Firma. Jacob kennt ihn, seit er damals den Film über Kenny, den jungen Mörder, gemacht hat. Benji hat mal ganz woanders angefangen, war in der israelischen Armee und hat jahrelang für den niederländischen Nachrichtendienst CIE als Informant gearbeitet. Jetzt lässt er es »ein wenig ruhiger angehen«. Benji ist ein ziemlicher Koloss, und ein bisschen Theatralik sowie viel joviale Großspurigkeit sind ihm nicht fremd. Jacob ist sich sicher, dass er Kontakte zu einem »gewissen Milieu« hat, und die beruhigen ihn eher, als dass sie ihm Angst machten. Benji ist gnadenlos, aber nicht seinen Freunden gegenüber, und Jacob ist ein Freund, ein guter Freund.

»Benji hat an einem Tag raus, wer diese Scheißkerle waren. Und wenn Benji erst weiß, wer sie sind, kann ich ihnen nur wünschen, dass sie ein paar Gebete parat haben.«

»Halt«, sage ich. »Nicht, Jacob, lass es.«

»Ich lass es nicht, Saar«, entgegnet Jacob. »Ich kann nämlich das Bild nicht vergessen, wie diese Männer Tess und dich nach oben geschleppt haben.«

Seine Stimme wird hoch und piepsig.

»Es ist doch zum Verrücktwerden, dass wir uns einfach damit abfinden sollen! Das kann ich nicht, das will ich nicht. Ich will es nicht!«

Seine Augen bleiben diesmal trocken.

»Bei solchem Gesocks scheue ich mich nicht, Gewalt anzuwenden«, sagt er, »das ist mein voller Ernst.«

»Lass es lieber«, erwidere ich erneut.

»Nein. Und die Polizei, wenn die so weitermacht … Denen traue ich gar nichts mehr zu, echt nicht.«

»Reg dich doch nicht so auf, Jacob!«

»Weißt du denn, was sie mit Tess gemacht haben? Warum redet sie nicht? Warum sagt sie nichts? Ich glaube, sie haben ihr gezielt Angst gemacht. Das tut solches Pack. Ich habe es Tess vorsichtig zu erklären versucht, ihr gesagt, dass sie keine Angst zu haben braucht – dass Benji immer für uns da ist.«

Ich kann nicht mehr an mich halten.

»Jac«, sage ich. »Ich weiß vielleicht, wer es war.«

»Wie meinst du das?«, fragt Jacob.

Ich ziehe die Plastikhülle mit den Fotos aus der Tasche, die ich mitgebracht habe, und erzähle Jacob von dem Ordner, in dem mein Vater die ganzen Prozessunterlagen abgeheftet hat.

»Das ist er, das ist der Mann, der mich im Wald angegriffen hat.«

Ich muss das Gesicht abwenden, als ich auf Raaijmakers zeige. Bei seinem Anblick bekomme ich immer noch Herzklopfen.

Danach zeige ich Jacob das Foto von Raaijmakers' Angestelltem, der den Anbau meines Vaters verputzt, Monicas Sohn, der, wie die Polizei sagt, am Überfall auf unser Haus beteiligt war.

»Jac«, sage ich, »Raaijmakers muss etwas damit zu tun haben, auch wenn er selbst nicht dabei war.«

Jacob nickt bestürzt.

»Wieso bist du dir eigentlich so sicher, dass er nicht dabei war?«, fragt er dann. »Sie waren doch maskiert!«

»So was weiß man einfach«, sage ich.

»Woher?«, fragt Jacob.

»Das riecht man«, antworte ich. Ich sehe ihn an.

Unter meinem Blick verändert sich der Jacobs. Ich *will* auch, dass er es weiß. Endlich. Er wird aschfahl – bei allem, was sich schon abspielt, kann er also immer noch erschrecken, oder besser gesagt: wieder erschrecken, und das macht mich fast glücklich.

Jacob ist am Boden zerstört.

»Mein Gott, Saar, ich könnte mich ohrfeigen«, flüstert er. »Dass ich das nicht längst begriffen habe! Arme Liebste, kannst du mir noch einmal verzeihen? Garantiert steckt dieser Prolet auch hinter dem Überfall auf uns, daran besteht für mich gar kein Zweifel. Den schlag ich tot! Dieses Monster muss dran glauben!«

»Sch, nicht doch«, sage ich, erleichtert, ja befreit. »Komm du erst mal wieder auf die Beine. Wenn du ihn richtig totschlagen willst, musst du erst mal wieder fit sein.«

Als ich vom NIOD und meinem Gespräch mit Geert van Drongen erzähle, bleibt Jacob erst eine Weile stumm. Dann bittet er um den neuen Laptop, den ich für ihn besorgt habe.

»Weiß die Polizei von Raaijmakers?«, fragt er.

Ich schüttele den Kopf. Ich erzähle ihm von meiner Angst um Tess.

»Noch nicht«, sage ich.

»Gut«, sagt er.

110

Aus dem Krankenhaus zurück, höre ich von meiner Mutter, dass Tess den Tag vorwiegend im Bett verbracht hat. Am Vormittag sei Gerard Koornstra noch einmal da gewesen, um sie zu befragen, aber sie glaube nicht, dass Tess etwas Neues gesagt habe. Sie habe an ihrem Computer gehockt und ansonsten an die Decke gestarrt und geschwiegen. Essen wolle sie immer noch nichts. Hin und wieder eine Tasse Tee, das sei alles.

Ich setze mich zu ihr. »Kommst du mit, Vögelchen? Dann mache ich dir Pfannkuchen, oder hast du Appetit auf Hühnersuppe? Komm mal zu mir auf den Schoß.«

Aber dort hockt sie, als wäre ich ein unbequemer Stuhl.

»Was kann ich für dich tun, meine liebe Tess? Möchtest du vielleicht wieder in die Schule?«

Sie nickt.

»Morgen?«, fragt sie.

Tess ist ein erstaunliches Geschöpf.

»Wie du willst. Wenn du das möchtest, natürlich! Nächste Woche verpasst du ja auch schon eine Menge – du weißt doch.«

»Ja. Ich habe Angst.«

»Wovor?«

»Dass ich heulen muss.«

»Natürlich musst du heulen. Bei so einer *Graduation* heulen alle. Es wird empfohlen, Laken mitzubringen, um der Tränen Herr zu werden!«

Ein winziges Lachen.

Ich habe genauso viel Angst wie Tess.

III

Ich will heute kein Schlafmittel. In den vergangenen Tagen habe ich zu viel davon geschluckt. Noch ist es mir nicht spät genug, vor Mitternacht. Leise, um meine Mutter nicht zu wecken, gehe ich nach unten. Tess schläft oben unter dem Dach, die kann mich nicht hören. Ich blättere noch einmal den Ordner durch. Starre nochmals auf die Fotos. Dass sie unverändert sind, auch nachts, hat etwas Beruhigendes. Und die Eindimensionalität nimmt Raaijmakers etwas von seiner Widerlichkeit. Jetzt erst fällt mir auf, dass der Maler, David Vandijck, ein T-Shirt mit einem Namenszug trägt. »Sport- und Karatecenter Nord«. Das muss das Fitnesscenter sein, von dem der Enkel der Nachbarin gesprochen hat.

Ich notiere mir die Adresse von Raaijmakers' Firma aus der Korrespondenz meines Vaters, die mit großer Wahrscheinlichkeit auch seine Privatadresse sein könnte. Ob er noch dort wohnt? Oder hat meine Mutter recht, ist er so pleite, dass er auch sein Haus verloren hat? Ich surfe im Online-Telefonbuch nach seinem Namen. Ja, selbe Adresse. Es ist gar nicht weit vom Haus meiner Mutter entfernt. Jetzt bin ich hellwach.

Wenn ich früher ausging, zog ich auch manchmal um diese Zeit los. Ich erinnere mich noch gut, wie geräuschlos das vor sich gehen musste – mein Vater hörte buchstäblich jedes kleinste Knarren und war dann im Nu unten. Wutschnaubend. Für ihn war es undenkbar, dass man mitten in der Nacht aus dem Haus ging, um sich anderswo zu vergnügen. Das grenzte für ihn so ungefähr an Prostitution. Und für mich gab es nichts Demütigenderes und Deprimierenderes, als nachts um halb eins in Kriegsbemalung und den spannendsten Klamotten, voller Adrenalin und zu allen Untugenden bereit, von meinem Vater zum Kleinkind gestutzt zu werden, das an den Ohren die Treppe hinaufgezogen und in sein Zimmer verbannt wurde. Dort konnte ich dann auf den nächsten Ausbruchsversuch sinnen. Aber vernünftiger war es, sich abzuschminken, den kuschligsten Pyjama anzuziehen und zu hoffen, dass bald der tröstende Schlaf kommen würde. Die Chancen, in derselben Nacht doch noch ungehört verschwinden zu können, waren ohnehin gleich null. Er war wacher denn je – verbissen darauf bedacht, seine zarten Pflänzchen zu behüten. Gott, wie ich ihn als Teenager in solchen Momenten gehasst habe!

Ich greife nach den Autoschlüsseln meiner Mutter und ziehe leise die Haustür hinter mir zu.

112

Ich bin in zehn Minuten dort. Ein etwas langweiliges, biederes Viertel im Süden des Stadtzentrums. Ich bin schon einmal dort gewesen, weil hier auch unser Gärtner wohnt. Es gebe in seiner Straße viele Arbeitslose, hat er immer beklagt. Und stolz hinzugefügt: Ich bin einer der wenigen hier, der Arbeit hat.

Raaijmakers wohnt eine Straße weiter als der Gärtner. Auch er hat jetzt keine Arbeit mehr. Aber vielleicht denkt er, er braucht jetzt nicht mehr zu arbeiten, mit all dem, was er uns geklaut hat.

Denke ich. Und muss mir eingestehen, wie vorschnell ich ihn verurteile.

Woher will ich denn so genau wissen, dass Raaijmakers etwas mit dem Überfall zu tun hat? Ja, David hat mal für ihn gearbeitet. Und sie gehen offenbar in dasselbe Fitnesscenter. Aber ist das ein Beweis dafür, dass sie gemeinsam einen Raubüberfall auf uns begangen haben?

Es waren zwei Männer in unserem Haus. Beide maskiert. Der eine war ein Farbiger, das habe ich gesehen, das muss David Vandijck gewesen sein. Der andere war grob und kräftig, aber es war nicht Raaijmakers. Den hätte ich sofort wiedererkannt, an seinem Geruch, seinem Gang, seiner Statur – maskiert oder nicht, wie ich es schon zu Jacob sagte. Aber wer war dann der Mann in unserem Schlafzimmer? Und woher will ich wissen, dass Raaijmakers dahintersteckt?

Ich werde mit einem Mal sehr nervös, womöglich jage ich einem Phantom nach. Womöglich hat der Mann, der mich fast vergewaltigt hätte und vielleicht ein Hühnchen mit meinem Vater zu rupfen hatte, gar nichts mit dem Überfall auf meine Familie und mit dem Sturz meines Vaters, der schließlich zu seinem Tod führte, zu tun. Das kann alles Zufall sein. Das darf man nicht ausschließen.

113

Ich gehe zwar fest davon aus, dass er nicht mehr hier wohnt, aber trotzdem habe ich Angst. Es ist kein Mensch auf der Straße, alles ist still, in keinem Haus brennt mehr Licht. Doch es ist eine helle Nacht. Und vier Häuser weiter steht eine Straßenlaterne. Ich halte vor dem Haus, das sein Haus sein muss – bleibe aber im Auto.

Die Vorhänge sind zugezogen. Die Klappe des Briefkastenschlitzes steht hoch, weil offenbar Post herausquillt.

Das braucht nicht zu bedeuten, dass er nicht mehr hier wohnt. Das kann auch bedeuten, dass er heute nicht zu Hause war. Ohne zu wissen, warum ich das tue, mache ich die Scheinwerfer aus, stelle den Motor ab und steige aus.

Wie selbstverständlich gehe ich zum Briefkasten, ziehe mit einem Griff einen ganzen Packen ungeöffneter Post heraus und gehe zum Wagen zurück.

Ich starte und fahre langsam weg, als hätte ich überhaupt keinen Grund zur Eile. Erst als ich zur Straße hinaus bin, mache ich die Scheinwerfer an. Soweit ich weiß, ist mir niemand begegnet.

Zu Hause setzt das Herzklopfen über meine idiotische Aktion ein. Und dann muss ich auch noch feststellen, dass es sich bei der gestohlenen Post fast ausschließlich um Wurfsendungen handelt. So eine Pleite. Keine namentlich adressierten Briefe. Oder doch. Einige Werbeprospekte sind an Raaijmakers adressiert. Darunter auch ein Prospekt von einem Fitnesscenter. »Sport- und Karatecenter Nord – *Du bist so stark wie du denkst*«.

114

Tess macht seit etwa vier Jahren einmal die Woche Karate in einem Kampfsportcenter in der Stadtmitte. Ich bin als junges Mädchen allzu oft in unschöne Situationen geraten, in denen ich mich aufgrund meiner körperlichen Unterlegenheit schutzlos fühlte und entsprechende Ängste ausstehen musste. Daher wollte ich, dass Tess lernt, auf ihren Körper und damit auch auf sich selbst als Person zu vertrauen, so dass sie das Gefühl entwickelt, gefährlichen Situationen gewachsen zu sein. Ich verband damit auch die Hoffnung, dass sie sich in Gesellschaft von Fremden freier fühlen würde, als ich es gewesen bin, und sich mehr trauen würde. Das ist ein bisschen so, als hätte ich ihr einen Mantel angezogen, weil mir selbst kalt ist. Anfangs wollte sie auch überhaupt nichts davon wissen, aber nach einer Weile begann es ihr Spaß zu machen. Inzwischen hat sie den braunen Gürtel und macht hin und wieder bei Wettkämpfen mit. Ob sie wohl je gegen Mitglieder vom Sport- und Karatecenter Nord gekämpft hat? Ich traue mich nicht recht, sie danach zu fragen, aus Furcht davor, dass alles, was mit physischer Gewalt zu tun hat, an das Unaussprechliche erinnert, das ihr zugestoßen ist. Ich bin schon sehr froh, dass sie wenigstens wieder ein bisschen mit mir redet und wieder in die Schule möchte.

Mitunter denke ich insgeheim, dass ich lieber gar nicht wissen möchte, was sie ihr angetan haben, zuerst in ihrem Zimmer, wo die beiden Kerle ihren Terrorzug durch unser Haus begonnen haben, und danach im Dachgeschoss, wohin sie der eine geschleppt hat. Ich kann mir diese unbekannten Grauensszenarien nicht vorstellen, ohne Brechreiz zu bekommen – ich weiß, für eine Mutter bin ich unvorstellbar feige. Respektiere ich Tess' Schweigsamkeit zu sehr?

Ich rätsele auch gelegentlich, wenn ich wieder mal nicht anders kann, ob ihre Karatetechniken ihr wohl etwas gebracht haben, ob sie dadurch zum Beispiel Schlimmeres verhindern konnte. So etwas in der Art hat sie ja Tara gegenüber geäußert.

Aber Tess sagt nichts mehr dazu. Und wo nichts erzählt wird, ist nichts passiert.

»Kennst du das Karatecenter Nord?«
»Hm.«
»Was?«
Schon ist sie wieder weg.

115

Dem Prospekt habe ich entnommen, dass das Sportcenter nur drei Stunden am Tag geöffnet hat, von fünf bis acht. Ich stehe um zehn vor fünf mit dem Wagen meiner Mutter am Straßenrand gegenüber. Ich habe eine Perücke aufgesetzt, von Tess. Die Fenster habe ich mit einer Plastikfolie abgeklebt, die nach außen spiegelt. Noch nie hatte ich solche Angst. Als hätte ich (ich!) mich vor der Höhle des Löwen postiert. Das ist alles ziemlich albern und hysterisch. Wo ich doch nicht mal weiß, ob der Löwe diese Höhle überhaupt noch besucht. Vielleicht hat sich dieser verdammte Löwe längst in ferne Gefilde verzogen, wo er jetzt nach Herzenslust Gazellen jagen kann.

Ich habe ein altes Opernglas von meinem Vater mitgenommen, und damit spähe ich jetzt auf den Eingang des Gebäudes, eines etwas deprimierenden Betonkastens mit verwitternden Graffiti. In mondänen gelben Neonlettern steht »Sport- & Karatecenter Nord« darüber. Nebenan ist ein Baugelände, wo zu dieser Zeit schon niemand mehr zu sehen ist.

Kurz vor fünf sehe ich einen Mann im Karateanzug mit schwarzem Gürtel am Eingang, der wohl seine Schüler in Empfang nehmen will, dann aber offenbar drinnen verlangt wird und wieder verschwindet. Die Schüler, vor allem kleine Jungen, aber auch das eine und andere Mädchen, trudeln nach und nach ein. Manche werden von ihren Eltern auf dem Parkplatz abgesetzt und trotten dann mit ihrer riesigen Sporttasche allein hinein, andere werden von Mutter oder Vater begleitet. Insgesamt dürften es nicht mehr als dreißig sein.

Ich spähe und spähe, vor Anspannung tut mir schon der Rücken weh. Es wird sechs, neue Schüler treffen ein, die anderen gehen, jetzt meist im Karate-Outfit und sichtlich energiegeladener.

Sieben Uhr, gleiches Schema, doch nun sind die Größeren dran, Jugendliche. Wahrscheinlich kommen sie zum Fitnesstraining an Geräten.

Es wird allmählich dunkel, drinnen dürfte wohl die letzte Runde eingeläutet sein. Wenn Raaijmakers jetzt noch nicht da ist, kommt er bestimmt nicht mehr. Ich fühle mich inzwischen relativ sicher in meinem Auto. Die Plastikfolie, die ich heute Mittag so mühevoll auf die Fenster bekommen habe, wirkt Wunder, niemand schaut zu mir herein. Außerdem stehen hier in der Straße mehrere solcher alten Kisten wie diese von meiner Mutter.

Um acht Uhr schwärmen die Jugendlichen aus dem Sportcenter. Ein paar von ihnen lungern noch eine Weile vor der Tür herum. Der eine und andere steigt in sein Auto, manche fahren auf dem Rad davon, die Übrigen mit Mopeds. Es wird kurz laut, dann entfernen sich die Motorengeräusche und das Lachen. Das Fitnesscenter bleibt erleuchtet, es kommt niemand mehr heraus.

Vielleicht trainieren ja nach Ende der Geschäftszeit die

Lehrer. Ich beschließe, noch kurz zu warten, obwohl die Wahrscheinlichkeit, dass er jetzt noch auftaucht, minimal geworden ist. Ein kurzer Blick auf mein Handy: 20.20. Ich bleibe bis neun, denke ich. Mein Blick bleibt auf den Eingang geheftet – mir darf nur ja nichts entgehen.

Ein Auto kommt, ich höre die Tür schlagen und vergewissere mich schnell, wer das ist. Es ist zu dunkel. Im Dunkeln sehen alle gleich aus. Aber es muss wohl ein Mann sein, das entnehme ich dem Geräusch seiner Schritte auf dem stillen Parkplatz. Er geht zum Eingang. Das Auto kann ich im Licht der Straßenlaterne sehr wohl erkennen. Die Tür zum Sportcenter ist auf- und wieder zugemacht worden, und ich habe verpasst, von wem.

Aber das macht nichts. Dieses Auto würde ich aus Tausenden wiedererkennen.

116

Einen Wehensturm hatte ich, als Tess sich damals ankündigte. Unaufhörliche Krämpfe, die einander nicht abwarten wollten, sondern unkoordiniert und grausam pulsend darauf aus zu sein schienen, meinen Körper zu zerreißen. Wie bei einer Maschine, die nicht mehr ausgehen will, so sehr man auch auf alle Knöpfe drückt, wie bei einem Auto, das nicht anhalten will, obwohl man auf der Bremse steht (aber es ist das Gaspedal), wie bei überhöhter Stromzufuhr: So rasen jetzt meine Gedanken. Ich habe einen Gedankensturm.

Dynamit – der Gedanke kommt mir plötzlich –, den ganzen Kasten in die Luft sprengen. Ausräuchern, das Sportcenter muss ausgeräuchert werden wie ein Wespennest, eine Schlangengrube. Die Polizei anrufen, wir haben ihn! (Aber keinen Beweis.) Ihm jetzt auflauern, mit einem Beil. Die Türen von außen verbarrikadieren und ein Sondereinsatzkommando anrücken lassen. Das Militär. Ich male mir aus, wie ich hineinschreite, überlegen, eindrucksvoll, und ihm in die Knie schieße, während er um Gnade winselt.

Was macht er hier eigentlich? Trainiert er hier, kennt er die Leute, heckt er hier Einbrüche aus?

Ich will mich beruhigen. Mache Atemübungen. Murmele Befehle in mich hinein. Dass ich aufhören muss. Dass es gut ist, dass er sich offenbar noch so sicher fühlt. Denn umso leichter schnappen wir ihn. Schnappen? Was meine ich damit? Was bedeutet das, was ich denke und sage? Was tue ich hier?

Ich bleibe im Auto sitzen. Am ganzen Körper zitternd, leicht im Kopf, ich habe heute zu wenig gegessen. Er wird herauskommen, früher oder später. Vielleicht fährt er dann ja zu einer anderen Adresse, das würde mir auch was bringen. Informationen, Informationen. Geduld, Saar, Geduld. Endlich ein sinniger Gedanke: Das Kennzeichen notieren! Muss ich dazu aussteigen? Ich traue mich nicht, ich kann das nicht.

Statt aus dem Wagen auszusteigen, setze ich ihn ein Stück zurück. Bis ich vor seinem Auto stehe. Vorhin habe ich ihn eindeutig wiedererkannt, jetzt kommen mir schon wieder Zweifel. Das ändert nichts daran, dass ich dieses Auto am liebsten rammen und zu Schrott fahren würde. Aber ich beherrsche mich – nicht mit dem Wagen meiner Mutter. Mit diesem Wagen ist noch mein Vater gefahren. Er war stolz darauf. Wäre er stolz, wenn ich mir diesen Mann schnappen würde? Er ist sein Quälgeist, vielleicht sogar sein Mörder.

Mache ich mich damit zum Muselmann? Oder ist er einer?

Ich notiere das Kennzeichen. Und fahre an meinen Platz zurück. Klatschnass vor Schweiß bin ich.

117

Unser Grundstück sei immer noch mit rot-weißen Plastikbändern abgesperrt, hatten unsere Nachbarn meiner Mutter morgens berichtet. Auch sie waren von der Polizei befragt worden, wie alle anderen in der Straße. Allen hatte das Ermittlerteam einen kurzen oder längeren Besuch abgestattet. Und alle mussten passen: Keiner hatte etwas gesehen oder gehört. Keiner. Es war ja auch kein Alarm losgegangen, es war nicht eingebrochen worden, und unser Haus lag wegen der langen Auffahrt ziemlich weit von der Straße weg, so dass auch der Lieferwagen unbemerkt geblieben war.

Nennenswerte Reifenspuren waren nicht gefunden worden, klar, wir hatten ja Kies bis zur Straße, und sie hatten offenbar so viel Selbstbeherrschung gehabt, dass sie nicht mit quietschenden Reifen weggerast waren, als sie die erreicht hatten. Allerdings hatte der Lieferwagen in den Stunden des Terrors (anderthalb Stunden war das Gesocks bei uns drinnen gewesen, wie die Polizei rekonstruiert hatte) einen kleinen Ölfleck hinterlassen, aus dem abzulesen war, dass es sich um einen Wagen mit Dieselmotor handelte. Tolle Leistung! Den hatten ja wohl die meisten Lieferwagen.

Am nächsten Tag sollte die Absperrung um unser Haus

aufgehoben werden, wie uns Gerard Koornstra versichert hatte. Dann seien die Untersuchungen am Tatort beendet. Außer einer schmutzigen Sturmhaube mit Haaren von David Vandijck habe man nichts Konkretes gefunden, was dem zweiten Einbrecher zugeordnet werden könne. Jetzt müssten die vorhandenen Proben, die als fremd und von außen stammend identifiziert worden seien, im Forensischen Institut analysiert und abgeglichen werden, um, so Koornstra, die perfekte Übereinstimmung zu belegen.

Gerne hätte ich erfahren, ob sie schon irgendwelche Vermutungen hatten, aber Koornstra hatte sich nicht aus der Reserve locken lassen: »In dieser Phase der Ermittlungen weihen wir die Betroffenen lieber nicht in alles ein. Damit nicht womöglich versehentlich wertvolle Informationen nach außen dringen. Sie können darauf vertrauen, dass wir Ihren Fall mit der größten Sorgfalt behandeln.«

Seither hatte ich nichts mehr von Funden oder Entdeckungen gehört. Es sah verdächtig danach aus, dass sich überhaupt nichts mehr tat.

Es war wirklich nicht so, dass ich kein Vertrauen in die Polizeiarbeit hatte, aber ging es nicht schneller und direkter? Ich glaubte die Geschichte, die Geert van Drongen erzählt hatte. Und wenn Ton Raaijmakers tatsächlich seit Jahren auf Rache aus war, sollte man keine Zeit vertun.

Ich musste noch einmal zur Polizei. Ich konnte mich ja wohl schwerlich weiterhin mit meinem Opernglas vor fremden Türen postieren. Dafür gab es Experten. Aber bevor es so weit war, wollte ich selbst noch etwas in Erfahrung bringen, einfach, weil ich es wissen wollte. Das konnte mir keiner verbieten.

Die Tür vom Sportcenter öffnet sich. Es geht schnell, er läuft aus dem beleuchteten Eingang ins Dunkel der Straße, aber ich erkenne ihn sofort wieder. An seiner Art, sich zu bewegen, seiner Größe, den grauweißen Haaren, dem schiefen Profil. Ich kann ihn fast riechen.

Bis zu der Situation im Wald habe ich nie so unmittelbar Bekanntschaft mit menschlicher Grausamkeit gemacht, denke ich in diesem Moment.

Das Äußerste an Gleichgültigkeit ist die völlige Taub- und Blindheit für Schmerzen, die man einem anderen zufügt. Das ist die schiere Grausamkeit.

Und zu jenem Zeitpunkt der Geschichte, auf jenem Waldweg an jenem Dienstagvormittag, war ich es, deren Glück, Gesundheit und Sicherheit nicht mehr berücksichtigt wurden. Das war die Geschichte von Hiob, und ich war Hiob. Gnadenlos der »Gleichgültigkeit« ebenjenes grausamen Menschen ausgeliefert. Dieses Gefühl der Einsamkeit werde ich nie mehr vergessen.

Ich bin verwöhnt, trotz meiner Erziehung im Schlagschatten einer unfassbaren Vergangenheit. Für mich befand sich alles Schlechte und Unheimliche woanders oder hatte sich in ferner Vergangenheit abgespielt.

Seit jenem Tag lebe ich in Angst und Grauen. Bis auf ein paar ganz schmale Abschnitte, in denen noch ein Rest Sicherheit vorhanden ist, gleicht mein Kopf einem Sperrgebiet, einer Schmerzregion, in die ich mich lieber nicht begebe. Mein neuer Jacob kommt in den sicheren Abschnitten vor, aber nicht mit seinen Verletzungen oder deren

Ursache, sondern mit seiner unerschütterlichen Energie und Kraft. Die Liebe, neu entdeckt.

Rache heißt der Abschnitt in meinem Kopf, wo ich mich am wohlsten fühle. Dort ist Leben und dämmert Hoffnung, das Versprechen der Heilung von meiner unbändigen Wut. Denn – ich sage es noch einmal und ohne Stolz – der Gedanke an Vergeltung macht den Schmerz erträglich.

119

Weil ich ihm schon so viele Gedanken gewidmet habe, ist mir Ton Raaijmakers fast wie ein Bekannter vorgekommen. Aber jetzt, da ich ihn dort laufen sehe, mit schlurfenden, schweren Schritten, vom Wagen aus, in dem ich mich nun trotz der Plastikfolie wie im Schaufenster ausgestellt fühle, merke ich, wie wenig das zutrifft. Er ist mir völlig fremd, grauenhaft fremd, fremder als jeder andere fremde Mann.

Ich ducke mich tiefstmöglich in meinen Sitz und warte, bis er seinen Wagen startet.

Einem Auto zu folgen, ist eine Kunst. Ich sorge dafür, dass immer ein Wagen zwischen mir und ihm ist.

Der Teil der Stadt, durch den wir fahren, ist relativ dunkel, nur hier und da von einer Straßenlaterne beleuchtet. Ein Vorortviertel kann abends trügerisch städtisch aussehen, aber man spürt es doch sofort: Hier fehlen die Seele und die Energie der echten Stadt, die ein lebendiges Amalgam aus zielgerichteten Bewegungen und den dazugehörigen Geräuschen ist. Hier befindet man sich unleugbar an den ausgefransten Rändern der Stadt, wo die Viertel planlos, der Not gehorchend, für wenig Geld aus dem Boden gestampft und danach auch noch schlecht instand gehalten werden.

Raaijmakers hält vor einer Reihe hässlicher, baufälliger Häuser, die aus unerfindlichen Gründen unter die Rubrik »Neubau« fallen. Die Straße verläuft parallel zum Außenring, vor jedem Hauseingang wächst ein struppiges Unkrautgärtchen. Die Fenster des Hauses, auf das Raaijmakers zugeht, sind mit Holzbrettern vernagelt. Er hat sich nicht gerade verbessert, unser Ton, denke ich. Ich habe am Eingang der Straße gehalten, gegenüber von einem kleinen Platz mit zwei Wipphühnern, und bespähe ihn mit meinem Opernglas.

Ich notiere Straße und Hausnummer auf einem Zettel und warte eine volle Stunde lang. Fast wäre ich eingeschlafen, aber das Grüppchen jugendlicher Marokkaner, das sich in der Nähe von meinem Parkplatz postiert hat, um einen Joint zu rauchen und allerlei für mich Unsichtbares hin- und hergehen zu lassen, hindert mich daran. Mit ihnen als Zuschauern wage ich auch nicht wegzufahren.

Raaijmakers taucht nicht wieder auf. Ich sehe im Obergeschoss des Hauses unverkennbar Licht durch die Holzbretter sickern und entscheide, dass dies dann wohl sein neues Zuhause sein muss. Oder handelt es sich nur um ein Diebesnest?

Nach einer Weile verziehen sich die Marokkaner, und ich fahre vorsichtig los. Dabei schaue ich immer wieder in den Rückspiegel, wie im Film, als müsste ich mich davon überzeugen, dass mir niemand folgt.

120

Alle sind böse auf mich, als ich zurückkomme. Sie hätten nicht gewusst, wo ich sei, und ich hätte mein Handy ausgeschaltet.

Natürlich hatte ich es ausgeschaltet – ich hatte ja eine Heidenangst, dass durch das Handyklingeln womöglich jemand auf mich aufmerksam werden könnte.

»Sorry«, sage ich schuldbewusst, aber nach meinen Abenteuern bin ich noch viel zu aufgekratzt, um mich wirklich in die Ängste der Daheimgebliebenen hineinversetzen zu können. Auch Jacob habe angerufen, sagt meine Mutter vorwurfsvoll. Tess ist so wütend, dass sie mich beschimpft: »Bescheuerte Egoistin!«

Als wenn ich die Einzige wäre, die etwas mitgemacht hätte! Das schreit sie, bevor sie in hysterisches Weinen ausbricht, nach oben stürzt und die Tür hinter sich zuschlägt. Ohne zu wissen, was ich zur Erklärung anführen könnte, laufe ich ihr erschrocken nach, auf der Stelle geheilt von meinem Spionagefieber.

121

Tess sitzt verheult auf dem Bett meiner Mutter und guckt Fernsehen. In *Bitte fahnden!* wird heute unser Fall behandelt. Wie konnte ich das vergessen? In wenigen Minuten wird die ganze Geschichte dargelegt und um sachdienliche Hinweise zur Identifizierung und Ergreifung der Täter gebeten. Tess sieht sich das ganz still an, sie wirkt wie erstarrt.

Ich will nach ihrer Hand fassen, doch sie zieht sie sofort zurück. Mir fällt auf, dass ihr Gesicht hochrot ist, wo sie doch in letzter Zeit immer so blass war.

»Tess«, sage ich, »hast du Fieber? Bist du krank? Du bist feuerrot! Die werden sie finden, lieber Schatz, das fühle ich, ich bin mir ganz sicher.«

Sie sieht mich nicht an. Blickt nur unverwandt auf den Bildschirm.

»Tess, bitte, was ist denn? Ich bin doch wieder da. Ich hätte anrufen sollen, ich weiß. Ist es das?«

Als sie mich ansieht, erschrecke ich, ihre Augen sind wie weggedriftet, sie scheint ganz woanders zu sein. Ein furchterregender Blick. Ich kenne sie nicht mehr, denke ich, und der Gedanke ist so grausig, dass es mir fast den Boden unter den Füßen wegreißt.

»Tess! Was ist, wo bist du? Sprich mit mir, bitte!«

Tess steht auf und geht aus dem Zimmer.

Ich bleibe auf dem Bett sitzen und rufe Jacob an. Auch er ist böse auf mich, weil ich nicht erreichbar war. Als ich ihm meine Geschichte erzähle, wird er sogar noch böser. Ob ich denn völlig verrückt geworden sei! Wie ich denn bloß derartige Risiken eingehen könne! Es hätte doch wer weiß was passieren können, wenn dieser Mann mich gesehen hätte, der sei doch zu allem imstande!

Ich versuche ihn zu beruhigen. Aber Jacob kann sich nur schwer abregen. Er meint, wir sollten vielleicht doch besser die Polizei einweihen.

Ich wende ein: »Ich musste einfach ein paar Dinge herausfinden! Verstehst du das denn nicht? Das wollten wir doch beide! Und nach wie vor gilt: Wir können nicht mit

Sicherheit sagen, dass Raaijmakers auch hinter dem Überfall auf unser Haus gesteckt hat, oder? Es ist zwar mehr als zufällig, dass dieser David für Raaijmakers gearbeitet hat und offenbar auch dasselbe Fitnesscenter besucht wie er, aber Raaijmakers war keiner von den beiden Männern in unserem Haus, Jacob!«

Während ich es sage, kommt mir eine Erinnerung, kaum greifbar, ein kurz aufblitzendes Bild von einer Szene direkt nach dem Überfall, Tess, die meine Fesseln löst. Ich habe etwas vergessen, aber ich weiß nicht, was.

Ich höre ein Hüsteln und gehe zur Tür, um nachzusehen, wer da ist. Tess steht an der Treppe, gebückt, als wolle sie etwas aufheben. Aber auf der Treppe liegt nichts. Da sehe ich, dass Tess ganz aufgewühlt ist, sie japst richtig. Sie hat an der Tür gehorcht!

»Jacob, ich ruf dich gleich zurück, okay?«

»Nein, nicht okay!«, höre ich Jacob am anderen Ende der Leitung rufen, beende aber trotzdem das Gespräch.

»Tess, was ist, sag mir, was los ist!«

»Nichts«, sagt Tess zum hundertsten Mal.

Ihr Blick ist scheu und so unglücklich und angstvoll, dass ich keinen Ärger mehr empfinde. Da ist nur noch überströmendes Mitleid.

»Was denn, Tess, bitte, sag was!«

Ich frage mich plötzlich, ob ich nicht auch die Karten auf den Tisch legen sollte. Warum erzähle ich ihr nicht einfach, was ich heute Abend gemacht habe?

»Hör zu«, setze ich an, und da bricht Tess in lautloses Weinen aus. Ich erstarre vor Schreck, denn ich spüre, dass dies der entscheidende Moment ist, und ich habe Angst, ihn zu verderben, zu stören, ich muss ihr jetzt die Gelegenheit geben zu reden, sie kommt, ich fühle es, ich muss jetzt vorsichtig sein.

Tess schaut mich an und sieht, dass ich gespannt auf die Geschichte warte, die sie nicht erzählt hat und die ich so gerne wissen möchte, die ich ihr aber natürlich nicht abverlangen kann, nicht unter diesen Umständen. Sie könne es nicht länger für sich behalten, sagt sie, immer wieder diese Geschichte von den zwei Männern, es gehe nicht, sie könne nicht mehr. Und dann sagt sie einen kleinen Satz, leise, nah an meinem Ohr, mit abgewandtem Gesicht.

»Was?«, rufe ich.

Mund zu, verschlossener Blick. Und weg ist sie. Natürlich ist da noch mehr, aber das habe ich jetzt verpatzt. Trotzdem hat sich auf einen Schlag alles geändert.

Da ist Tess schon wieder, eines wolle sie noch loswerden. Endlich. Nervös, erwartungsvoll sehe ich sie an, strecke die Arme nach ihr aus.

Wenn das, was sie sagt, auch nur das kleinste bisschen übertrieben oder dramatisch geklungen hätte, hätte ich es nicht ernst genommen.

Sie sagt: »Wenn du es der Polizei verrätst, springe ich vom Dach.«

Ich wusste es schon, ohne es noch zu wissen. Sie hatte es mir erzählt, als ich nicht zuhören konnte. Ich hatte es vergessen, aber jetzt höre ich es sie sagen.

»Es waren nicht zwei. Da war noch ein dritter Mann.«

122

Tess sitzt am Fenster und starrt nach draußen. Sie liest nicht, schaut sich keinen Film an – als reiste ich mit einer Kranken. Für Tess sind nur die Wolken in Ordnung, wir dürften inzwischen auf zehn Kilometer Höhe sein. Ortsveränderungen sind heilsam, denke und hoffe ich, weil man gedanklich Raum und Zeit gleichsetzt. Man macht dem Kopf etwas vor, wenn man sich räumlich verändert, und simuliert einen Zeitsprung, der in Wirklichkeit nicht stattfindet. Und heilt die Zeit nicht alle Wunden?

Auch ich habe so etwas verspürt, fühlte mich regelrecht losgelöst, sowie das Flugzeug vom Boden abhob, und jetzt wünschte ich, ich könnte für immer durch die Luft schweben. Bei meinem derzeitigen Erdenleben tut Loslösung nur gut. Das gilt auch für Tess, wenngleich ich nicht weiß, wie ihr derzeitiges Leben aussieht oder woran sie denkt, wenn sie auf die Wolken blickt (beziehungsweise, woran sie nicht zu denken versucht).

Leider ist mir nur allzu klar, dass die vermeintliche Loslösung ein doppelbödiges Spiel ist, denn in San Diego werde ich in einer Wirklichkeit landen, die ich mir nicht selbst ausgesucht habe.

Schon wenn ich den Namen dieser Stadt höre, denke ich an Gefahr – dort rüstet sich Mitch für einen Schritt, den ich nicht fassen kann. *Brainwashed,* dazu ausgebildet, als Soldat für »sein« Land zu kämpfen, imstande und bereit zu töten, um zu verteidigen, was er wichtig zu finden hat. Werde ich ihn noch kennen?

Das Tageslicht am Ende einer Reise, die für uns eigentlich in die Nacht führte, ist hart und weiß und voller Leben. Bei der Landung überkommt mich ein unerwartetes Glücksgefühl, als ich mir vergegenwärtige, dass die Basis, auf der Mitch in den vergangenen Monaten gedrillt wurde, direkt hinter dem Zaun des Flughafengeländes liegt. Wir sind jetzt so nah bei ihm, dass wir bequem zu ihm hingehen könnten. Verrückt, dass Mitch sich hinter diesen Zäunen, diesem Tor auf den Abschluss seiner Grundausbildung vorbereitet, der übermorgen formell mit seiner *Graduation* besiegelt wird. Und morgen, am *Family Day,* werden wir ihn sehen.

Auch Tess' Gesicht scheint sich aufzuhellen, als wir aus dem Flugzeug steigen. Jetzt schon verbindet sich mit Mitch der neue Status als *Marine,* als einer von *The Few. The Proud,* wie ein neuer Name, eine neue Identität. Für uns in unserer angeschlagenen Verfassung ist er damit nicht mehr Bruder oder Sohn, sondern der, der uns retten wird, unsere Zuflucht. Fast so wie mein Vater früher.

Komisch, denke ich, aus genau dem Grund hatte mein Vater unwillkürlich Probleme damit, dass Mitch als Baby meine ganze Aufmerksamkeit bekam: aus dem Gefühl heraus, dass ein anderer an seine Stelle getreten war, dass er nicht mehr die ausschließliche Rolle in meinem Leben spielte, nicht mehr unverzichtbar war. Dass er eifersüchtig war, konnte ich damals kaum glauben – und ich nahm es ihm übel. Ich fand das lächerlich. Aber letztlich hat er die Verlagerung meiner Aufmerksamkeit richtig eingeschätzt. Mitch hat einen Teil seines Platzes eingenommen – wenn er dadurch auch keineswegs benachteiligt wurde und überdies einen Enkel dazubekam. Dieser Zugewinn machte für ihn alles wett. Manchmal denke ich sogar, dass Mitch und er mehr miteinander gemein hatten, als er und ich jemals gemein haben können.

123

Wir haben Jeans und Sneakers angezogen, und in meiner Tasche steckt eine ganze Box Papiertücher. Die Kamera ist aufgeladen. Sieben Uhr morgens ist nicht früh für uns, wir konnten schon um fünf nicht mehr im Bett liegen bleiben. Wir sind beide ruhelos, und Tess sieht trotz ihrer Schlafäuglein energiegeladener aus als in der gesamten letzten Woche. Mitch und sie haben eine Beziehung zueinander, wie ich sie zu Tara nie hatte. Sie haben sich von jeher gegenseitig gestützt und mehr voneinander gewusst, als Jacob und ich je zu hören bekamen.

Für Tess kam Mitchs Umzug nach Amerika im vergangenen Jahr einer Amputation gleich. Er hat ihr unheimlich gefehlt. Ist ja auch eine Wucht, einen Bruder wie Mitch zu haben, sechs Jahre älter, gutaussehend und draufgängerisch, der sie zudem wirklich gern hat. Wenn ich sehe, wie sorgfältig Tess sich die Augen schminkt und die Haare kämmt, dass sie ihre coolste Jeans mit einem tief ausgeschnittenen weißen Top dazu angezogen hat, dass sie sich zum ersten Mal seit dem Überfall wieder hübsch macht, tut mir das Herz weh vor Rührung.

Sie macht sich schön für ihn, das versteht sich, aber vielleicht denkt sie dabei auch an seine taffen Freunde, die ihn zu einer so hübschen Schwester beglückwünschen werden.

Das dürfte Mitchs Ansehen unter seinen Freunden guttun, vermutet sie wohl, und dafür wird er ihr dann wiederum dankbar sein.

Sie schaut kurz in den Spiegel, fängt meinen Blick auf, und sofort stürzt ihre Fassade ein, wie ich zu meinem Schrecken mit ansehe. Sie dreht sich von mir weg, fischt ein unförmiges, verwaschenes schwarzes Shirt aus dem Koffer, das Mitch gehört hat, und zieht es über das enge Top. Auch das Haarband nimmt sie ab. Sie sieht mich nicht an, als wir das Hotelzimmer verlassen.

124

Wie oft und auf wie viele Arten ich es auch versucht habe, Tess will (oder kann) den dritten Mann nicht näher beschreiben. Sie habe ihn nicht gesehen, sagt sie. Ich, lieb und leise: »Sprich dich doch aus, mein Mädchen.« Drängend und voller Überzeugungskraft (wie scheinheilig!): »Denk doch an mögliche weitere Opfer, die du vor ihm bewahren kannst, wenn du jetzt redest!« Wütend: »Himmelherrgott, Tess, ich will dir doch helfen!«

Sie ist mittlerweile versiert darin, so zu tun, als höre und sehe sie mich gar nicht, oder zu demonstrieren, dass man ihr das letzte bisschen ihrer ohnehin schon geringen Energie raube.

Aber das alles ist vorübergehend vergessen, als wir an diesem Morgen Mitchs *Platoon,* seinem Zug, beim rituellen *Motivational Run* zusehen und ich Mitchs Kopf unter den anderen kurzrasierten Schädeln entdecke.

Ihre Gesichter sind hager geworden, auch das von Mitch, wie ich sehe, als er an uns vorüberkommt. Ein schwer zu beschreibendes Gefühl. Ein entfremdender Moment. Ich verstehe einfach nicht, was mein Kind, Mitglied unserer kleinen, einsamen Familie, Sohn von Jacob, Enkel von Iezebel und Herman, Urenkel von Zewa und Izak Silverstein (Iezebels Eltern, sanftmütige Buchhändler, zähle ich der Einfachheit halber nicht mit), unter all diesen entschlossenen jungen Soldaten verloren hat.

Trotzdem tun wir, was hier jeder für seinen Rekruten tut: Wir brüllen Mitchs Namen, so laut wir können. Mitch läuft genauso aufrecht, genauso stolz und selbstbewusst wie alle anderen. Zu sagen, dass wir gerührt sind, wäre untertrieben. Tess brüllt Mitchs Namen so laut und oft, dass sogar Leute, die selbst auch ihrem Rekruten zujubeln, sich verwundert zu uns umdrehen. Es kümmert uns nicht, wir sind so froh, ihn zu sehen, so stolz auf sein Durchhaltevermögen, seine Erscheinung, seine Fitness. Dass er diesem lächerlich motivierten Team angehört, bleibt trotzdem eine Quelle der Verwunderung – und der Angst und Beunruhigung.

Ich habe in diesen Monaten öfter die Site der *Marine*-Mütter angeklickt und war immer wieder ergriffen von der angestrengten Religiosität, mit der sie ihre Ängste zu beschwören und sich Mut zu machen suchen. Aus jedem Einzelnen ihrer wackeren Sätze über »ihren« Rekruten, »ihren« *Marine* waren Aufgewühltheit und Panik zu lesen.

»Mitch!«, brüllen wir unserem atypisch wohlerzogenen *Marine* zu, und dann fangen wir endlich seine Aufmerksamkeit ein, kurz und intensiv ist sein Blick zur Seite, seine Augen leuchten auf, und dann stampft er weiter.

Er reagiert nicht anders als alle anderen Jungs, auch äußerlich ist er kaum von ihnen zu unterscheiden – und genau das macht es so herzzerreißend: zu wissen, dass sich unter all dieser Uniformität so viel Unterschiedliches verbirgt. Da geht kein Soldat, kein *Marine,* da geht Mitch in Verkleidung, das ist Mitch in militärischem Outfit, mit Stoppelschnitt, mit sichtbar gewordenen Muskeln, Muskeln, die ich bei ihm noch nie gesehen habe, Mitch mit gefurchter Stirn und einem besessenen Blick, den ich nicht kenne.

125

Absperrungen schränken die Sicht ein, und die Sonne ist grell. Um uns zig Opas, Omas, Mütter, Väter, Geschwister, Babys, Kleinkinder. Es wird gefilmt, fotografiert, mit US-Fähnchen geschwenkt, es herrscht Feststimmung, und es wird viel gelacht.

Ich bin so müde von dem Tumult in meinem Kopf, von der Verwüstung, die in unserem Leben angerichtet worden ist, dass ich nicht mehr weiß, was ich empfinden soll. Ob es durch den aggressiven Ton der Befehle kommt oder die überall sichtbaren Gewehre, keine Ahnung, aber selbst in diesem Moment werde ich noch hin- und hergezogen zwischen der Szenerie hier und der jener Nacht, die ich so gern vergessen möchte. Ich habe sogar noch den ekelhaften Schweißgeruch von diesem unbekannten Sturmhaubenträger, diesem Mann ohne Gesicht, in der Nase. Ganz kurz lasse ich die Panik zu, die Angst, dass ich alles verliere, Mitch, Jacob, Tess, und fühle mich innerlich zerschmettert von der Erkenntnis, dass die Haltbarkeit unserer Existenz begrenzt ist.

Der trommelnde Laufschritt der Rekruten ist nicht die Antwort, die ich suche, so hart und ohne Ironie. Mir bricht der Angstschweiß aus. Sind diese *Drill Instructors* denn verrückt geworden, meinen Sohn und seine Kumpel derart anzubrüllen? Es kommt gar nicht in Frage, dass mein Sohn sich diesem idiotischen Clan anschließt, er kommt nicht mit, er wird zu Hause gebraucht, ich kann nicht auf ihn verzichten. Der Gehorsam dieser Jungs, die Einhaltung der knallharten militärischen Disziplin, die angeblich so heilsam und charakterbildend sein soll, erscheinen mir, da ich nun so aus der Nähe mit dem Marschieren, Salutieren, Stillgestanden und Hackenzusammenschlagen konfrontiert werde, vor allem lächerlich aggressiv, beklemmend, pathetisch.

Ich sehe meine Hände zittern, so sehr, dass ich es nicht beherrschen kann, und höre Tess' Stimme in meinem Ohr: »Nicht zittern, Mama!«

Ich fasse ihre Hände und bringe die meinen damit zur Ruhe.

Ich schmatze Tess einen Kuss auf die Wange, salzig und nass, den sie diesmal nicht abwehrt, und hoffe inständig, dass Mitch meinen gequälten Gesichtsausdruck nicht bemerkt hat.

Die schlichte Begleitmusik der Militärkapelle ist festlichbeschwingt, aber selbst das kann mich nicht aufheitern. Im Anschluss an den *Motivational Run* gehen Tess und ich mit allen anderen Angehörigen in das ›Depot Theater‹, wo ein Film über den wöchentlichen Ablauf des *Boot Camp* gezeigt wird.

Wir sehen ihn uns an, obwohl ich solche Filme schon hundertmal im Internet gesehen habe.

»Ich hab Hunger«, sagt Tess zwischendrin. »Ich kapier das alles sowieso nicht. Wie kann Mitch das bloß gut finden, diesen ganzen Zwang und diese Bosheit? Und alles sieht so hässlich aus, so schrecklich kahl. Und dann diese grässliche Schreierei.«

Bei jedem Brüllen und Schnauzen der *Drill Instructors* denke ich an Mitch. Als von täglich mit Marschgepäck zurückgelegten zwanzig Meilen die Rede ist, sehe ich Mitch dort marschieren. Als es um die Proviantreduktion geht (bei den schwersten Trainings!) und den häufigen, organisierten Schlafentzug (in den ersten drei Tagen überhaupt kein Schlaf, dafür eine permanente Flut von direkt ins Ohr gebrüllten Beschimpfungen, Beleidigungen, Befehlen), tut mir alles weh vor Mitleid mit Mitch.

Aber ich bedaure den alten Mitch, den Mitch, der er vorher war. Den neuen Mitch kenne ich noch nicht. Dass er das hier gemacht hat, von allen Menschen und Jungs er!

Ein älterer Mann geht vor uns, neben ihm seine Tochter, wahrscheinlich die Mutter von einem der Jungs, die ihre *Graduation* machen. Er ist offensichtlich in Gedanken versunken, ein lieber, zivilisierter Mann in beigem Mikrofaseranorak, eine Kamera um den Hals.

Mit einem Mal sehe ich meinen Vater vor mir, ganz allein. Auch er hatte so eine beige Jacke, leicht und praktisch. Ich sehe ihn weinen, so heftig, dass ich unwillkürlich stehen bleibe.

Doch als er zu mir aufschaut, strahlt sein Gesicht zu meinem Erstaunen vor Triumph.

»Sie haben uns nicht untergekriegt«, flüstert mein Vater fast atemlos, genau wie nach Mitchs Beschneidung, bei der er die Rolle des *Sandak* hatte, desjenigen, der das Baby hält, wenn der *Mohel* nach Ritual ein Stück von der Vorhaut entfernt.

Ich bleibe stehen. Atme tief durch.

»Jetzt komm doch, Mam«, sagt Tess. »Was ist denn?«

»Ich glaube, ich bin eigentlich furchtbar stolz auf Mitch«, sage ich.

126

Und dann dürfen wir endlich zu ihm.

Er steht zwischen den anderen Jungs in ihren Khaki-Uniformen. Wie die anderen hat er etwas Suchendes im Blick. Wie die anderen hält er nach den Menschen Ausschau, die dreizehn Wochen lang nur in seinen Träumen anwesend waren, die ihm gefehlt haben oder vielleicht auch nicht, den Menschen, deren Bewunderung in irgendeiner Weise zählt und für die diese Tour de force vollbracht werden musste. Von meinen eigenen ersten selbständigen Reisen und Erfahrungen – so wenig vergleichbar das auch sein mag – weiß ich, dass man sich in so einem Moment vorkommt, als erwache man aus einem harten, nicht enden wollenden Traum, und das erzeugt gemischte Gefühle. Einerseits dürfte er Erleichterung empfinden, dass es vorbei ist: die Einsamkeit, zum ersten Mal allein unter Fremden, die einen nicht lieben, ja Fremden, die einen beschimpfen und demütigen und bis zum Äußersten auf die Probe stellen. Andererseits dürfte er Beschämung über diese Erleichterung empfinden und Enttäuschung über den Beifall der Lieben, der, so laut und überschwenglich er auch sein mag, niemals im Verhältnis zu all dem steht, was er in den letzten dreizehn Wochen durchgemacht hat. Und dann, nicht zu vergessen, dürfte da der unerwartete und eigentlich schwer zu begreifende vage Schmerz über den Abschied von denen sein, von denen er in diesen Monaten abhängig war, den *Drill Instructors,* den Schindern, an deren barsche, gewalttätige Zuwendung er sich gewöhnt hat wie ein Süchtiger, wie eine Geisel an ihre unberechenbaren Geiselnehmer. Stockholmsyndrom. Die Jungs, deren Loyalität ihm so viel bedeutet hat, scheinen in diesem Zusammenhang auch bessere, engere Freunde zu sein als alle anderen, die er je dazu gezählt hat, so wie alles, was er erlebt hat, von einer Intensität gewesen zu sein scheint, die nichts mit der Normalität seines früheren Lebens zu tun hat. Einem Leben, nach dem er sich zutiefst gesehnt hat – aber jetzt, da er die Menschen, die zu ihm gehören, wiedersieht, mit ihren sanften, kaum veränderten Gesichtern, wird er schlagartig auf den Boden der Realität zurückgeworfen, und ihm wird klar, dass das Größte und Schwerste, was er je gemacht hat, nun ein für alle Mal vorbei ist. Und das weckt außer einem nicht zu erklärenden Heimweh die fast unvorstellbare Frage in ihm, ob er wohl je wieder zu seinem früheren Rhythmus zurückkehren könnte.

127

Mitchs Gesicht, herber als früher, rotbraun gebrannt, starr von den Entbehrungen und der permanenten Anspannung, scheint einen Augenblick lang Mühe mit einem Lächeln zu haben, als er uns sieht. Aber dann hebt er Tess hoch und wirbelt sie herum wie eine Puppe. Tess kreischt.

Ich werde umarmt und drücke Mitch so fest und lange an mich, dass er sich schließlich von mir löst und mich sanft von sich schiebt. Seine Augen sind noch nicht ganz dabei, scheint es, als er uns fragt, wie es uns gefallen hat. Ich sehe etwas Betrübtes und Ungeduldiges in seinem Blick. Er vermisst Jacob, vermute ich. Das tue ich auch. Ich halte mich an die Lüge von den Gallensteinen – an denen Jacob Gott sei Dank nicht leidet.

Jetzt haben wir bis halb sechs Zeit zu reden und etwas zu essen. Darauf hatten Tess und ich uns jedenfalls eingestellt. Aber Mitch möchte zuerst Jacob anrufen. Es versetzt mir einen kleinen Stich, als ich höre, wie aufgekratzt er seinen Vater begrüßt. So anders als uns.

Von einem kleinen Abstand aus studiere ich ihn, hager und groß und stark sieht er aus. Am meisten hat sich seine Haltung verändert. Stolz forsche ich nach Mädchenblicken – das da ist mein Sohn. Doch rundherum sind lauter solche gestählten Männerkörper, vielleicht nicht so attraktiv wie Mitch, aber jung und stark ist eigentlich immer schön – komisch, dass ich das früher nie so gesehen habe. Ja, Mädchenblicke entdecke ich auch.

Tess ist ein bisschen umhergegangen. Plötzlich höre ich Mitch fluchen.

»Warte mal kurz, Pap«, ruft er ins Handy, und dann rennt er wütend zu Tess hinüber.

»Komm da weg«, blafft er. »Da hast du nichts verloren. Das ist das *Parade Deck*, das ist nur für besondere Anlässe. Da werden Menschen geehrt, die für dieses Land ihr Leben geopfert haben.«

Tess wird weiß vor Schreck, und sofort kullern ihr dicke Tränen über die Wangen. Zerknirscht und lautlos schluchzend stellt sie sich neben mich, während Mitch sich wieder seinem Gespräch mit Jacob zuwendet.

Ich streiche ihr sanft übers Haar, verstehe ihren Kummer. Mitch schüttelt den Kopf und zwinkert Tess zu, um sie zu beruhigen, fast so wie früher, aber es scheint sie nicht sonderlich zu erleichtern, sondern eher seine Überlegenheit zu unterstreichen.

»Pap«, sagt er, »da bin ich wieder.«

Seine Stimme, auch seine Stimme wirkt anders, lauter, rauher und mit einer unbekannten Ruhe darin, *befriedigt*, denke ich, als habe es ihm gutgetan zu erfahren, wo die Grenzen seiner Kraft liegen, jetzt, da sein Durchhaltevermögen auf die Probe gestellt wurde und er weiß, wer er ist, wenn er Entbehrungen leidet, die den »echten« so ähnlich sind.

Den echten, auf die keine *Graduation* folgt.

Ich bin eifersüchtig, muss ich feststellen, auf diese Befriedigung, diese geballte Ruhe. Plötzlich blitzt in mir ein Bild von meinem Vater auf, als Sechzehnjähriger, jünger als Mitch jetzt, sechsundvierzig Kilo leicht nach zweieinhalb Jahren Konzentrationslager. In ein Land zurückgekehrt, das er nur kurz gekannt hatte, allein, ohne Vater und Mutter oder sonst irgendwen, der ihn liebhatte. Alle tot, ermordet: sein schwieriger Vater Izak, seine scheue Mutter Zewa, seine Großeltern. Er hatte die Hölle gesehen, die echte, aber Befriedigung war ihm nicht vergönnt. Kein Anlass, keine Zeit. Der Krieg, mit dem Wegfall aller Sicherheiten, hatte praktisch seine gesamte Kindheit vereinnahmt. Kein *Boot Camp* hatte ihn für die Schrecken getrimmt, für ihn hatte es keine Ausbilder gegeben, deren Grausamkeit nur gespielt war, im Zuge einer geheimen Agenda, deren mehr oder weniger sinnvolle Erziehungspläne etwas Größerem, Universellem dienen sollten (ja, so ist das in einer Armee wie dieser, obwohl ich es fast nicht ertrage, dass ich das denke). Die »Ausbilder« meines Vaters waren Nazis oder Kapos, denen es ausschließlich darum ging, in einer Umgebung, die auf ihre Vernichtung aus war, die eigene Haut zu retten – und dementsprechend sinnlos grausam. Es hieß fressen oder gefressen werden, töten oder getötet werden. Was hätte man daraus lernen können? Aber genau das: Die Angst und die Scham über die Erniedrigungen, genau das hatte meinen Vater geprägt und zu einem neurotischen, allzu ängstlichen, überbesorgten Mann gemacht.

Einem schwierigen Mann, der weder richtig erwachsen geworden noch imstande war, wirklich Kontakt zu seinen Töchtern zu bekommen. Was ich für meinen Vater empfunden hatte, war noch am ehesten mit einer unglücklichen Liebe zu vergleichen gewesen: einer Liebe, die nur sehr spärlich erwidert wurde und mit Gesten, die schwer zu erkennen waren. Aber gerade deshalb bewahre ich jede kleinste Faser davon bis heute im Herzen.

Als ich jetzt höre, wie Mitch Jacob von den Greueln seines *Boot Camp* erzählt, die wir nur aus dem Internet kennen, werde ich fast auch noch melancholisch. *The Crucible*, ein Meilenstein, vier Wochen vor Schluss, ist am schlimmsten. Da werden *Marines* nach zwei Nächten ohne Schlaf und mit kaum etwas im Magen gezwungen, nicht nur einen Marsch zu absolvieren, sondern auch noch ein wahnsinnig langes Stück (mit Gepäck!) auf Knien und Oberarmen durch ein sogenanntes Minenfeld zu robben. Mitch hat das geschafft. Wie ruhig sein Ton ist, keine sich überschlagende Stimme, keine kindliche Ungeduld. Aber beinahe hätte er seinen Kumpel abgemurkst, weil der ihn so genervt habe, feixt er.

Dann, plötzlich beunruhigt, die Nachfrage: »Bist du schon operiert?«

Ich habe all seinen Freunden, die aus den Medien schon die ganze Zeit Bescheid wussten, sicherheitshalber eine Mail geschickt mit der Bitte, nichts von dem Überfall zu erzählen – nicht während der schweren *Boot-Camp*-Wochen. Auch Tess habe ich das eingeschärft.

Jetzt hört er Jacob zu, höflich, besorgt, ganz guter Sohn, aber insgeheim natürlich enttäuscht, dass ein paar dumme Gallensteine schwerer wiegen als sein Triumph an diesem Tag, als *Marine*.

Ich bin mir sicher, dass Jacob das spürt. Dass Jacob das nicht erträgt.

Mitch hört zu, still und mit der straffen, geraden Haltung, die so neu für mich ist.

Erschrocken bedenke ich, dass wir für diese Situation

nichts abgesprochen haben. Als ich Mitchs hageres Gesicht erstarren sehe, weiß ich, dass das ein Fehler war.

Wie schnell es um seine Ruhe und seinen Stolz geschehen ist – schlimm, das zu sehen. Es dauert aber nur den Bruchteil einer Sekunde, dann ist er wieder der Soldat, der weiß, woraus das Böse gemacht ist, und für den zwischen der Erkenntnis und der Entscheidung, was zu tun ist, nicht die kleinste Lücke klafft. *No mercy.*

Wütend sieht er mich an, während er Jacob fragt: »Echt? Und man hat sie noch nicht gefasst?«

Dann hört er wieder zu, und ich sehe, wie sein Gesicht auf Jacobs Antwort hin noch starrer wird und er Tess einen beunruhigten Blick zuwirft.

Mir wird bewusst, dass Mitch sich jetzt schon von seinem *Drill Instructor* frei macht, obwohl er sich offiziell erst von morgen an *Marine* nennen darf. Ich fühle eine heftige Angst aufkommen, die ich sofort unterdrücke.

Tess hat es auch mitbekommen.

»O Mann!«, stöhnt sie. »Wieso erzählt Papa das denn jetzt?«

Mitch hört ausdruckslos zu, fast unbeweglich steht er da, auf strammen Beinen – eine geladene Pistole.

Warum, weiß ich nicht, aber ich muss plötzlich daran denken, wie ich ihn einmal von einem Schnuppertag in der Kinderkrippe abgeholt habe, acht Monate alt war er da, konnte gerade krabbeln. Er habe, seit ich gegangen sei, still auf dem Boden gesessen und gespielt, erzählten die Krippenleiterinnen, und sich die fünf Stunden kaum von der Stelle gerührt. Ich studierte ihn daraufhin neugierig aus der Entfernung. Auch für mich war es das erste Mal gewesen, dass wir so lange voneinander getrennt waren. Und ich versuchte irgendwie, noch kurz einen Eindruck davon zu gewinnen, wie er ohne mich war. Aber er drehte plötzlich den Kopf zur Seite und sah mir direkt in die Augen. Es war ein versengender Blick, ein Blick, der alles sagte, alles, was er schon fünf Stunden lang für sich behalten hatte, Hunger, Sehnsucht, Kummer. Und dann schoss er förmlich zu mir her, auf dem Bauch, mit seinem kleinen, molligen Leib, der zur Kugel wurde, unter einem Tisch hindurch, an einer Treppe vorbei, über andere Babys hinweg.

Ich blicke auf Mitchs Gesicht und denke schuldbewusst und reuevoll: Unsere Horrorgeschichte ist jetzt zu viel für ihn, das muss jetzt nicht auch noch sein. Wie können wir so egoistisch sein, damit nicht zu warten?

»Was?«, sagt er. »Und keine Spur?«

»Mitch!«

Ich versuche Jacobs Erzählung mit beschwichtigenden Worten, einer vagen Relativierung zu übertönen.

»Die Polizei ist aber dran!«

Und in Richtung Handy rufe ich: »Jacob! Hättest du nicht noch einen Moment warten können? Der Junge hat gerade seit einer Stunde frei!«

Mitch starrt mich an. Ich nehme ihm das Handy ab.

»Ich musste es ihm erzählen, Saar. Ich konnte das doch nicht verschweigen!«, höre ich Jacob sagen.

Und etwas schuldbewusst ergänzt er noch, wenn irgendwer so etwas verkraften könne, dann ja wohl Mitch, nach diesem Training.

»Nicht jetzt«, sage ich, aber dann nimmt Mitch mir das Handy beinahe erbost wieder ab.

»Mensch, Mam«, sagt er. »Warum hast du mir denn bloß so einen Mist geschrieben!«

»Vielleicht, weil du sonst nach Hause gewollt hättest?«

Der Schmollmund. Dass Mitch immer noch auf diese Weise den Mund verzieht, nach allem, was in den letzten Monaten auf ihn eingewirkt hat, beruhigt mich. Schon scheinen die im Gleichschritt rennenden *Marines* mit ihren gestählten Gesichtern, die schreckliche Marschmusik und die verbissen zur Schau gestellte patriotische Moral nur noch ein Alptraum zu sein, der nichts mit Mitch zu tun haben kann. Doch es ist so. Ich muss mir eingestehen, dass jetzt ich diejenige bin, die jederzeit über Tische, Minen und Abgründe hinweg angeschossen kommen wird. Bald ist Mitch womöglich in Afghanistan oder im Irak, in irgendeinem der Gebiete, wo Amerikaner gefoltert werden, wo man den Westen so sehr hasst, dass man Menschen ihren Schmollmund, ihre Erinnerungen, ihre Musik, ihr Lachen und ihre Zukunftsträume gnadenlos nimmt.

Ich schlinge die Arme um seinen Hals. Heckenschützen, Terroristen, Autobomben, Minen. Er sucht nicht länger Schutz und Geborgenheit, er bietet sie. Er beschützt uns. Auch Tess drückt sich an ihn. Eine Beschwörungsgeste.

»Unser Mann«, spöttelt sie, »unser großer *Army*-Mann.«

»Komm«, sage ich. »Du hast bis halb sechs frei. Wir feiern, dass du wieder da bist. Aber riskier ja keine dicke Lippe, ein richtiger *Marine* wirst du erst morgen.«

Jetzt lacht Mitch mit seinem starren Gesicht. Er verabschiedet sich von Jacob.

Dicke Lippe? Mitch hat nach Jacobs Erzählung, unserer Geschichte, praktisch noch kein Wort gesagt.

129

Den Rest des Nachmittags verbringen wir nicht viel anders als die meisten Familien. Wir essen im ›Bay View Restaurant‹ auf dem Militärgelände, da die Rekruten das Depot nicht verlassen dürfen. Ein großes Restaurant mit Blick auf die Bucht. Natürlich trifft Mitch dort auf einige seiner neuen Freunde, und sogar ein *Drill Instructor* klopft ihm auf die Schulter. Ich erschrecke, als ich sehe, wie sehr Mitch in dem Moment versteift. Wie er sofort Haltung annimmt.

Wir müssen lange anstehen, denn es ist unheimlich voll. Als Mitch endlich dran ist, würde er sich am liebsten gleich alles von der Karte bestellen, nach so vielen Wochen des Hungerns, aber schließlich begnügt er sich mit nur einem Stück Pizza. Jeder kennt die Geschichten von Rekruten, die am *Family Day* stundenlang todkrank über der Kloschüssel hängen, weil sie sich den Magen verdorben haben.

Bei all der Ablenkung bleibt wenig Gelegenheit zum Reden.

Und nach dem Essen möchte Mitch auch noch lieber mit seinen Freunden eine Runde Billard spielen, als bei uns zu bleiben. Ich bemühe mich, ihn zu verstehen, es ist schließlich das erste Mal seit dreizehn Wochen, dass sie frei haben.

Und es ist die letzte Nacht vor seiner *Graduation*.

130

Dass Mitch nach der *Graduation Ceremony* von den *Drill Instructors* die offizielle Genehmigung erhält, für eine

Woche in die Niederlande zu reisen, grenzt an ein Wunder. Im Allgemeinen dürfen frischgebackene *Marines* das Land nicht verlassen.

Dass es ein Wunder mit großen Folgen sein wird, können wir da noch nicht ahnen.

Ohne dass ich davon wusste, hat Mitch sofort nach Erhalt meines Briefes den Antrag gestellt, nach Hause zu dürfen. Er konnte es nicht ertragen, seinen Vater nicht zu sehen.

Während der Zeremonie am Freitagmorgen, bei der er feierlich sein Abzeichen erhält, weiß Mitch noch nicht, ob seinem Antrag stattgegeben wird. Aber er hat den *Drill Instructors* bereits von dem Überfall erzählt und dass sein Vater niedergeschossen wurde – also gar nicht an Gallensteinen leidet. Eine Frage der Ehre, denke ich. Ich hatte sicherheitshalber Zeitungsausschnitte mitgebracht.

Als wir dann gleich nach der *Graduation* erfahren, dass er aufgrund der außergewöhnlichen familiären Umstände eine Woche nach Hause darf, denke ich, dass es Zeit für ein Haus hier in Amerika wird. Dieses Hin- und Hergereise wird jetzt schon schwierig.

131

Auch ohne Jetlag werde ich nachts ständig wach. Meistens gerade dann, wenn die Nacht am dunkelsten ist, wenn die normale Alltagswelt wie eine niemals wiederkehrende Traumwelt erscheint und es ist, als gäbe es nur noch die Welt der Geister und der schlimmsten Gedanken. Die Angst vor dem Tod ist zu dieser Stunde ganz in ihrem Element.

Um genau diese Zeit war es, als Tess mich vor drei Wochen gerufen hat.

In der ersten und zweiten Nacht in San Diego sind wir um neun Uhr abends wie ins Koma gefallen, aber gegen ein Uhr war offenbar keine Spur von Müdigkeit mehr in uns, nur eine Art drückender Schmerz unter der Schädeldecke.

In unserer letzten Nacht in San Diego, der Nacht zum Samstag, bin ich um halb drei hellwach. Ich schaue neben mich und sehe, dass Tess weg ist.

Reflexartig reiße ich die Balkontür auf, um nachzusehen, ob sie dort ist oder, Gott behüte!, zerschmettert unten liegt. Nichts.

Tess hat den ganzen Tag über äußerst zerbrechlich ausgesehen. Nachdem Mitch sie am *Family Day* so angefahren hatte (was eigentlich nachvollziehbar und im Grunde harmlos war) und sie so jämmerlich geweint hat, ist es ihr nicht mehr gutgegangen. Komisches Wort eigentlich, gut. Was heißt schon gut? Bei Tess weiß man ohnehin nie so genau. Sie hatte von jeher ihre kleinen und großen Geheimnisse, das passte zu ihr, und es waren fröhliche Geheimnisse, die sie gern hatte. Das Leben mit Geheimnissen war für sie ein Weg zur Weiterentwicklung – so habe ich es immer sehen wollen. Wenn wirklich etwas war, kam sie zu uns. Das war »gut«. Solange es harmonisch zuging, die schulischen Leistungen okay waren, das Kind nicht zu aufmüpfig wurde, hin und wieder seinen Lachanfall hatte oder herumalberte, ging man davon aus, dass es dem Mädchen gutging.

Aber das ist vorbei.

»Geht's dir gut?«

»Ja, ja.«

So sieht »gut« jetzt aus. Halbtot gut. Abwesend gut.

Alles ist relativ. Wie kann es dir auch gutgehen, wenn du mit einer Pistole bedroht worden und gefesselt eingesperrt gewesen bist?

Tess liegt nicht jeden Tag heulend im Bett – ist das gut, oder wäre es nicht im Grunde gesünder, wenn sie es wohl täte? Die Fassade ist ganz gut, gewiss, aber sie wirkt so oberflächlich, so viel gleichgültiger als sonst. Und sie ist mir gegenüber auch so distanziert, viel stärker als vor dem Überfall, kühl, geradezu allergisch gegen Berührungen und phasenweise extrem reizbar.

Sie gibt sich große Mühe, so zu tun, als wäre alles »normal«. Reden konnte ich mit ihr aber zuletzt kaum. Meine Ansätze strandeten unweigerlich bei ihrem einsilbigen »Ja« oder »Nein«. Hier in San Diego hat sie wahrhaftig ab und zu etwas von sich aus gesagt. Vielleicht, weil es eine Ausnahmesituation ist und sie sich so auf Mitch gefreut hat. Am *Family Day* ist sogar wieder kurz die alte Tess durchgekommen, als wir unsere Fähnchen geschwenkt und seinen Namen geschrien und geheult haben wie zwei Duschbrausen (Tess' Worte).

Bis Mitch sie angefahren hat. Danach ist sie verstummt, war scheu wie eine kleine graue Maus. Hatte sie solche Angst davor, Mitch womöglich noch einmal zu verärgern, oder wollte sie nur nicht noch einmal in Tränen ausbrechen?

Bei der *Graduation* gestern Vormittag wirkte sie eigentlich wieder stabil, aber sie war unheimlich blass, und ihre Augen lagen tief in den Höhlen. Sie kann nicht mehr, habe ich da erkannt.

Ich gehe zum Zimmer nebenan, wo Mitch schläft. Dort

brennt Licht. Logisch ist das nicht – Mitch muss erschöpft sein. Ob Tess …?

Ich lege das Ohr an die Tür und versuche etwas aufzufangen. Wenn Tess mit ihrem Bruder reden will, möchte ich nicht stören – aber ich bin aus triftigem Grund neugierig. Leider ist die Tür solide und gut isoliert. Ich höre keine Stimmen, ich höre gar nichts.

Wieder in meinem Zimmer, gehe ich ins Bad und lege dort probehalber das Ohr an die Wand. Die ist weniger solide. Ich höre sofort, dass ich richtig vermutet habe.

Tess ist bei Mitch.

Sie ist schwer zu verstehen, weil sie weint. Mein armes Mädchen.

Ich will eigentlich nicht, aber ich lausche doch weiter.

Langsam, aber sicher höre ich immer besser. Es dauert fast eine halbe Stunde, dann weiß ich Bescheid.

Ich lege mich wieder ins Bett. Steif und starr. Mein Herz hämmert wie verrückt.

Wir sind verloren, denke ich. Es gibt keine Hoffnung.

Und danach spüre ich wieder die Wut. Die Wut ist mein Freund. Die Wut ist der einzige Freund, den ich jetzt ertragen kann.

132

Ich habe mir wirklich alles genau ausgemalt. Ich würde die Polizei anrufen und den Namen des Täters angeben. Ich würde erzählen, was er mit Tess gemacht hat. Dass mein Vater von ihm belästigt und – wahrscheinlich – erpresst worden ist. Dass er, mein Vergewaltiger, der Kopf hinter dem Diebstahl all unserer Wertgegenstände sein müsse. Ich würde auf Raaijmakers' Vergangenheit hinweisen – Motive zuhauf, Herr Kommissar. Und erzählen, wie viel Lebenslust und -mut er Jacob genommen hat – von dem dauerhaften Schaden, der ihm durch die Schüsse in Magen und Schulter zugefügt worden ist, gar nicht zu reden.

All das musste dicke ausreichen, um einen Durchsuchungsbeschluss für seine armselige Bleibe zu erwirken. Ja, wenn das bei ihnen angekommen war, würden sie ihm bestimmt einen Besuch abstatten und ihn mit seinen Taten konfrontieren. Wenn sie sein Haus durchsuchten, würden sie, wer weiß, vielleicht unsere Sachen dort finden. Vielleicht auch nicht – wenn alles schon weiterverkauft war. Vielleicht war Raaijmakers vorbestraft, vielleicht auch nicht. Egal, unsere Zeugenaussage und die Fotos im Ordner würden die wichtigsten Beweise darstellen – beziehungsweise meine Zeugenaussage. Es fragte sich, ob Tess je vor Gericht aussagen wollte.

Vielleicht würden sie auch den noch unbekannten dritten Mann finden. Mit ein wenig gutem Willen der Justiz würde Raaijmakers in Untersuchungshaft kommen, ein paar Monate.

Und wenn der Fall seriös abgehandelt wurde, würde er wohl hinter Gitter wandern. Zehn, zwölf Jahre? Bei guter Führung wäre er dann nach fünf Jahren wieder draußen, so war das in unserem Land nun mal. Niemand würde ja im Einzelnen wissen, was für ein Monster er war.

Aber würde Tess je wieder werden, wer sie war? Würde ihre Seele nicht verkrampfen und verdorren wie ein Pflanze ohne Wasser und Licht, wenn die Aussicht bestand, dass ihr Alptraum später wieder auf freiem Fuß sein würde?

Und unsere Beziehung zueinander? Mit den für immer in ihr Hirn gebrannten Bildern von einer Mutter ohne Würde, einem Vater in seinem Blut – in ihren Augen würden wir ein für alle Mal Menschen sein, die nicht imstande waren, sie und uns selbst zu schützen.

Ihre einzige Stütze war Mitch, aber der würde fort sein, weit fort, auf irgendeiner Militärbasis, um für ein obskures Ziel zu kämpfen, etwas so viel Größeres als er, dass sie es nie begreifen würde.

Auch ein Umzug in die Staaten würde wenig an alldem ändern, weder an der Angst (und zu Recht: Iezebel und Tara würden zurückbleiben und einer ebenso großen Gefahr ausgesetzt sein wie wir zuvor) noch an dem Wissen, dass jemand, der uns nach Strich und Faden vernichten wollte, nach Absitzen seiner Strafe wieder frei sein würde, um weiter seinen Hass auszuleben.

Das war nicht genug.

Das war nicht genug.

133

Beim Frühstück sind wir alle mit unseren Gedanken woanders. Eine lastende, unbehagliche Stille hängt zwischen uns, die im scharfen Kontrast zu der fröhlichen, euphorischen Feststimmung des vorigen Tages steht. Ich habe nicht mehr geschlafen. Mein Magen streikt, ich kann nichts essen. Tess auch nicht. Sie sieht erschöpft aus in ihrem alten schwarzen

Shirt, das sie auch gestern schon anhatte. Ihre Haare sind ungekämmt, ihre Haut ist rot und fleckig. Ich wünsche mir nichts sehnlicher, als sie an mich zu drücken und nie mehr loszulassen, aber ich weiß, dass das nicht geht.

Mitch, nach seiner wochenlangen Diät immer noch ausgehungert, kostet den Luxus eines Morgens ohne militärische Disziplin aus und lässt sich alles schmecken, was das Frühstücksbüfett hergibt. Er isst selbstvergessen, kaut, wie mir scheint, auf Gedanken und etwaigen Lösungen, eine halbe Stunde am Stück.

Wenn ich Tess anschaue, die meinen Blick sorgsam meidet, wie sie es in den letzten Wochen jeden Morgen getan hat, wird mir nur allzu bewusst, dass ich mit ihr reden muss und das so schnell wie möglich – nur scheint mir jetzt nicht der geeignetste Moment dafür zu sein. Immer wieder sehe ich sie an, als könnte ich sie telepathisch damit erreichen und das Gespräch mit ihr führen, ohne etwas sagen zu müssen. Ich habe nichts dazu gesagt, dass sie die halbe Nacht nicht im Zimmer war, tue so, als hätte ich es nicht bemerkt.

Jacob habe ich heute Morgen noch nicht gesprochen. Mit Widerwillen denke ich daran, in die Niederlande zurückzumüssen, aber ich kann es kaum erwarten, Jacob alles zu erzählen. Doch lieber nicht am Telefon.

Beim Einchecken gibt Mitch sich äußerst zuvorkommend. Schweigend, aber entschieden lotst er uns durch alle Rituale. Diese Erwachsenheit ist neu, aber ich bin zu abgekämpft, um sie richtig würdigen zu können, und nehme seine Führung einfach nur dankbar an. Dabei setze ich alles daran, möglichst aufgeräumt zu wirken.

Ich darf mir einfach nicht anmerken lassen, dass ich Bescheid weiß, obwohl mir die Worte der letzten Nacht unablässig durch den Kopf gehen und mein Hirn martern, obwohl sich mir der Magen zusammenzieht und mir unwillkürlich Tränen in die Augen schießen, wenn ich Tess anschaue, mit ihren weichen Öhrchen, mit ihren langen, schlanken Fingern, die ein Etikett von einem Glas pellen, mit ihrer glatten Haut, den lieben jungen Schultern, dem rührend linkisch-eleganten Gang. Sie hat mich vor sich gesehen bei dem, was ihr zugestoßen ist; bei den Schmerzen, die sie erlitten hat, bin ich, ihre Mutter, die Bildtapete gewesen. Er hat mich zur Quelle ihrer Demütigung gemacht, dieser fiese, dreckige Faschist.

Ein Mann, der uns mehr hassen muss, als wir je gehasst worden sind. Beziehungsweise, als Jacob, Tess und ich es je zuvor am eigenen Leib erfahren haben. Nur mein Vater hat das gekannt, mein Vater kannte solchen Hass. Meine Mutter hatte recht, das muss eine alte, tief wurzelnde Aggression sein, die im Laufe der Zeit immer stärker geworden ist. Und so unstillbar wie Mitchs Hunger.

134

Was ich auch sage, welche Bewegung ich auch mache, an diesem Morgen geht nichts von selbst. Bei allem beobachte ich mich, sehe mich mit Tess' Augen, mit Mitchs Blick. Ich habe mich in Gesellschaft meiner Kinder sonst immer wohlgefühlt. Aber jetzt schäme ich mich dafür, wie ich aussehe, wie ich mich bewege, spreche, atme, rieche. Für mein Leben, für alles, aber vor allem für meinen Körper.

Als Mutter ist man in den ersten Jahren vor allem das: Körper, denke ich, während ich in meinen Turnschuhen, mit meinem blöden Täschchen an der Schulter vergeblich einen Rhythmus suche. Haarsträhnen tanzen mir vor den Augen, und Kopfschmerzen quengeln dahinter.

Du trägst die Kinder aus, stillst sie, versorgst sie. Das geht fast von selbst. Dann werden sie größer – und langsam, aber sicher bist du nicht mehr so sehr Körper, sondern wieder mehr die Person, die du ja auch noch warst, früher. Das ist wie das Abstreifen einer Hülle, eine »Entpuppung«. Der Mutterkörper wird zu einer Erinnerung, einer Erinnerung, die für die Kinder nach und nach verblasst. Wie die Erinnerung an ein Bett, in dem man sehr lange gelegen hat, ein Krankenbett oder ein Kuschelbett, in dem man einen Pyjamatag lang gelümmelt hat: etwas unerhört Geborgenes, verbunden mit einer Weichheit, von der man zu gegebenem Zeitpunkt genug hat, denn man ist wieder gesund und ausgeruht und will nach draußen. Der Mutterkörper als Symbol für das Behütetsein, von dem die Kinder instinktiv wegwollen, als handelte es sich um eine Opiumsucht. Sosehr du als Mutter auch geliebt wirst, dein Körper wird Erinnerung, Abstraktum – gerade wegen der früheren Intimität. Und wenn alles in Ordnung ist (also keine Überfälle oder Vergewaltigungen), ist diese Distanzierung ein Umstand, mit dem du ohne weiteres zurechtkommst. Ich habe meine Kinder jederzeit an mich drücken können, und dann waren sie wieder so jung wie früher und ich die Mutter von damals. Eine Umarmung wie ein Zitat.

Mit dieser Unschuld ist es vorbei. Ich habe das Empfinden, dass sie mich taxieren, meine beiden Kinder, ich kneife die Pobacken zusammen, wenn ich vor ihnen gehe, richte mich auf. Mich schaudert, wenn ich mir vorstelle, dass ich ihnen leidtue und sie sich womöglich auch ein bisschen abgestoßen fühlen. Ich suche nach einer neuen Würde, jetzt, da ich mich mit diesem Makel behaftet fühle, aber ein Gesprächsgegenstand kann das nicht sein – für keinen von uns. Ich komme mir vor, als steckte ich in einer unsichtbaren Zwangsjacke, und wenn ich nicht bald mit Jacob reden kann, weiß ich wirklich nicht mehr weiter. Wie ein sorgenfreies Leben ohne Restriktionen lauert hinter dieser Verzweiflung der Wahnsinn.

135

»Ich bin mitten in der Nacht aufgewacht, vom Wind, dachte ich, denn ich hatte von einem Sturm geträumt, gegen den ich anradeln musste, bis ich nicht mehr konnte. Ich kriegte kaum noch Luft, ich erstickte fast. Aber als ich wach war, merkte ich, dass das, was ich für Wind gehalten hatte, das Schnaufen von einem Mann war, der an meinem Bett stand und mir den Mund zuhielt. Der blies mir so 'nen richtigen Raucheratem ins Gesicht, echt eklig, arrrggg – ich krieg jetzt noch fast das Kotzen, wenn ich dran denk. Rauchen werd ich bestimmt nie.

Scht, machte der Mann. Ich konnte ihn nicht richtig sehen, es war zu dunkel, und ich hatte solche Angst, das kannst du dir gar nicht vorstellen, ich dachte echt, mir bleibt das Herz stehen. Bevor ich irgendwas machen konnte, hatte er mich schon aus dem Bett gezerrt und mir die Hände gefesselt.

Dann merkte ich, dass noch ein zweiter Mann im Zimmer war, ich hörte ihn atmen und sich bewegen, und da bekam ich es erst recht mit der Angst zu tun. Ich hätte gern geschrien, aber dieser Arsch hielt mir die ganze Zeit seine stinkige Hand auf den Mund und sagte: ›Wenn du schreist, legen wir dich um.‹ Und da fühlte ich was Kaltes und Hartes an der Wange, und mir war klar, dass das eine Pistole war!«

Hier hörte ich Tess aufschluchzen.

»Und dann hat er mich ganz gruselig beim Kinn gefasst, weißt du, dass mir fast der Kopf hintenrüber geknackst ist. Das war so grausig, dass ich dachte, ich sterbe, jetzt ist alles vorbei. Aber es war noch lange nicht vorbei.«

Wieder schluchzt sie. Heftig. Endlich, dachte ich in meinem Badezimmer. Gut so, weine, weine ruhig, mein Liebes.

»Dieser Arsch hatte einen Amsterdamer Akzent. Der andere war garantiert Ausländer, der hörte sich irgendwie afrikanisch an. Er hat mit seinem Handy telefoniert und total nervös gesagt, dass sie jetzt *bei dieser Puppe* sind. Damit war wohl ich gemeint. Und dann sagte er noch so was wie: *Okay, okay, okay, ja, ja, ja, Dach.* Und es war immer noch stockfinster, ich konnte überhaupt nichts sehen!

Dann haben sie mich zum Schlafzimmer von Papa und Mama geschubst. Auf dem Flur war etwas Licht aus dem Badezimmer, und da hab ich gesehen, dass sie solche Sturmhauben aufhatten. Du weißt ja, dass der Flur ganz schön lang ist, mit ziemlich vielen Türen, und dieser Amsterdamer Arsch mit seiner Stinkhand hat da so richtig durch die Zähne gepfiffen: *Jungejunge, nicht schlecht, der Kasten!*

Der andere war supernervös, das konnte ich hören, der hat richtig gehechelt, vor allem, als wir vor der Schlafzimmertür standen, da war er unheimlich hibbelig. Na ja, was bei Papa und Mama passiert ist, weißt du ja, dass ich sie geweckt hab und Papa den einen so angemacht hat, dass dieser nervöse Typ auf ihn geschossen hat. Wie im Film, nur viel schrecklicher und unordentlicher und ohne Musik, und Papa hat ganz schlimm gejault. Das höre ich jetzt noch jede Nacht, wie Papa vor Angst und Schmerzen jault. Dann könnte ich schreien. Ich hatte in dem Moment das Gefühl, die Welt geht unter und alles ist aus und vorbei und umsonst gewesen. Alles von früher, alle Ferien, alles, was sonst ganz normal gewesen ist. In dem Moment hab ich sogar vermisst, dass Papa böse auf mich ist, wie das eine Mal, als ich die ganze Nacht aufgeblieben war, weißt du noch? Das war alles so zum Heulen, und Papa und Mama sahen so verwirrt und verschlafen aus und lieb – und bange. Und da hat der Typ noch mal geschossen, auf Mama! Und er hat sie nur um ein Haar nicht getroffen!«

Tess weinte jetzt richtig. Ich hörte, dass Mitch ihr zuredete, tröstend wahrscheinlich. Nach einer Weile fuhr Tess fort.

»Dann musste ich mit diesem Amsterdamer nach oben. Die Treppe raufgeschoben hat er mich schon eher. Ich hatte inzwischen natürlich solche Angst und war so fertig, weil sie auf Papa geschossen hatten, dass ich fast nicht mehr laufen konnte. Der Arsch hatte mir die Hände auf dem Rücken zusammengebunden, und daran hat er mich festgehalten und mir immer mit dem Knie in die Kniekehlen gestoßen, so dass ich fast gefallen bin, weißt du. Als wir ganz oben waren, hat er die Flurtür hinter uns zugemacht. Das war total gruselig. Da ist man dann echt abgeschottet vom übrigen Haus. Er hat mich ins rechte Gästezimmer geschubst, und du glaubst es nicht, da stand noch ein Mann! Ziemlich groß und auch mit so ’ner blöden Mütze über Kopf und Gesicht. Er hatte ein Seil in der Hand, und ich war hundertprozentig überzeugt, echt, Mitch, dass er mir das um den Hals legen und zuziehen würde. Der stand da wie ein Henker. Ich bin völlig durchgedreht.«

Ich konnte nur schwer hören, was Mitch darauf sagte, er saß offenbar etwas weiter von der Wand entfernt. Irgendso etwas wie *Ach du Scheiße* und *Fuck, Tessje.* Und: *Und dann?*

»Der Amsterdamer hat mich auf einem Stuhl festgebunden, während dieser gruselige Typ zuguckte – die ganze Zeit mit dem Seil in der Hand. Weil ich solche Angst hatte, dass er mich abmurksen würde, hab ich wie wild um mich getreten. Das hat diesen Amsterdamer fuchsig gemacht, und er wurde total grob, es hat echt verdammt weh getan, wie der an meinen Armen gezogen und mich an diesen Stuhl gefesselt hat. Aber als er mir eine runterhauen wollte, hat dieser gruselige Typ gesagt: *Lass, die knöpfe ich mir vor.* Und da hat der Amsterdamer ganz widerlich gelacht und ist gegangen. Mit diesem gruseligen Typ allein zu sein, war noch viel schlimmer. Da hatte ich echt solche Angst, dass ich mir fast in die Hose gemacht hab. Was machte der hier? Was wollte der von mir? Warum?

Na, das war schnell klar. In so ’nem total fiesen, drohenden Ton hat er was gesagt wie: *So, da hätten wir ja das Töchterlein.* Als hätte er nur auf mich gewartet. Ich hab natürlich weiter um mich getreten, wofür hab ich schließlich den braunen Gürtel, aber er war viel größer, und ich war gefesselt. Zuerst hat er mich knallhart geschlagen, mit diesem Seil, auf die Beine, dann hat er mit der einen Hand meine Pyjamajacke aufgerissen und mir mit der anderen den Kopf nach hinten gezogen, an den Haaren, so dass ich nichts mehr machen konnte. Ich saß praktisch halbnackt da. Und dann fing er an zu stöhnen und zu keuchen und so, total eklig, und hat meine Duweißtschon begrapscht. Und ich war festgebunden, mit den Händen am Stuhl, ich konnte mich überhaupt nicht wehren. Dieses Gefühl, als er mich begrapscht hat, das war, wie wenn einer mit dem letzten Stückchen Kreide, schon halb mit dem Fingernagel über die Tafel kratzt, so hat sich das angefühlt, von außen und von innen. Als wäre mein Körper die Tafel und seine grässlichen Finger die Kreide.«

Jetzt blieb es eine Weile still. Mitch wartete wahrscheinlich ab. Ich konnte ihn förmlich vor mir sehen, die Fäuste geballt, die Zähne zusammengebissen vor Wut – genau wie ich. Dann fragte er offenbar etwas, denn Tess schrie plötzlich.

»Nein! Das war nicht alles, nein! Er hat mir auch in die Hose gefasst und in mir rumgefingert, das war die schlimmste, spitzeste Kreide, die Finger in mir drin. Diese dreckigen Finger! Und ich konnte nichts machen, ich konnte nur treten und versuchen zu schreien – aber das konnte ja sowieso niemand hören.«

Hierauf sagte Mitch wieder irgendetwas.

»Sei still! Halt den Mund!«, schrie Tess. »Was er gemacht hat? Er redete, er stöhnte immer mehr und sagte die ganze Zeit all solche Sachen. Das fand ich fast noch am schlimmsten.«

Ich hörte Mitch fragen: »Was hat er denn gesagt? Sag schon, was hat er gesagt?« Ich hörte Tess tief Luft holen.

»Er sagte, was er im Wald mit Mama gemacht hat – weißt du noch, dass sie sagte, sie ist angefahren worden und hingefallen, als das mit dem Knöchel passiert war? Das stimmt gar nicht! Er war dabei! Sie ist gar nicht angefahren worden. Da ist was ganz anderes passiert! Das hat Mama nur nie erzählt. Er sagte, dass er ihr die Flötentöne beigebracht hat, da im Wald, weil sie unverschämt war. Über ihren Körper ist er hergezogen, von Fotze und so hat er geredet. Er behauptete, dass er sie vergewaltigt hat und dass … dass ihr das Spaß gemacht hat. Es war so schrecklich, Mitch. So ekelhaft, so gemein! Dass sie nicht so gut geduftet hätte wie ich, hat er gesagt, und dass er sie dreimal hergenommen hätte und so. Und während er das alles sagte, hat er in mir rumgegraben … und er hat … er …«

Ich konnte sie nicht mehr richtig verstehen. Es ging wohl um weitere Dinge, die er über mich gesagt hatte.

»Er sagte auch noch ganz gruselige Sachen, die ich ihm sofort abgenommen hab, weil man solche Gemeinheiten nur sagen kann, wenn man auch so denkt. Dass er genug hat von unsereins, sagte er. Dass wir alle gleich sind, große Klappe, haufenweise Geld, große Häuser, eine eingebildete, aufgeblasene Sippschaft, und dass es eine Schande ist und ein Verbrechen an der Menschheit, dass man uns nicht allesamt ausgerottet hat, jeden Einzelnen von uns. Aber wenn's nach ihm ginge … Ich wusste zuerst gar nicht, wovon er redet, was er damit meint, aber du bestimmt, Mitch, du weißt bestimmt, wovon er geredet hat. Er …«

»Warum hast du denn bloß nichts davon gesagt, Mensch,

zur Polizei oder zu Mama?«, hörte ich Mitch fragen. Tess schluchzte wieder. »Nein!«, hörte ich sie wimmern. »Neeeiiin!« Mitch fragte aber noch mal, drängender: »Tess, bitte!« Und daraufhin brach es aus Tess heraus, wütend, als müsse sie sich rechtfertigen.

»Das geht doch nicht! Er hat Mama doch ganz genau beschrieben, das hab ich doch gesagt! Und er sagte, wie sehr er uns hasst, und er wusste alle Namen, Opa und Oma kannte er, Tara, dich, Papa.«

»Aber das hättest du doch sagen können!«

»Nein, das geht nicht, echt nicht. Er hat gesagt, dass er, wenn ich der Polizei oder sonst wem irgendwas sage, dass er dann Papa und Mama erschießt und nichts mehr von ihnen übriglässt, er sagte: Ich schieß den dicken Wanst von deinem Papa in Fetzen, und ich stech die … Nein, das kann ich nicht sagen, das ist zu schlimm, das ist zu schrecklich …

Er ist dann weggegangen. Ich hatte auch Gepolter auf der Treppe gehört. Da haben sie wohl Mama nach oben gebracht, die wurde im anderen Gästezimmer gefesselt. Aber zu ihr ist er nicht gegangen, das weiß ich inzwischen. Er hat sich einfach mucksmäuschenstill verdrückt, ich hab ihn nicht mehr gehört. Außer mir weiß also keiner, dass er dabei war. Ich sage nichts, ich habe nichts gesagt, ich werde nichts sagen. Er meint es ernst, Mitch, er hat das nicht nur einfach so gesagt. Er bringt Papa und Mama um, er bringt mich um, dich, Oma, Tara.«

»Aber sein Gesicht hast du nicht gesehen.«

»Nein.«

136

Es blieb eine Weile still. Dann sagte Mitch ruhig und sachlich: »Du behältst noch etwas für dich, Tessje, sonst hättest du uns das doch erzählen können, oder? Warum hast du das nicht getan? Wenn du ihn nicht gesehen hast, musst du doch gar nichts befürchten, du kannst ihn ja gar nicht identifizieren. Hast du sein Gesicht gesehen oder nicht?«

»Hör auf!«, schrie Tess.

»Hast du ihn gesehen oder nicht?«, fragte Mitch erneut.

Ich hätte es niemals gewagt, so nachzufragen.

»Du meinst also, ich muss etwas befürchten, wenn ich ihn gesehen habe, ja? Na also!«

Mitch sagte etwas, aber das konnte ich nicht verstehen. Danach blieb es erneut eine Weile still. Bis ich Tess plötzlich wieder hörte.

»Versprich, dass du es niemandem sagst! Versprich es!«

»Natürlich sage ich nichts.«

»Er hat gesagt, dass er Leute kennt, Mörder! Wenn es rauskommt, müssen wir dran glauben, Mitch, echt!«

»Ich verspreche, dass ich nichts sagen werde, Tess. Aber sag es mir. Sag es, bitte!«

Wieder blieb es still.

»Ich kann es nicht sagen, es ist zu widerlich«, heulte Tess.

»Widerlich?«

»Na gut, wenn du's unbedingt wissen willst«, blaffte Tess unvermittelt. »Während er all diese Drohungen ausgestoßen hat, fingerte er an sich selbst rum, und dann hat er mir sein Ding in den Mund geschoben, ja! Ich bin fast erstickt, so eklig war das, immer tiefer hat er es mir in den Mund gestoßen, dass ich fast keine Luft mehr kriegte, und dann kam so'n Glibber raus, und ich musste würgen und hätte ihn fast gebissen, wenn ich nicht solche Angst gehabt hätte, und als er ihn wieder rauszog und in die Hose steckte, hab ich voll losgekotzt, über seine Schuhe! Er hat unheimlich geflucht, und ich konnte plötzlich meine ganze Kraft zusammenballen und die Füße hochschleudern, als er sich gerade vorbeugte. Da hab ich ihm die Mütze vom Kopf getreten. Er hat sie zwar gleich wieder runtergezogen, um sein Gesicht zu verstecken, aber ich hab's trotzdem kurz gesehen. Ja, ich weiß, wer er ist, Mitch. Ich weiß es.«

»Wer? Sag schon!«

»Du kennst ihn nicht.«

»Mensch, Tess!«

»Er war auf einem Foto in Opas Ordner, in dem Ordner vom Ausbau. Ich hab ihn sofort erkannt.«

»Wie heißt er?«

»Versprich, dass du nichts unternimmst, versprich es!«

»Tess!«

»Raaijmakers. Ton Raaijmakers.«

Mitch blieb lange stumm.

Tess beschwor ihn noch einmal, es niemandem zu erzählen.

»Nein, das tu ich echt nicht, ich versprech's«, sagte Mitch. »Mensch, Tess. Keine Angst mehr haben, ja? Der ist so gut wie tot.«

»So gut wie tot?«

»So gut wie tot.«

137

Wir haben zwei Sitze nebeneinander und einen in der Reihe davor, am Fenster. Den möchte Tess. Sie wolle sowieso nur noch schlafen, so müde sei sie.

Auf ewig: Was auch immer Tess möchte, sie soll es haben.

Sowie sie sich gesetzt hat, wickelt sie sich in ihre Decke ein und schließt die Augen.

Mitchs Miene ist mürrisch und verschlossen, aber ich kann nichts daraus ablesen.

Wie gerne würde ich auch schlafen. Doch wenn ich die Augen schließe, zittern sogar meine Lider, und ich bekomme Atemnot. Wenn man mich jetzt anfasste, würde mein wütendes Inneres hervorbrechen, blutig, zwischen rundherum aufplatzender Haut, so stelle ich es mir vor. Denn ich bin wie Springkraut, wie dieses fisselige Unkraut, das man nur leicht zu berühren braucht, und schon platzt seine Samenkapsel auf. Wenn mich jemand anspräche, würde ich zerspringen und in Millionen Stückchen auf die anderen Passagiere herabregnen.

Ich bleibe intakt, als die Stewardess mir mit meinem Sicherheitsgurt behilflich ist, und auch, als sie mir ein Glas Orangensaft reicht, löst das keine Explosionen aus.

Mitch ist nach wie vor in Gedanken versunken, wie in Trance. Ich traue mich nicht, ihn anzusprechen.

Das Flugzeug setzt sich in Bewegung. Durch mein Fensterchen sehe ich einen Wagen voller Koffer davonfahren – nicht die unsrigen. Auch bei anderen Menschen geht das Leben weiter, werden Reisen unternommen. Die Flugzeugmotoren beginnen auf die altbekannte nervtötende Art immer lauter zu heulen.

Wir lösen uns vom Boden, und ehe ich michs versehe, bohren wir uns durch die Wolken.

»Ich bin froh, dass Opa das nicht mehr erleben musste«, sagt Mitch, als wir die Flughöhe erreicht haben und der Motorenlärm abgeflaut ist. Er sieht mich nicht an.

»Was meinst du?«, frage ich vorsichtig.

»Was ich meine?«, wiederholt er ungläubig und mit gefurchten Brauen. »Was zu Hause passiert ist, natürlich.«

Zögernd stelle ich die Frage, die ich zu stellen habe – die Antwort kenne ich ja insgeheim schon: »Hat Tess dir etwas erzählt?«

»Hmmm…«

»Sie war heute Nacht bei dir – das weiß ich.«

»Ja. Aber nicht jetzt, Mam, bitte nicht jetzt.«

»Mitch?«

»Nein! Zu Hause…«

Ich gebe nach, vielleicht vorschnell.

Und gestatte mir, an etwas anderes zu denken. Dieses Wort, zu Hause. Zu Hause, das ist Jacob, das sind Mitch und Tess. Nicht unser Haus – das ist kein Zuhause mehr. Trotzdem werden wir nach der Landung Jacob vom Krankenhaus abholen und in das besudelte Haus fahren, das wir früher einmal Zuhause nannten. Wir haben schon seit mehr als drei Wochen nicht mehr dort geschlafen. Ich bin zwar dort gewesen, natürlich, mehr als einmal. Und erst vor ein paar Tagen habe ich es von oben bis unten saubermachen lassen. Das Blut war Gott sei Dank längst beseitigt worden, aber die Fußböden waren so schmutzig wie noch nie. Auch ein Teil des angerichteten Schadens (unter anderem ein riesiges Loch in der Wand hinter unserem Bett, ein weiteres im Flurfenster, ja sogar kaputte Fliesen) ist inzwischen ausgebessert. Schmierseife ist der einzige Geruch, den ich ertragen kann. Das Pine-Sol habe ich weggeworfen – nie mehr Lysol mit Tannenduft. Neue Bettwäsche.

In dem Zimmer schlafen, in dem sie gestanden haben. Vicodin. Oxazepam.

Mir fällt ein, dass ich Mitch immer noch nicht gefragt habe, wie eigentlich Zewas Briefe in sein Zimmer gekommen sind.

138

»Hast du sie gefunden?«, fragt Mitch. »Die hat Opa mir mal gegeben.«

Ich weiß nicht, ob ich es mir nur einbilde, aber ich glaube, er wird rot.

»Ach, wann denn das?«, forsche ich nach.

»Als wir einmal zusammen in Baden-Baden waren, das ist schon Jahre her.«

»Ich hatte sie noch nie gesehen«, sage ich und tue mein Möglichstes, nicht beleidigt zu klingen.

»Sie stammten aus einem Archiv«, sagt Mitch.

»Ich weiß. Aber du hattest sie gar nicht mitgenommen.«

»Sie dürfen nicht verlorengehen.«

»Nein.«

Ich will nicht weiterfragen. »Oma hat mir Opas Schreibtisch geschenkt, wusstest du das?«

»Echt? Schön.«

»Ja.«

Und dann erzähle ich ihm von der Pistole. Dass sie runterfiel, als wir den Schreibtisch nach unten trugen. Von dem Loch in der Treppe, als sie plötzlich losging. Weil sie geladen war. Mit neuen Patronen. Von der Patronenhülse, die ich unten an der Treppe fand. Ganz modern, neun Millimeter. Wieder so ein Rätsel – man konnte daraus eigentlich nur schließen, dass mein Vater sein Waffenarsenal bis zuletzt akribisch gewartet hatte.

Mitch sieht mich an, ungläubig, geschockt, wie mir scheint.

»Echt? Was für eine Pistole denn?«

Seine Augen, die so viel tiefer in den Höhlen liegen als früher, was ihm etwas Sorgenvolles verleiht und ihn älter macht, blicken mich mit einem Anflug kindlicher Neugier gebannt an.

»Eine Luger, so eine richtige alte, mit Holzgriff. Ein schönes Stück, gut gepflegt. Stell dir vor: Sie hat all die Jahre geladen unter seinem Schreibtisch geklebt!«

Irgendetwas an Mitchs Reaktion kann ich nicht deuten. Ich frage ihn, ob er davon gewusst habe. Dabei fällt mir ein, dass die Pistole noch bei meiner Mutter unter dem Gästebett klemmt. Schnell holen gehen, denke ich. Nicht vergessen. Sonst findet Iezebel sie womöglich noch.

»Ich? Nein, wieso sollte ich was davon gewusst haben? Das erstaunt mich genauso wie dich. Eine Luger.«

Mitch blättert hektisch im Flugzeugmagazin *Holland Herald,* einen verbissenen Ausdruck im Gesicht.

»Ist irgendetwas?«, frage ich leise.

»Nein, Mam, es ist nichts.«

Es tritt so etwas wie die Stille vor der Kernexplosion ein. Ich fürchte, ich bin nicht *vorbereitet*. Dann ist es so weit.

Es bricht aus Mitch heraus.

»Es ist alles Mögliche! Zu viel! Du weißt, dass es zu viel ist! Es ist zu viel passiert! Unvorstellbar viel. Und ich wusste nichts davon. Ich hab da drüben blöde vor mich hin trainiert, während ihr von irgendwelchen Scheißbuschnegern überfallen worden seid! Und ich wusste nichts davon, weil ihr es nicht für nötig gehalten habt, es mir zu erzählen! Als wenn ich auf einem verdammten Ponyhof gewesen wäre und ihr mir nicht den Spaß verderben wolltet. Was meinst du eigentlich, warum ich das Ganze mache?«

Mitch schreit mir den letzten Satz ins Gesicht, und ich sehe, wie sich sein gestähltes Gesicht verzieht – er kämpft mit den Tränen. Dreizehn Wochen Disziplin.

Aber sosehr mich das jetzt auch erschreckt, unser Beschluss, nichts zu sagen, hatte seine Berechtigung – dazu stehe ich. Ich beiße mir fest auf die Lippe, weinen will ich jetzt auf keinen Fall.

»Was soll ich denn jetzt wieder nicht kapiert haben?«, entgegne ich. »Warum du das Ganze machst? Weil du es willst, scheint mir, weil das eine Aufgabe ist, die du dir selbst gestellt hast, und weil das schwer ist und groß und erfüllend, vielleicht. Aber vor allem, weil du es selbst willst, oder?«

»Ach lass«, murmelt Mitch. »Vergiss, was ich gesagt hab. Tut mir leid.«

»Und wenn wir dich benachrichtigt hätten, was dann?«, sage ich. »Dann wäre alles umsonst gewesen. All die Entbehrungen, all die Mühen. Denkst du, ich hätte mich nicht genauestens darüber informiert, was gewesen wäre, wenn ich dich da herausgeholt hätte? Da hättest du alles schön in einer anderen Einheit zu Ende bringen können, Wochen später. Hättest du das denn gewollt? Wie wäre das für dich gewesen? Na? Hättest du das gewollt?«

Ich bin jetzt auch lauter geworden, als es meine Absicht war, und aus dem Augenwinkel sehe ich eine Stewardess mit besorgter Miene auf uns zukommen.

»Entschuldigen Sie, kann ich vielleicht behilflich sein?«

»Du hättest gar nichts machen können.«

Mitch starrt vor sich hin. Er ist anscheinend schon wieder ruhiger. Beherrscht sich.

Plötzlich nimmt er meine Hand und hält sie fest, ganz fest, ohne etwas zu sagen. Ich erwidere seinen Händedruck.

»Liebe Mutter«, flüstert er dann. »Es ist nur so… Es macht mich so wütend. Ich wünschte, ich hätte euch beschützen können.«

Während des restlichen Fluges erzähle ich Mitch so ziemlich alles, was ich über Ton Raaijmakers weiß. Tess schläft ganz tief.

139

Jacob sitzt schon reisefertig da, als wir am Vormittag in sein Zimmer taumeln. Wir sind mit dem Taxi vom Flughafen geradewegs zum Krankenhaus gefahren. Für uns ist jetzt tiefe Nacht. Ich bin ganz leer im Kopf.

Jacob hat einen schwarzen Anzug mit weißem Oberhemd angezogen, fein und festlich, als müsse er rückwirkend zu

Mitchs *Graduation*. Sein Arm ruht in einer Schlinge. Er hat etliche Kilo abgenommen. Es steht ihm gut.

»Neun Kilo!«, ruft er mit gespieltem Stolz. »Sie haben mir neun Kilo gestohlen!«

Seine Stimme ist immer noch leiser und heiserer als vorher, aber er hat wieder etwas von seiner alten Bravour und Spottlust zurück. Man könnte fast meinen, dass seine schmalere Statur die Verbildlichung seines seit der Schreckensnacht so viel sanfteren und vorsichtigeren Verhaltens ist.

»Mir nur sechs«, sagt Mitch.

Ungewollt drückt seine Miene Bestürzung über den Anblick seines Vaters aus. Jacob zieht Mitch mit seinem gesunden Arm an sich. Mitchs Augen sind gerötet, als er sich wieder von seinem Vater löst.

Ich umarme Jacob mindestens eine Minute lang, ohne etwas sagen zu können. Jetzt, da ich ihn wiedersehe, scheint es auf einmal wieder, als hätte sich unser Horrorerlebnis gerade erst abgespielt.

Tess drückt Jacob so fest an sich, dass er kurz nach Luft schnappen muss, weil sie ihm weh tut – die Schusswunden unter seinem Hemd sind noch verbunden. Er zeigt es Mitch und Tess mit der gleichen Selbstironie wie eben, als handle es sich um Trophäen.

Ein Koffer steht bereit und in einer Tragetasche die mehr als hundert Karten mit Genesungswünschen. Jacob kann nicht verhehlen, dass ihn das mit Stolz erfüllt. Auch die vielen Blumen, die er bekommen hat, sind zur Mitnahme verpackt und bereitgestellt worden. Sie sind ihm wichtig, und dafür schämt er sich nicht.

Als ich mich in dem Zimmerchen umschaue, in dem Jacob all die Zeit gegen die Dämonen gekämpft hat, die seine physischen Kräfte aufsogen, seine Pläne pulverisierten, seinen Optimismus, seinen Mut und seinen Glauben an Jacob Edelman in seiner Gesamtheit trübten, meine ich seine Gedanken und die Selbstgespräche, die er geführt hat, fast zu hören. Freundlich-sachliche Krankenschwestern und Ärzte haben Jacob Stunde um Stunde mit Schmerzmitteln, Antibiotika, Drainagen und Sauerstoff beigestanden. Er muss sich vorgekommen sein wie ein waidwundes Tier, das in den letzten Zügen liegt.

Dennoch sind ihm für seine Verhältnisse wenig Klagen über die Lippen gekommen, und er hat jeden altruistischen Akt der Schwestern mit angemessener Dankbarkeit begrüßt. Als habe er auf die richtigen Worte, die richtigen Gedanken und Gefühle gewartet. Die Gedanken, die ihn wieder zu dem machen würden, der er vorher gewesen war – da jetzt alles, was er kannte und woran er glaubte, vorübergehend betäubt worden und verstummt war. Zu Jacob, dem Optimisten, dem Eroberer. Erst jetzt wird mir so richtig bewusst, wie machtlos er sich gefühlt haben muss, wie geschlagen, wie gedemütigt. Ich bin in letzter Zeit so sehr mit mir selbst beschäftigt gewesen. Die Wut, die zu Jacobs relativ rascher Auferstehung geführt hat, ist Wort für Wort in diesem Zimmer geschrieben worden (ich kann mich noch gut erinnern, wie seine Augen eines Tages wieder zu leuchten schienen: als er wieder Kraft für Wut hatte). Auch hier ist bis aufs Messer gekämpft worden, wir verlassen mit diesem Zimmer eine Arena.

Das Pflegepersonal nimmt Abschied, ich trage Jacobs

Geschenke, Mitch zieht Jacobs Koffer, und Jacob selbst geht langsam hinterher, an Tess' Seite, die ihn fest am Arm hält. Er hat den Gang eines alten Mannes – einen Rollstuhl lehnt er ab.

Ich sehe uns so gehen. Das ist der Stoff für Kriege, für Fehden ohne Ende. Das ist meine Familie. Die einzige, die ich habe. Das sind die Menschen, die ich liebe. In eine Schachtel kann ich sie nicht stecken, so wie mein Vater uns nicht sicher verwahren konnte, sicher vor der schlechten Welt. Und man sieht, was dabei herausgekommen ist.

Wer sich an meiner Familie vergreift, vergreift sich an mir. Wir sind gedemütigt worden, aber wir sind noch da. Wir leben. Mir schlägt das Herz bis zum Hals, wenn ich Jacob anschaue, mit seiner gekrümmten Haltung, seinem abgemagerten Körper, den dunklen Rändern unter den Augen, und Tess, so blass und dumpf, ohne den sonst so strahlenden, herausfordernden Blick. Wie geht es mit uns weiter? Wie werde ich mit dieser Wut leben? Wie kann ich dieses Böse auf ein Format reduzieren, das nicht mehr meine ganze Brust ausfüllt?

140

Mit neuen, hochwertigeren Schlössern an Türen und Fenstern, einer neuen Alarmanlage und Überwachungskameras am Zaun rund um das Grundstück müsste es im Prinzip möglich sein, dass wir uns sicher fühlen. Tess wird bei Mitch im Zimmer schlafen, auf einer Luftmatratze auf dem Fußboden, das will sie unbedingt.

Nachmittags geht Mitch zu einem Freund, und Tess versenkt sich wieder in die Facebookwelt. Von der Versicherung haben wir noch nichts Endgültiges gehört, aber ich habe für Jacob und mich schon mal neue Laptops gekauft.

Jacob geht die Post durch. Ich habe sie für ihn vorsortiert. Wir reden nicht viel. Er ist grau vor Erschöpfung. Ich bin mit einem Mal befangen.

»Hast du schon etwas mehr von Tess erfahren?«, fragt er. »Sie ist so furchtbar blass.«

»Ja«, sage ich. »Ja, ich weiß mehr. Aber du willst nicht wissen, was ich weiß.«

Jacob beißt sich auf die Lippen und umklammert die Stuhllehne so fest, dass die Fingerknöchel weiß hervortreten. Ich kann es ihm nicht ersparen, und deshalb erzähle ich ihm möglichst wortwörtlich, was ich gehört habe.

Von den Schweinereien. Den Drohungen. Und ich halte auch nicht mit den Bezügen zu mir und meinem Vater hinter dem Berg. Der Vermutung, dass der Krieg für all das verantwortlich sein könnte.

Ich habe den Eindruck, dass sich durch meine Erzählung etwas an Jacobs distanzierter Haltung zu seiner eigenen Vergangenheit ändert. Ich erkenne zum ersten Mal meinen Vater in meinem Mann wieder. Die Konzentration, die Verbissenheit, den Ernst. Er kann sich nicht länger aus all dem heraushalten, er ist genauso ein Teil davon wie wir alle – vielleicht ist es das. Oder vollzieht sich das bei jedem Mann, der am eigenen Leib Gewalt und Grausamkeit erleben musste? Es ist ein verwirrender Moment.

»Das ist unfassbar«, sagt Jacob. »Das ist unerträglich, Saar. Du weißt, dass ich das nicht einfach hinnehmen kann.

Jetzt ist wirklich Schluss. Ich werde Benji bitten, das in die Hand zu nehmen. Das ist groß, Saar, größer als wir. Gottverdammt, man kommt sich ja vor, als hätten wir wieder zweiundvierzig!«

Beunruhigt sehe ich Jacob an – ich bin mir der Tragweite dessen, was er sagt und impliziert, nur zu bewusst.

Gerade als ich meine rhetorische Frage stellen will, was er denn damit meine, kommen Mitch und Tess herein, und nicht lange danach auch noch Iezebel und Tara, die Mitch und Jacob sehen möchten.

Iezebel hat Mitch eine kleine Statuette von meinem Vater mitgebracht und Tess einen silbernen Anhänger, der einmal Zewa gehört hat. Ich zeige die Bilder und kurzen Filmaufnahmen, die ich von Mitchs *Graduation* gemacht habe, und wie von selbst und trotz allem kommt eine freudige, ja geradezu übermütige Stimmung auf, in der Mitch zu seinem Bericht ansetzt – ungewöhnlich bedächtig, ohne große Ausschmückungen.

Wir werden mucksmäuschenstill, und ich weiß nicht, ob ich nur für mich selbst spreche, wenn ich das sage, aber für mich, in meinem übermüdeten Zustand, vermischen sich die Quälereien, die Mitch sich von seinen Vorgesetzten gefallen lassen musste, und der Terror, den unsere Angreifer ausgeübt haben, mühelos zu ein und derselben Sache. Ich habe das Gefühl, langsam festgeschraubt zu werden, gegen große Widerstände, wie eine Schraube in eine Stahlwand – es ist nicht vorbei, es geht nicht vorbei, ich bin in meinem Innern immer noch rauh wie Schmirgelpapier.

Ich bringe Iezebel nach Hause. Ich hätte etwas bei ihr vergessen, gebe ich vor. Eine Tasche mit Notizen für einen

Artikel. Sie liege wohl noch im Gästezimmer. Dort klaube ich dann schnell die Pistole unter dem Bett hervor und stecke sie in die Tragetasche mit Zeitschriften, die ich tatsächlich liegen gelassen hatte. Zu Hause halte ich die Luger einige Minuten lang in den Händen, bevor ich sie an ihren alten Platz klebe. Die gehört mir. Die ist von jetzt an ein zentraler Gegenstand in meinem Haus.

Um fünf Uhr nachmittags lassen wir indisches Essen kommen – Mitchs Hunger scheint immer noch unstillbar zu sein, ich selbst bekomme nur ein paar Bissen hinunter. Als auch Tara um halb sieben nach Hause geht, wirkt es auf einmal unheimlich leer und beängstigend still bei uns. Ich glaube, wir empfinden die kommende Nacht alle vier als Bedrohung, aber da wir alle umfallen vor Müdigkeit, können wir die Angst verdrängen, zumal es draußen noch ganz hell ist.

Nachdem ich Tess' Luftmatratze gerichtet habe, fallen Jacob und ich noch völlig angezogen auf unserem Bettüberwurf in tiefen Schlaf.

141

Mitternacht, und die Welt ist tot. Die Stille ist entsetzlich. Eine Nacht von saugendem, schwärzestem Schwarz. In meinem Kopf arbeitet es.

Wieso gehen wir davon aus, dass wir jetzt sicher sind? Es ist so dunkel draußen, kaum vorstellbar, dass es je wieder hell wird, aber ich bin wach, hellwach, erfüllt von Missbehagen – und einer unerklärlichen Panik.

In meinem Traum hat mein Vater schreiend und unter Tränen versucht, Tess den Händen des Sadisten zu entreißen. Er hat auf ihn eingeschlagen, aber umsonst, mit hämischem Lachen zog der Mann eine Waffe aus dem Hosenbund. Er richtete sie auf meinen Vater, der alt und dürr vor ihm stand, und drückte ihn bäuchlings auf den Boden. Ich entsinne mich – das war noch am schrecklichsten –, dass mein Vater zu singen begann, er sang eine Arie, eine dramatische Arie, Wagner, irre Töne, große Musik, größenwahnsinniges Getöse. Und da hat der Mann plötzlich wie tollwütig auf meinen wehrlosen Vater geschossen, eine regelrechte Exekution war das. »Mutti!«, hörte ich nur noch. Das war das Allerletzte, was ich hörte, Mutti, und mein Vater lag in einer riesigen Blutlache. Ich weinte untröstlich. Da erst sah ich, dass auch Tess wie tot auf dem Boden lag, und ich stieß einen Schrei aus.

Ich bin aus dem Schlaf hochgefahren, und mir bricht der kalte Schweiß aus, denn ich muss mir eingestehen, dass ich nicht mal weiß, ob Tess um Hilfe geschrien, nach mir gerufen hat, als sie nach der Pfeife dieses Faschisten tanzen musste. Als sie mich brauchte, habe ich sie nicht gehört, das steht fest, ich hätte sie retten müssen, diesen Mann umbringen, mit meinen bloßen Händen töten müssen.

Während ich das denke, spüre ich, wie sich die altbekannte verflixte Weichlichkeit in mir breitmacht, die mir meine beschämende Schwäche vergegenwärtigt und die Angst, die ich damals im Wald hatte, wo ich mich bis aufs Blut hätte wehren müssen – und später ebenso, in meinem eigenen Haus, gegen diese bewaffneten Männer. Alles weiß man immer erst hinterher. Wie wenig sich die starke Person, die man zu sein wähnt, mit der Wirklichkeit aus Schwäche, Feigheit, Angst deckt.

Verdammte, selige Unwissenheit. Übrigens muss mich mein eigenes Schreien geweckt haben. Jacob schläft ungestört weiter, aber die Luft vibriert gleichsam noch von meinem Schrei. Ich habe ständig dieses eine Wort im Ohr: Wagner. Ich mag Wagner nicht. Ich verstehe ihn nicht. Ich versuche, mich an eine Melodie zu erinnern, aber sie entgleitet mir immer wieder.

Solange dieser Mann auf freiem Fuß ist, sind wir in Gefahr, ist Tess in Gefahr, Mitch, Jacob, Iezebel, ja sogar Tara. Solange er lebt, sind wir in Gefahr. Weil wir alle zu ihm gehören, zu Herman, weil wir eine Familie sind, weil unser Feind weiß, dass er Rache gesät hat, die große, mächtige Triebe hervortreibt. So werden ganze Generationen ausgerottet, vorsorgen ist schließlich besser als heilen. Blutrache hört nicht auf. Nirgends wird Ruhe sein.

Ich renne zu Mitchs Zimmer, um nachzusehen, ob sie noch da sind. Sie schlafen. Mitch liegt auf dem Bauch, mit leicht geöffnetem Mund, und schnarcht leicht. Er auf der Luftmatratze – der *Marine*. Tess liegt in seinem Bett.

Noch sechs Tage. Dann ist er weg, dann werde ich ihn monatelang nicht sehen – dann beginnt die Soldatenmutterschaft eigentlich erst richtig. Dann kann er in irgendein Kriegsgebiet geschickt werden. Das kann fünf Monate dauern, ein Jahr, manchmal sogar zwei oder drei Jahre, aber geschehen wird es. Meine Kehle ist trocken.

Tess sieht sogar im Schlaf verloren aus, kleiner. Sie scheint zu schrumpfen – oder träume ich auch das?

Das Fenster steht offen, und der Vorhang weht ein bisschen hin und her. Ich höre die Bäume rauschen. Es ist sehr mild draußen, beinahe verführerisch, trotz der dunklen Nacht.

Es ist kein Plan. Es ist ein schnell wachsender Organismus in meinem Hirn. Ich drehe mich um und gehe ins dunkle Schlafzimmer zurück. Aus meinem Koffer fische ich meine Joggingschuhe, meine Sportsachen, die Gürteltasche, in der ich meistens mein Handy mitnehme – man weiß ja nie, was alles passieren kann.

Ich ziehe mich an. Nehme eine Strumpfhose aus dem Schrank. Dann ein Griff unter den Schreibtisch in meinem Arbeitszimmer – mechanisch, könnte man schon fast sagen. Die Pistole wartet dort geduldig, *wie immer* – auch das könnte man sagen.

Ich weiß genau, wie viele Patronen drin sind. Auch weiß ich, dass sie funktioniert, das gibt mir Sicherheit. Ich ziele kurz nach draußen, etwa in Richtung des hässlichsten Baums in unserem Garten, des krummen Holunders, der, wie mein Vater fand, so stinkt – um zu wissen, wie so ein Ding eigentlich in der Hand liegt. Nicht schlecht, das Holz ist glatt wie Seide, und der Abzug ist wie für meinen Finger gemacht.

Ich schließe die Lider halb, ziele in Gedanken auf Raaijmakers, stelle mir vor, dass ich den Schuss auslöse (paff!), und male mir aus, wie sich die Haut seiner Brust aufkräuselt, wenn sie von der Hitze und der Wucht des Bleis aufgerissen wird. Ich sehe sein Herz in der Tiefe, seine letzten Schläge pumpen das Blut hervor, das sich ergießt wie ein dunkelroter Wasserfall.

Mir wird kein bisschen übel bei dieser Vorstellung, wie sonst meistens bei Filmen mit solchen Bildern. Im Gegenteil. Ein herrliches Gefühl der Macht vermittelt das, angesiedelt irgendwo zwischen meinem Herzen und meinem Unterleib. Genug geübt.

Ich wickle die Pistole in ein Flanelltuch und stopfe sie in die Gürteltasche. Sie passt so gerade eben hinein. Das ist gut, dann sitzt die Tasche besser am Rücken und hüpft nicht bei jeder Bewegung auf und ab.

143

Gerne würde ich jeden einzelnen Schritt dieses Marathons nacherzählen – ich glaube nicht, dass ich mir je zuvor jeder Nanosekunde meines Lebens so sehr bewusst gewesen bin wie während dieses Laufs, meiner Reise ans Ende der Nacht. Wie meine Atmung war – das zuerst –, die Sauerstoffzufuhr, Voraussetzung für jeden nutzbringenden Verbrennungsprozess.

Anfangs war zu viel davon da (Folge der Hyperventilation – im Nachhinein durchaus nachvollziehbar), und dann auf einmal zu wenig, ein Mangel, der sich in plötzlich weichen Knien, zitternden Händen und gähnender Leere im Magen äußerte. Nach einigen ruhigen Atemzügen pendelte sich das wieder ein – Gott sei Dank. Ich war meinem Ziel noch keine fünfhundert Meter näher gekommen.

Danach ging es besser, auch weil ich mein Tempo anpasste. Im Dunkeln musste ich auf dem Gehweg ohnehin vorsichtig laufen und auf Pfützen und schiefe Gehwegplatten achten.

Die Nacht ist streckenweise wirklich undurchdringbar schwarz und feindselig, dann wieder, von Straßenlaternen feenhaft beleuchtet, fast weiß. Auf den Straßen ist wenig Verkehr in dieser Sonntagnacht, aber bei jedem Auto erschrecke ich heftig, zum ersten Mal wieder wie früher auf der Hut vor Männern, die mich womöglich anhalten – sie müssen ja davon ausgehen, dass ich hemmungslos bin, wenn ich in der Gegend herumlaufe, während andere schlafen. Ich muss einen ungewöhnlichen Anblick bieten, eine Joggerin mitten in der Nacht – für mich, mit meinem Jetlag, fühlt es sich praktisch noch wie Tag an.

Hin und wieder meine ich ein Auto hinter mir zu hören, aber wenn ich dann stehen bleibe und die Ohren spitze oder mich umdrehe, ist da niemand. Dass ich Dinge höre, die nicht da sind, muss ich wohl auf den Tumult in meinem Kopf zurückführen, unter anderem auf meine Ängste, die klares Denken und Hören erschweren. Diese Einsicht führt übrigens nicht dazu, dass sich Zweifel an meiner Mission einstellen.

Die Pistole liegt schwer in meinem Kreuz, aber es ist eine angenehme Schwere, ein solider Druck. Dass ich mit ihr dem Haus entfliehen konnte, vermittelt mir ein Gefühl großer Freiheit, als hätte ich meinem Gewissen, meinem alten Ich eine lange Nase gedreht. Alle Einwände, die meine Lieben möglicherweise geltend machen können und werden, sind meiner Überzeugung nach entkräftet – und damit gibt es für mich nur eine Option. Es bleibt nur ein Weg, und während ich renne, stimmt dieser Weg mich froh – verleiht mir Flügel, sagt man da wohl.

Nicht, dass ich es schon wirklich vor mir sehe, das ist noch zu schwer, dafür habe ich nicht genügend Atem übrig, aber ich habe die Pistole, meines Vaters Pistole, und ich weiß, auf wen ich sie richten muss. Mehr ist jetzt nicht nötig, und so renne ich weiter. Ich schätze, dass es von unserem Haus aus zehn Kilometer sind, nicht mehr. Das müsste ich in etwas mehr als einer Dreiviertelstunde schaffen können.

144

Vom grünen Stadtrand gelange ich schon bald in die Nähe der Tangente. Ich beschließe, sie zu überqueren und quer durch die Stadt zu laufen. Die Ampel steht auf Rot, aber auf der sonst immer so stark befahrenen Schnellstraße ist jetzt ohnehin nichts los. Auch in den Straßen, durch die ich danach laufe, ist es still. Wer um diese Zeit noch unterwegs ist, scheut das Tageslicht, und das kann wohl nur zwielichtige Gründe haben, etwas Unlauteres, Krankes, Finsteres – es sei denn, der Hund musste dringend mal raus. Eine plötzliche Angst schnürt mir die Kehle zu, was mich schneller laufen und außer Atem geraten lässt.

Ich halte mich möglichst dicht bei den Häusern und sage mir, dass mein Tempo mich ganz gut gegen obskure Gestalten abschirmt, die um diese Zeit keine Zuflucht in warmen, trockenen Wohnungen suchen, sondern von irrationalen Trieben auf die Straße gezogen werden. Gestalten, die durch Alkohol oder Drogen benebelt von einer Gehwegseite auf die andere torkeln. An diesen wenigen flitze ich schnell vorbei, denn obwohl ich spüre, dass ich nicht wirklich etwas von ihnen zu befürchten habe, jagt mir ihre gespenstische Erscheinung doch jedes Mal einen höllischen Schreck ein.

Durch das Zentrum, wo ich mich weniger ängstlich fühle, renne ich zunehmend lockerer an den Nordrand der Stadt, wo ich erneut auf eine Kreuzung größerer Umgehungsstraßen stoße. Ich überquere sie an einer Ampel, im Schritttempo diesmal, um nicht aufzufallen, und laufe dann auf dem neben der Straße herführenden Schleichweg weiter. Es ist viel zu schnell gegangen. Hier irgendwo ist schon das Sträßchen, das zu dem mir bekannten Haus führt.

Ich muss plötzlich an Tara und ihre so oft gehörten rachsüchtigen Worte denken. Reden kann jeder, denke ich – ein letztes Aufflackern von altem Kinderstolz. Aber ich werde meinen Vater rächen, bevor es ein anderer tut – falls es überhaupt einer vorhat. Ich vermisse ihn hier, er schaut nicht mehr so oft zu wie anfangs, und seine Stimme habe ich auch schon seit Wochen nicht mehr gehört. Außer in dem abscheulichen Traum von heute Nacht. Sein Tod in diesem Traum war so gewaltsam, so blutig und greulich. Das passte nicht zu meinem Vater.

145

Fast dort angelangt, ziehe ich die Jacke an, die ich mir um die Taille geknotet habe.

Die Häuser in diesem Viertel sehen alle gleich aus – auch mit Brettern vernagelte Fenster sind keine Ausnahme. Die Straße, in der ich Raaijmakers zuletzt gesehen habe, ist dunkel, nirgendwo brennt Licht, und die einzige Straßenlaterne, nicht weit von seinem Haus, flackert, als wolle sie gleich den Geist aufgeben.

Noch fünfzehn Häuser bis Hausnummer 17. Ich fummle an meiner Gürteltasche, das Ding muss jetzt raus, sonst stehe ich gleich mit leeren Händen vor dem Haus. Bloß nicht nachdenken. Wozu auch?

Ich sehe sein Auto dastehen, und schockartig wird mir bewusst, dass ich mich ihm nähere. Ich fühle das, ich fühle es wie Hitze. Er ist nicht mehr nur ein Gedanke, ein Phantom, aus dem Stoff, aus dem Alpträume und schreckliche Erinnerungen gemacht sind, sondern leibhaftig – wie eine Infrarotkamera kann ich mein Objekt auch bei Dunkelheit anvisieren. Mein Mund wird trocken. Mein Herz schlägt flach und schnell. Ich schwitze noch mehr. Jetzt kommt der Moment.

Mit einiger Mühe bekomme ich die Pistole aus der Tasche, während ich langsam weitergehe, normal, entspannt, als wollte ich dem Nachbarn eine Packung Kaffee bringen. Ich habe die Waffe in der rechten Hand, und die halte ich unter der Jacke versteckt. Sicherheitshalber habe ich mir die Strumpfhose übers Gesicht gezogen und mir meine schwarze Schirmmütze tief in die Stirn gezogen. Es ist zwar dunkel, aber wenn er mir öffnet, macht er bestimmt Licht.

Ich schwöre es, erst als ich vor seiner Tür stand, wurde mir bewusst, dass ich noch nie im Leben einen Schuss ausgelöst hatte.

Mein Zeigefinger am Abzug der Pistole verkrampft sich sofort. Wie kriege ich ihn vor die Flinte, soll ich klingeln?

Oder anklopfen? Wie macht man das? Und wo genau sitzt das Herz? Wie töte ich ihn mit nur einem Schuss? Wie komme ich danach weg? Wird er nach vorn oder nach hinten fallen? Angenommen, er fällt vornüber vor die Tür, wie bekomme ich ihn dann ins Haus zurück, ohne Spuren zu hinterlassen? Spuren! Ich trage Sportschuhe mit Profilsohle – das werden sie ausfindig machen! Ich habe Matsch an den Schuhen. Womöglich hinterlasse ich sogar DNA-Spuren. Wem ist damit geholfen, wenn ich selbst hinter Gitter wandere?

Beruhige dich! Wie gut sind die denn bei der Polizei? Wissen die etwa von Spermaspuren im Gästezimmer, Haaren, Hautschuppen? Haben sie das untersucht – all diese Abfallprodukte des fortwährenden Prozesses von Absterben und Erneuerung, der Leben heißt? Weiß ich überhaupt alles? Werden wir wirklich auf dem Laufenden gehalten? Womöglich werde ja auch ich überwacht?

Mir wird eiskalt nach der ganzen Schwitzerei, und ich fange wie verrückt an zu zittern – jetzt erst dringt so richtig zu mir durch, wo ich bin und was ich tue. Wie komme ich dazu, warum bloß überlasse ich das denn nicht der Polizei?

Ich habe doch tatsächlich gerade Überlegungen angestellt wie ein Krimineller – Spuren, Maskierung, Timing. Wie ist es so weit gekommen? Das kann ich doch nicht, das darf ich doch nicht! Wäre es nicht besser, wenn ich mich wie die Protagonistin in *Disgrace* in mein Schicksal ergebe, so schmerzlich es auch ist?

Allein schon dieses Wort, *disgrace*. Das Gegenteil von allem, was im Leben wertvoll ist: Liebe, Anmut, Anstand, Würde. *Disgrace:* die Vergewaltigung all dessen. Schande,

Scham, Entwürdigung – all das bedeutet *disgrace*. Die erwachsene Tochter der Hauptfigur in Coetzees Roman akzeptiert ihre *disgrace*, als wäre es kein himmelschreiender Skandal, dass sie vergewaltigt und dadurch geschwängert wurde, dass man ihre Hunde erschossen hat und sie auf ihrer eigenen Farm die Rolle der Untergebenen spielen muss. Sie fügt sich in ihr Schicksal, als sei sie der Meinung, dass sie es nicht besser verdient habe, und zuletzt, anfangs gegen seinen Willen, fügt sich auch ihr Vater in das seine.

Welch grenzenlose Tristesse.

Keine Rache, keine Vergeltung. Er fügt sich in die Ungnade, in die er gefallen ist, und das ist letzlich auch wieder eine *disgrace*. Was gerecht wäre, ist nicht mehr relevant. In dieser Geschichte entspringt das dem Schuldgefühl der Weißen in Südafrika, der Erkenntnis, nichts gegen die gesellschaftlichen Kräfte ausrichten zu können, zwischen deren Fronten beide Hauptfiguren ungewollt geraten sind. Und vielleicht auch der Skepsis gegenüber den Folgen, die »Gerechtigkeit« und »gerechte« Strafe letztlich für den Lauf der Geschichte und das eigene Wohl haben würden. Er und seine Tochter wissen: Wenn wir hierbleiben wollen, werden wir das alles ertragen müssen. Wenn wir dazu nicht bereit sind, bleibt kein anderer Weg, als weit von hier wegzugehen. Rache führt nur zu noch mehr Blutvergießen.

Führt der Tod von Raaijmakers, der meine Tochter und mich vergewaltigt hat, in Wort und Tat, der meinen Mann niedergeschossen und vielleicht auch den fatalen Sturz meines Vaters auf dem Gewissen hat – führt der Tod eines solchen Menschen zu noch mehr Blutvergießen?

Nein. Das muss nicht so sein, denke ich verzweifelt. Die

Pistole ist so schwer, dass meine Hand schon ganz steif ist. Das muss nicht so sein, wenn keiner weiß, wer es getan hat.

146

Noch einen Moment bemühe ich mich nach Kräften, die Pistole beruhigend auf mich wirken zu lassen. Sie war die Pistole meines Vaters. Sie ist zum Töten bestimmt – es sind neue Patronen darin. Ich frage mich, ob er sie wohl je so in der Hand gehalten hat wie ich jetzt. Ob er je drauf und dran war, sich bis zum wirklichen, bitteren Ende damit zu verteidigen. Ob mein Vater je erwogen hat, Raaijmakers zu erschießen? Hat er sie deshalb mit neuer Munition geladen – weil er Angst hatte? Ich weiß so vieles nicht. Was hat diese Pistole gesehen, was hat sie mitgemacht? In wessen Händen hat sie ungeduldig, gierig auf das Auslösen des Schusses gewartet?

Ich atme tief durch, lehne mich kurz an die Hauswand, unsichtbar, wie ich hoffe, in meiner schwarzen Kleidung im Dunkeln. Ich wiege die Waffe in der Hand. Tess wäre mit diesem Tod geholfen, sage ich mir noch einmal. Sie würde zur Ruhe kommen. Ach, wie sehr würde sie helfen, diese eine fatale Kugel in Raaijmakers' Brust: Das wäre das Ende ihrer Angst. Sie könnte allmählich wieder zu der Tess werden, die sie vorher war.

Er und sein Hass sind unser Gefängnis, sein Tod wird uns befreien. Und ihn von seinem verkorksten Leben erlösen.

Aber das denke ich an einer leeren und kalten Stelle in

meinem Geist. Wohin ich zu selten komme, um mich dort wohl zu fühlen.

Kann ich so sein? Kann ich jemand sein, der mordet? Kann ich so leben? Ich zittere immer noch heillos.

Und eine andere Frage drängt sich auf. Kann Tess zur Ruhe kommen, wenn ich es nicht kann, weil mich auf ewig Gewissensbisse plagen? Und was, wenn ich gefasst werde?

Ich weiß auf einmal nicht mehr, ob mein Hass groß genug ist.

Wie armselig! Wenn mein Hass nicht groß genug ist, kann meine Liebe es dann sein? Liebe ich genug, wenn ich nicht für meine Liebsten töten kann?

Ich denke an die Worte meines Vaters über die Muselmänner. An Vergebung und menschliche Güte. Macht ein Schuss einen Muselmann aus mir? Macht Rache mich zur Verliererin? Oder will ich mir das nur einreden – feige, wie ich bin?

Mein Vater schweigt, irgendwo da oben über mir. Vielleicht weiß er auch nicht mehr weiter.

Ich drehe mich um, die Tränen durchnässen den Strumpf, den ich mir übers Gesicht gezogen habe, und machen ihn undurchsichtig. Ich beginne zu laufen, zu rennen, ich renne die Straße hinunter, weiß einen Moment lang nicht mehr, wo ich bin, und stehe plötzlich an der Schnellstraße. Wild reiße ich mir den Strumpf vom Kopf, der klebt und mein Gesicht verzieht.

Ein Auto hält neben mir, eine Tür geht auf. Ich will schreien und panisch davonspurten – als ich eine bekannte Stimme höre, nein, zwei Stimmen.

»Saar! Steig ein!«, flüstern sie.

Mitch sitzt am Lenkrad, Jacob neben ihm.

147

Mitch, dessen Schlafrhythmus genauso durcheinander ist wie meiner, hat mich von seinem Fenster aus in Jogging-Outfit weggehen sehen. Er habe zuerst gedacht, ich würde schlafwandeln, erzählt er. Aber dafür hätte ich mich zu sorgfältig angezogen. Es musste also etwas anderes im Busch sein.

Er hat Jacob geweckt, was seltsamerweise gar nicht schwer war. Jacob hat sofort eine Vermutung geäußert, wohin ich wohl wollte. Er hatte einen Zettel mit einer Adresse neben meinem Laptop gefunden.

»Ich kann und will sie nicht aufhalten«, hat Jacob gesagt. »Aber wir müssen ihr nach.«

»Was will sie denn da?«, hat Mitch gefragt.

»Was meinst du wohl?«, antwortete Jacob.

Und da hat Mitch sofort genickt.

Weil sie mich unterwegs nirgendwo gesehen haben – ich habe auf dem letzten Stück einen Umweg gemacht, ich habe keinen sonderlich guten Orientierungssinn –, sind sie in Panik geraten. Auf gut Glück haben sie daraufhin in der Straße auf mich gewartet, die ich auf dem Zettel notiert hatte.

Jacob versucht die Atmosphäre im Auto zu beschreiben, als sie mich dann entdeckt haben, als schwarzen Schatten, der sich an den Häusern entlangdrückte. Trotz der Dunkelheit hat Mitch im Licht der flackernden Straßenlaterne bemerkt, dass ich etwas unter meiner Jacke versteckte. Und aus der Form haben sie beide gefolgert, was es war. Sie haben die Luft angehalten und sich nicht zu rühren gewagt.

»Holy shit«, hat Mitch gemurmelt. »Sie tut es wirklich.«

Mitch dreht sich zu mir um.

»Wenn du geklingelt oder an die Tür geklopft hättest, wäre ich aus dem Wagen gesprungen«, sagt er. »Darauf kannst du Gift nehmen.«

Ich glaube ihm. Insgeheim wünschte ich, ich hätte mich getraut. Ich wage nicht zu fragen, aber ich hätte gern gewusst, was Mitch getan hätte, wenn ich mit gezogener Pistole vor Raaijmakers gestanden hätte.

»Ich auch«, sagt Jacob.

Ich sehe, dass er zittert.

Während der Rückfahrt lege ich die Pistole neben mich auf die Sitzbank. Mitch greift danach, während er fährt, und schaut sie sich an. Auch Jacob wirft einen Blick darauf.

»Mensch, Mama«, sagt Mitch.

Ich sehe ihn über den Rückspiegel an. Er lächelt kurz. Nicht spöttisch, nicht beunruhigt. Es ist ein ernstes, trauriges Lächeln, das ihn um Jahre älter macht.

Jacob streckt den gesunden Arm nach hinten und fasst meine Hand. Umdrehen kann er sich wohl nicht, das lassen seine Verletzungen wahrscheinlich noch nicht zu.

»Saar«, sagt er. »Du wusstest es vielleicht schon, aber sicherheitshalber möchte ich es noch einmal klar und deutlich gesagt haben.«

»Ja?«

»Dass ich dich liebe.«

Ich drücke seine Faust an die Lippen.

148

Als wir zu Hause sind, bin ich so erschöpft, dass ich an Jacob geschmiegt sofort in tiefen Schlaf sinke. Trotz der verlorenen Kilos ist zum Glück noch so viel von ihm übrig, dass es herrlich ist, bei ihm Halt zu suchen. Ich fühle mich fast geborgen.

Am nächsten Tag stehen wir erst gegen elf Uhr auf. Mitch und Tess sogar erst gegen zwölf. Tess hat die ganze Nacht durchgeschlafen – wir sind froh darüber. Sie hätte eigentlich in die Schule gemusst, aber dafür ist es jetzt zu spät. Und wo Mitch jetzt da sei …, sagt Tess.

Mir ist ohnehin wichtiger als alles andere, dass sie nicht mehr ganz so leichenblass aussieht. Ich dagegen fühle mich matter denn je.

Dann kommt meine Mutter zu Besuch, wir müssen einkaufen gehen, eine neue Putzfrau muss eingewiesen werden, so dass ich mich erst gegen drei Uhr nachmittags daran erinnere, dass ich einen Beschluss gefasst hatte. Das muss heute noch geschehen, und nicht morgen.

Das Einzige, was ich nach der letzten Nacht mit Sicherheit weiß, ist, dass der Tod nicht unsere Sache ist, nicht in unseren Händen liegt – Menschen wie wir können mit so etwas nicht leben. Wenn mein Vater mir eine Philosophie mit auf den Weg gegeben hat, dann die, dass man in allem sich selbst treu bleiben sollte, seiner Würde und dem, was man gelernt hat. Vielleicht reicht es uns ja auch, wenn wir ein paar Jahre Luft haben – vielleicht kommt Raaijmakers hinter Gittern ja zur Besinnung.

Ich habe einen Termin bei der Polizei vereinbart. Allein. Um zu reden.

Bevor ich aus dem Haus gehen kann, ruft Gerard Koornstra an.

Seine Stimme klingt anders als sonst, schneller, geschäftsmäßiger. Ob ich mit Jacob zusammen kommen könne, bittet er. Es gebe unerwartete Entwicklungen, die er uns persönlich mitteilen wolle, bevor wir sie womöglich aus der Zeitung erführen. Er möchte auch, dass wir einige Sachen identifizieren. Meine Rückfrage, ob er vermute, dass es sich dabei um unser Eigentum handeln könnte, bejaht er.

Ich stoße einen Freudenschrei aus und frage, was denn passiert sei.

»Es hat einen Mord gegeben«, antwortet Koornstra.

»Wer ist denn tot?«, frage ich sofort. Ein Wunder, dass ich mich noch so tadellos artikulieren kann.

Es handle sich um einen gewissen Anton R., höre ich von Koornstra, nicht vorbestraft, aber man habe »ein Auge auf ihn gehabt«.

»Sieht aus wie eine Abrechnung«, sagt er.

149

Als Fünfjährige sah ich einmal die Lesebrille meines Vaters gefährlich nah am Rand seines Nachttischs liegen. Es war eine zerbrechliche, teure Brille, mit Bügeln wie Spinnenbeine.

Tara und ich durften nichts von meines Vaters Sachen anrühren, weder seine Füllfederhalter noch seine Bücher, noch seinen Plattenspieler, ja nicht einmal seine Zimmertür – womit alles, was in seinem Zimmer war, automatisch für uns tabu war, und das Nonplusultra war sein Schreibtisch (den Grund für dieses Verbot kenne ich inzwischen nur allzu gut).

Was, wenn diese Brille jetzt ganz plötzlich vom Nachttisch fällt und zerbricht!, dachte ich, und mir wurde ganz heiß dabei. Mein Vater wäre bestimmt fassungslos, und, noch schlimmer: Er könnte vorläufig nicht mehr lesen! Auch war ich mir jetzt schon sicher, dass mir die Schuld an der kaputten Brille gegeben würde oder Tara – Letzteres war Ersterem übrigens bei weitem vorzuziehen.

Tara und ich hatten uns am Tag davor gestritten, und ich war noch ein bisschen zittrig von der Wut, die das bei meinem Vater ausgelöst hatte, obwohl er uns inzwischen offiziell vergeben, beziehungsweise auf Kaution freigelassen hatte. Ich war daher mehr als bereit, etwas zu tun, was meine Position als die bessere Tochter untermauern würde. So hob ich im Bewusstsein der Verantwortung, die ich ungefragt auf mich nahm, die spillerige Kostbarkeit vom Nachttisch und legte sie mit klopfendem Herzen ein sicheres Stück vom Rand weg, stolz und überzeugt davon, dass ich die Brille damit vor dem sicheren Todessturz in den Abgrund bewahrt hatte.

Ich weiß noch gut, was für ein gruseliges Gefühl es war, das verbotene Kleinod in meinen schwitzigen Kinderfingern zu halten (so dünn, so zart, so teuer), wobei ich schon ein triftiges Alibi einübte, falls mich jemand überraschen sollte. Auf Zehenspitzen schlich ich mich danach aus dem Zimmer.

Es vergingen Stunden, wir aßen zu Mittag, Tara und ich spielten Krankenhaus – die Harmonie war inzwischen wiederhergestellt. Mein Vater kam nach Hause. Er ging in sein Zimmer, ich hörte die drei Schlösser von seiner Tür. Tara war die Krankenschwester, ich war die Patientin. Es half alles nichts, sie musste mir eine Spritze geben. In die rechte Pobacke. Komm, leg dich mal auf den Bauch.

Ein Brüllen von oben ließ mich vor Schreck hochfahren.

»WER HAT MEINE BRILLE ANGEFASST?!«

Mein Vater kam die Treppe heruntergedonnert. Tara und ich mussten zu ihm kommen. Die dünnen Spinnenbeine der Brille waren verbogen, ein Glas war aus der Fassung gefallen.

Mit offenem Mund schaute ich auf die Verwüstung.

»Wer hat das gemacht? Tara?«

Tara schüttelte ernst und sehr überzeugend den Kopf. Hier stand ein Mädchen, das nie zuvor eine Brille gesehen hatte, das war eindeutig. Aber Sara, die hatte ja so einen roten Kopf!

»Sara? Hast du meine Brille angefasst? Sag die Wahrheit!«

Ich legte meine Erklärung ab, mit allen Details, Nachttisch, Abgrund, Rettung, gerade noch rechtzeitig – nur weggeschoben, mit zwei Fingern. Für meine Eltern ein Schuldgeständnis, nicht mehr und nicht weniger. Mir glühte das Herz in der Brust – ob der Ungerechtigkeit, des Unverständnisses.

Für Vernunft oder eine gründliche Untersuchung war

keine Zeit – die Strafe folgte in Form von Flüchen und dem Schrei: »Ab in dein Zimmer!«

Tara durfte mit ihrem Plastikstethoskop weiterspielen.

150

Jetzt, da ich das aufschreibe, in unserem neuen Haus in Amerika, muss ich einräumen, dass vielleicht noch nicht restlos alles erzählt ist. Dass hier und da etwas fehlt – nicht zuletzt, weil ich selbst anfangs einiges übersehen habe. Das ist zum Teil meine Schuld. Hybris. Nicht alle Sinne ausreichend geschärft. Scheuklappen – so nennt man das doch wohl? Mütterliche Scheuklappen oder auch die einer Tochter, das ist die Frage.

Ziemlich kurzsichtig, ja absurd war es, anzunehmen, dass wir je »fertig« sein würden mit einer Geschichte wie der unseren. Eine so urplötzlich in Blut getränkte Geschichte kann nie abgeschlossen sein, auch wenn noch so herausfordernd ENDE darunter steht.

Dass wir, die Hauptfiguren, freundliche Menschen, die in der Regel keiner Fliege etwas zuleide tun, dass wir uns ohne Reue oder unerträgliche Gewissensbisse zur Gewaltanwendung hinreißen lassen würden, ist doch kaum vorstellbar, oder? Mord ist eine ernste Angelegenheit.

Tara und Iezebel konnten sich nur schwer damit abfinden, dass wir nach Amerika zogen, aber Jacobs Assistent fand in Santa Monica ein Haus mit separatem Gästetrakt, wo sie beide wohnen konnten, sooft sie wollten.

Neben der Unterbringung von Tess auf einer privaten Mädchenschule, der Einrichtung des neuen Hauses und zögerlichen ersten Schritten zu dem Buch über Zewa, meine vergessene Oma, das ich schon so lange schreiben wollte, hielt mich in den USA auch gleich das heftige neue Leben von Mitch in Atem.

Übers Internet lernte ich viele andere Mütter von jungen *Marines* kennen. Bei aller Verschiedenheit unseres Hintergrunds oder unserer gesellschaftlichen Stellung hatten wir eine gewisse exaltierte Emotionalität gemein und einen der Außenwelt wahrscheinlich übertrieben erscheinenden krampfhaften Optimismus. Allesamt überschlugen wir uns fast vor Tapferkeit.

Was mich allerdings von den meisten von ihnen unterschied, zumindest noch, war, dass ich meine Ängste nicht wie sie mit christlicher Religiosität beschwor. Aber wenn man im Internet verfolgte (und wenn man in diese Gruppe aufgenommen worden war, tat man das jeden Tag), was manche Eltern an Schrecklichem zu verdauen hatten, konnte man es ihnen nicht übelnehmen, dass sie auf eine höhere Macht vertrauten – viele der Ängste und Qualen, in die ich eingeweiht wurde, waren einfach zu groß für einen gewöhnlichen Menschen.

Nicht selten erfüllte es mich mit Bitterkeit, dass unser Sohn uns mit seiner Karriere solche Sorgen und solches Leid bereitete – wirklich verstehen würde ich das wohl nie. Die Gefahren, die er einging, waren so zahlreich, dass man sie kaum überblicken konnte, und für den Fall, dass er ihnen nicht gewachsen war, konnte man sich überhaupt nicht wappnen. Mir blieb nichts anderes übrig, als zu hoffen, dass es noch sehr lange dauern würde, bis er in ein Kriegsgebiet entsandt wurde, und das sagte ich ihm auch.

Jacob, Tess und ich fuhren mehrmals zu der Militärbasis, wo Mitch seine weitergehende Ausbildung absolvierte – dass diese fast genauso hart war wie seinerzeit das *Boot Camp,* machte Mitch weniger aus als mir. Er wollte sich auf *Intelligence* (den Nachrichtendienst) spezialisieren, was auch für mein Empfinden eine gewisse Schönheit in sich barg.

Ich hatte mich einer Freiwilligenorganisation von *Marine Mothers* angeschlossen, und wir organisierten alle paar Wochen Sammlungen für all das, was die Jungs in den Kriegsgebieten brauchen konnten. Das schickten wir dann an die jeweiligen Stützpunkte. Ich hatte Freude daran, so etwas Praktisches zu tun, weil ich mich damit im Geiste auf den Realzustand vorbereiten konnte, da Mitch eines Tages selbst in so einem Gebiet stationiert sein würde.

Tess, die sich über die Mädchenschule und die Uniform, die sie dort tragen musste, anfangs nur zynisch ausgelassen und dagegen gemeutert hatte, entspannte sich zu meiner Verblüffung schon wenige Tage nach Schulbeginn. Sie vermisste zwar die Jungs und nannte die Schule total verschnarcht, aber insgeheim tat ihr die gegenwärtige Abwesenheit von Testosteron wohl ganz gut. Entgegen ihrer Erwartung habe der Umstand, dass alle im gleichen blauen Faltenrock mit grauen Kniestrümpfen durchs Leben müssten, etwas Beruhigendes, erklärte sie selbst. Sie hatte immer seltener Alpträume.

Darauf war ich schon stolz: dass es uns gelungen war, das Böse in unserem Leben so weit einzudampfen, dass es uns nicht mehr belästigte. Sogar meine Mutter war glücklich, dass Ruhe und Harmonie in unserer Familie wiederhergestellt waren – trotz des geographischen Abstands, den wir offenbar dafür gebraucht hatten. Ich hatte ihr nicht alle Einzelheiten erzählt. Manches sollte für immer ungesagt bleiben, das hatte ich mit Jacob beschlossen. Und mit Mitch natürlich.

151

Auf dem Polizeirevier sollen wir sofort zu Koornstras Büro durchgehen. Er hat gerade eine Unterredung mit einigen seiner Beamten, winkt uns aber, als er uns sieht.

Er sieht angespannt aus, hat etwas Gewichtiges im Blick, das vorher nie da war, und obwohl er dauernd am Telefon verlangt wird, geht er mit uns gleich in einen anderen Raum. Vor Angst habe ich Mühe, ihn anzusehen, und mein Herz schlägt so laut, dass ich fürchte, er könnte es hören.

Ich tue mein Bestes, mich als die passive, ängstliche Betroffene zu geben, genau wie Jacob, glaube ich. Jacob geht gebeugter als gestern und drückt die Hand auf den Bauch, wo die Schusswunde ist. Das hat er bisher nie gemacht. Gestern ging es ihm viel besser.

Koornstra scheint kein Auge für meine Ängste und meine Geheimnisse zu haben. Und falls doch, ist er ein guter Schauspieler, der geschickt kaschieren kann, was er wahrnimmt und was nicht.

Jacob kann sich kaum auf den Beinen halten. Das sieht Koornstra schon – er ruft sofort nach einem Stuhl. Wir stehen in einem geschlossenen Raum mit einem Tisch in der

Mitte, auf dem unter einem Tuch die Umrisse von allerlei Gegenständen zu erkennen sind.

Im Beisein von zwei anderen Beamten bekommen wir zu hören, dass die Polizei gegen sieben Uhr an diesem Morgen von einem Mann alarmiert worden sei, der unter einer Haustür in seiner Straße Blut habe hervorsickern sehen. *Ruhig Blut,* denke ich automatisch. Aber mir gehen die verrücktesten Bilder durch den Kopf.

Sind das Erinnerungen oder Wahnbilder? Es war so dunkel.

Und dann wird mir das Unglaubliche, das ich schon weiß, noch einmal bestätigt.

Vor Ort habe sich herausgestellt, dass das Blut vom Leichnam eines gewissen Anton R. stammte.

Anton Raaijmakers. Tot. Mausetot. Zwei Schüsse ins Herz.

In der Wohnung hätten sich dann lauter Sachen gefunden, bei denen es sich, unserer Beschreibung nach, um unser gestohlenes Eigentum handeln dürfte. Ein Kollege Koornstras zieht das Tuch vom Tisch, mit einer Geste, als enthülle er ein Kunstwerk.

Langsam trete ich näher. Unsere Besitztümer sehen fremd und verwaist aus. Es ist ein großes Durcheinander. Ich suche nach meinem Schmuck. Meinen Laptop sehe ich nicht, aber unter einer Tasche finde ich die Schatulle mit Zewas Perlen. Zwei von meinen fünf Lederschächtelchen mit Ohrringen, Ketten und Ringen finde ich ebenfalls wieder, mein Babyarmband, ein paar kleine Gemälde, die Wertpapiere, eine goldene Plakette von Jacobs Großmutter, das Silberservice, vollzählig – ich kenne jedes einzelne Stück. Die Sammlung ist bei weitem nicht komplett, aber es sind alles Dinge, an denen ich hänge.

»Ist das Ihr Eigentum?«

Sprachlos gehen wir um den Tisch mit unseren alten Freunden herum. Außerhalb ihres sonstigen Rahmens haben sie etwas von lebendig gewordenem Spielzeug im Kinderfilm – ohne unsere Erlaubnis stiften gegangen, unartige und nun verschreckte, kleinlaute Zöglinge. Unsere Zöglinge. Die Welt ist wieder ein ganz kleines bisschen in Ordnung gebracht, jetzt, da diese Ausreißer gefunden sind. Genugtuung. Das Verrückte: Jetzt fehlen mir die Dinge, die nicht dabei sind, plötzlich viel mehr als vorher.

Die alte silberne Menora. Jacobs Armbanduhr.

Als Einbrecher sei Anton R. nicht polizeibekannt, erfahren wir weiter. Auch nicht als Vergewaltiger. Aber sein Name tauche im Zusammenhang mit einer neonazistischen Gruppe auf, die sich »Blood and Honour« nenne. Wahrscheinlich sei er in einige Erpressungs- und Drogendelikte verwickelt. Aus Mangel an Beweisen habe man ihn aber nie dingfest machen können. Man observiere jedoch seit geraumer Zeit ein Sportcenter in Nord, wo sich Mitglieder dieser Gruppe hin und wieder träfen. Auch der andere Verdächtige in unserem Fall, David Vandijck, trainiere dort, ohne freilich Mitglied dieser Neonazigruppe zu sein. Er sei im Übrigen ein früherer Angestellter von R., wie man inzwischen herausgefunden habe. Dass Raaijmakers' Betrieb, das Bauunternehmen seines Vaters, seit einem halben Jahr pleite ist, haben sie auch in diesen wenigen Stunden ermittelt.

Vorbeugend sage ich von mir aus, mit heiserer Stimme und der Fassungslosigkeit und Geschocktheit, die in einem solchen Fall angemessen erscheinen: dass mein Vater mehr als sechs Jahre lang gegen einen Bauunternehmer namens Anton Raaijmakers prozessiert habe. Und dass mein Vater den Prozess vor einem halben Jahr gewonnen habe.

(Dass mein Vater zwei Wochen später auf fatale Weise zu Fall kam, muss ich ja nicht notgedrungenermaßen hinzufügen. Ich kann nichts beweisen, und wem wäre schon damit gedient, wenn man hier erführe, dass es in unserer Familie jede Menge Motive gab, diesen Raaijmakers ein für alle Mal aus dem Weg zu räumen.)

Ah, das sei interessant, das habe man nicht gewusst, wird gesagt. Gebe es sonst noch etwas Besonderes? Habe dieser Herr je Ärger gemacht?

Ich verneine.

152

Und dann kommt der dritte Mann zur Sprache. Noch bevor wir uns verplappern können, wird seine Existenz als Fakt präsentiert. Für uns ist Raaijmakers der (immer verschwiegene) Dritte, für die Polizei ist es der Stämmige, der mit in unserem Schlafzimmer stand.

Koornstra erzählt. Zwei seien bei uns gewesen, der Dritte im Dachgeschoss und draußen. Mit beträchtlicher Geistesgegenwart frage ich, wie sie denn herausgefunden hätten, dass es noch einen dritten Täter gebe.

Der zweite Schuss auf Jacob sei aus einer anderen Pistole abgefeuert worden, erzählt Koornstra, und zwar von der Auffahrt her, durch das Dielenfenster. In dem Moment seien zwei Männer im Haus gewesen. Der eine habe die Beute zusammengerafft, der andere habe Jacob in Schach gehalten.

»Mit diesem zweiten Schuss sollten Sie aller Wahrscheinlichkeit nach getötet werden«, sagt Koornstra.

Über die Umstände von Raaijmakers' Tod will er sich offensichtlich nicht gern auslassen. Ein paar Details kann er sich dann aber doch nicht verkneifen.

»Niemand hat etwas gehört oder gesehen. Raaijmakers selbst war auch bewaffnet, aber wir nehmen an, dass er nicht die Zeit bekam, die Waffe zu benutzen. Der Täter war zweifelsfrei ein Profi. Keine Patronenhülsen, keine Fingerabdrücke oder sonstigen Spuren. Der offizielle Bericht liegt noch nicht vor, aber wahrscheinlich ist es gegen drei Uhr heute Nacht passiert. Die Tür war nicht aufgebrochen. Wer geht denn nachts um drei an die Tür?«

»Wenn er selbst eine Pistole hatte, fühlte er sich vielleicht sicher«, werfe ich ein. »Oder aber er hatte Angst, weil er das ganze Diebesgut im Haus hatte. Vielleicht ist er deswegen an die Tür gegangen.«

Wirft mir Koornstra einen aufmerksamen Blick zu? Jacobs Augen verraten jedenfalls nichts, so leer war sein Blick noch nie.

Ich schlucke alles Weitere runter und erwidere Koornstras Blick, wie es ein aufgeregtes, verzweifelt nach Antworten suchendes Verbrechensopfer tun würde – finde ich jedenfalls.

Jacob fasst meine Hand.

»Ich bin sehr müde«, sagt er. »Das ist ein bisschen viel auf einmal, davon muss ich mich erst erholen, fürchte ich. Nehmen Sie es mir bitte nicht übel.«

Wir vereinbaren noch etwas wegen unserer Sachen, dann gehen wir.

153

Meine Kleider von gestern Nacht hängen noch über einem Stuhl in unserem Schlafzimmer. Die Gürteltasche liegt neben meinem Bett. In meinem Arbeitszimmer taste ich unter die Schreibtischplatte. Das Klebeband gibt, dafür, dass ich es frisch angebracht hatte, sehr leicht nach. Wäre die Pistole nicht zwischen den Leisten verkeilt, hätte es sie sicher nicht gehalten. Ich wage sie fast nicht anzufassen – als handle es sich um ein lebendes Wesen mit eigenem Willen. Ein Frettchen. Eine Giftschlange.

Der glatte Griff, der Lauf, der Abzug – der Gegenstand ist mir inzwischen so vertraut geworden. Wagner.

Ich hole tief Luft und ziehe das Magazin heraus.

Zähle die Patronen.

Seit dem letzten Mal fehlen zwei.

154

Als ich nach unten komme, erwartet mich Mitch an der Treppe. Ich sehe ihn zum ersten Mal, seit wir von der Polizei zurück sind. Sein Gesicht ist todernst, die Muskeln über den Wangenknochen und dem Kinn sichtbar angespannt, seine Haut glänzt vor Kraft, seine Augen sind klar und hell. Er ist aus Licht gemacht, denke ich, und mich befällt ein unbestimmtes Gefühl des Unbehagens, das an Widerwillen grenzt. Mein Magen krampft sich zusammen.

»Mama«, sagt er nur.

»Mitch«, sage ich.

Ich fixiere ihn, sehe seine Pupillen und erschrecke, wie groß sie sind. Ich schlucke und möchte etwas sagen, aber mir fehlen plötzlich die Worte.

Jacob hat sich neben Mitch gestellt. Wir haben auf der Rückfahrt auch nicht viel geredet. Er streichelt meine Hand und berührt Mitch kurz an der Schulter. Ich kann sie gar nicht ansehen.

Mir ist, als müsse ich ersticken. Ich ersticke in meinem eigenen Haus, ohne so recht zu wissen, warum. Mein Vergewaltiger ist tot, ein brutaler, widerwärtiger Mensch, der Tess, Jacob und mir viel Leid zugefügt hat und das auch vielleicht wieder getan hätte. Eine Gefahr. Ein Mensch, dem ich den Tod zutiefst gewünscht habe. Es rauscht in meinen Ohren, mir ist schlecht.

155

Jacob hat seinen Laptop auf den Schoß genommen und liest den *Telegraaf* online. Er sucht nach der Meldung vom Mord an Raaijmakers. Zu früh, es steht noch nichts darüber drin.

»Jacob?«

»Ja.«

Jetzt sehen wir einander an – als säßen wir in Zügen, die in entgegengesetzte Richtungen fahren.

Seine Augen verraten nichts, aber von der Schwäche von

vorhin ist ihm nichts mehr anzumerken. Geradezu vital erhebt er sich und geht seiner Tochter entgegen, die zögernd das Zimmer betritt.

»Was?«, fragt sie misstrauisch, als sie unsere Gesichter sieht. Als wollten wir sie zum x-ten Mal mit nutzlosen Neuigkeiten verführen.

Jacob nimmt Tess' beide Hände in seine Armschlinge und erzählt.

Verunsichert, ungläubig blickt Tess zur Seite, zu Mitch.

»Wer?«

»Der Mann. Das Arschloch, das …«

»Was wisst ihr darüber?«, schreit Tess.

Mitch hat die Augen niedergeschlagen.

»Ich hatte es doch versprochen!«, sagt er. »Oder?«

Mit weit aufgerissenen Augen schaut sie von ihm zu mir. Wortlos.

Ich nicke nur.

Mitch und Tess verziehen sich nach oben.

Ich gehe in mein Arbeitszimmer.

156

Ein weiteres Mal schnalle ich meine Gürteltasche um und ziehe meine Joggingschuhe an. So leise ich kann verlasse ich das Haus. Von gestern Nacht tun mir noch die Beine weh, und meine Hüften brennen, aber ich muss laufen.

Es ist zu dieser Nachmittagszeit voll auf der Fähre über den Nordseekanal, Pendler, die von der Arbeit nach Hause wollen. Ich lege die Gürteltasche zwischen meine Füße, während ich, den Lärm der Schiffsschrauben ignorierend, die Aussicht bewundere – auf Stahlfabriken am Horizont, die große Wolken giftiger Dämpfe ausspeien. Mein Vater fehlt mir in diesem Moment ganz schrecklich, mir ist, als nähme ich noch einmal Abschied von ihm, als ich zusehe, wie das Wasser aufspritzt und sich sofort über seiner Beute schließt. Ein rascher Bissen, mehr ist es nicht.

Für den unsichtbaren Zuschauer, den ich befürchte, tue ich kurz so, als wäre ich entsetzt über den versehentlichen Verlust einer kleinen schwarzen Tasche, der ich mit fassungslosem Ausdruck nachstarre. Dann sehe ich mich gespielt hilfesuchend um. Als ich niemanden mitfühlend zu mir herüberblicken sehe, drehe ich mich mit klopfendem Herzen um, so dass ich in Richtung Spaarndam schauen kann – wo ich den Polder weiß und das sanfte Frühlingsgrün der Apfelplantagen, die ich als Kind besucht habe. (Nicht, dass ich von hier aus etwas davon sehen könnte.)

Als ich kurz danach doch noch einen Blick auf das Wasser des Kanals werfe, ist nichts anderes mehr zu sehen als Schaum auf einem kalten, schwarzen, besitzergreifenden Gewässer.

Es ist hier fünfzehn Meter tief. Ein würdiges Seemannsgrab für die Waffe, die mein Vater so lange versteckt hielt. Mir kommt die Assoziation mit einer Urne – als hätte ich seine Asche ausgestreut, denke ich. Auch etwas, was hier nicht so ohne weiteres erlaubt ist.

Ist das jetzt das Ende des Krieges?

Ich fahre mit derselben Fähre zurück.

Dann rufe ich zu Hause an, damit sie wissen, wo ich bin.

Schon als die Fähre wieder ablegt, sehe ich sie alle drei drüben am Kai stehen: Mitch, Tess und Jacob. Wir winken einander die ganze Überfahrt zu, Hände wie Fähnchen im Wind.

Mitch sieht inzwischen etwas ruhiger aus, seine Augen sind weniger geweitet, die Pupillen nicht mehr so groß. Er ist verändert, still. In seinem Kopf scheint sich viel abzuspielen. Jacob ist besser auf den Beinen, aber sichtlich erschöpft. Doch die Kraft, mich fest in die Arme zu schließen und zu küssen, die hat er noch. Mit Worten gehen wir in letzter Zeit eher sparsam um.

Zu viert gehen wir zum Parkplatz, wo das Auto steht.

»Bist du Mama?«, fragt Tess, die wie früher den Clown spielt.

Sie hat vom Wind gerötete Wangen.

»Nein, ich fand dich im Haberstroh, unter drei Gänsen, da war ich froh!«, singe ich. »Drei gaaaanz dicken Gänsen im Haberstroh ...«

157

Ob wir uns in unseren Alpträumen noch Jahre danach unter Gewissensbissen gekrümmt haben – darüber werde ich mich nicht näher äußern. Das gehört nicht in diese Geschichte. Aber von den Gewissensbissen abgesehen, hätte diese Geschichte leicht (das heißt ohne allzu große seelische Nöte) auf natürliche Weise mit unserer Emigration auf einen anderen Kontinent enden können. Die ließ sich letztlich doch nicht vermeiden. Damit wir Mitch besuchen und bei uns empfangen konnten, wenn er frei hatte. Und weil es keiner von uns geschafft hätte, durch das Haus, in dem sich alles abgespielt hatte, Tag für Tag an alles erinnert zu werden.

In den Niederlanden wurden uns keine Steine in den Weg gelegt – das war eine angenehme Überraschung. Man verschärfte lediglich die Suche nach dem dritten Mann. Dass dieser dritte Mann Raaijmakers' Mörder war, stand für die Polizei eigentlich felsenfest.

Eine Sache, die mich nachts verfolgt hat, will ich aber schon erwähnen: meinen Besuch damals bei Geert van Drongen. Er war schließlich der Einzige außerhalb meiner Familie, der von meinem Interesse für Raaijmakers wusste. Ich schickte ihm, was ich im Nachhinein ziemlich kaltblütig von mir finde, einfach eine E-Mail, in der ich mit sorgsam gewählten Worten meinem Erschrecken über die launischen Wege des Schicksals Ausdruck verlieh. Schamlos erkundigte ich mich, ob er genauso bestürzt darüber sei wie ich. Er antwortete, dass er, obwohl er noch gar nichts über Tons Tod gelesen habe, ehrlich gesagt nicht wirklich überrascht sei über dessen gewaltsames Ende.

Ich fand, dass ich es damit bewenden lassen konnte.

158

Noch eines möchte ich mir von der Seele schreiben. Obwohl Jacob bemüht war, die Verantwortung für alles, was passiert ist, ganz auf sich zu nehmen, konnte ich nur schwer das Gefühl abschütteln, dass wir unseren Sohn in die Bresche hatten springen lassen, weil wir selbst nicht fähig waren zu handeln – obwohl Mitch sich ganz ungerührt gab und absolut keine Reue empfinden wollte. Absolut gar nichts empfinden wollte, dachte ich manchmal.

Ich kam einfach nicht darüber hinweg, dass ausgerechnet er, der doch verkörperte, was mir am liebsten und wertvollsten war, im Geiste des genauen Gegenteils davon gehandelt hatte, des Allerschlechtesten, Kältesten, das es für mich gab: Rachedurst und Hass. Und ich hatte ihn nicht daran hindern können. Ist das Böse immer böser, als das Gute gut sein kann?, fragte ich mich immer wieder. Ich hätte meinen Sohn vor sich selbst schützen müssen, dachte ich in solchen Momenten. Oder vielleicht sogar vor mir, seiner Mutter. Ich hätte mir zumindest darüber im Klaren sein müssen, dass er so sehr mein Sohn, mir so nahe ist, dass er alles für mich tun würde, auch wenn ich für mich entschieden hatte, es selbst nicht zu können oder zu wollen. Mitch hat von jeher eine ungemein feine Intuition gehabt, zumal was mich betrifft, ich hätte also damit rechnen müssen. Und ihn zurückhalten müssen.

Ich hätte vielleicht nicht mit Pistole aus dem Haus gehen dürfen, Mitch im Auto nicht so ansehen dürfen. Vielleicht hätte ich reden müssen, meinem Mann wie meinem Sohn verdeutlichen müssen, dass die Tränen, die ich nach meinem missglückten Versuch, die Pistole zu ziehen und etwas Unumkehrbares zu tun, zu verbergen versuchte, Tränen des Bedauerns waren, aber auch Tränen meiner Menschlichkeit. Auf diese Tränen hätte ich stolz sein können – wenn ich sie ihnen deutlich erklärt hätte. Ich hätte Mitch verbieten müssen zu tun, was ich nicht tun konnte.

Und jedes Mal, wenn ich all das dachte, tat es weh, denn diese Gedanken bedeuteten im Grunde nur eines: dass Raaijmakers trotz seines Todes moralisch über uns gesiegt hatte.

(Mitch lehnte es kategorisch ab, sich auf solche Überlegungen einzulassen. Er verbot uns buchstäblich jedes Mitempfinden. Er sei US-*Marine*! Und da er schon kurz darauf wieder zu seiner Basis zurückmusste, blieb uns gar nichts anderes übrig, als uns damit abzufinden.)

Doch alles bekam ein völlig anderes Gesicht, wenn ich Tess anschaute, den anderen Ableger meiner besten Seiten, Tess, die allmählich wieder sie selbst wurde. Oder wenn ich mir Jacob ansah, der lebte und mir näher war denn je, Jacob, der sich vorsichtig wieder mit neuen Projekten trug. Oder wenn ich Mitchs Briefe las. Mitch, der offenbar so gut trainiert war (und wurde), dass er mit Vergeltung und deren Konsequenzen umgehen konnte.

Dann fielen Angst und Zweifel genauso plötzlich von mir ab, wie sie mich kurz zuvor überfallen und mit Fragen und Vorwürfen gequält hatten. Den gleichen Effekt hatte es, wenn ich in Santa Monica aus dem Fenster schaute und in der Ferne den Ozean sah, wenn ich die Wärme der Sonne auf der Haut fühlte und das Licht in mich aufsog, das hier tagtäglich in solcher Fülle vorhanden war. Dann empfand ich trotz allem, ja fast wider Willen, eine Ausgeglichenheit, die mir kaum erklärlich war. Gibt es das: Ausgeglichenheit zwischen Gut und Böse?

Das hätte es gewesen sein können. Ein Ende mit ein wenig, aber nicht allzu viel Reue. Doch damit ist immer noch nicht alles, was es zu wissen gäbe, erzählt. Sagen wir, es *schien* zu Ende zu sein, wie Geschichten ja öfter scheinbar von der echten, tieferen Vergangenheit unabhängig sein können. Der Vergangenheit, die wir schon ein wenig vergessen haben.

Aber nicht in unserem Fall.

Nie in unserem Fall.

159

Als wir etwa fünf Monate in den USA wohnten, also etwa sieben Monate nach dem Tod von Raaijmakers, erhielten wir eines frühen Abends einen Anruf von Mitch.

Ich hörte es seiner Stimme an. Sofort. Und sosehr ich auch versucht hatte, mich darauf einzustellen, nichts hätte mich dafür wappnen können, denke ich im Nachhinein.

Afghanistan sollte es werden. Bagram. *Bagram Airfield.* Er habe noch einen Tag, schrie er. Das bedeutete, dass ich nicht mehr zu ihm konnte.

Mitch war aufgewühlt, das hörte ich, und vor allem das machte mir schreckliche Angst – ich hatte mich trotz aller Zweifel wohl doch unwillkürlich von Mitchs neuer Erwachsenheit, seinem Selbstvertrauen und seiner Überzeugtheit einlullen lassen. Die Angst war wie ein Vakuum, das mich leersog, eine solche Angst habe ich, glaube ich, nie zuvor gehabt. Nicht einmal diese Männer an unserem Bett hatten so ein hohles Gefühl drohenden Unheils in mir ausgelöst.

Im Zuge früherer Telefongespräche hatte ich zu dem Zeitpunkt übrigens schon angefangen zu verstehen, inwiefern der Glaube an einen Gott in solchen Momenten wahrscheinlich wirklich eine Hilfe sein kann – ich dagegen fand meistens keinen Weg, mich zu beruhigen. Auch Jacob (den ich immer mit verzweifeltem Winken an den Hörer rief, »komm, komm!«, und dem ich beim Telefonieren schier das Handgelenk zerquetschte) konnte mich nicht mit seinen rationalen Argumenten, wie etwa günstigen Statistiken oder abstrakten Fernzielen wie »Verteidigung unserer Freiheit« oder »Kampf für die Demokratie«, trösten. So rührend und großartig er Mitchs Entscheidung für dieses Leben auch finden mochte, im Grunde fehlten ihm, wenn es darauf ankam, genauso die Worte. Nichts half. Die gellende Panik ließ sich einfach nicht bezwingen. Ich suchte mit aller Macht nach einer Form von Vertrauen in irgendetwas, egal was. Etwas, was Sinn hatte, etwas, was größer, besser, wahrer war als der bloße Zufall mit seinen willkürlichen Wendungen. Fast alle Mütter suchten und fanden in solchen Momenten zu Gott, wie ich wusste, und ich lechzte nach so etwas – nur glaubte ich nicht.

Wohin, oder besser gesagt, zu wem ich dann ohne Gott fand, war natürlich überhaupt keine Überraschung. Offenbar konnte selbst der Tod nichts daran ändern.

Mein Vater war nicht Gott, und mein Vater war auch nicht mehr da, aber der Gedanke, dass er trotzdem immer auf uns aufpasste, beruhigte mich nun einmal. Ich fühlte seinen Blick, und ich hörte seine Stimme. Auch wenn sein Bild jedes Mal, wenn ich ihn genauer ansehen wollte, verschwamm, und der Ton gestört war, wenn ich hören wollte, was er mir zu sagen hatte.

Mitchs Stimme war belegt, die Worte kamen ihm nur schwer über die Lippen. Er müsse mir etwas erzählen, sagte er, etwas, was er mir bisher nicht habe sagen können oder zu sagen gewagt habe. Wir beschlossen, unser Gespräch per Skype fortzusetzen. Ich musste ihn dabei sehen.

Er trug ein weißes T-Shirt, sein Gesicht darüber sah jung und straff aus. Er saß in einem Computerraum, dem sogenannten *Skyperoom,* in dem ich ihn schon früher gesehen hatte.

»Liebling… Was wolltest du mir sagen? Weiß ich nicht längst, dass du…?«, begann ich, weil ich dachte, er wolle endlich sein Herz über das ausschütten, was mich selbst noch tagtäglich beschäftigte.

Aber das war es nicht. Ganz und gar nicht. Ich solle jetzt einfach mal still zuhören, sagte Mitch. Es gehe um Opa. Er wolle mir etwas erzählen, was er mir von Opa nie habe erzählen dürfen. Etwas, was nur er wisse. Aber da er nicht wisse, wo seine Reise enden werde (bei dieser unerträglichen Bemerkung blieb seine Miene ganz ungerührt), wolle er es jetzt loswerden. Das sei jetzt der geeignete Moment, einen anderen werde es vielleicht nicht geben.

Das machte es nicht gerade leichter.

Er werde mir etwas schicken, oder besser gesagt: Es sei etwas an mich unterwegs, sagte er.

Ein Brief.

»Aber wir reden doch jetzt miteinander«, wandte ich ein.

Er schaute direkt in die Kamera, mir in die Augen, obwohl er mich natürlich nicht wirklich sehen konnte.

»Es ist kein Brief von mir. Es ist ein Brief von Opa. Und

ich kann nichts mitnehmen, was von persönlichem Wert ist«, erwiderte Mitch ein bisschen ungeduldig. »Ich werde noch mehr schicken müssen.«

Ich sah seinem Gesicht an, dass es ihn Überwindung kostete fortzufahren.

»Ein Brief von Opa? Was denn für ein Brief?«

»Es ist ein alter Brief, noch aus dem Krieg.«

Langsam (*lange Leitung*, sagte mein Vater immer, wenn ich etwas nicht sofort begriff) ging mir etwas auf.

»Du hattest also den dritten Brief?«, rief ich.

»Ja.«

Ich wollte natürlich wissen, was es damit auf sich hatte. Was darin stand.

»Das wirst du dann lesen«, sagte Mitch. »Du wirst nicht viel davon verstehen, schätze ich, und deshalb rufe ich dich jetzt an. Ich will es dir erklären. Ich muss es dir erklären.«

Er weinte nicht, aber ich sah, dass ihm die Mimik zu entgleiten drohte.

Ich hatte mich so sehr zusammengerissen, aber wenn er schon solche Mühe hatte, das jetzt zu erzählen …

Und dann bekam ich die Geschichte zu hören, die Teil unserer Geschichte ist. Die so sehr Teil von uns ist, dass ich nicht verstehe, warum ich sie nicht kannte. Warum ich nie davon gehört hatte.

160

Mitch war 2004 mit meinem Vater in Baden-Baden gewesen, aus Anlass eines dieser Vorträge meines Vaters. Dreizehn war Mitch damals gewesen. Sie hatten das Haus besucht, in dem Herman als Kind gewohnt hatte, hatten in der Trinkhalle nach Schwefel stinkendes Heilwasser getrunken und sich im Archiv die Briefe angeschaut, von denen Dieter von Felsenrath mir erzählt hatte.

Drei Briefe waren das gewesen, enthalten im Archivmaterial zur Familie Leeder. Zwei davon hatte Zewa, meine Großmutter, an ihre Freundin Fietje Leeder geschrieben. Das waren die Briefe, die ich kannte, die Monica in Mitchs Zimmer gefunden hatte. Der dritte Brief war von Herman selbst, geschrieben mit dreizehn. Dieser Brief war an Mo, Fietjes Sohn, gerichtet.

Mein Vater hatte im Archiv in Baden-Baden gestanden und die Briefe wie in Trance gelesen, erzählte Mitch. Er sei dabei gewesen, er habe es gesehen. Herman hatte Dieter von Felsenrath gebeten, die Briefe noch kurz behalten zu dürfen – er wolle mit seinem Enkel darüber reden. Felsenrath hatte angeboten, ihm Kopien zu machen. Im Hotel hatte Herman Mitch die Briefe vorgelesen und sie ihm übersetzt. Später stellte sich heraus, dass Herman auch die Originalbriefe heimlich mitgenommen hatte.

»Opa schien auf einmal ein anderer Mensch geworden zu sein«, sagte Mitch. »Ganz alt.« Er hatte unaufhörlich geweint, während er die Briefe vorlas. Besonders schlimm war es bei den Briefen seiner Mutter an ihre Freundin Fietje gewesen. Den Brief, den er selbst als Dreizehnjähriger an seinen Freund Mo geschickt hatte, wollte er nicht vorlesen. Er gab ihn Mitch mit den Worten, dass er sich selbst einen Reim darauf machen müsse. Für ihn sei das zu schmerzlich. »Ich musste ihm versprechen, dass ich niemals mit jemandem darüber reden würde. Vor allem nicht mit euch. Er sagte, er habe es nie jemandem erzählt und werde es auch nie erzählen«, sagte Mitch.

Es war eigenartig, meinen Sohn so über meinen Vater sprechen zu hören. Für einen Moment überkam mich das gleiche Gefühl von Leere und Verlassenheit, das ich an Hermans Sterbebett gehabt hatte: Ich blickte auf das Universum, in dem ich noch nicht (beziehungsweise nicht mehr) zu den wichtigsten Menschen in seinem Leben gehörte. Dass seine Mutter an allererster Stelle gestanden hatte, war verständlich, aber dass er meinem Sohn so viel mehr anvertraut hatte als mir, darauf war ich nicht gefasst gewesen.

Seltsamerweise hatte Mitchs Stimme auf einmal etwas von der meines Vaters, als kommunizierte ich mittels dieses unwirklichen Skype plötzlich wieder mit meinem Vater.

»Aber warum denn nicht, mein Gott?«, fragte ich.

Und Mitch erzählte.

»Im Spätjahr 1942 rückte die niederländische Polizei an, um Opa Herman, seine Eltern und ihren Untermieter Federmann abzuholen. Es hatte im Viertel schon viele Razzien gegeben, sie wussten also, dass die Gefahr immer näher rückte, und hatten sich darauf gefasst gemacht, obwohl sie immer noch hofften, dass es vielleicht doch nicht passieren würde.«

Es war ein bewölkter Tag Mitte Oktober 1942. Sie saßen unten im Wohnzimmer. Hermans Vater und Federmann lasen ein Buch, Hermans Mutter flickte seinen Wintermantel. »Daran erinnerte sich Opa noch ganz genau«, sagte Mitch, »denn diesen Wintermantel hat er von da an immer getragen. Er selbst spielte mit seinen Zinnsoldaten. Obwohl Krieg war, war er noch sehr verspielt, hat er mir erzählt, und er dachte sich Geschichten von glorreichen Schlachten aus, in denen er ganz aufging.«

Sie hatten im Vorhinein alles durchgesprochen. Wenn sie kamen, sollte Herman sich oben im Schlafzimmer im Schrank verstecken. Darin war hinter einer Zwischenwand ein Versteck, in das er gerade eben hineinpasste. Mit der Familie Leeder, also Fietje und ihrem Mann, war verabredet worden, dass sie Herman bei sich aufnehmen würden, wenn etwas passierte. Falls das nicht gelang, sollte Herman zu den Borns gehen, der Familie ihres Anwalts.

»Opa hatten sie dabei nicht groß gefragt. Dass er nicht bei seinen Eltern bleiben sollte, war für ihn indiskutabel. Wenn es so weit wäre, würde er einfach mit ihnen mitgehen, dachte er.«

Sie saßen also alle zusammen unten im Wohnzimmer, als es tatsächlich klingelte. Es war schon Abend, ein Zeitpunkt, zu dem sie eigentlich nicht mehr damit gerechnet hatten.

In der Panik des Moments bekam Herman sofort einen Schubs von seinem Vater.

»Los, los! Schnell ins Versteck! Und rühr dich ja nicht!«, flüsterte er.

Hermans Mutter nahm sich noch die Zeit, ihm einen Kuss zu geben, einen merkwürdigen, aufs Haar, verwirrt und mit Tränen in den Augen. Sie sandte ihm einen Blick hinterher, in dem so viel Angst, aber auch so viel Liebe lag, dass er ihn nie mehr vergessen hat.

Sein Vater rief den Polizisten vor der Tür zu: »Wir kommen, einen Augenblick bitte.«

»Nein! Ich will nicht in den Schrank«, sagte Herman. »Ich will bei euch bleiben!«

Wortlos gab sein Vater ihm einen Stoß und zischte, er solle jetzt in den Schrank und sich versteckt halten, bis alle weg seien.

»Und dann gehst du zu den Leeders – na los, beeil dich, nach dem Krieg sehen wir uns wieder!«

Inzwischen wurde gegen die Tür gehämmert, ja es hörte sich sogar an, als werde dagegengetreten. Nicht mehr lange, und sie würden die Tür eintreten.

Keine Zeit mehr für Diskussionen. Wider Willen huschte Herman die Treppe hinauf, zornig, bestürzt. Er stieg in den Schrank. Es war total finster darin, das Lämpchen funktionierte nicht mehr. Er quetschte sich in den Hohlraum. Im Boden, wie auch im Fußboden darunter, war ein breiter Spalt, durch den er nach unten ins Wohnzimmer gucken konnte, aber dazu musste er erst die Matte wegschieben, auf der er jetzt stand. Er hörte, dass unten die Tür aufgestoßen wurde, und er hörte Stimmen, von Niederländern, die die Arroganz besaßen, seinen Eltern und deren Untermieter in ihrem eigenen Haus Befehle zuzubrüllen.

»Sachen packen, mitkommen! Jetzt! Los, los!«, riefen sie.

Herman, oben im Schrank, zitterte am ganzen Leib. Möglichst geräuschlos versuchte er mit dem Fuß die Matte wegzuschieben, als er plötzlich gegen etwas stieß. Er bückte sich und schloss die Finger um einen harten, kalten Gegenstand. »Federmanns Pistole«, erzählte Mitch. »Federmann hatte sie aus Berlin mitgebracht. Hermans Vater wollte nicht, dass sie im Haus blieb, weil er das für zu gefährlich hielt. Offenbar hatte Federmann sie dann dort versteckt.«

Herman hörte unterdessen das permanente Schreien der Polizisten und das Poltern von umfallenden Möbeln. Sie hatten es eilig, waren ungeduldig. Die Pistole in der Hand, gelang es Herman endlich die Matte wegzuschieben, ganz sachte, denn wenn sie irgendetwas hörten, wäre alles vorbei.

»Ihn beschäftigte nur eines«, erzählte Mitch, »ob er sich trauen würde, von hier oben auf sie zu schießen. Er glaubte, dass er sie treffen könnte, wenn er durch den Spalt im Boden auf sie zielte.«

»Schneller, schneller«, riefen die Männer und trieben Hermans Eltern an, aber die Koffer waren schwer, und es fiel etwas aus einer zusätzlichen Tasche, was sein Vater aufzuheben versuchte.

Herman sah, wie einer seinem Vater ungeduldig und hart mit dem Gewehrlauf auf den Rücken schlug. Und als seine Mutter das Gesicht zu dem Mann erhob, der das getan hatte, um etwas zu sagen, ja ihn womöglich zu beschimpfen, stieß der ihr den Gewehrkolben gegen das Kinn. Sie fing an zu bluten.

»Seine Mutter wurde von einem Proleten mit dem Gewehr geschlagen! Da ist Opa fast durchgedreht«, sagte Mitch. »Jetzt musste er schießen, jetzt wollte er auch, dass sich die Kugeln in ihr Hirn bohrten. Siedend vor Hass und Rachedurst stand er da in dem Schrank und war nur von einem Wunsch erfüllt: diese Eindringlinge zu erschießen, einen nach dem anderen. Aber als er es wirklich versuchte, verkrampften sich seine Finger und versagten ihm den Dienst. Er traute sich nicht. Natürlich traute er sich nicht.«

Durch den Spalt wurde Herman Zeuge des erbärmlichen

Geschehens: seine Mutter mit blutigem Gesicht, sein Vater, der sie stützte, humpelnd. Wie sie mit ihren Taschen und Koffern zur Tür hinausstolperten: ängstlich und gehetzt, seine Mutter weinend. Noch einen letzten Blick warf sie zurück.

»Und Opa«, sagte Mitch, »hob die Hand zu einem letzten Gruß, was sie natürlich nicht sehen konnte!«

Das war das letzte Bild von seiner Mutter, wie er sie kannte. Danach sollte Herman sie nur noch einmal wiedersehen, in Auschwitz, in einer Kolonne von Frauen, die ihren letzten Transport antraten.

Federmann ging hinter seinen Eltern her. Als er noch einen Blick zurück und nach oben warf, war Herman sich sicher, dass er an seine Pistole dachte. Er schämte sich sehr.

»Opa erzählte, dass sich alles in ihm zusammengezogen hat vor Scham, tiefster Scham und unendlichem Bedauern. Aber vorbei war es da noch nicht«, erzählte Mitch. »Zwei von den vier Männern gingen noch durchs Haus, öffneten Schränke, nahmen heraus, was sie gebrauchen konnten. Einer von ihnen kam auch nach oben. Den hätte Herman natürlich gern erschossen. Zumal es der Mann war, der seine Mutter geschlagen hatte. Man kann sich das gut vorstellen. Wie er hinter dieser Zwischenwand stand. Am ganzen Leib zitternd, wie unter Strom – so hat Opa es erzählt. Seine Gedanken überschlugen sich. Ohne dass er eine Lösung fand. Sein Vater würde außer sich sein, und er würde seiner Mutter nicht helfen, wenn sie ihn jetzt fanden. Auch an die Repressalien dachte er, die unschuldigen Menschen, die seinetwegen büßen und getötet werden würden. Und angenommen, er schoss daneben? Angenommen, sie nahmen ihn fest und erschossen ihn? Andererseits dachte er: Wenn ich sie jetzt einfach alle totschieße, zuerst diesen Scheißkerl mit dem Gewehr, dann den nächsten, dann noch einen und noch einen – dann würde man ihn vielleicht nicht so schnell finden. Dann könnten sie vier sich das Auto schnappen und abhauen!«

Mitch verstummte kurz und erzählte dann: »Opa hörte, wie die Schranktür aufgemacht wurde, hörte den Mann auf der anderen Seite der Zwischenwand atmen. Sein Finger krümmte sich um den Abzug, der Schweiß brach ihm aus. Er hörte, wie der Mann mit einem Knüppel die Schrankwände abklopfte, und danach hörte er ihn sagen: ›Niemand hier.‹ Und dann ging er – dann gingen sie beide. Herman blieb allein zurück. Er war erst dreizehn und hatte noch nie geschossen, außer in seiner Einbildung oder mit einem Holzgewehr. Er wollte das Allergrößte tun, und was er letzten Endes tat, war … gar nichts. Opas Vater, Opas Mutter und Federmann wurden nach Westerbork gebracht. Und von dort nach Auschwitz deportiert. Und Opa Herman hat drei unvorstellbar scheußliche Monate allein in diesem Haus zugebracht – bis er eines Tages gefasst wurde.«

Mitch blieb lange still. Ich blickte auf sein Gesicht auf dem Monitor. Ich hätte ihn so gerne berührt.

Ich fragte: »Aber er sollte doch zu dieser Familie gehen!? Dieser Familie Leeder!«

»Ach ja. Als er noch am selben Abend zu ihnen ging, ganz vorsichtig, kurz vor Beginn der Sperrzeit, sah er in ihrer Straße Razzien. Auch vor dem Haus der Leeders stand ein Polizeibus, wenn er sie selbst auch nicht sah. Er stellte sich hinter einen Baum und bekam von dort aus mit, wie zuerst eine jüdische Familie aus einem Haus geholt wurde und danach die Leute, die ihnen Unterschlupf gewährt hatten. Man verfuhr genauso unsanft mit ihnen wie mit seinen Eltern. Ein Mädchen wurde vor seinen Augen von einem der Männer getreten. Danach wollte er nicht mehr zu den Leeders. Mit diesem Anwalt konnte er auch nie Kontakt aufnehmen – er litt so sehr unter seiner Ohnmacht und seinen Schuldgefühlen, dass er nicht auch noch andere in Gefahr bringen wollte.«

»Aber sie haben doch nach ihm gesucht, nehme ich an? Das war doch so verabredet?«

»Ja, sie haben nach ihm gesucht. Aber da hatte Herman sich schon versteckt, panisch und fest entschlossen, dass er allein bleiben müsse. Er dachte wirklich, er könnte den Krieg allein aussitzen, und er fand auch, dass er das können müsse.«

»Aber wie denn? Wovon lebte er denn?«

»Das hat er mir auch erzählt. Fast verrückt vor Kummer und Einsamkeit hat er drei Monate lang von geklauten Kartoffeln und Möhren gelebt, die seine Nachbarn im Garten anbauten. Ein paarmal hat er bei ihnen auch einen Becher Milch aus der Küche gemopst. Er war immer darauf bedacht, ganz leise zu sein, damit die Nachbarn nicht mitbekamen, dass noch jemand im Haus war. Aber sie müssen wohl doch etwas gehört haben, was sie schließlich misstrauisch machte – auch weil Essen verschwand. Sie haben dann wohl die Polizei informiert. Und die Polizei, dieselben feinen Herren, die vorher schon einmal da gewesen waren, um aufzulisten, was alles im Haus zurückgeblieben war, haben ihm eines Tages aufgelauert, ganz link. Die Tür war nicht abgeschlossen. Sie haben ihn gleich mitgenommen. Ohne Pistole übrigens. Die war noch in dem Versteck im Schrank. Ohne Pardon wurde er nach Westerbork gebracht. Von wo seine Eltern inzwischen deportiert worden waren. Sein Vater endete in Bergen-Belsen, seine Mutter in Stutthof. Herman kam nach Auschwitz, und von dort nach Groß-Rosen, aber das war erst viel später.«

Ich schaute in das junge, ernste Gesicht meines Sohnes auf dem Bildschirm. Diese Namen aus seinem Mund zu hören, war schon fast pervers. Dass er all das wusste und ich nicht, das war schwer zu fassen. Ich dachte an das, was mein Vater auf seinem Sterbebett immer wieder zu sagen versuchte. Was hatte er bloß gemeint?

»Als Opa so krank war, murmelte er dauernd vor sich hin. Ich glaube, es ging um seine Mutter«, sagte ich. »Und um Wagner. Aber vielleicht wollte er mich auch nur vor der Pistole unter seinem Schreibtisch warnen. Ist es die Pistole von damals?«

Mitchs Gesicht verriet keinerlei Regung. Ich hörte aber das Zaudern in seiner Stimme.

»Es muss die Pistole von damals sein, ja. Er hat sie mir beschrieben. Aber wo er sie versteckt hatte, hat er mir nicht erzählt. Nur, dass er sie nach dem Krieg wiedergefunden hat – in diesem Schrankversteck in seinem Elternhaus. Er hatte dort angerufen, im Beisein dieses Anwalts Born, der damals noch lebte. Und man gestattete ihm, sich im Haus umzusehen. Natürlich war alles Mögliche geklaut worden, aber das Versteck im Schrank war unverändert. Und die Pistole war noch drin. Eine alte Luger. Federmann hatte sie in Deutschland gekauft. Das war natürlich irre.«

Wagner. Wir sahen uns an. Wir wussten, was der andere dachte.

»Federmann ist auch nicht wiedergekommen, oder?«, sagte ich ablenkend.

»Nein«, sagte Mitch, und es klang erleichtert. »Das hat Opa alles ausfindig gemacht. Federmann ist in Bergen-Belsen umgekommen, irgendwann gegen Ende des Krieges, genau wie Opas Vater.«

Ich sagte: »Ich habe auch ein paar Dinge recherchiert.«

»Was denn?«

Ich erzählte Mitch von den Fakten, die ich beim NIOD über Laurens Raaijmakers gefunden hatte. Ein niederländischer Polizist, der mit den Nazis kollaborierte. Und der zum berüchtigten Judenjäger wurde. Leiter der Bezirksstelle, gar nicht weit von dort entfernt, wo meine Großeltern wohnten. Vielleicht sei er es gewesen, der Zewa geschlagen habe, sage ich.

Jetzt starrte Mitch mich an.

»Der Vater von …?«

Ich eröffnete Mitch unsere Theorien. Sein Wunsch nach Absolution, sein Gefühl der Demütigung, seine zunehmende Frustriertheit, und wie das alles in Hass und Gewalt mündete.

»Ach du Scheiße«, sagte Mitch.

Wir starrten ins Leere, jeder in seine eigenen Gedanken versunken.

»Und dieser Brief? Was war mit diesem Brief, Mitch?«, fragte ich dann.

»Ach ja«, sagte Mitch. »Als Herman allein in dem Haus hockte, hat er seinem Freund Mo einen Brief geschrieben.

Er war so schrecklich einsam und wollte eigentlich einen ganz anderen Brief schreiben, einen aufrichtigen Brief, aber das gelang ihm nicht, wie er mir erklärt hat. Er konnte es nicht.«

»Und?«

»Du wirst es lesen«, sagte Mitch kurz.

»Okay. Aber warum, Mitch? Warum durften wir nichts davon wissen? Hat er dir das erklärt?«

Mitchs Augenbrauen schnellten in die Höhe.

»In Baden-Baden habe ich es gesehen, mit eigenen Augen. Opa ging an seinen Schuldgefühlen kaputt. Er hat mir mal erzählt, dass er fürchtete, all diese Schuldgefühle seien Gift. Aus einer Art Aberglauben heraus hatte er Angst, dass uns etwas zustoßen würde, wenn wir es wüssten. Er wollte stark für uns sein. Er schämte sich immer noch, glaube ich.«

Ich konnte nichts darauf erwidern. Ich verstand das, denke ich. Es machte mich tieftraurig. Unter seiner Fürsorge waren wir sicher gewesen. Hatten wir uns sicher gefühlt.

Mitch sagte: »Er hat wörtlich gesagt: ›Mitch, du bist mein Enkelsohn, der Einzige, dem ich dies erzähle. Die Geschichte meiner Machtlosigkeit. Versprich mir, Mitch, dass du dich niemals so von einer Situation überrumpeln lässt, wie ich mich habe überrumpeln lassen, sei niemals machtlos, wie ich machtlos war. Ich hoffe, dass du stark wirst. Dass du imstande sein wirst, die, die du lieb hast, zu beschützen. Dass du ein Kämpfer wirst.‹«

Mitch sah jetzt mit einem Mal sehr jung aus.

Stotternd sagte er: »Und das habe ich nie vergessen können, Mam, tut mir leid. Ich war dreizehn, als er es mir sagte, im gleichen Alter wie er damals, als das alles passierte.«

Er sah mich hilflos an und fragte dann: »Verstehst du jetzt? Alles? Dass ich das tun muss?« Er zeigte um sich herum.

Ich sah, dass sich Mitchs Lippen bewegten, ich sah sein hageres Gesicht, seinen kurzrasierten *Marine*-Kopf, seine starken, breiten Schultern. In meinem Kopf hallten noch weitere Fragen nach, aber ich stellte sie nicht. Ich kannte plötzlich die Antworten. Ich kannte alle Antworten so genau, dass ich fürchtete, daran zu ersticken.

Und ich wollte sagen, dass es jetzt genug sei, dass er schon zur Genüge bewiesen habe, dass er nicht machtlos war, dass er schon mehr gewagt habe als irgendwer sonst. Aber ich konnte mir seine Antwort ausmalen. Er habe gerade erst angefangen, würde er sagen – sei das Böse nicht unbegrenzt, breite es sich nicht aus, wiederhole es sich nicht Tag für Tag?

Also blieb ich stumm und schaute ihn nur an. Schaute mir jeden Zentimeter von ihm an, als könnte ich ihn, wenn ich nur alles gut in mich aufnahm, sein ganzes Gesicht, seinen Körper, alle Härchen, alles, woraus er gemacht war, als könnte ich ihn dann, in meine Liebe gegossen, beschützen, versichern. Seine Handgelenke schaute ich an, seine lieben kurzen Hände, seine Augen, in denen sich die Sorge um uns, mich, seinen Vater, seine Schwester, spiegelte. Mitch war stark, Mitch war klug, und das war, was er wollte.

Er saß still da, fast entschuldigend, auch er schwieg, aber in seinem Blick war nichts Hartes oder Kaltes mehr. Er sah mich an, uns, muss ich sagen, denn Jacob saß inzwischen neben mir. Ich hatte gar nichts davon gemerkt.

Zum ersten Mal verspürte ich eine gewisse Ruhe. Ich

blinzelte, damit meine Tränen hinunterrollen konnten. Es musste doch gesagt werden. Wie immer.

»Passt du auf dich auf, Mitch? Sei bitte ganz, ganz vorsichtig ja!«

»Ja, Mama, liebe Mama. Ich werde auf mich aufpassen und ganz, ganz vorsichtig sein. Aber ihr auch bitte, passt auf euch auf, ja!«

Und dann hauchten wir beide möglichst viele Küsse ins Web – unsere Beschwörungen des Schicksals. Wie immer in der phantastischen Hoffnung, dass sie die Kraft haben würden, den anderen zu beschützen.

Wenigstens so sehr wie echte Küsse.

Epilog

Eine Woche später fiel ein wattierter Umschlag durch den Briefschlitz mit vielen, vielen Stempeln darauf. Vorsichtig öffnete ich ihn und fischte ein Kuvert mit einem Brief heraus.

Ich starrte auf die Handschrift. Eine etwas ungelenke Handschrift, die Handschrift meines Vaters als Dreizehnjähriger. Schräg und unregelmäßig, aber leserlich und zum Glück nicht in diesem altdeutschen Sütterlin von Zewa. Was mir auffiel, war, dass das Kuvert nicht frankiert war, mein Vater musste den Brief also eigenhändig bei den Leeders in den Briefkasten geworfen haben.

15. Dezember 1942

Werter Mo!

Zuallererst hoffe ich, dass es Euch gutgeht und Ihr in Sicherheit seid! Ich wünschte, ich könnte zu Dir kommen, aber das ist vorläufig nicht möglich, fürchte ich. Ich erkläre Dir gleich, warum. Wir sind nämlich seit ein paar Wochen nicht mehr in A. Es ist so viel passiert, dass ich gar nicht weiß, wo ich anfangen soll.

Mitte Oktober, als bei uns so viele Razzien waren, sind vier Polizisten bei uns eingedrungen. Sie brüllten gleich, dass wir die Koffer packen sollten. Mein Vater schrie zurück, sie sollten sich in unserem Haus bloß nicht so aufführen. Als Antwort darauf bekam er einen schweren Hieb gegen das Kinn. Meine Mutter hat dummerweise versucht, ihn zu verteidigen, und die Männer waren drauf und dran, sie auch zu schlagen. Da bin ich dazwischengesprungen. Zum Glück hatte ich Wagner in der Hand, Federmanns Liebling mit dem ehernen Namen, und alle wichen zurück. Ich habe meinen Eltern bedeutet, nach oben zu gehen, was sie zum Glück sofort taten. Sie haben sich in dem Schrank versteckt, in dem auch Federmann schon saß. Es war zwar seine Pistole, aber er konnte nicht schießen!

Einer der Männer versuchte mir die Waffe abzunehmen, aber das ist ihm natürlich nicht gelungen, ich war schneller als er... Und dann habe ich sie alle nacheinander abgeknallt, Mo, so was hast Du noch nicht gesehen. Das waren alles feige Hunde, die konnten gar nicht kämpfen. Nach Wagners erstem Schuss bin ich auf den Tisch gesprungen und von dort unter das Sofa. Damit habe ich solche Verwirrung gestiftet, dass ich sie mir einzeln vorknöpfen konnte. Sie versuchten zwar zurückzuschießen, haben aber immer danebengetroffen, denn ich war jedes Mal schon wieder woanders. Wie ein Pingpongball. Blitzschnell ging das. Irgendwann lag dann das ganze Zimmer voller erschossener NSBler. Ihr Anführer, dieser dreckige Schläger, hatte ein hübsches Loch in der Stirn. Ich kann Dir gar nicht sagen, wie viel Spaß es gemacht hat, diesen Banditen umzulegen. Zum Glück hatte mein Vater den Sommer über an einem Schwimmbecken im Garten gegraben – in die Grube konnten jetzt die Leichen. Wir haben sie alle da hineingeworfen, Vater, F. und ich. Das war ganz schön schwer... Meine Mutter hat geweint, aber sie war so froh... Und danach haben wir uns das Polizeiauto genommen und sind damit nach IJmuiden gefahren. Gott sei Dank wurden wir unterwegs nicht angehalten! In IJmuiden hat uns dann jemand Karten für die Fähre nach England besorgt, im Tausch gegen das Auto, und in England ist es uns dann gerade noch geglückt, auf ein Hospitalschiff nach Amerika zu kommen. Diesen Brief schreibe ich Dir aus New York. Man kann sich hier richtig wohl fühlen. Wir haben ein sehr schönes Haus gefunden, und Vater hat eine Anstellung als Opernsänger an der New Yorker Oper bekommen. Ich schreibe Dir bald wieder!

Dein Freund Herman

Dank

In den meisten amerikanischen Romanen folgen an dieser Stelle die *Acknowledgements,* die Dankesworte an diejenigen, die zum Zustandekommen des Buches beigetragen haben. Nach zwei Jahren in Kalifornien, wo ich an *Der Sohn* gearbeitet habe – das erste Jahr in Malibu, das zweite in Santa Monica –, kann (und will) ich zwar weder mich noch diesen Roman amerikanisch nennen, aber ich mag *Acknowledgements.* Es gibt eine ganze Reihe von Menschen, aber auch Tiere und Lokalitäten, die mir (direkt oder indirekt) dabei geholfen haben, dieses Buch zu schreiben. Ihnen möchte ich danken.

Die ersten drei Monate meiner Arbeit an diesem Buch verbrachte ich im ausgebauten Dachgeschoss des Stalls einer Reitschule im Herzen von Malibu. Das war an der Cross Creek Road, circa hundert Meter von Sierra Retreat entfernt, einer bewachten Enklave, die unter anderem die Häuser von James Cameron und Mel Gibson beherbergt. Ein malerischer Flecken mit geheimnisvollen, vom Leben gezeichneten Eukalyptusbäumen. Was nicht der einzige Grund dafür war, dass es mir dort so gut gefiel. Dazu trug auch das leise Stampfen der Hufe meines Nachbarn von unten bei. Und sein Name, den ich so inspirierend fand wie sein Stampfen: Red Dust.

Ich begrüßte Red Dust, bevor ich mein Arbeitszimmer unter dem Dach aufsuchte, und ich ging auf ein Schwätzchen zu ihm hinunter, wenn mir nichts einfiel. Das heißt, ich redete, und er scharrte ungeduldig mit dem rechten Huf, wobei er ein lautes und recht emotional gefärbtes Schnauben von sich gab.

Ansonsten waren die Umstände in meinem Stall leider ziemlich unbarmherzig. Die Temperaturen unter dem dünnen Holzdach stiegen bei brennender Sonne manchmal auf über vierzig Grad an, und der scharfe Geruch des Pferdemists benahm mir den Atem. Ich fiel oft schon nach einer Stunde in Schlaf – und träumte nur, dass ich schrieb. Da habe ich meinen Mietvertrag nach drei Monaten lieber gekündigt.

Von Malibu zogen wir nach Santa Monica um, das mit dem Auto etwa vierzig Minuten weiter südlich liegt – zufällig in ein Haus mit elektrisierender Geschichte. Es war das Haus des Psychiaters von Marilyn Monroe, Ralph Greenson. In den letzten drei Jahren ihres Lebens hat die legendäre Klientin hier jeden Tag auf der Couch gelegen in dem fruchtlosen Versuch, wieder Ordnung in ihren verwirrten Kopf zu bringen.

Hildi Greenson, Greensons steinalte Witwe, musste in ein Pflegeheim umziehen, und ihre Kinder vermieteten uns das Haus. Die Couch, auf die Marilyn drei Jahre lang ihren berühmten Hintern gebettet hat, stand nicht mehr in dem dunklen einstigen Sprechzimmer, das zu meinem Arbeitszimmer werden sollte, wohl aber der kleine Schreibtisch, an dem der Psychiater ihr zugehört und alles notiert hatte, was sie ihm erzählte.

An dem Schreibtisch würde ich schreiben, beschloss ich.

Aber auch dort wollte es mit dem Schreiben nicht recht klappen. Ich war unruhig und bildete mir ein, dass Marilyns Geist in meinem dunklen Kämmerchen umging. Dankbar nahm ich daher den Schlüssel zum Büro unserer Freunde Winnie und Jeffrey Wasserman an. Bei ihnen war es hell und still, und ich verbrachte dort reiche und nützliche Monate an meinem Computer. Winnie und Jeffrey schulde ich unendlichen Dank für ihre Gastfreundschaft.

(Schließlich sollte ich meine Arbeit an *Der Sohn* im letzten halben Jahr doch noch bei uns im Haus vollbringen. Da war ich dann schon so gut drin, dass Marilyn mich nicht mehr erschüttern konnte und ich den Umzug an einen anderen Arbeitsplatz für Zeitverschwendung hielt.)

Nun zu den Menschen – und Büchern –, die mir eher inhaltlich beim Schreiben dieser Geschichte geholfen haben. Max Beerup zum Beispiel, den ich über das Internet fand, ein Mann, der seit vielen Jahren ehrenamtlich zukünftige *Marines* und ihre Familien mit Informationen über das *Boot Camp* ausstattet. Keine E-Mail an ihn blieb länger als eine halbe Stunde unbeantwortet. Und ich habe ihm viele E-Mails geschickt.

Sehr profitiert habe ich auch von Ad van Liempts Buch *Kopgeld (Kopfgeld)*, das mir die Augen über die sogenannten »Judenjäger« im Zweiten Weltkrieg öffnete, sowie von Sytze van der Zees *Vogelvrij. De jacht op de Joodse onderduiker (Vogelfrei. Die Jagd auf untergetauchte Juden).*

Peter Elberse danke ich für seine kritische Lektüre meines Buches ebenso wie Afshin Ellian, der überdies wichtige

Erkenntnisse über Gut und Böse beisteuerte. Ich danke Saartje Schwachöfer für ihre Geschichte und ihren Mut, sie mir zu erzählen, Tatjana van Zanten für ihre Freundschaft und allen meinen Freunden auf der anderen Seite des Ozeans, die nicht aufgehört haben, mit mir zu reden, auch zu den unmöglichsten Tages- und Nachtzeiten.

Großen Dank schulde ich wie immer allen Mitarbeitern meines Verlags De Bezige Bij, Thomas van den Bergh für seinen nüchternen Blick, Suzanne Holtzer für ihre immense Loyalität und ihren Humor, Francien Schuursma für ihren nimmermüden Einsatz und ihre Geduld.

Meiner Familie möchte ich für ihre Großzügigkeit, ihre Liebe und ihr Verständnis danken – sowohl meiner Mutter Anneke als auch meinen Schwestern Channah und Eva. Meinen Kindern Moos und Moon bin ich überdies dankbar, dass es sie gibt. Ihre Gegenwart ist mir unendlich wertvoll. Das gilt gleichermaßen für meinen Mann Leon mit seiner nicht ablassenden Unterstützung, seiner Hilfsbereitschaft, seiner immer guten Laune und seinen inspirierenden Ideen.

Und natürlich danke ich meinem Vater – der auch jetzt wieder dabei war.

Jessica Durlacher
Santa Monica, September 2010

Jessica Durlacher im Diogenes Verlag

Das Gewissen

Roman. Aus dem Niederländischen
von Hanni Ehlers

Sie sieht ihn zum ersten Mal an der Universität: Er ist wie sie jüdischer Abstammung, beide Familien haben traumatische Kriegserinnerungen, sie erkennt in ihm ihren Seelenverwandten. Mit aller Wucht wirft sich die junge Edna in die Katastrophe einer Liebe, die sie für die ihres Lebens hält. Ein bewegendes Buch über eine Frau, die erst lernen muss, ihr Leben und Lieben in die richtige Bahn zu lenken.
Jessica Durlachers Romanerstling wurde mit mehreren Nachwuchspreisen ausgezeichnet.

»Jessica Durlacher schreibt mit Gespür für Situationskomik und Selbstironie. Wer sich darauf einlässt, kann verstehen, mitfühlen und mitlachen.«
Ellen Presser/Emma, Köln

Die Tochter

Roman. Deutsch von Hanni Ehlers

Im Anne-Frank-Haus in Amsterdam lernen sie sich kennen: Max Lipschitz und Sabine Edelstein, beide Anfang zwanzig. Ungewöhnlich und schicksalhaft wie der Ort ihrer Bekanntschaft ist auch die Liebesbeziehung, die sich zwischen ihnen entspinnt. Zuweilen ist Max von Sabines Vergangenheitsbesessenheit irritiert, denn worüber er lieber schweigen möchte, darüber möchte sie fast manisch reden: über die KZ-Vergangenheit ihrer beider Eltern.
Dann ist Sabine auf einmal ohne Erklärung verschwunden, für Max ein lange anhaltendes Trauma. Erst fünfzehn Jahre später sieht er sie überraschend wieder – und die alten Fragen tauchen wieder auf…

»*Die Tochter* ist eine Liebesgeschichte von solcher Wucht, dass man weiter und immer weiter liest. Mit ihrer spannenden, gut lesbaren, witzigen, klugen und unterhaltenden Art zu erzählen, findet Jessica Durlacher zu einer unserer Zeit angemessenen Kultur der Erinnerung.«
Hellmut Butterweck / Die Furche, Wien

»Eine ungewöhnlich faszinierende Geschichte über Beziehungen, packend und hintergründig von der ersten bis zur letzten Seite. Eines jener Bücher, die man nicht aus der Hand legen mag – ein besonderes, ein unbequemes Buch.«
Angela Delonge / Aachener Zeitung

Emoticon

Roman. Deutsch von Hanni Ehlers

Die Geschichte von Daniel, einem niederländisch-israelischen Jugendlichen, und von Aischa, einer jungen Palästinenserin, die für die Weltöffentlichkeit ein Zeichen setzen will und ihn in eine tödliche Falle lockt. Ihr Lockmittel: das Internet und seine Zeichensprache, die Emoticons.
Ein Roman über die Zerrissenheit und Dramatik des Nahen Ostens, der unter die Haut geht.

»Ein Attentat mit romantischer Folge, ein Internet-Chat mit tödlichem Ausgang: Jessica Durlacher operiert gewissermaßen am offenen Herzen des Israel-Palästina-Konfliktes. Das Erstaunliche ist: dass sie alle Klippen, die das heikle politische Thema in sich birgt, virtuos umschifft. Niemals ergreift sie einseitig Partei, gleitet in eskapistische Innerlichkeit ab. Eine psychologisch genaue Studie verschiedener Menschen in unterschiedlichen privaten und politischen Situationen, die sich von der ersten bis zur letzten Seite wie ein spannender Thriller liest. Beklemmend aktuell.«
Jenny Hoch / Der Spiegel, Hamburg

»Der Roman besticht durch ausgefeilte Dramaturgie und Hochspannung. Durlacher gelingt es, einen der kompliziertesten Krisenherde der Welt literarisch einzufangen.« *Rachel Salamander / Die Welt, Berlin*

Schriftsteller!

Erzählung. Deutsch von Hanni Ehlers

Einfach traumhaft muss das Leben einer Bestsellerautorin sein! Oder etwa nicht? Plagt sie sich mit Schreibblockaden, Eifersüchteleien, Geldnöten, Prozessen wegen Persönlichkeitsrechtsverletzungen, geistigem Diebstahl oder Selbstzweifeln?
Jessica Durlacher schildert die Nöte einer jungen Autorin, die sich nach ihrem gefeierten Debüt schwertut, etwas Neues zu Papier zu bringen. Sie zeigt, dass die Welt einer Frau im Rampenlicht auch ganz anders aussehen kann – vor allem, wenn ein junger Kollege meint, noch eine Rechnung mit ihr offen zu haben.
Eine raffinierte Intrigengeschichte – und ein Blick hinter die Fassaden von Literaturstars.

»Jessica Durlacher ist eine souveräne Erzählerin.«
Sabine Doering / Frankfurter Allgemeine Zeitung

Leon de Winter im Diogenes Verlag

Leon de Winter wurde 1954 in 's-Hertogenbosch als Sohn niederländischer Juden geboren und begann als Teenager, nach dem Tod seines Vaters, zu schreiben. Er arbeitet seit 1976 als freier Schriftsteller und Filmemacher in Holland und den USA. Seine Romane erzielen nicht nur in den Niederlanden überwältigende Erfolge; einige wurden für Kino und Fernsehen verfilmt, so 2000 *Der Himmel von Hollywood* (Regie: Sönke Wortmann) und 2003 *SuperTex* unter der Regie von Jan Schütte.

»Leon de Winter ist ein wunderbar phantasievoller Erzähler. Er liebt seine Figuren, hat ein herrliches Gespür für deren Entwicklungen und Abgründe und erzählt immer leicht und lakonisch.«
Joachim Knuth / Norddeutscher Rundfunk, Hamburg

»Leon de Winter, mittlerweile zum Kultautor avanciert, ist ein gewiefter Erzähler, der dem Leser die Tür nur einen Spaltbreit öffnet und in ihm eine unstillbare Neugierde auf das weitere Geschehen erweckt.«
Hans Christian Kosler

Hoffmans Hunger
Roman. Aus dem Niederländischen von Sibylle Mulot

SuperTex
Roman. Deutsch von Sibylle Mulot

Serenade
Roman. Deutsch von Hanni Ehlers

Zionoco
Roman. Deutsch von Hanni Ehlers

Der Himmel von Hollywood
Roman. Deutsch von Hanni Ehlers

Sokolows Universum
Roman. Deutsch von Sibylle Mulot

Leo Kaplan
Roman. Deutsch von Hanni Ehlers

Malibu
Roman. Deutsch von Hanni Ehlers

Place de la Bastille
Roman. Deutsch von Hanni Ehlers

Das Recht auf Rückkehr
Roman. Deutsch von Hanni Ehlers

Connie Palmen im Diogenes Verlag

Connie Palmen, geboren 1955, wuchs im Süden Hollands auf und kam 1978 nach Amsterdam, wo sie Philosophie und Niederländische Literatur studierte. Ihr erster Roman *Die Gesetze* erschien 1991 und wurde gleich ein internationaler Bestseller. Sie erhielt für ihre Werke zahlreiche Auszeichnungen, so wurde sie für den Roman *Die Freundschaft* 1995 mit dem renommierten AKO-Literaturpreis ausgezeichnet. Connie Palmen lebt in Amsterdam.

»Es ist selten, daß jemand mit soviel Ernsthaftigkeit und Witz, Offenheit und Intimität, Einfachheit und Intelligenz zu erzählen versteht.«
Martin Adel / Der Standard, Wien

»Lebendige und gewitzte Erzählkunst paart sich mit feinsinnigen Reflexionen über die großen Themen Liebe, Tod, Sucht und Lebenshunger.«
Leonhard Fuest / Max, Hamburg

Die Gesetze
Roman. Aus dem Niederländischen von Barbara Heller
Auch als Diogenes Hörbuch erschienen, gelesen von Christiane Paul

Die Freundschaft
Roman. Deutsch von Hanni Ehlers

I.M.
Ischa Meijer – In Margine, In Memoriam
Deutsch von Hanni Ehlers

Die Erbschaft
Roman. Deutsch von Hanni Ehlers

Ganz der Ihre
Roman. Deutsch von Hanni Ehlers

Idole und ihre Mörder
Deutsch von Hanni Ehlers

Luzifer
Roman. Deutsch von Hanni Ehlers